Klaus-Peter Wolf

Vielleicht gibt's die Biscaya gar nicht

BASTEI LÜBBE

BASTEI-LÜBBE-TASCHENBUCH
Band 10 578

Lizenzausgabe: Gustav Lübbe Verlag GmbH, Bergisch Gladbach
Printed in Western Germany 1985
Einbandgestaltung: Roberto Patelli
Satz: ICS Computersatz GmbH, Bergisch Gladbach
Herstellung: Ebner Ulm
ISBN 3-404-10578-8

Jeder noch so gute oder schlechte Roman ist doch ein Stück Biografie des Autors. Belanglos, ob er das will oder nicht. Belanglos, ob er es zugibt oder nicht. Um Spekulationen vorzubeugen, will ich mich also lieber gleich zu erkennen geben.

Ja, ich hatte eine Geliebte, die zwanzig Jahre älter war als ich. Ich habe auch versucht, in Schweden zu wohnen und zu leben. In Istanbul im Papyrus habe ich gesessen und Raki getrunken, im Divan geschlafen und im Dreck gelegen, als mir die Kugeln um die Ohren flogen.

Dieser Roman ist aus den gemachten Erfahrungen gearbeitet. Er wäre ohne sie undenkbar. Trotzdem bin ich nicht Mick, und Gisela ist nicht identisch mit meiner ehemaligen Geliebten.

Auch die anderen Figuren dieses Buches sind keine Kopien von »wirklichen Menschen«. Nur – ohne diese »wirklichen Menschen« mit Anschrift und Bankverbindungen wären auch die Figuren in diesem Roman nicht möglich.

Klaus-Peter Wolf *März 1981*

Liebe ist, daß du mir das Messer bist,
mit dem ich in mir wühle. *Kafka*

1

Als sie anhielt, um den jungen Mann mitzunehmen, der an der Autobahnraststätte stand und seinen Daumen in den Wind hielt, konnte sie nicht ahnen, daß er ihren Wagen stehlen wollte. Und wenn er nur einen Schimmer von dem gehabt hätte, was ihm blühte, wäre er wohl niemals eingestiegen.

In der Dunkelheit konnte er die Farbe des Wagens nicht richtig ausmachen. Er war entweder dunkelblau oder schwarz. Ein Mercedes war es, das registrierte er, und mehr wollte er eigentlich nicht wissen. Er warf seine Gitarre auf den Rücksitz, ließ sich selbstgefällig in die Polster sinken und sagte: »N'abend. Ich dachte schon, ich käme heute nicht mehr weg.«

Die Wagentür fiel schwer ins Schloß. Ohne ein weiteres Wort startete sie durch. Sie fragte ihn nicht, wohin er wollte, und er fragte sie nicht nach ihrem Ziel.

Eine Weile schwiegen sie. Die Scheibenwischer schafften den Regen kaum. Die Schmalzmusik des Nachtprogramms ging ihm auf die Nerven. Am liebsten hätte er das Radio einfach abgedreht oder einen anderen Sender gesucht, doch er wollte nicht riskieren, gleich wieder rausgeschmissen zu werden.

»Darf ich rauchen?« fragte er.

Sie nickte stumm. Er fischte sich den Tabakbeutel aus dem Parka und begann, sich eine Zigarette zu drehen.

Sie griff vor sich auf die Ablage und bot ihm eine Filterzigarette an. »Danke«, sagte er, »die sind mir zu leicht. Ich drehe lieber selbst.«

Sie warf ihm einen kurzen Blick zu und sah, wie seine

Zunge das Papier befeuchtete. Für sein Alter hatte er einen merkwürdig korrekten Haarschnitt. Sie konzentrierte sich wieder auf die regennasse Fahrbahn und dachte an ihre Söhne und den monatlichen Kampf um den Gang zum Friseur.

Er riß ein Streichholz an und betrachtete für den Bruchteil einer Sekunde die Frau, die ihn mitgenommen hatte. Er schätzte sie auf gut vierzig. Sie hatte schulterlange dunkelblonde Haare und trug eine Brille. Er schlug die Beine übereinander und inhalierte den Rauch der Zigarette mit völliger Konzentration.

»Bitte, schnallen Sie sich an«, sagte sie.

Tonlos kam er ihrem Wunsch nach.

Trotz des Regens fuhr die Frau hundertfünfzig bis hundertsechzig. Er fragte sich, ob sie es so eilig hatte oder ob sie ihm nur imponieren wollte. Die Autouhr zeigte kurz vor zehn. Nachdem der junge Mann seine Zigarette aufgeraucht hatte, löste er den Sicherheitsgurt noch einmal, um sich von seinem nassen Parka zu befreien. Er legte ihn auf den Rücksitz und schnallte sich wieder an.

Ein auf der linken Spur langsam fahrender Opel zwang die Frau abzubremsen und runterzuschalten. Dabei rutschte ihr Kleid über die Knie und gab einen Blick auf ihre Oberschenkel frei. Ungeniert sah der junge Mann hin. Die Mädchen seiner, der Jeansgeneration, hatten so etwas nicht mehr zu bieten: Röcke, die verrutschten, und Beine, die in Nylons gezwängt waren.

Als sie merkte, was passiert war, glättete sie ihr Kleid mit einer flüchtigen Bewegung, steuerte den Wagen auf die rechte Spur und fuhr langsam weiter.

Der junge Mann saß unbequem, weil da, wo andere Leute ihr Portemonnaie deponierten, ihn ein Klappmesser unangenehm drückte. Er sah keine Möglichkeit, es unauffällig aus der engen Hose zu ziehen und in den Parka zu stecken, also blieb er sitzen und nahm die Druckstelle in Kauf.

„Sie sind ganz schön naß geworden«, sagte sie.

»Hm. Ich stand auch schon ziemlich lange an der Raststätte. Wenn es regnet, nimmt einen nicht gerne einer mit. Die Leute haben Angst, daß man ihnen die Autositze versaut.« Sie fingerte eine Filterzigarette aus der Packung. Ihr Lippenstift färbte sofort auf dem Filter ab. Sie drückte den Zigarettenanzünder.

»Es ist ja auch nicht ganz ungefährlich, nachts fremde Leute in sein Auto zu lassen«, sagte sie. Der Zigarettenanzünder klickte. Sie zog ihn heraus. Die runde rote Glut beleuchtete nur die untere Partie ihres Gesichts. Sie hatte volle, kräftig geschwungene Lippen und ein ovales Kinn. Ohne den Blick von der Fahrbahn zu nehmen, versuchte sie, den Anzünder wieder ins Loch zu schieben, doch sie ertastete die falsche Stelle und drückte den Zigarettenanzünder gegen das Armaturenbrett.

Er nahm ihr das Ding ab und steckte es richtig zurück. Dabei berührten sich ihre Finger. Erschrocken zog sie ihre Hand zurück.

»Ich heiße Gisela«, sagte sie und ärgerte sich sofort. Was sollte dieser Schnösel mit ihrem Vornamen? Hoffentlich verstand er das nicht falsch. Vielleicht glaubte er, sich jetzt die Frechheit rausnehmen zu können, sie zu duzen.

»Ich heiß' Mick«, sagte er.

So tauft man seine Kinder nicht, dachte sie, das ist bestimmt nur sein Spitzname. Die Vertrauensseligkeiten fangen schon an. Der soll sich bloß nichts einbilden, nur weil ich ihn mitten in in der Nacht mitnehme und ihm meinen Vornamen sage.

»Ich stand fast vier Stunden im Regen.«

Sie wollte ihn fragen, ob ihm noch kalt sei, aber sie wußte nicht, ob sie sagen sollte: Ist Ihnen noch kalt? Oder: Ist dir noch kalt? Sie entschied sich für eine neutrale Lösung.

»Soll ich die Heizlüftung einschalten?«

»Ja, tu das!« sagte er und streckte die Beine genüßlich aus. Da haben wir's schon. Er duzt mich natürlich. Sie mußte ihn wieder loswerden, das war klar.

»Vielleicht wollen *Sie* an der nächsten Raststätte einen Kaffee?«
Da könnte sie ihn einfach stehen lassen und alleine weiterfahren.
»Wenn's dir nichts ausmacht. Ich hätte nichts gegen einen kleinen Imbiß.«
Der duzt mich frech weiter. Sie ärgerte sich. Dann ging sie zum Gegenangriff über: »Warum fährst du nicht mit dem Auto? Hast du kein Geld für einen Wagen oder keinen Führerschein?«
Statt zu antworten drehte er schon wieder eine Zigarette.
»Man kann ja auch mit der Bahn fahren«, setzte sie nach.
»Es geht auch anders, aber so geht es auch«, antwortete er so gleichgültig wie möglich.
»So einfach ist das also«, sagte sie.
Er rauchte stumm weiter und ließ dabei achtlos die Asche auf die Polster fallen. Das blaue Hinweisschild mit Messer und Gabel wies auf den nächsten Rasthof in zehn Kilometern hin. Sie gab wieder mehr Gas und lenkte den Wagen auf die linke Spur. Sie wollte die nächsten zehn Kilometer so rasch wie möglich hinter sich bringen.
Warme Luft strömte von unten in den Wagen. Der Regen ließ nach, und sie stellte die Scheibenwischer langsamer ein. Der Wagen lief ruhig und gleichmäßig wie ein Uhrwerk. Durch die im hinteren Teil des Fahrzeugs angebrachten Stereoboxen hörte man die Zehn-Uhr-Nachrichten. Irgendein Minister hatte irgendeine bedeutende Reise in ein Land angetreten, dessen Name afrikanisch klang, und war dort freundlich empfangen worden. Rechte oder linke Terroristen hatten in Italien eine Post hochgejagt. Der Urlaubsreiseverkehr blockierte die Straße nach Süden. In Bayern fand eine Vereidigung von 756 Bundeswehrrekruten ohne Zwischenfälle statt. Ein Hoch über der Biscaya versprach angeblich eine Wetterbesserung.
»Jeden Tag erzählen die im Wetterbericht was über die Biscaya, aber ich kenne keinen, der mal da war. Die meisten

wissen nicht mal, wo die Biscaya liegt. Und dann such erst mal einen, der Biscaya schreiben kann!« feixte er.
Stimmt, dachte sie. Ich weiß auch nicht, wo die Biscaya ist, doch ich habe den Namen mindestens schon tausendmal im Wetterbericht gehört.
»Wo liegt denn diese Biscaya?« fragte sie.
Er zuckte mit den Schultern.
»Weiß ich doch nicht. Bin ich denn ein Lexikon?«
Sie kicherte, und er prustete plötzlich los: »Vielleicht gibt's die Biscaya gar nicht! Vielleicht ist nur das eine Erfindung der Wetterfrösche, weil irgendwer oder -was für die falschen Prognosen herhalten muß.«
Bei diesen Sätzen krümmte er sich fast vor Lachen über seinen eigenen Witz. Sie stieg voll auf diese Geschichte ein: »Vielleicht kann man das Wetter auch gar nicht voraussagen, und alles ist nur ein riesiger Bluff!«
»Von untalentierten Schauspielern und einem genialen Drehbuchautor, der täglich eine neue Story erfindet und dem doch nichts mehr einfällt.« Ihr Busen hüpfte beim Lachen auf und ab.
»Ein riesiger Bluff, und alle Welt glaubt daran! Die Leute planen ihren Urlaub, und vor allen Dingen ihr Wochenendvergnügen danach. Sie werden ständig reingelegt und glauben doch daran, weil – ja warum eigentlich?« fragte sie kichernd und wollte ihm damit den Ball zuwerfen, um die Geschichte weiter auszubauen.
Merkwürdig trocken und ernst sagte er: »Weil sie noch vor kurzem an den hundertjährigen Kalender geglaubt haben, und weil sie jeden Scheiß glauben, den ihnen einer erzählt, wenn er im Fernsehen auftritt.« Spielverderber, dachte sie. Oder meinte der das etwa von Anfang an ernst?
Es wurde ihr zu warm. Sie schaltete die Heizlüftung aus.
Er überlegte, was der Wagen bringen würde. Er hatte eine Menge Extras, schien auffällig gut gepflegt zu sein und war seiner Schätzung nach höchstens zwei Jahre alt. Er warf einen Blick auf den Kilometerstand. 48 562. Na bitte, das

war nichts für so einen Wagen und würde keinen Käufer stören. Die Kiste war also fast neuwertig. Wer einen neuen Mercedes bestellte, kam auf eine Warteliste und mußte lange Geduld haben. Das hieß, dieser Wagen würde den Neuwert bringen. Bliebe nur noch das Problem mit den Fahrzeugpapieren.
»Da wären wir«, sagte sie und lenkte den Wagen mit fast hundert Sachen auf den Parkplatz der Raststätte. Sie bremste ihn gekonnt aus.
Respekt, dachte Mick. Respekt. Er nahm den Parka vom Rücksitz und stieg aus. Entweder verreiste sie ohne Mantel, oder sie liebte es, naß zu werden.
Sie nahm nur ein Handtäschchen aus dem Auto. Es fiel ihr nicht auf, daß Mick den Türknopf an der Beifahrerseite nicht runtergedrückt hatte.
Sie gingen rasch nebeneinander her. Fünf oder sechs Lastwagen standen auf dem Parkplatz. In einigen Fahrerhäusern schimmerte ein spärliches Licht. Zwischen zwei Lastwagen kam ihnen ein junger Mann mit offenem Hosenschlitz entgegen. Er hatte es nicht für nötig gehalten, die Toiletten aufzusuchen. Sein warmer Urin dampfte im Regen. Gisela sah demonstrativ weg und warf sich dabei wirkungsvoll die blonden Haare aus der Stirn.
In der Gaststätte hockten nur ein paar Männer um zwei zusammengestellte Tische herum. Sie waren nicht mehr ganz nüchtern und redeten laut. Ein schläfriger Kellner lehnte am Tresen.
Gisela und Mick setzten sich so weit wie möglich von den anderen weg. Der Kellner ärgerte sich, denn es verlängerte seinen Weg unnötig, wie er fand. Widerwillig brachte er die Speisekarte.
»Einen Kaffee.«
»Ja, für mich bitte auch.«
»Wollen Sie auch etwas essen?«
Sie sahen sich unentschlossen an.
Wenn ich nicht bald wieder zu Hause bin, fällt es auf,

dachte sie. Ob er schon zurück ist? Bestimmt nicht. Ich habe noch gut zwei Stunden. Länger als eine Stunde fahre ich nicht zurück. Und wenn schon, dachte sie. Mick hatte zwar Hunger, doch er wollte sich nicht unbedingt länger als nötig in dem Laden aufhalten, damit sich nicht hinterher alle Welt an sein Gesicht erinnern konnte.
»Sie können sich das ja noch überlegen«, sagte der Kellner mißmutig und schlappte zur Espressomaschine.
Im Neonlicht des Restaurants konnte Gisela ihren Beifahrer zum ersten Mal richtig betrachten. Sein Haarschnitt war wirklich sonderbar korrekt. Die Haare hörten exakt über den Ohren auf, und er trug sogar einen Seitenscheitel. Die Frisur war so bestimmt angelegt, daß nicht mal der Regen sie wesentlich verändert hatte. Sein Gesicht war weich, fast mild. Entweder hatte er keinen Bartwuchs, oder es gab eine neue Rasiermethode, die jedes Haar erfaßte und auch keine schwarzen Pünktchen im Gesicht hinterließ. Sie schätzte ihn auf achtzehn, höchstens zwanzig. Die vollen Augenbrauen und langen Wimpern gaben dem Gesicht etwas von Tiefe, machten es sympathisch. Er wirkte blaß, fast kränklich und sehr sensibel. Vielleicht wäre zerbrechlich das beste Wort für den Gesamteindruck gewesen, den er bei ihr hinterließ.
Sie fand ihn jetzt viel netter als eben im Auto und hatte ein schlechtes Gewissen bei dem Gedanken, ihn jetzt einfach stehen zu lassen. Die Sache wäre kinderleicht. Sie würde jetzt zur Toilette gehen und von dort aus zum Wagen. Er würde sich irgendwann fragen, wo sie so lange bleibt. Vielleicht würde er den Kellner fragen? Nein, er würde auf den Parkplatz gehen, weil er sicherlich bald ahnen würde, was passiert war. Sie wollte ihn nicht so sehr enttäuschen. Er hätte doch ihr Sohn sein können. Und er schien ein Spaßvogel zu sein. Die Geschichte mit der Biscaya und dem großen Bluff ging ihr wieder durch den Kopf, und sie schmunzelte.
»Was haben Sie?« fragte er.

Jetzt siezte er sie wieder. Bei Licht besehen war er kein schlechter Kerl. Vielleicht irritierte ihn die helle Gaststätte, oder hatte er sie im Auto für jünger gehalten? Fast automatisch nahm sie seine Hand, lächelte ihn gutmütig an und sagte: »Du kannst ruhig Gisela zu mir sagen, Mick.«
Er sah vor sich auf den Tisch. Sie zog ihre Hand zurück. Damit waren die Rollen also verteilt. Sie brauchte von diesem schüchternen jungen Mann nichts zu befürchten.
Der Kellner schlurfte herbei und stellte Kaffee auf den Tisch. Dabei schwappte die schwarze Brühe aus beiden Tassen über den Rand.
»Ich hätte gerne ein halbes Hähnchen«, sagte Gisela.
»Ich auch«, sagte er geistesabwesend. Eine Schweinshaxe wäre ihm jetzt genauso recht gewesen. Er betrachtete die Handtasche, die sie neben sich auf den Tisch gelegt hatte. Er war sicher, daß sich darin der Autoschlüssel befand. Wahrscheinlich auch die Papiere. Aber wie sollte er . . .?
»Wohin willst du eigentlich?« fragte sie.
Er zuckte mit den Schultern und verzog gleichgültig den Mund. Ihr ständiges nettes Lächeln ging ihm auf die Nerven.
»Weißt du nicht, wo du hin willst?« hakte sie nach.
»Ist doch sowieso egal.«
»Aber das kann einem doch nicht egal sein; man hat doch ein Ziel, eine Familie, einen Beruf, gute Freunde, die auf einen warten, irgendwas!« entrüstete sie sich. Sie war sicher, daß er das nicht ernst meinte.
»Ich nicht«, sagte er.
»Das kann doch nicht sein!«
Er schüttete sich viel Milch und Zucker in den Kaffee. Sie aus Figurgründen nicht.
»Du willst mich wohl auf den Arm nehmen! Du mußt doch Eltern haben oder Freunde, eine Wohnung, eine Arbeit . . .«
»Wieso muß ich?« fuhr er unwirsch dazwischen und schlürfte seinen Kaffee, der fast weiß aussah.

»Ja, aber . . . man muß doch wissen, wo man hingehört, und was man tun will.«
Er grinste: »Alles Quatsch. Ein großer Bluff. Wetterbericht. Mehr nicht.«
Da er die Sache offensichtlich ins Lächerliche ziehen wollte, und nicht wissen konnte, wie tief seine Sätze sie trafen, versuchte sie zu lachen. Er sah, daß dieses Lachen verkrampft war. Es erstarb auch sehr rasch, und sie fragte mit Interesse und Unverständnis: »Aber wovon lebst du?«, und dann fast entschuldigend: »Ich meine, irgendwie mußt du doch dein Geld verdienen.«
»Ich brauch' nicht viel.«
Sie wurde ärgerlich.
»Ach, ist wohl auch Bluff, daß man Geld zum Leben braucht? Für Idioten gemacht, die jedem Tünnes alles glauben, was er erzählt, wenn er nur im Fernsehen auftritt?«
Jetzt schlürfte er den Kaffee mit provozierender Lautstärke.
»Das bißchen Geld, das du brauchst, liegt ja auch nicht auf der Straße 'rum.«
»Im Grunde schon«, sagte er.
»Ach nein – tatsächlich?«
»Ich spiele Gitarre, Mutti, stell dir vor: Gitarre.«
Am liebsten wäre sie sofort gegangen. Warum brachte er sie erst in Rage und beleidigte sie dann? Machte er das mit Absicht, oder war er einfach dumm und flapsig? Warum regte sie sich überhaupt darüber auf, daß ein Junge, der ihr Sohn hätte sein können, Mutti zu ihr sagte? Das taten doch ihre Söhne täglich, ohne daß es ihr auch nur auffiel. Plötzlich empfand sie das Wort als eine Beleidigung. Nicht grundsätzlich, aber aus dem Mund von dem Schnösel da.
Sie stand auf, nahm ihre Handtasche und sagte: »Ich muß zur Toilette.« Es klang wie eine Entschuldigung.
Warum sitze ich überhaupt noch hier rum? fragt er sich. Aus der Sache wird sowieso nichts. Die läßt den Schlüssel nicht liegen. Die hütet ihr Handtäschen wie die Betschwestern ihre Unschuld. Und wenn ich die Kiste kurzschließe,

hab ich hinterher Probleme. Neues Schloß einbauen lassen und so. Ist doch alles Mist. Im Grunde ist die Aktion was für 'n Arsch. Er nutzte ihre Abwesenheit, um das Messer aus der Hosentasche zu ziehen und in den Parka gleiten zu lassen.
Der Kellner nahm die halben Hähnchen aus dem Mikrowellenherd und servierte sie mit einem Stückchen Zitrone. Sie sahen trocken aus und schrumpelig.
Gisela stand vor dem Frisierspiegel und brachte ihre Haare in Ordnung. Sie entschied, daß sie noch gut aussah für ihr Alter. All das, wovor ich weglaufe, hat dieser junge Mann nie gehabt, dachte sie und ging wieder ins Restaurant zurück.
Die Hähnchen standen schon auf dem Tisch. Sie legte die Handtasche neben den Teller, drückte den Saft der Zitrone auf den toten Vogel und nahm Messer und Gabel zur Hand. Mick packte das Tier mit beiden Händen und grub seine Zähne in das weiße Fleisch.
Seine Gier beim Essen faszinierte sie. Sie konnte den Blick kaum von seinem fettigen Mund wenden. Die raschen Kaubewegungen belebten sein Gesicht. Er mußte mörderischen Hunger haben.
Seine hemmungslose Art zu essen machte ihr Appetit. Sein Schmatzen war auch nicht abstoßend. Sie legte Messer und Gabel beiseite und nahm ihr halbes Hähnchen ebenfalls in die Hände.
»Als ich noch ein kleines Mädchen war – in den schlechten Zeiten –, da war ich mal bei Verwandten auf dem Bauernhof. Da habe ich zum erstenmal einen Hähnchenbollen abnagen dürfen. Das war damals ein himmliches Vergnügen für mich.«
»Hm.«
»Ich meine, heute ist einem das Sattwerden so selbstverständlich geworden. Man denkt schon gar nicht mehr darüber nach. Man ist so verwöhnt, und die wenigsten Dinge schmecken einem wirklich.«

»Hm.«
»So richtigen Heißhunger hatte ich schon lange nicht mehr.«
»Hm.«
»Doch warte mal, vor drei Monaten, da hab ich eine Schlankheitskur gemacht. Vier Pfund hab ich abgenommen. Da durfte man nur Reis essen. Morgens Reis, mittags Reis, abends Reis. Das war fürchterlich. Ich begann schon von Rollbraten zu träumen oder von saftigen Steaks.“
Er ließ die abgenagten Knochen aus der Hand fallen, wischte sich mit beiden Handrücken nacheinander das Fett vom Mund, putzte dann die Hände an den Hosenbeinen ab und sagte: »Na und? Davon haben die Chinesen doch ein paar tausend Jahre gelebt. Oder nicht?«
Sie ließ ihr Hähnchen liegen und zündete eine Zigarette an.
»Warum bist du manchmal so schrecklich abweisend?«
»Ach, bin ich das?«
»Ja. Erst machst du Witze, bist komisch und originell, dann verstockt und brummig.«
»Ach, was du nicht sagst.«
»Siehst du, es geht schon wieder los!«
»Ach, laß mich doch in Ruhe.«
»Okay, ich werde jetzt deine Gitarre aus dem Auto nehmen und dann alleine weiterfahren. Mir reicht es.«
»Vergiß aber nicht, vorher zu bezahlen.«
Sie stand wütend auf und nahm ihre Tasche. Eigentlich hatte sie das nicht gewollt. Bestimmt sogar. Es wäre ihr lieber gewesen, ihn noch eine Weile als Beifahrer zu haben. Aber so nicht. Sie ging zum Kellner und bezahlte.
»Zusammen oder getrennt?«
»Zusammen.«
»Sechzehn Mark achtzig.«
Sie drückte dem Kellner einen Zwanzig-Mark-Schein in die Hand und stolzierte nach draußen. Sie war sich nicht ganz klar, ob sie für Mick mitbezahlt hatte, weil sie ihn demütigen wollte, oder weil sie befürchtete, er habe kein Geld.

Wahrscheinlich war es von beidem ein bißchen. Dann stand sie vor ihrem Auto und stellte fest, daß die Beifahrertür nicht geschlossen war. Am liebsten hätte sie diesen nachlässigen, unbekümmerten Typen geohrfeigt. Ungestüm zerrte sie die Gitarre vom Rücksitz und stellte sie gegen einen Müllcontainer. Da würde er sie schon finden. Er hielt es ja nicht mal für notwendig, mit ihr zum Wagen zu gehen, um sich die Gitarre selbst zu holen. Wahrscheinlich spielte er mit dem Gedanken, sie würde ihm das Ding ins Restaurant tragen. Durch die großen gardinenlosen Fenster konnte sie in den beleuchteten Innenraum des Restaurants sehen, wo Mick seelenruhig saß und die Reste von ihrem Hähnchen aß.
Sie ließ den Wagen offen stehen, schnappte sich die Gitarre und rannte fast ins Restaurant zurück. Als sie den Raum betrat, wußte sie noch nicht, ob sie ihm die Gitarre vor die Füße werfen oder über den Schädel schlagen sollte. Doch sein Grinsen entwaffnete sie augenblicklich. Er kaute noch, und es bereitete ihm sichtlich Mühe, Danke zu sagen. Sie lehnte die Gitarre wortlos an seinen Tisch und stürmte nach draußen. Er aß weiter.
Im Auto atmete sie schwer, als hätte sie eine harte Arbeit verrichtet. Sie drehte den Rückspiegel so, daß sie sich selbst betrachten konnte, und schaltete die Innenbeleuchtung ein. Nur wenige Stellen ihrer Lippen waren noch mit dem matten Rot eingefettet. Ein winziges Stückchen Hähnchenhaut klebte in ihrem rechten Mundwinkel. Sie tupfte es mit dem Zeigefinger ab und zog dann die Linien der Lippen mit einem Fettstift nach. Sie preßte die Lippen aufeinander, um alles gleichmäßig zu verteilen und stülpte sie dann vor, um ihr Werk zu betrachten. Das sah schon ganz anders aus. Aber zufrieden mit sich war sie noch lange nicht. Mit dem Kamm ordnete sie ihre Haare. Was hatte sie bloß? Warum fuhr sie diesen jungen Kerl durch die Gegend, bezahlte sein Essen und trug ihm auch noch die Gitarre hinterher? Was hatte sie mit dem zu schaffen?
Sie suchte in der Handtasche nach Puder. Dann fand sie es

plötzlich albern, sich die Nase zu pudern, dachte daran, wie peinlich es wäre, wenn er plötzlich vor dem von innen beleuchteten Wagen stände und ihr amüsiert zusehen würde. Nein, sie wollte dabei nicht von ihm beobachtet werden. Er würde keine Chance mehr bekommen, sie noch mehr zu verwirren. Sie legte den Gang ein und gab Gas. Der Regen wurde wieder hartnäckiger. Sie schaltete das Radio ein. Etwas brannte in ihr, als hätte sie ein paar Gläser puren Whisky getrunken.

2

Brigitte hatte es sich auf zwei Elementen der neuen Kordsitzecke gemütlich gemacht. In ihrer Mischung aus Pyjama und seidenem Hausanzug wirkte sie mit den Dutzend kleiner Kissen um sich herum verstreut wie ein Fotomodell, das endlich richtig zurechtgemacht seit zwei Stunden auf den Fotografen wartet und langsam nicht mehr so sitzen kann.
Sie hatte zwei große Cognacs schnell hintereinander getrunken und einen dritten eingegossen. Jetzt versuchte sie krampfhaft, sich auf den französischen Spielfilm zu konzentrieren. Die Tränen der letzten Nacht sah man ihr nicht mehr an. Obwohl sie keinen Besuch mehr erwartete, blieb sie geschminkt. Nur die Ränder unter den Augen verrieten noch ihren Kummer und die durchheulte Nacht. Sie hatte schon befürchtet, sich die Augenlider wund gerieben zu haben, doch sie waren nur etwas angeschwollen. Trotzdem war sie nicht aus dem Haus gegangen. Sie hatte mit ihrer zukünftigen Schwiegermutter stumm gefrühstückt. Keiner wollte an der offenen Wunde rühren.
Beim Abräumen sagte die Mutter: »Männer sind nun mal so, doch sie kommen alle wieder. Immer! Und meistens mit einem fürchterlichen Kater. Dann sei nur nett und

freundlich und tu, als sei nichts gewesen. Er wird dir dankbar dafür sein.«
Natürlich hoffte sie, daß er wiederkommen würde, und sie glaubte auch fest daran; aber gute Tips und Ratschläge brauchte sie jetzt nicht. Schon gar nicht von seiner Mutter. Sie zog sich in die zwei Zimmer zurück, die seine Eltern für das junge Paar in ihrem Hause geräumt hatten. Es waren schräge Zimmer unterm Dach, aber geräumig und – sie kosteten keine Miete. Überhaupt waren seine Eltern spendabel gewesen. Sie hatten für eine moderne Wohnzimmergarnitur gesorgt, den Farbfernseher bezahlt und eine Videoanlage in Aussicht gestellt. Das Schlafzimmer kam von ihren eigenen Eltern. Die Küche mußte sie mit den Schwiegereltern teilen, doch es gab zwei Bäder im Haus.
Es wollte nicht in ihren Kopf. Jetzt, da sie fast alles hatten, nahm er seine Gitarre und ging einfach weg, als ob ihm das alles nichts bedeutete. Dabei waren die Eltern so großzügig gewesen und hatten auch nicht gemeckert, weil sie zusammen mit ihnen unter einem Dach lebten, ohne verheiratet zu sein. Außerdem hatte er endlich diese Stelle in der Bank, einen Job, um den ihn die meisten beneiden würden, und dann . . .
Sie konnte es nicht fassen. Den ganzen Tag über hatte sie an nichts anderes denken können. Sie rief ein paar ihrer besten Freundinnen an. Klagte ihnen ihr Leid am Telefon und bereute es meist schon nach ein paar Sätzen, weil die guten Ratschläge der Freundinnen ihr auch nicht paßten.
»Nur eine neue Liebe hilft über eine alte hinweg. Andere Mütter haben auch schöne Söhne. Sei froh, daß du ihn los bist. Besser jetzt als später. Hauptsache, er hat dir kein Kind gemacht.«
Und so weiter. Da schien Juttas Vorschlag schon der sinnvollste: »Laß dir ein heißes Bad einlaufen, stell dir 'ne gute Flasche daneben, zünd alle Kerzen an, die du im Haus hast, leg sentimentale Musik auf und heul dich aus. Ich komm dann abends mal vorbei.«

Als ihr die sentimentalen Scheiben ausgegangen waren, setzte sie sich vor den Fernseher. Jutta war nicht gekommen.

Vielleicht würde Ernst endlich wieder eintrudeln. Sie war auf seine Erklärungen und Entschuldigungen schon gespannt. Irgendwie mußte er den ganzen Scheiß, den er erzählt hatte, doch wieder zurücknehmen oder ihr wenigstens erklären. Als er ging, hatte er so getan, als sei das die einzige Lösung für ihn. Redete von »alle Brücken abbrechen, um in das volle Leben zu fallen«, und so ein Zeug. Eine andere Frau konnte wohl kaum dahinter stecken. Wann hätte er wohl Zeit für andere Mädchen gehabt? Sie kannte ihn jetzt seit vier Jahren. Am Anfang hatten sie sich täglich gegenseitig von der Schule abgeholt, entweder bei ihr zu Hause oder bei seinen Eltern gegessen, dann gemeinsam unter mehr oder weniger Aufsicht der Eltern gebüffelt und den Tag zusammen verbracht, bis einer nach Hause mußte. Jetzt wohnten sie schon seit einem halben Jahr zusammen. Nachts war er nie weg. Sie gingen sogar gemeinsam mit den Eltern einkaufen. Einmal in der Woche probierte er mit seiner Band, dann waren sie für ein paar Stunden getrennt, aber sonst . . . Selbst wenn sein Freund Jo und er sich gemeinsam einen brannten, war sie dabei, obwohl sie diesen Jo nicht ausstehen konnte und ihn deswegen Johannes nannte, was ihn maßlos ärgerte.

Trotz der Schießerei im Fernsehen hörte sie, daß es unten klingelte. Sie brachte mit einigen Handbewegungen ihre ohnehin tadellose Frisur in Ordnung, rückte das noch halbvolle Cognacglas malerischer in die Nähe des Aschenbechers mit den nur kurz angerauchten und dann ausgedrückten Zigaretten darin. Sie mußte vor sich selbst zugeben, daß ihr Herz schneller schlug und sie nicht wußte, wie sie sich verhalten sollte, obwohl sie diese Situation in Gedanken pausenlos durchgegangen war: Er kommt zurück und betritt den Raum. Sollte sie ihn ansehen und lächeln oder ihn einfach ignorieren? Ihm um den Hals fallen, ihn wortlos

küssen und so alles verzeihen? Noch bevor die Situation so weit war, fühlte sie sich überfordert. Fast war sie dann erleichtert, als nicht Ernst, sondern Jutta eintrat.
Jutta stellte fest, daß es ihrer Freundin Brigitte gar nicht so schlecht ging und packte dann eine Literflasche Weißwein aus, die sie von ihren Eltern stibitzt hatte, wie sie gleich zugab, und ihr Vater sei schließlich Weinkenner.
Brigitte suchte den Korkenzieher.
»Habt ihr Krach gehabt, bevor er . . .«
»Was denkst du denn?«
»Worüber habt ihr euch gestritten? Wieder über Jo?«
Brigitte zuckte mit den Schultern und reichte Jutta den Korkenzieher. »Natürlich auch über den. Der will Ernst davon abhalten, die Banklehre zu machen. Und er hatte Ernst schon fast so weit. Gemeinsam mit ihm wollte er Autos in den Orient verschieben.« Brigitte klopfte sich mit dem Zeigefinger gegen die Stirn. »*Angeblich* hat der Johannes das schon mal gemacht. Er hat *angeblich* selbst mal 'n gebrauchten Mercedes rübergefahren in den Iran oder so. Die zahlen da ein Schweinegeld für so Schleudern, hat er gesagt.«
»Deswegen kann man doch nicht seine Lehrstelle in den Wind jagen!«
»Eben, hab ich auch gesagt. Aber der hat seine Gitarre genommen und ist gegangen.«
»Phf! Seine Gitarre – wenn er wenigstens Gitarrespielen könnte. Aber diese Katzenmusik.«
»Es war manchmal kaum zum aushalten, vor allem wenn der Johannes und er hier gemeinsam geübt und dabei ganze Batterien von Bierflaschen leergemacht haben. Ich mußte am anderen Morgen zum Praktikum und lag da nebenan und konnte nicht schlafen. Ernst mußte ja nicht raus, der wartete noch auf die Stelle in der Bank. Ich sag dir, die haben hier einen Zirkus veranstaltet – bis sein Vater 'raufkam und der Sache ein Ende gemacht hat. Dann zog Johannes maulend ab – wenn ich Glück hatte –, meistens aber

hörten sie nur mit der Klimperei auf und erzählten sich dann noch stundenlang, was sie doch für tolle Kerle sind und was sie noch alles machen wollen und was für tolle Ideen sie haben und so. Mein Schwiegervater kriegte davon nichts mit. Der konnte dann in Ruhe schlafen, aber ich hörte nebenan noch jedes Wort. Und die wußten das genau. Manchmal nämlich flüsterten sie, als hätten sie Angst, ich könnte was verstehen, und dann grölten sie plötzlich wieder los, als hätte sie der Hafer gestochen. Also, ich kann dir sagen, ich habe diesen Johannes gefressen.«
»Das glaube ich dir sofort. Das sind doch wirklich Scheißkerle. Statt zu heulen, solltest du denen wirklich mal gehörig die Meinung sagen.«
»Komm, schütt uns noch einen ein. Du kannst ja hierbleiben heute nacht. Der kommt sowieso nicht mehr. Dann bin ich nicht so alleine.«
»Na ja, wenn die alten Herrschaften nichts dagegen haben.«
»Quatsch. Ist doch unsere Wohnung.«

3

Andreas meckerte still vor sich hin: »Sie kann's nicht lassen. Sie hat schon wieder meine Jeans gebügelt. So kann ich doch unmöglich Christa besuchen. Mit 'ner gebügelten Jeans!«
Er versuchte, den Stoff zu spannen und so die Bügelfalte zu entfernen. Sein Bruder öffnete die Tür, schaute rein und fragte: »Hast du Ma gesehen?«
»Nee, wieso ist die nicht unten?«
»Keine Spur, und ich hab Hunger.«
Andreas zuckte ungerührt mit den Schultern.
»Ich dachte, sie könnte mir was warmmachen. Ich hab heute noch nichts Richtiges im Magen gehabt. Wir hatten Sportnachmittag.«

»Die kommt schon wieder.«
»Ja, aber ich hab nicht viel Zeit. Mein VHS-Kurs läuft heute.«
»Und ich krieg die Bügelfalten nicht aus der Jeans!«
»Setz dich damit in die Badewanne, und dann schrubb richtig. Die ist sowieso noch viel zu blau.«
Kaum hatte Ralf das Zimmer verlassen, begab Andreas sich vor den Spiegel, drückte sich einige Pickel auf Kinn und Stirn aus und behandelte sie dann mit in Clerasil getunkten Wattebäuschchen. Er wurde diese Scheißpickel nicht los, und lange Haare wachsen lassen durfte er sich auch nicht. Was sollten die Mädchen bloß an ihm finden, wenn er jetzt auch noch mit gebügelten Jeans ankam?
Er betrachtete die Poster mit den blankgewienerten Motorrädern. Honda. BMW. Kawasaki. Und die sagenhafte Harley Davidson. Er kannte PS-Zahlen und Spitzengeschwindigkeiten von allen Maschinen auswendig. Oft hatte er geträumt, auf so einem Ofen über die Autobahn zu jagen. Hintendrauf eine blonde Biene in Hot Pants. Christa vielleicht . . . Aber Vater wollte ihm das unbedingt austreiben, Mutter hielt es für zu gefährlich, und dann bekam er zum achtzehnten Geburtstag ein *Mofa* geschenkt. Man stelle sich das bloß mal vor: Er und ein Mofa!
Er konnte gar nicht mehr dran denken, wie sehr er sich geschämt hatte, als er damit zur Schule fuhr. Und zwei Tage später fing er sich schon das erste Strafmandat, weil Christa hinten mit draufsaß und das Mofa natürlich nur für eine Person zugelassen war. Vater hatte ihm die Strafe vom Taschengeld abgezogen, aber Ma war nicht so hart und steckte ihm was zu. Eins hatte er sich geschworen, nach dem Abi würde er nicht sofort studieren. Erst ein paar Monate arbeiten und hart sparen und dann so eine Traummaschine . . .
Die Tür flog wieder auf: »Mann, wo bleibt die denn? Ich muß los! Hat die heute etwa Kaffeklatsch?«
»War gestern.«

»Wo steckt sie denn? Der Wagen ist auch nicht da!«
Andreas schmunzelte: »Vielleicht hat sie die Gelegenheit ausgenutzt?«
»Welche Gelegenheit?«
»Na, Pa ist doch heute mit dem Käfer los. Und Ma sollte den Mercedes aus der Werkstatt holen. Vielleicht nutzt sie die Chance und dreht noch schnell 'n Paar Runden mit dem Schlitten. Sonst bescheißt er sich doch immer so um sein . . .«
»Du spinnst ja!« zischte Ralf und knallte die Tür wieder zu. Er beschloß, von seinem Taschengeld an der nächsten Imbißbude was zu essen. Diese Investition würde er hoffentlich später von seiner Mutter zurückbekommen.

4

Der Junge ging ihr nicht aus dem Kopf. Er war so alt wie ihre Söhne. Aber man mußte ihm mal gewaltig wehgetan haben, sonst würde er nicht so abfällig und zynisch über alles reden. Auch über sich selbst. Er glaubte, nichts mehr mit der Welt zu tun zu haben. Alles nur Bluff. Er machte sich und sein Wohlergehen zum Maßstab aller Dinge. Er tat ihr leid. Ihre Wut verflog. Vielleicht hatte er Mutti zu ihr gesagt, weil er nie eine Mutter hatte . . . Vielleicht sah er unbewußt in ihr die Mutter, die er sich eigentlich wünschte und doch ablehnte? Trotzdem, es war genausogut möglich, daß er ihr damit wehtun wollte. Ihr seine Verachtung zeigen für eine Welt, in der es besorgte Muttis und Vatis gab.
An der nächsten Ausfahrt fuhr sie ab, bog dann wieder nach links ab und suchte die Auffahrt zur anderen Autobahnseite.
»Ich fahre zurück«, sagte sie leise zu sich selbst. »So kann ich ihn da nicht stehenlassen. So nicht.«
Sie fuhr den Wagen bis zum Anschlag der Tachometernadel

aus, als hätte sie Angst, er könnte inzwischen von einem anderen Fahrer mitgenommen werden. Nach ein paar Kilometern wechselte sie noch einmal die Autobahn und war dann wieder auf der richtigen Seite. Erst kurz vor der Raststätte drosselte sie das Tempo. Er sollte nicht merken, daß sie gerast war, um ihn noch zu erwischen.
Sie sah ihn sofort. Er stand an der Tankstelle und kämpfte mit einem Cola-Automaten. Er schlug mehrfach mit der Faust dagegen und trat dann auch zu. Ein Tankwart fauchte ihn an, dann hielt er plötzlich eine Cola-Dose in der Hand. Sie fuhr heran und öffnete die Scheibe.
Der Tankwart drohte mit der Faust und kam näher. Mick packte seine Gitarre, rannte die paar Meter bis zu Giselas Wagen, riß die Beifahrertür auf und sprang rein.
Gisela gab sofort Gas. Mick lehnte sich in die Polster zurück und schlug die Beine übereinander. Mit einem Ruck öffnete er die Cola-Dose. Dabei zischten einige Spritzer in den Wagen und von innen an die Scheiben, doch das störte ihn nicht im Geringsten.
Er tat einen tiefen Schluck, stöhnte dann wohlig und sagte so lässig wie möglich: »Na also, klappt alles, wenn man nur mal richtig hintritt.«
Ungläubig betrachtete sie ihn. Sie konnte es kaum fassen. Er verlor nicht ein Wort darüber, daß sie wiedergekommen war. Er nahm es so selbstverständlich hin, als sei sie sein Privatchauffeur.
»Willst du 'n Schluck?« fragte er und hielt ihr die Dose hin. Das sollte wohl eine Art Friedensangebot sein. Sie nahm es an. Sie war eine ausgesprochene Coca-Cola-Feindin und kannte mindestens ein Dutzend guter Gründe, warum der Genuß von Coca-Cola abzulehnen war. Doch sie überwand sich und versuchte, einen Schluck aus der Dose zu nehmen. Dabei hafteten ihre Augen auf einem Lkw vor ihr, dessen Fahrer entweder betrunken oder total übermüdet sein mußte. Das klebrig-braune Zeug schäumte in ihrem Mund so sehr, daß sie sich verschluckte. Sie hustete und spuckte.

Einige Spritzer zogen sich in langen, dünnen Streifen an ihrem Hals entlang.
Sie machte ein angewidertes Gesicht. »Im Handschuhfach liegen Papiertaschentücher. Kannst du mir mal . . .«
Er nahm nicht nur ein Tuch aus dem Handschuhfach, er wischte ihr sogar unaufgefordert die Cola vom Hals. Er tat das nicht mit besonderem Zartgefühl. Er machte es vielmehr mit der Gleichgültigkeit eines Fensterputzers vor einer Kaufhausscheibe.
Sie wollte auf keinen Fall, daß jetzt wieder das große Schweigen losging. Aber was wollte sie überhaupt?
Sie ging gleich zum Angriff über: »Warum hast du Mutter zu mir gesagt?«
»Warum bist zu zurückgekommen?«
»Beantworte erst meine Frage!«
»Warum denn?«
»Wußte ich doch, daß man mit dir nicht reden kann!«
»Also, warum bist du dann zurückgekommen, wenn du das sowieso wußtest?«
»Weil du mir . . . na, weil du mir ganz einfach leid tust.«
Er setzte sich aufrecht im Polster hin, verschränkte die Arme vor der Brust, musterte sie abfällig und sagte: »Ich glaub' mich streift 'n Bus. *Ich* tu *dir* leid! Und womit hab ich das verdient?«
Seine Pose und seine harte Stimme machten sie noch unsicherer, deshalb wurde auch ihre Stimme frostig: »Weil du alles verächtlich machst. Weil du gemein bist zu Menschen, die nett zu dir sind! Und weil du nur wegläufst, auf der Flucht bist vor den Menschen oder weiß der Teufel, wovor du wegläufst und Angst hast!«
»Wovor läufst du denn weg?«
Sie verlor die Kontrolle über das Fahrzeug. Es war ihr unmöglich, sich auf die Fahrbahn zu konzentrieren. Sie konnte ihren Blick nicht von Mick wenden, der herrisch, fast drohend dasaß und sie mit seinen Augen zu durchbohren suchte.

»Wovor sollte ich denn weglaufen?« Sie stammelte fast.
»Ach, es ist also normal für dich, nachts über die Autobahn zu brettern, junge Männer aufzugabeln, zum Essen einzuladen, sie wieder rauszuschmeißen, sie wieder abzuholen und so? Bin mal gespannt, wie die Geschichte weitergeht. Vielleicht ist schon dein eifersüchtiger Ehemann hinter uns her? Oder vielleicht bist du ja auch hinter ihm her!«
Sie holte tief Luft, fuhr sich dabei mit der linken Hand durch die Haare, atmete seufzend aus und ließ die Hand wieder aufs Lenkrad fallen.
»Du bist ganz schön anstrengend. Wem willst du eigentlich was beweisen durch deine Unausstehlichkeit?«
»Ich bin gar nicht unausstehlich. Im Gegenteil. Ich bin der Liebling der Frauen. Ist es nicht Beweis genug, daß zu zurückgekommen bist?«
Ihr rechtes Bein begann auf dem Gaspedal zu zittern. Am liebsten hätte sie vor Wut und Scham geschrien, geheult und ihn wieder rausgeworfen. Aber sie riß sich zusammen und konterte: »Ist ja selbstverständlich. Du bist so ungeheuer schön, daß ich es kaum fassen kann. In meinem ganzen Leben ist mir nie ein schönerer Mann begegnet.«
»Na also«, sagte er grinsend und flegelte sich in den Sitz.
Dann wieder eisiges Schweigen. Sie dachte daran, daß sie noch nie in ihrem Leben einfach so ziellos rumgefahren war. Aber fährt man ziellos, wenn man ziellos fährt? Gibt es so etwas überhaupt? Suchte sie nicht doch? Einen Gedanken, ein Erlebnis, vielleicht gar eine Möglichkeit?
»Ich habe heute nacht meine Familie verlassen«, sagte sie so sachlich wie möglich. »Ich bin unterwegs zu meinem Geliebten.«
Er zeigte sich beeindruckt.
»Find ich super. Alle Brücken hinter sich abbrechen und was Neues anfangen.«
»Wirklich?«
»Klar! Das ist die einzige Möglichkeit.«

Sie griff wieder nach einer Zigarette. Er drückte für sie den Anzünder.
»Was ist dein Geliebter für 'n Typ?«
»Er – er ist Schwede . . .«
Er lachte: »So ein kühler Blonder aus dem Hohen Norden?«
»Blond ist er, das stimmt, und sehr nett.«
»Ja weiter, weiter, jetzt wird es doch langsam interessant!« forderte er. »Wie alt ist er, was macht der so, wie hast du ihn kennengelernt?«
Nervös sog sie an ihrer Zigarette. Die Glut wurde lang. Heiße Asche drohte abzufallen, aber sie achtete nicht darauf. Sie wollte erzählen. Irgendwas. Sie hatte einen Zuhörer – wenn auch nicht den besten, sie saßen gemeinsam in einem Auto, und keiner konnte sie stören. Es würde keine Zeugen geben und später keine peinliche Fragen im Bekanntenkreis. Sie würde sich irgendwann von diesem jungen Mann trennen und ihm dann nie wieder begegnen.
»Er ist so alt wie ich.«
Clever, dachte er, so verrät sie weder ihr eigenes noch sein Alter.
»Ich hab ihn auf einer Party in Kopenhagen kennengelernt.«
Sieh einer an, sie geht in Kopenhagen auf Parties.
»Er war ein Geschäftsfreund meines Mannes. Wir hatten häufig miteinander zu tun. So hat er es dann auch schnell rausgekriegt, das mit meinem Mann und mir.«
Sie drückte die Zigarette in den Aschenbecher und legte eine kurze Pause ein. Aha, sie erhöht die Spannung, dachte er, gleich kommt die übliche Geschichte. Ihr Mann versteht sie nicht, sie schlafen seit Jahren nicht mehr zusammen, und so weiter, und so weiter. Die wird staunen, wie ich ihre Konzeption mit ein paar gezielten Fragen so durcheinander bringe, daß . . .
»Mein Mann schlägt mich. Er ist jähzornig und brutal. Auch meine Söhne leiden darunter. Er faßt sie zwar nicht

an, aber ich kann vor ihnen nicht immer verheimlichen, daß er mich schlägt.«
Damit hatte Mick nicht gerechnet. »Wie alt sind deine Söhne denn?«
»Einer siebzehn und einer neunzehn.«
»Und warum helfen die Arschlöcher dir dann nicht?« fauchte er mehr ungläubig als enttäuscht.
»Weil sie auch Angst vor ihm haben. Alle haben Angst vor ihm. Du kannst dir nicht vorstellen, wie der ist, wenn er tobt. Am nächsten Tag muß ich mir dann dick Schminke ins Gesicht schmieren oder ich kann das Haus gar nicht verlassen, weil es jeder sofort sehen würde. Dabei reicht es doch schon, wenn die Nachbarn das Schreien und Brüllen hören. Ich schäme mich dann so. Am nächsten Tag. Wenn jeder in der Siedlung weiß: *Er hat sie wieder geschlagen!* Tobias hat mich getröstet, wenn er da war. Der war nur zärtlich und nett.«
Er unterbrach sie: »Versteh ich nicht, von dem einen läßt du dich prügeln, und bei dem anderen heulst du dich aus. Warum bist du denn nicht einfach abgehauen?«
»Bin ich ja. Heute nacht!«
Er stieß einen Schrei aus, als würde er auf einem Indianerpferd sitzen und eine Postkutsche angreifen. So hopste er auch auf dem Sitzpolster herum.
»Das muß gefeiert werden! Dein Unabhängigkeitstag!« Er begann zu lachen, und sein Gelächter steckte sie an.
Er warf den Kopf in den Nacken, riß den Mund weit auf und grölte, bis dicke blaue Adern an seinem Hals vibrierten. Dabei schlug er sich mit den Händen auf die Oberschenkel und rief: »Das darf doch nicht wahr sein, die Mutti ist eine Ausreißerin!«
Die Bezeichnung Mutti versetzte ihr diesmal keinen Stich, im Gegenteil, sie lachte aus vollem Herzen mit und fand dabei das Lachen so angenehm, daß der Wunsch zu lachen und das Lachen des anderen neue Lachsalven hervorriefen. Wie lange hatte sie nicht mehr so ausgelassen gelacht, daß

sich Tränen in ihren Augen bildeten? Sie sah die Bahn vor sich recht verschleiert und ging mit dem Tempo runter. Sie schubste ihn übermütig mit einer Hand aus seiner vorgebeugten Haltung in den Sitz zurück.

»Ausreißerin!« preßte sie zwischen den Lippen hervor. »Ausreißerin.« Dieses Wort paßte zu Mädchen zwischen dreizehn und siebzehn. Aber doch nicht zu ihr.

»Du hast ihn also wirklich verlassen?«

»Hab ich.«

»Und jetzt fährst du nach Schweden zu deinem komischen Tobias?«

»Genau das hab ich vor.«

»Großartig. Dann kannst du mich ja noch ein gutes Stück mitnehmen.«

Sie antwortete nicht sofort.

»Oder stör ich dich bei deiner Reise?«

»Nein, natürlich nicht. Willst du bis Schweden?«

»Mir ist gleich, wo ich bin. Ich stelle mich an Marktplätze, Einkaufsstraßen oder U-Bahn-Schächte und spiele meine Lieder. Damit verdiene ich genug. Das kann ich auch in Schweden tun.«

»Du willst also die ganze Reise mit mir machen?«

»Warum nicht?«

Wieder zögerte sie eine Weile, dann sagte sie: »Ja, warum eigentlich nicht?«

5

Als Giselas Mann den VW-Käfer vor dem Haus eingeparkt hatte, tänzelte er bester Laune auf das Gartentörchen zu und stieg darüber, ohne es zu öffnen. Es war nur einen halben Meter hoch, und er konnte es ohne Mühe überwinden; trotzdem kam er sich dabei ungeheuer sportlich vor. Er war übermütiger als sonst. Schließlich hatte er gerade der

Polizei einen guten Streich gespielt, wie er fand: Obwohl er mit seinen Kegelbrüdern einige Gläschen getrunken hatte, war er nämlich – ganz gegen seine Gewohnheit – eigenhändig nach Hause gefahren. Und in keine Kontrolle geraten! Ihn erwischte man eben nicht so schnell. Er war schon ein toller Kerl. Hoffentlich würde Gisela ihm keine Moralpredigt deswegen halten. Er nahm sich vor, sie mit »mein Schätzchen« zu begrüßen.

Ralf war von seinem VHS-Kurs zurück, und seine Musik schallte mal wieder lauter durchs Haus, als es dem Vater lieb war, doch heute verzichtete er auf Proteste. Ihn liebevoll mit Pa begrüßend, forderte sein Sohn gleich sechs Mark vierzig zurück, die er angeblich ausgeben mußte, weil Ma ihm kein Abendbrot gemacht hatte.

»Wie? Wo ist sie denn?« fragte der angetrunkene Vater verdutzt, und seine gute Laune verflog rascher, als er gehofft hatte. Als Ralf keine Antwort wußte, ging der Vater zu Andreas hinauf, doch der war noch gar nicht zu Hause. »Ob was mit den Eltern ist?« schoß es ihm durch den Kopf. Vielleicht hockte Gisela jetzt schon am Sterbebett seines Vaters oder seiner Mutter. Er versuchte, die Gedanken zu verdrängen. Es mußte ja nicht immer gleich das Schlimmste sein.

Ihr konnte ja auch was zugestoßen sein, schließlich kannte sie sich mit dem Mercedes nicht so aus. Den war er doch immer gefahren. Ob sie vielleicht auf dem Weg von der Werkstatt nach Hause . . . Unsinn, dann wäre er längst benachrichtigt worden.

Trotzdem ging er zum Telefon und rief die Polizei an. Der Beamte am anderen Ende der Leitung wies erst mal unwirsch darauf hin, daß Herr Berg die Notrufnummer gewählt hatte. Er gab ihm eine andere Nummer durch und forderte ihn auf, aus der Leitung zu gehen. Irgendwie bekam die Situation dadurch für den Herrn Berg mehr Dramatik. Er wählte hastig die andere Nummer und erkundigte sich dann, ob ein Unfall mit einem dunkelblauen

Mercedes gemeldet worden war. Er wurde nach der Nummer gefragt und mußte zugeben, daß er sie vergessen hatte. Das Gespräch wurde ihm unangenehm und peinlich. Doch erleichtert nahm er zur Kenntnis, daß ein blauer Mercedes im gesamten Stadtgebiet in keinen Verkehrsunfall verwikkelt worden war.
Er wollte schon auflegen, da hörte er sich sprechen: »Berg, Gisela Berg. Ist ihr etwas zugestoßen?«
Nach einer kurzen Pause am anderen Ende: »Negativ. Mir ist nichts bekannt. Es bleibt Ihnen natürlich überlassen, die Krankenhäuser anzurufen.«
Herbert Berg legte jetzt doch auf. Er bedankte sich nicht für die Auskunft. Sein Sohn Ralf lehnte trotzig am Türrahmen. Er wartete auf seine sechs Mark vierzig und nahm die Sorgen des Vaters nicht recht ernst. Herbert Berg begab sich zum Wohnzimmerschrank und öffnete die Hausbar. Er goß sich ein Glas Cognac ein, trank aber nichts. Mit dem Glas ging er zum Telefon zurück, ließ sich schwer in einen Sessel fallen und dachte nach. Dann kippte er den Cognac runter und suchte sich aus dem Telefonbuch die Nummern der verschiedenen Krankenhäuser. Er wählte sie nacheinander an und fragte nach seiner Frau – ohne Erfolg.
Nichtsahnend stürtzte Andreas ins Haus, der aus Christas sturmfreie Bude heimkam. Er sah seinen nervösen Vater, hörte sich kurz an, was geschehen war und sagte dann: »Die ist bestimmt bei ihrer Freundin.«
»Welcher Freundin?«
»Na, wie heißt sie noch? Dieser – äh – Theresa oder Threschen oder so. Die Frau von dem Filialleiter des Supermarktes an der Ecke. Die war doch auch schon mal bei uns zu Besuch.«
»So, so«, sagte Herr Berg. »Und was soll sie um diese Zeit bei dieser Freundin?«
»Weiß ich doch nicht!«
»Sie hätte doch wenigstens anrufen können.«
Neben dem Telefon fanden sie Giselas Notizblock. Der

Frisör. Kundendienst für die Elektrogeräte. Hausarzt. Und dann stand dort tatsächlich: Theresa 20 76 07. Ohne länger zu überlegen, ob man um diese Zeit noch stören könne, rief Herbert Berg an.
Nach mehreren Klingelzeichen meldete sich eine verschlafene Männerstimme. Der Mann gab den Hörer aber gleich verständnisvoll an seine Frau weiter.
Die verstand erst nicht richtig, war noch zu schläfrig, kam dann aber in Fahrt und fragte besorgt: »Wie? Gisela ist nicht zu Hause? Bei mir ist sie nicht. Um diese Zeit! Sie hat mich erst zweimal besucht. Aber nachmittags. Mein Gott, ihr wird doch wohl nichts passiert sein? Haben Sie schon die Krankenhäuser angerufen?«
»Hab ich. Kennen Sie vielleicht noch Leute, zu denen Gisela . . . ich meine, bei denen Gisela verkehrte?«
»Wir haben uns einmal in der Woche getroffen. Im Café Kaufmann. So für ein Stündchen. Mit noch sechs anderen Frauen, aber was sollte sie da jetzt?«
Ihm wurde klar, daß doch etwas mit den Eltern passiert sein mußte. Er bedankte sich bei seiner Gesprächspartnerin, versprach, sie zu informieren, sobald er mehr wüßte, und legte auf.
»Ich kann jetzt unmöglich bei den Eltern anrufen. Die machen sich doch fürchterliche Sorgen, wenn ich sie rausklingle und ihnen dann erzähle, ich wüßte nicht, wo Gisela steckt.«
»Aber wenn sie doch da ist!« verbesserte Ralf.
»Und wenn nicht?«
»Wo soll sie denn sonst sein?«
»Ich fahre vorbei. Wenn sie da ist, muß ja der Wagen vor der Tür stehen. Wenn der nicht da steht, brauche ich die Eltern gar nicht erst zu beunruhigen.«
Er hatte jetzt zwar das Gefühl, trotz des Cognacs wieder stocknüchtern zu sein, doch fürchtete er sich plötzlich, zu fahren. Er überlegte, ob er sich ein Taxi nehmen sollte, aber Andreas sah die Chance einer außerplanmäßigen Taschen-

gelderhöhung und bot an, schnell mit dem Mofa bei den Großeltern vorbeizufahren. Herbert Berg nahm das Angebot seines Sohnes dankbar an.
Langsam begann Ralf, sich ernsthaft Sorgen zu machen. So etwas war noch nie vorgekommen. Eins war klar, etwas sehr Schlimmes mußte passiert sein.
Als Andreas zurückkam und berichtete, bei den Großeltern sei alles dunkel gewesen und von ihrem Mercedes keine Spur, hätte Ralf fast geheult.
Im Gesicht des Vaters spiegelte sich eine Mischung aus Nichtverstehen, Wut, Angst und Hilflosigkeit. Er nahm sich vor, die Nacht im Sessel zu verbringen, um auf die Rückkehr seiner Frau zu warten. Sie hatten sich nie sonderlich gestritten, doch jetzt würde er sie zur Rede stellen, und er hoffte für sie, daß sie mit einer guten Erklärung aufwarten konnte.

6

Die Autouhr zeigte kurz nach zwölf. Sie schwiegen bereits seit einer ganzen Weile, und sie gähnte zum dritten Mal. Ihre Zigarettenpackung war leer, und seine Selbstgedrehten kratzten ihr im Hals.
Ihr war sofort klar gewesen, daß sie nicht bis Stockholm durchfahren konnten. Aber sie wußte nicht, wie sie sich aus dieser Affäre ziehen sollte.
»Meinetwegen können wir jetzt irgendwo pennen«, sagte er.
»Ich bin auch müde.«
Er drehte die Nachtmusik ab. »Normalerweise schlafe ich auf Wiesen oder Bänken, aber ich nehme an, hier im Auto ist es gemütlicher.«
Der Gedanke, eine Nacht im Auto zu verbringen, behagte ihr gar nicht.

»Wir können uns ja auch eine billige Pension suchen.« Er zuckte verächtlich mit den Schultern.
»Ist mir egal.«
Sie nahm die nächste Ausfahrt. Ein kleines Dorf, dessen Namen sie nicht kannte. Sie suchte eine Pension, die noch geöffnet hatte.
Vielleicht komme ich an den Wagen, wenn sie pennt, dachte er. Notfalls würde er ihn eben kurzschließen und dann später das Schloß auswechseln lassen. Die Möglichkeit, an den Schlüssel zu kommen, hatte er schon fast aufgegeben.
Sie stoppte den Wagen vor einem noch erleuchteten Gasthaus. Draußen hing ein Schild: Restaurant und Pension. Sie betraten das Haus nebeneinander. Er hatte die Gitarre im Auto gelassen, und sie nahm nur ihre Tasche mit ins Restaurant.
Das Restaurant war eher eine Kneipe. Um den Tresen standen noch ein halbes Dutzend Leute versammelt, und sie machten nicht den Eindruck, als wollten sie so bald gehen. Eine ältere, hagere Wirtin fragte die beiden nach ihren Wünschen. Es waren noch zwei Einzelzimmer frei.
»Zwölf Mark mit Frühstück pro Zimmer«, bot die Wortin an.
Gisela ließ sich die Zimmerschlüssel geben. Die Zimmer lagen zwar nicht nebeneinander, aber auf einem Flur. Die Ausstattung der Zimmer war mehr als dürftig. Ein Bett, ein Nachttisch, ein winziges Waschbecken. Toilette und Dusche auf dem Flur.
Mick war das völlig egal, und Gisela erklärte sich angesichts der Preise auch einverstanden.
Minuten später saß jeder allein in seinem winzigen Zimmer. Mick hockte sich auf die Bettkante und drehte noch eine Zigarette. Warum war er mit dieser Frau mitgefahren? Er hatte doch keine echte Chance, an ihren Wagen zu kommen. Er hätte genausogut jeden anderen auf einem Parkplatz klauen können. Er beschloß, nach unten zu gehen und

an der Theke noch einen zu trinken. Ein kühles Bier müßte jetzt guttun, dachte er. Vor dem viel zu kleinen Spiegel ordnete er seine Haare mit den Fingern und stelzte dann in den Schankraum.

Sie lag schon auf dem Bett, fühlte sich zerschlagen und wollte eigentlich sofort schlafen, doch dieser Junge ging ihr nicht aus dem Kopf. Außerdem, in welche Situation war sie da hineingeschlittert? Sie hatte doch einen Mann, ein Zuhause, eine gesicherte Existenz, und jetzt schlief sie in dieser drittklassigen Pension, ohne jeden Sinn. Bestimmt würde man schon auf sie warten und sich Sorgen machen. Was hatte sie zu diesem Wahnsinn veranlaßt? Noch konnte sie fliehen, zurückfahren, ihrem Mann irgendeine wilde Geschichte erzählen, und alles wäre wieder okay. Doch wenn sie jetzt hierblieb, dann würde sie morgen mit diesem jungen Mann über die Grenze nach Dänemark fahren, von da aus nach Schweden, und dann . . .

Sie stand wieder auf und begab sich nach unten. Auf der Treppe hörte sie bereits die Musikbox. Irgendein Idiot sang: Die Welt ist schön, heidideldumdei! Die Welt ist schön, heidideldumdei! Die Welt ist schön, heidideldumdei!

Sie sah Mick sofort und wäre am liebsten gleich wieder umgekehrt, doch ihre Schritte bewegten sich wie magisch auf ihn zu. Sie hörte ihn fragen: »Kannst wohl auch nicht schlafen?« und sich antworten: »Schön, daß du noch auf bist. Ich habe mich verdammt allein gefühlt in diesem kahlen Zimmer.«

Sie wehrte sich nicht, als er sie in den Arm nahm. Sie trank die Whisky-Cola, die er ihr bestellte, und noch drei Bier dazu. Die aufmerksamen Blicke der anderen Gäste auf dieses komische Pärchen interessierten sie nicht.

»Weißt du«, erklärte Mick, »das Komische beim Trampen ist, du siehst, daß es zwei Bahnen gibt. Die einen fahren in die Richtung, aus der die anderen gerade kommen, und das sieht furchtbar sinnlos aus.«

Sie dachte an ihren Mann und lächelte Mick an. Er bestellte

eine neue Runde. »Wir trinken hier wie Testpersonen einer Alkoholfirma«, lachte sie. Er prostete ihr zu. Sie tranken, und sie sagte: »Das stimmt, es sieht furchtbar sinnlos aus, aber es hat einen Sinn, das ist der Witz.«
»Siehst du, und genau das bezweifle ich.«
Irgendwann wurde die Wirtin dann die letzten Thekensteher los. Auch Mick und Gisela bewegten sich nach oben.
»Setzen Sie alles auf die Rechnung«, sagte Mick und zog Gisela mit sich.
»Ich glaub«, sagte sie, »ich glaub, ich bin ganz schön betrunken.«
Sie wankten gemeinsam die Treppen hoch und hielten sich dabei im Arm. Beide wußten, daß jetzt eine Entscheidung auf sie zukam. Würden sie vor der Zimmertür haltmachen oder nicht? Sie waren eng aneinandergelehnt, als sie vor Giselas Zimmer standen. Sie hatte das Gefühl, keinen Schritt mehr alleine gehen zu können. Als sich die Zimmertür öffnete, zog sie ihn mit sich.
Plötzlich stand ihr wieder alles ganz deutlich vor Augen: ihr Mann, ihr Haus, ihre Freunde, ihre Kinder. Sie begann – für ihn unverständlich – zu heulen. Ihre Fingernägel krallten sich in sein Hemd, bohrten sich tief in seine Arme und ließen ihn erstarren.
Ihre Tränen machten ihn ratlos und befeuchteten seinen Halsansatz. Er bemühte sich, so unauffällig wie möglich die Tür hinter sich und ihr zu schließen, doch ihre harte Umklammerung ließ ihm kaum eine Chance. Er konnte die Tür nur mit dem Fuß zustoßen. Dann versuchte er, ihr Gesicht mit einer Hand zu erreichen. Er wollte ihr die Tränen wegwischen, doch es gelang nicht. Sie klammerte sich fest an ihn. Nur für seine Lippen waren ihre Tränen erreichbar. Sie schmeckten salzig und bitter, doch er leckte sie ab. Dankbar drückte sie sich noch fester an ihn. Sein Atem stockte fast. Er saß in der Klemme. Er bekam kaum Luft und verspürte eine große Lust, zu fliehen. Trotzdem, es hielt ihn nicht nur ihre Umarmung. Er erwischte sich

dabei, daß er seine Hände über ihren Hintern gleiten ließ. Schnell war der Stoff ihres Kleides hochgehoben. Seine Hand spürte den Ansatz ihrer Strumpfhose. Ihr Atem an seinem Hals wurde aufdringlicher.
Ein Mädchen in seinem Alter hätte er einfach gefragt: »Willst du mit mir schlafen?« Aber diese Frau, die ihm das mit allen Mitteln zu verstehen gab, machte ihn gleichzeitig unfähig. Er konnte sie nicht einfach so fragen.
Ihre Fingernägel taten ihm weh. Von seinen Armen glitten ihre Hände herunter und zwängten sich in seine Jeans. Sie zog ihn zwei Schritte rückwärts und setzte sich auf das Bett. Unentschlossen stand er vor ihr. Ihre Haare waren schon zerwühlt und ihre Augen geschlossen, während sie den Reißverschluß seiner Jeans öffnete. Ihre Finger wühlten sich durch seine Unterhose und holten sein schlaffes Glied hervor. Er schämte sich ein bißchen. Seine Erregung äußerte sich nur in Nervosität.
Ihre Augen blieben geschlossen, als ihre Lippen sich über sein Glied stülpten. Er spürte ein warmes Saugen und knöpfte sein Hemd auf. Die Hose rutschte ihm bis zu den Knien, und er warf sein Hemd hinter sich. Sie war noch vollständig angezogen, als er in ihrem Mund anschwoll. Sie machte laute Schmatzgeräusche, während ihre Lippen und ihre Zunge um ihn flatterten.
Ihr Lippenstift hinterließ Spuren auf seiner Haut. Jedes Zeitgefühl verflog. Er seufzte tief und wohlig. Seine Hände suchten ihre Brüste. Er fiel zu ihr aufs Bett. Sie zog das lästige Kleid über den Kopf aus und warf es einfach weg. Es landete auf dem Rand des winzigen Spülbeckens und rutschte daran herunter. Ihre großen Brüste wurden von einem spitzenlosen BH gehalten. Sie drehte ihm den Rükken zu, und er hakte den Verschluß auseinander. Er strampelte sich die Jeans von den Füßen und sah zum ersten Mal ihre weißen, birnenförmigen Brüste. Die linke war größer als die rechte. Er hatte noch nie eine Frau gesehen, bei der die Brüste gleichmäßig waren. Die Strumpfhose pellte sie

sich selbst von den Beinen. Immer noch hielt sie die Augen geschlossen. Er half ihr dann – schon nackt – aus dem viel zu engen Miederhöschen. Sekunden später saß sie auf ihm. Sie war weit und naß und groß.
In dem dürftigen Licht des Zimmers sah er ihren Körper nur schemenhaft, während er kreisende Bewegungen auf ihm vollzog. Trotz der Erregung blieben beide stumm, sie taten es mechanisch, als gehörten ihre Körper nicht zu ihnen. Seine Hande ergriffen ihre Brüste und kneteten und drückten sie. Dann kippte sie zur Seite. Sie drängte sich unter seinen Körper. Ihr Mund verzog sich fast krampfhaft, als sie unter seinen schnellen Stößen zum Orgasmus kam. Kurz bevor er in ihr explodierte, bemerkte er, daß sie weinte. Die Tränen benetzten seine Schultern. Er wollte sich zurückhalten und sie etwas fragen, doch es war schon zu spät.
Als er von ihr herunterrollen wollte, sagte sie: »Nein, bleib so.«
Er wagte nicht, sich zu bewegen, und blieb ruhig liegen. Jetzt spürte er ihre Tränen ganz deutlich. Sein Glied schrumpfte in ihr, und sie flüsterte etwas Unverständliches in sein Ohr. Ihre Stimme war brüchig. Er wollte ihr etwas Liebes sagen, doch was ihm einfiel, war zu abgeschmackt. So streichelte er nur über ihre verschwitzten Haare. Ihr tränennasses Gesicht machte ihm Angst.
»Was hast du?«
Wieder küßte er ihr Tränen von der Wange, doch dadurch schien alles noch schlimmer zu werden, denn jetzt schluchzte sie erst richtig los und bekam einen knallroten Kopf. Er wischte mit seiner Zunge sanft von ihren Kinnladen bis zu den Augen. Das salzige Wasser tropfte trotzdem an ihren Schläfen entlang in ihre Haare und dann aufs Kopfkissen.
»Was ist los mit dir? Sag doch was.«
Sie wühlte mit ihren Fingern durch seine Haare und atmete tief. Dann drückte sie seinen Kopf so, daß ihre Lippen wieder aufeinander lagen. Ihre Zunge glitt in seine Mund-

höhle und untersuchte sie ausgiebig. Besonders Gefallen fand sie daran, wenn er seine Zähne vorsichtig in ihre Zunge grub, als wollte er sie abbeißen. Sie knurrte dabei und bewegte sich unter ihm wellenförmig. Der Kuß beunruhigte ihn. Er war noch nie so wild, so verbissen geküßt worden. War das die Antwort auf seine Frage? Vielleicht wollte sie nicht reden und ließ lieber den Körper sprechen. Sein schlaffes Glied drohte, aus ihr herauszurutschen. Das war ihr gar nicht recht. Sie hob ihren Unterleib an und schob sich ihm entgegen. Sie bildete einen Trichter, in dem sein Glied baumelte. Damit er sich nicht freiwillig zurückziehen konnte, legte sie eine Hand auf seinen Hintern und drückte ihn fest runter. Er konnte nicht entkommen. Ihr Körper sprach eine deutliche Sprache.
Als er fast glaubte, an ihrem Kuß ersticken zu müssen, ließ ihre Zunge ihn in Ruhe. Sie weinte nicht mehr und atmete heftig.
»Halt mich fest«, sagte sie, »halt mich ganz fest. Und paß gut auf, daß ich dir nicht weglaufe.«
Um sich aus der unbequemen Stellung zu befreien, bot er ihr an: »Wollen wir eine rauchen?«
»Nein, bleib so.«
»Ich fürchte, ich kriege einen Krampf im Kreuz.«
Er schämte sich im selben Moment für diesen Satz. Vielleicht war das auch alles, was sie wollte, dem zwanzig Jahre jüngeren Mann beweisen, daß sie ihn im Bett fertigmachen konnte? Wenn sie gerade nicht so geweint hätte, wäre ihm diese Überlegung sehr schlüssig erschienen. So aber wagte er nicht, sie zu fragen.
Er löste sich von ihr so sanft es ging und richtete sich gerade im Bett auf. Er angelte die Zigaretten und zündete gleich zwei an. Sie lag seitlich auf dem Bett, den Kopf in eine Hand gestützt. Ihre schweren Brüste ruhten einladend auf dem zerwühlten Kopfkissen. Er konnte sich nicht daran erinnern, jemals so große Brustwarzen gesehen zu haben.
»Soll ich dir ein Handtuch holen?« fragt er.

Sie schüttelte den Kopf.
»Hast du schon mit vielen Frauen geschlafen?«
Er zuckte verharmlosend mit den Schultern.
»Sag schon!«
»Neugierig? Oder eifersüchtig?« fragte er zurück.
Sie verzog das Gesicht, als wolle sie ihm die Zunge rausstrecken. Wie ein übermütiger Teenager sah sie jetzt aus.
»Du küßt, wie Jimi Hendrix Gitarre spielt!« sagte er.
Sie sah ihn verwundert an. »Wer ist Jimi Hendrix?«
Sie kennt Jimi Hendrix nicht, dachte er, das darf doch nicht wahr sein. Aber in Kopenhagen auf Parties gehen, in Stockholm einen Geliebten haben und im Bett wild wie ein Tiger sein. Das paßt doch alles nicht zusammen.
»Der Hendrix, der spielte Gitarre. Elektrische, mit wah-wah und so. Und manchmal, dann spielte er mit der Zunge. Dann begann die ganze Welt zu trudeln und alles verzerrte sich. Er streichelte seine Gitarre mit der Zunge, als wäre sie seine Geliebte. Verstehst du?«
Sie nickte, doch sie verstand nichts. Was war das nur für ein Junge. Was war das für ein Typ, der ihr sagte: Du küßt, wie Jimi Hendrix Gitarre spielt?
»Kennst du diesen Hendrix gut?«
»Seine Platten kenn ich. ›Hey Joe‹, ist das beste, das er je gemacht hat. Er war schwarz, weißt du, und irgendwann hat er sich dann zu Tode gefixt.«
»Du meinst, der hat sich Rauschgift gespritzt?« fragte sie und drückte sich eine imaginäre Spritze in den Unterarm.
»Ja«, nickte Mick gewichtig, »man kann als Rockmusiker berühmt werden, man kann auch reich werden, aber alt wird man bestimmt nicht.«
Er träumt davon, als berühmter Rockmusiker jung zu sterben, dachte sie. Im Grunde ist er ein romantisches Jüngelchen, kann keiner Fliege was zuleide tun und ist naiv genug, an ein Leben als Rock'n'-Roll-Star zu glauben. Früher wollte er bestimmt Lokomotivführer werden oder Kapitän, aber aus dem Alter ist er jetzt raus.

»Warum soll man als Rockmusiker nicht alt werden können? Man muß doch nicht Rauschgift nehmen oder?« fragte sie. Er schlug sich demonstrativ gegen die Stirn und spottete: »Mensch, bist du naiv! Rockmusik ist die Droge überhaupt. Und außerdem, was ist mit Elvis? Was mit Jenis Joplin? Die haben ihr Leben auch dem Rock hingegeben. Haben geschluckt und gedrückt, um ihrem Publikum das Größte zu geben: den totalen Sound.«
»Dafür lohnt es sich doch nicht zu sterben.«
»Für was denn sonst?«
Sie erhob sich aus dem Bett, ging auf das Waschbecken zu, öffnete den Kran, ließ Wasser in die offene Handfläche laufen und spritzte es sich zwischen die Beine. Dann nahm sie ein Handtuch vom Halter und wischte sich damit ab. Sie hielt ihm das Handtuch auch hin.
»Es lohnt sich überhaupt nicht zu sterben. Du solltest lieber versuchen, für deine Art von Musik zu leben. Wenigstens solange du noch jung bist.«
Seine Stimme wurde plötzlich aggressiv: »Was heißt das denn: jung sein? Jung sein ist mehr als bloß ›noch nicht erwachsen‹. Es gibt Typen, die wollen gar nicht mehr erwachsen werden. Und dazu brauchen sie diesen Sound. Der ist Anti-Mami und Anti-Papi und gegen alles, was damit zusammenhängt. Eine phantastische Musik gegen euere verdammte saubere Ordnung.«
»Willst du mich missionieren oder was?« fragte sie.
Sie nahm seinen Kopf und drückte ihn gegen ihre Brüste. Sie streichelte ihn, als sei er ein kleines, krankes Kind, das jetzt ins Bett gebracht werden muß. Während ihre Hand über seine kurzen Haare strich, sagte sie verständnisvoll: »Ich weiß, du gehörst auch zu denen, die sich einfach weigern wollen, erwachsen zu werden.«
Jetzt lag soviel klugscheißerische mütterliche Zuneigung in ihrer Stimme, daß er sie am liebsten geohrfeigt hätte. Er löste sich von ihr, betrachtete mit einigem Abstand ihren nackten Körper und sagte dann:

»Also, warum hast du geweint vorhin?«
»Fang doch nicht damit an.«
»Du hast gesagt, ich soll aufpassen, daß du mir nicht wegläufst. Warum?«
Sie setzte sich widerwillig auf die Bettkante, legte sich die Bettdecke über die Schultern und begann: »Weil ich Angst habe, daß ich im letzten Moment vor meinem eigenen Mut weglaufe und wieder zu meiner Familie zurückkehre. Wenn du auf mich aufpaßt und mir ein bißchen Mut machst, schaffe ich es vielleicht.«
»Du bist gut«, feixte er. »Ich soll dich festhalten und dir Mut machen und dich dann in Stockholm deinem Geliebten übergeben, oder was? Und dann darf ich abhauen, dann hab ich meine Schuldigkeit getan. Na, du machst mir Vergnügen.«
»Du müßtest das doch eigentlich verstehen. Oder ist es dir lieber, ich gehe zu meinem Ehemann zurück, mache ihm das Abendessen und lasse mich dann verprügeln?«
»Vielleicht gibt es deinen Ehemann gar nicht?«
»Zieh mich nicht auf, bitte, die Sache ist zu ernst. Kein Wetterbericht, kein Bluff.«
Er kniete sich vor sie hin, legte seinen Kopf auf ihre Knie und predigte los: »Ich will dich nicht verarschen. Wirklich. Stell dir einfach vor, es gibt deine Familie nicht. Denn sie existiert nur, weil sie in deinem Kopf existiert. Für mich zum Beispiel existiert sie nicht. Ich kann sie zur Lüge erklären. Zu einem schlechten Film. Das kannst du auch. Weigere dich einfach, anzuerkennen, daß es diese Leute gibt. Du hast nie einen Ehemann gehabt, du bist nie verprügelt worden, du hast nie Kinder in die Welt gesetzt. Lösch sie aus deinem Hirn aus. Befreie dich von ihnen. Ich sag dir, es geht. Nur was du in deinem Kopf anerkennst, kann dir wirklich schaden.«
Wieder streichelte sie seine Haare.
»Man kann doch die Welt nicht leugnen. Jeder Mensch hat eine Vergangenheit und eine Zukunft. Niemand fällt vom

Himmel und ist einfach da. Wenn alles so einfach wäre, wie du es machst, dann wäre das Leben nur eine große bunte Seifenblase. Ein Witz.«

Er sprang auf, stand in voller Größe vor ihr, breitete seine Arme aus, als wollte er das Universum umfassen, und rief: »Das ist es, das Geheimnis aller Dinge: Die Erde ist eine riesige Seifenblase, bunt und schillernd, und irgendwann geht es buff, und sie ist weg! Einfach weg.«

Er spielte jetzt nur für sie Theater, und sie genoß es. Er war gut. Ein geborener Komiker. Sie kicherte. Erst nur, um ihm einen Gefallen zu tun, doch dann, weil ihr seine Vorstellung wirklich Spaß machte. Er tänzelte von einem Bein aufs andere, versuchte eine Figur aus »Kabarett« nachzuahmen und sang dazu: »Die Erde ist eine riesige Seifenblase, eine riesige Seifenblase!« Er rollte dabei mit den Augen und klatschte mit den Händen. Sie wurde verleitet, mitzuklatschen und mitzusingen, dann lag sie auf dem Bett, und Bauch und Busen wabbelten vor Lachen. Doch sie zwang sich zur Ruhe und versuchte, auch ihn zu stoppen, denn plötzlich erinnerte sie sich daran, daß sie in einer Pension einquartiert waren, daß es fast vier Uhr morgens sein mußte und nebenan sicherlich Gäste schliefen.

»Pssst. Sei doch endlich ruhig. Mach doch nicht so einen Lärm! Wir fliegen noch raus wegen dir.«

Er kümmerte sich gar nicht um ihre Einwände. Da stand sie auf, griff nach ihm und zog ihn aufs Bett.

»Wie Jimi Hendrix«, sagte sie und versenkte ihre Zunge in seinem Mund.

7

Sie war klatschnaß geschwitzt, als sie neben ihm wach wurde. Seine Nähe war ihr jetzt unangenehm. Das Laken roch verschwitzt. Sein Körper heizte das für zwei Personen viel zu kleine Bett dermaßen auf, daß sie am liebsten das Weite gesucht hätte. Sie drückte sich an die Wand, um so weit wie möglich von seiner Haut entfernt zu sein. Sie öffnete die Augen und starrte in die Dunkelheit. Sein regelmäßiger Atem machte sie nervös. Ein kühles Bad wäre jetzt genau das richtige gewesen. Sie wischte sich mit einer Hand über die Speckfalten am Bauch. Kleine Wasserrinnen waren darin entstanden. Auch in ihrem Bauchnabel hatte sich Schweiß gesammelt. Sie putzte die nassen Finger an der Bettdecke ab. Eine Fliege summte durchs Zimmer und ließ sich auf ihrem Fuß nieder. Sie zuckte so sehr zusammen, daß sie schon glaubte, ihn geweckt zu haben, aber er schlief fest weiter.

Seine fast zierlichen Schultern machten ihr bewußt, wie rundlich und füllig ihr eigener Körper war. Der Gedanke, mit dem Jungen geschlafen zu haben, erschien ihr unwirklich. Ein erotischer Traum. Mehr nicht. Was sollte er an ihr Erregendes finden? Natürlich, sie kannte all die psychologischen Erklärungen aus den Glanzdruckzeitschriften, diesen Ödipuskomplex, der junge Männer angeblich dazu führt, sich an ältere Frauen ranzumachen, weil sie in Wirklichkeit mit ihrer Mutter ins Bett gehen wollen, aber sich das wiederum nicht trauen. Sah der aus, wie einer, der mit seiner Mutter schlafen will? Und wie sieht so einer aus? Außerdem, hatte er sie oder sie ihn verführt? Jedenfalls würde er jetzt wohl nicht mehr Mutti zu ihr sagen. Und wenn er das noch einmal tut, dachte sie, dann sage ich Ödipus zu ihm. Der Gedanke erheiterte sie. Vorsichtig erhob sie sich aus dem Bett. Sie bemühte sich, ihn nicht zu wecken. Auf dem Flur gab es eine Dusche und eine Toilette. Sie wollte sich frischmachen – sollte er nur weiterschlafen. Die Haare mußten gewaschen werden. Sie glänzten schon. Außerdem hatte sie vor, sich hübsch zurecht zu machen und ihn dann erst zu wecken. Gemeinsam mit ihm frühstücken wollte sie auf jeden Fall noch. Was dann werden würde, wußte sie noch nicht, doch seltsamerweise bedrückte sie die Unsicher-

heit nicht. Sie war fast erleichtert – wie von einer schweren Last befreit, weil sie sich keine Sorgen um die nächsten paar Stunden machte. Vielleicht waren die bevorstehenden Entscheidungen auch so schwerwiegend, daß sie sie zu verdrängen versuchte?
Sie tat nur die kleinen, naheliegenden Dinge. Ihre Kleider aufsammeln, den Aschenbecher im Papierkorb ausleeren, ein Fenster leise öffnen, und dann ertappte sie sich dabei, wie sie seine Jeans und sein Hemd faltete und über einen Stuhl legte. So hatte sie es gestern noch für ihre Söhne getan, die so schlampig waren, daß sie ihre stinkigen Socken einfach unters Bett warfen, wo sie sie einmal pro Woche aufsammelte, um sie in die Waschmaschine zu stecken. Sein Parka lag neben der Tür auf dem Boden. Er hatte ihn wohl einfach fallen lassen, als sie ihn umarmte. Oder hatte er sie umarmt?
Sie hob auch den Parka auf und wollte ihn über den Stuhl legen, als ihr etwas Hartes auffiel. Sein Messer. In den Permuttgriff war eine Klinge versenkt. Zu gern hätte sie die Mechanik ausgelöst und die Klinge hervorschnappen lassen. Vielleicht würde er von dem Geräusch wach werden und sich erschrecken? Sie kannte sich mit solchen Messern nicht aus. Einer der beiden Söhne hatte so ein Ding mal von der Schule mit nach Hause gebracht. Ihr Mann war damals furchtbar wütend geworden und hatte dem Bengel das Stilett abgenommen. Ihr Mann nannte das Ding Stilett. Sie wußte, daß es zwischen Klappmessern und Stiletts einen Unterschied gab, das hatte sie mal in einem Krimi gelesen. Sie würde Mick danach fragen. Vielleicht wußte der Bescheid. Männer kannten sich ja meist aus mit so einem Kram. Besonders Männer, die solche Sachen bei sich trugen. Sie hatte noch nie eine Frau getroffen, die ein Messer mit sich rumschleppte. Vielleicht trug Mick es zu seinem Schutz beim Trampen? Vielleicht auch nur, um Obst damit zu schälen? Vielleicht hatte er es erst vor kurzem gefunden und wollte es verkaufen?

Sie steckte das Messer nicht wieder in seine Parkatasche zurück, sondern in ihre Handtasche. Dann öffnete sie mit all ihren Kleidern über dem Arm und der Tasche und dem Handtuch bewaffnet die Zimmertür einen Spalt und spähte in den Flur. Es war niemand zu sehen. Sie wagte es, über den Flur zum Bad zu spurten. Sie fand es spannend, daß aus jeder Tür jemand empört hinaustreten konnte. Aber es kam niemand. Sie verschwand im Badezimmer. Man konnte die Tür von innen nur mit einem winzigen Riegel verschließen. Wenn jemand unwirsch versuchen sollte, ins Badezimmer zu kommen, würde der Riegel kaum halten. Den konnte man schon versehentlich abbrechen.
Während sie das kalte und das warme Wasser mischte, dachte sie an die letzte Party ihrer Söhne. Sie wollte mit ihrem Mann an dem Abend zu den Schwiegereltern fahren. Schließlich bestanden ihre Söhne auf einer sturmfreien Bude. Die ersten Teenies hüpften schon im Wohnzimmer rum, als ihr einfiel, daß die Schwiegermutter ihr vor zwei Jahren ein lila Kostüm geschenkt hatte. Einen Fummel, den sie nur einmal anhatte. Doch bei jedem Besuch fragte die Schwiegermutter: »Trägst du auch das gute Kostüm noch, das ich dir geschenkt habe? Mußt nicht glauben, daß das billig war. Hab ich bei C & A in der Damenkonfektionsabteilung gekauft. Für fast zweihundert Mark.« Mit schöner Regelmäßigkeit antwortete sie darauf, daß dieses Kostüm nach wie vor ihr Lieblingskostüm sei.
Sie wühlte es also aus dem Kleiderschrank heraus und zog sich noch rasch um. Im Spiegel, vor dem sie sich betrachten wollte, sah sie plötzlich das erst erschrockene, dann aber angespannt interessierte Gesicht eines jungen Mannes, der wohl zufällig ins Zimmer getapst war, sie beim Umziehen erblickt und jetzt keine Lust mehr hatte, sich das entgehen zu lassen. Damals hatte sie so getan, als hätte sie ihn nicht bemerkt. Sie erinnerte sich sogar daran, daß sie sich zum Ankleiden viel mehr Zeit nahm, als nötig gewesen wäre. Irgendwie genoß sie die Situation damals. Sie konnte sich

nicht daran erinnern, den Jungen jemals in ihrem Haus wiedergesehen zu haben. Sie kannte ihn genausowenig, wie sie die anderen Freunde ihre Kinder kannte.
Das Wasser hatte jetzt die richtige Temperatur. Bevor sie den Strahl dicker einstellte, zog sie den Duschvorhang vor. Schon wenige Sekunden später klebte ihr der billige Plastikvorhang am nassen Körper fest. Wie magnetisch von ihrem Körper angezogen, suchte der Vorhang immer wieder Kontakt zu ihrer nassen Haut. Es störte sie zwar, doch sie versuchte, sich dadurch nicht das erfrischende Gefühl verderben zu lassen. Schließlich konnte sie in dieser billigen Pension keine Duschkabine erwarten wie zu Hause. Mit hellblauem Doppelspülstein und zart in den Farben abgestimmten Kacheln.
Auf der Seifenablage stand eine halbvolle Flasche Shampoo. Froh über ihren Fund, schäumte sie sich die Haare mit diesem Zeug ein, das nach Äpfeln duftete und angeblich dem Haar seinen natürlichen Glanz zurückgab. Sie massierte sich ausgiebig die Kopfhaut und benutzte dazu soviel Shampoo, daß es in langen weißen Flocken an ihrem Körper heruntertropfte. Zu Hause besaß sie Intimseife, Intimspray und Intimtücher. Jetzt benutzte sie den Schaum des Haarshampoos, um sich die angetrocknete Samenflüssigkeit abzuwaschen.
Ich habe nicht mal einen frischen Schlüpfer mit, dachte sie. Sie war es gewöhnt, täglich frische Wäsche anzuziehen. Sie ekelte sich vor muffigem Zeug und Schweißgeruch. Aber ihr blieb nichts anderes übrig, als wieder in die alten Kleider zu steigen. So sehr sie auch daran roch, sie konnte keinen unangenehmen Geruch feststellen. Der Duft von reifen Äpfeln lag über allem.
Im Badezimmer hatten sich dichte Nebelschwaden gebildet, die durch das kleine Fenster viel zu langsam abzogen. Der einzige Spiegel in dem Raum war mit dicken Wasserperlen beschlagen. Sie mußte den Spiegel erst abwischen, bevor sie sich in ihm sehen konnte. Kritisch prüfte sie die Gesichts-

haut. Wie gut, daß sie wenigstens ihre Schminkutensilien immer bei sich hatte. Sie kremte das ganze Gesicht gleichmäßig ein und verrieb das Fett sorgfältig, bis keine Spur mehr davon zu sehen war. Die Augenbrauen zog sie nach, und auch den Wimpern widmete sie sich in aller Ruhe. Sie wollte ihrem Blick eine Tiefe geben, die er nicht hatte. Doch mit einigen dunklen Tönen um die Augen herum, näherte sie sich dem angestrebten Ziel. Die nassen Haare benötigten eigentlich einen Föhn, aber da sie auch den nicht zur Hand hatte, entschied sie sich, die Haare einfach glattgekämmt trocknen zu lassen.

Nachdem der Lippenstift ihrem Mund endlich das gegeben hatte, was Männer angeblich sinnlich fanden, war sie mit sich selbst richtig zufrieden. Bester Laune tänzelte sie aus dem Bad.

Sie roch den frischgekochten Kaffee sofort. Unten in der Gaststätte hörte sie schon die ersten Leute frühstücken. Sie spürte Hunger auf knackige Brötchen, am besten noch warme, dazu Kaffee, Butter und Erdbeermarmelade.

Nein, kein Knäckebrot mit Margarine – wie zu Hause – die guten Vorsätze, auf die Figur zu achten, konnten ihr gestohlen bleiben. Sie würde sich die Butter heute doppelt so dick aufs Brötchen schmieren. Jede Bewegung, die sie machte, kam ihr leichter vor als sonst. Sie federte beim Gehen mit den Zehen nach. Sie wünschte sich, die Schwerkraft würde für sie aufgehoben, damit sie ohne den Boden zu berühren, dahinschweben könnte, den Flur hinunter bis in die Gaststätte; sie würde sich vom Tisch ein Brötchen greifen und dann durchs offene Fenster auf die Straße gleiten. Alles sehr langsam, ohne jede Hektik, ohne jede Anstrengung. Die Sonne sollte dabei scheinen, und Vogelgezwitscher brauchte sie auch noch.

Mick lag nicht mehr im Bett und schlief. Ein paar Wasserspritzer in dem winzigen Becken bewiesen, daß er sich hier flüchtig gewaschen hatte. Das zerwühlte Laken war noch warm und feucht.

Sie ging in den Frühstücksraum. Mick saß schon da, schlürfte Kaffee und kaute ein knuspriges Hörnchen. Er lachte sie breit an. Seine Haare waren wieder ordentlich gescheitelt. Er sah sauber aus, ausgeruht und bester Laune. Sie setzte sich ihm gegenüber und sagte: »Guten Morgen, schöner junger Mann.«
»Guten Morgen, oh du meine heißblütige Geliebte«, scherzte er.
Sie packte einen Würfel Butter aus der Folie und strich damit ein Hörnchen. Die kleine Wirtin brachte ein Kännchen Kaffee.
»Wenn wir durchfahren, können wir schon heute nachmittag in Puttgarden sein und die Fähre nehmen«, sagte er, ohne dabei seine genüßlichen Kaubewegungen einzuschränken.

8

Zum Frühstück fanden Brigitte und Jutta sich erst gegen halb elf ein. Brigitte in dem inzwischen zerknubbelten Hausanzug und Jutta in einem alten, geblümten Nachthemd ihrer Freundin. Beide hatten sich weder gewaschen noch die Zähne geputzt. Sie fühlten sich verkatert und benebelt. Sie hatten die Flasche Cognac und den Wein gemeinsam geleert und versucht, hinter die Gründe für Ernsts Verschwinden zu kommen. Juttas Vermutung lastete schwer in Brigittes Magengegend. Sie wollte es nicht glauben, und doch war es ihr immer noch lieber als der Gedanke, er sei zu einer anderen Frau gegangen. Die Schwiegermutter hatte den Frühstückstisch für die beiden schon um kurz vor sieben fertig vorbereitet. Jetzt stand der Kaffee in einer Warmhaltekanne auf dem Tisch. Die Stoffhütchen hatten die Eier auch vor dem Kaltwerden geschützt, und die Schwiegermutter machte ein brummiges

Gesicht. Trotzdem sagten sie alle die üblichen Höflichkeitsformeln auf. Dann setzte sich die Schwiegermutter zu den beiden und trank noch eine Tasse Kaffee mit.
Aus dem Schweigen der beiden spürte die Mutter den Vorwurf gegen ihren Sohn. Sie hatte nie die Position der Mutter, die alles entschuldigt, aufgegeben, und sie hielt auch jetzt zu Ernst, obwohl sie seine Handlungsweise nicht verstand.
»Früher hat er nie solche Sachen gemacht«, sagte sie bestimmt. »Ich hatte nie Ärger mit ihm. Er war immer pünktlich zu Hause, und daß ich nicht wußte, wo er war, das gab es gar nicht. Er war ein ordentlicher Junge. Er hatte natürlich seine Macken – wie alle Jungs in dem Alter. Immer diese Musik und so – aber er war immer selbständig, und ich wußte auch stets, wo er war. Rumgetrieben hat er sich nie.«
»Das hat sich jetzt wohl geändert«, sagte Jutta. »Der hat schlechten Umgang, das ist alles.«
»Schlechten Umgang?«
»Ja. Den Jo zum Beispiel.«
»Das ist doch ein netter Junge.«
Jutta lachte gekünstelt. »Nett? Was Sie nicht sagen! Der fährt geklaute Autos in den Iran oder in die Türkei – weiß ich nicht mehr so genau –, und wenn er zurückkommt, dann bringt er kein Geld mit – nein, Haschisch bringt der mit! Oder andere Drogen. Der ist der größte Händler der Stadt. Deswegen saß der auch schon mal ein Jahr, und jetzt zieht er den Ernst da rein!«
Die Lippen der Mutter wurden schmal und weiß. In ihr sträubte sich alles gegen Juttas Worte. Ihr Sohn und gestohlene Autos und Rauschgift? Das konnte nicht sein! Warum sollte er das wohl tun? Er hatte doch alles, was er wollte.
»Das laßt nur den Vater nicht hören«, preßte sie zwischen den Lippen hervor.
»Ich will es ja auch nicht glauben«, verteidigte Brigitte sich,

die auf keinen Fall auch noch Ärger mit ihrer sonst doch ganz netten Schwiegermutter bekommen wollte. Und die konnte ganz schön grantig werden, wenn es um ihren Sohn ging.
Sie waren zwar nicht verheiratet, doch um das zu überspielen, hatten Ernsts Eltern sie immer Schwiegertochter genannt und so getan, als seien die beiden verheiratet. Es gab Dinge, die sie wußten, aber nicht wahrhaben wollten.
Jutta spielte die Vernünftige: »Tatsache ist, daß niemand weiß, wo er jetzt ist. Vielleicht wäre es wirklich das Beste, Gitti würde diesen Jo mal aufsuchen und ihn fragen. Er weiß bestimmt, wo Ernst steckt.« Die Mutter nickte, doch sie hatte ein ungutes Gefühl dabei.

9

Puttgarden, dachte sie, die Fähre, das Meer, Möwen, Dänemark. Der Gedanke hatte etwas ungeheuer Verlockendes für sie. Er sagte das alles so selbstverständlich. Vielleicht sollte sie ihre Familie wirklich einfach vergessen. Einmal im Leben etwas erleben. Einmal wirklich leben. Ein Abenteuer. Egal, was danach kam.
Gedankenverloren saß sie mit ihren noch nassen Haaren da und ließ den Kaffee kaltwerden.
Er betrachtete sie, wie sie so träumend am Tisch saß, und sagte plötzlich: »Du bist großartig. Du bist für einen Mann so was wie für einen kleinen Jungen eine Erdbeereisbombe. Er wünscht sie sich ständig, doch er kann sie nicht wirklich aufessen, weil er sich daran den Magen verderben würde.«
Er ärgerte sich sofort über seine Worte. Eigentlich wollte er ihr ein Kompliment machen, aber er war wohl etwas ungeschickt.
»Hast du dir an mir den Magen verdorben?«
»Nein, so habe ich das nicht gemeint.«

Sie lachte. »Eine Erdbeereisbombe bin ich für dich, ja? Die Erfüllung eines Kindheitstraumes?«
»Hm. Du warst großartig gestern. Einfach toll.«
Verlegen und geschmeichelt sah sie auf ihr Hörnchen. Die Sätze klangen in ihr nach. Diese Sätze von einem so viel jüngeren Mann. Wenn ich nicht aufpasse, heule ich gleich schon wieder, dachte sie und nahm einen Schluck Kaffee.
»Du duftest gut. Nach Äpfeln oder Apfelsinen. Ein bißchen wie Weihnachten.«
»Ach komm, jetzt hör auf.«
»Warum?«
»Nachher hört uns noch einer. Was sollen denn die Leute denken?«
Er sprang auf, fegte um den Tisch herum, stand neben ihr und küßte sie demonstrativ auf die Nase.
»Nun hör aber endlich auf.«
Er spielte wieder eine Szene vor großem Publikum. Er war wieder ganz Clown. Je provozierender, je besser.
»Verzeihen *Sie,* aber ich kann nicht anders, ich liebe *Sie!*« stöhnte er, breitete dabei die Arme aus und schlug sich dann mit einer Faust auf die Brust: »Sie sind sooo schön, ich kann nicht anders, ich muß Sie lieben!«
Sie sah sich verwirrt um und drückte ihn unwirsch auf seinen Stuhl zurück. Die Blicke der anderen Gäste ruhten von diesem Moment an unablässig auf ihnen.
»Mach doch nicht so einen Aufstand«, flüsterte sie.
»Schämst du dich?«
»Ich bin eine verheiratete Frau und mindestens zwanzig Jahre älter als du!«
»Na und? Dafür bin ich unverheiratet und mindestens zwanzig Jahre jünger als du, Schätzchen.«
»Sag nicht Schätzchen zu mir.«
»Was denn?«
Sie überlegte nicht lange. »Schweig und iß.«
»Okay, ist ja schon gut, schon gut. Ich bin ja schon brav!« beschwichtigte er lauthals und biß in sein Hörnchen.

Sie stand auf, rannte die Treppen hoch und ging in das Zimmer, das sie zwar gemietet, doch nicht genutzt hatten. Sie warf sich dort aufs frischgemachte Bett und zerwühlte es. Sie knüllte das Kopfkissen zusammen und knubbelte das Oberbett. Als das Bett endlich benutzt aussah, ordnete sie ihre Haare und ging wieder in den Frühstücksraum zurück.
Mick schob sich gerade den letzten Rest seines dritten Hörnchens in den Mund.
»Dein Kaffee wird kalt«, sagte er trocken.
Jetzt begann sie hastig zu frühstücken und den Kaffee zu schlürfen. Sie fühlte sich erleichtert und gut, als hätte sie soeben etwas ungeschehen gemacht. Während sie noch kaute, rauchte er schon die erste Zigarette.
»Du bist wirklich schön«, raunte er. »Schön und begehrenswert.«
Sie hoffte, jetzt nicht rot zu werden. Nichts wäre ihr peinlicher gewesen, als rot zu werden. Der Gedanke daran, sie könnte rot werden, ließ ihr Gesicht fast erglühen.
Zufrieden lehnte Mick sich zurück.
»Wenn wir nicht gleich bis Stockholm durchfahren, können wir uns noch einen schönen Tag machen. Vielleicht ins Schimmbad gehen oder im Wald picknicken.«
Sie atmete tief durch. Vielleicht war das die Chance, auf die sie so lange gewartet hatte? Vielleicht war das die Dummheit, die jeder mal machen mußte im Leben. Sich noch einmal richtig austoben.
»Wenn wir bis Kopenhagen fahren, das Tivoli im Frühling ist ein Erlebnis.«
»Wir haben Sommer«, sagte sie.
»Na und?«
»Du bist ein romantischer, ungezogener Junge.«
»Und dein Mann ist ein verknöchertes altes Arschloch, sonst säße er jetzt an meiner Stelle hier.«
»Bitte, laß das!« wies sie ihn zurecht.
»Wenn er dich noch mal anfaßt, hau ich ihm den Kopf

zwischen den Ohren weg.« Was red ich nur für 'ne Scheiße heute, dachte er.
»Ja, ja, ist ja schon gut«, sagte sie. »Er wird mich nicht mehr anfassen, weil ich nämlich nicht mehr zu ihm zurückgehe.«
»Das ist schon einen Asbach Uralt wert!«
Sie winkte die Wirtin herbei und bezahlte die Rechnung für beide. Dann standen sie auf und verließen die Pension. Im Hinausgehen griff Mick in seine Parkatasche und bemerkte, daß sein Messer fehlte. Er war verwirrt, doch er bemühte sich, sich nichts anmerken zu lassen. Vielleicht hatte er es im Zimmer verloren. Als sie nach draußen traten, nahm er sie in den Arm, und gemeinsam gingen sie zum Wagen.
»Soll ich fahren?« fragte er.
»Kannst du denn fahren?«
»Klar kann ich fahren. Und wie.«
»Ach, laß lieber. Ich komm sonst so selten dazu.«
Bevor er sich wieder in den Beifahrersitz flegelte, küßte er sie noch flüchtig. Sie bewegte sich wie in Trance.
Sie saß am Steuer und brachte es nicht fertig, den Wagen anzulassen. Sie sah sich in der Gegend um, als sei sie gerade erst auf die Welt gekommen und machte nicht die geringsten Anstalten, zu starten.
»Was hast du, soll ich vielleicht doch besser fahren?«
»Nein, nein, schon gut. Ich bin in Ordnung. Ich dachte gerade nur an was.«
»Was denn?«
»Ach nichts.«
»Ist dein schwedischer Geliebter eifersüchtig? Ich meine, wirst du ihm erzählen von uns? Oder wird dein Tobias dann sauer?«
Sie zuckte mit den Schultern.
Er wurde geschwätzig, und sie startete den Wagen.
»Ich wollte mal ein Lied schreiben über Eifersucht. Ich habe es aber nie in die richtige Form gekriegt. Es sollte so eine Art Ballade werden. Ich kann sie dir erzählen, wenn du willst.«

»Schieß los.«
»Also, ich dachte mir, die Leute werden immer unheimlich sauer und eifersüchtig, wenn einer mit dem anderen schläft. Und eigentlich ist das doch völlig willkürlich. Man könnte dafür auch was ganz anderes einsetzen. Und ich wollte ein Lied machen, das in einer anderen Zeit in einem fernen Land spielt. Da ist alles ganz anders geordnet. Da haben die Menschen ganz andere Gründe, um eifersüchtig aufeinander zu werden. Nämlich, ob man zusammen in einem Auto fährt oder nicht.«
Sie sah ihn amüsiert und ungläubig an.
»Ja, ist doch klar. Alle Intimitäten sind erlaubt, nur eins ist verboten: mit jemand anderem als mit seinem Geliebten bzw. seiner Geliebten in einem Auto zu fahren. Autofahren als Ausdruck tiefster Innerlichkeit und Verbindung. Dann kommt eines Abends ein Mann von einer Party spät nach Hause, und seine Frau macht ihm eine fürchterliche Szene, weil er sich von einer anderen hat nach Hause fahren lassen. Seine Frau kann den Gedanken gar nicht ertragen. Sie fragt ihn, warum er nicht bei seiner Freundin übernachtet hat, statt mit so einem Flittchen zusammen in einem Auto zu sitzen.«
Sie konnte nicht an sich halten und lachte lauthals los.
»Du bist vielleicht ein Typ! Autofahren als Grund für Eifersucht!«
»Wieso, das ist doch auch nicht abwegiger, als dieser eigenartige Geschlechtsakt. Was ist schon dabei, wenn zwei Leute zusammen schlafen? Das ist doch genauso lächerlich wie gemeinsam Autofahren. Und Autofahren dauert meistens länger. Außerdem ist es viel gefährlicher. Also, in meinem Lied da sollten die Leute nur aufeinander eifersüchtig werden, wenn einer mit einem anderen gemeinsam in einem Auto saß. Das Miteinanderschlafen ist für diese Menschen so nebensächlich wie für uns heute, wenn zwei Leute beim Mittagessen zufällig an einem Tisch sitzen. Wer würde deswegen schon eifersüchtig? Warum soll man es

also werden, wenn zwei Leute zufällig nachts ein und dasselbe Bett teilen?«
Nie zuvor hatte sie ihr eigenes Lachen als so befreiend gespürt.
»Ich weiß, ich weiß«, lachte sie, »das mit der Eifersucht ist auch nur ein Riesenbluff!«
»Genau!« sagte er, »du hast es erfaßt.«
Sie hatte das Gaspedal schon durchgedrückt und bemerkte erst jetzt, daß sie hundertachtzig fuhr.
»Dann paß nur auf, daß uns deine Freundin nicht erwischt, wie wir so einträchtig zusammen in einem Auto sitzen.«
»Meine Freundin ist nicht eifersüchtig.«
»Auch nicht, wenn du mit anderen Frauen in einem Auto fährst?«
»Nicht mal dann!«
»Ein aufgeklärtes Mädchen.«
»Kann man wohl sagen.«
Sie verspürte mitten in ihrem Lachen einen Stich. Hatte er eine feste Freundin? Wenn ja, wie war sie? Wo war sie?
Sie ging mit dem Tempo runter. Er schaltete das Radio ein und suchte einen angenehmen Sender. Irgendwo fand er Rockmusik und drehte sie laut auf.

10

Kurz vor Hannover stellte sie für sich selbst fest, daß das Zusammensein mit Mick ihr eine unbeschwerte Heiterkeit brachte. Langsam begann sie, seine Sichtweise von Problemen und der Welt zu verstehen. Im Grunde war es ziemlich einfach. Wenn man alles zu einem riesigen Bluff erklärte, zu einer Show, die Leben heißt, dann brauchte man keine Moral, dann wurden Wissenschaftler lächerliche Clowns und Gesetze nichts anderes als Rohfassungen von

Drehbüchern für einen Breitwandfilm. Man konnte sie verändern oder streichen, Hauptsache, der Film würde gut. Die laute Rockmusik störte sie, doch sie wagte nicht, dagegen zu protestieren, denn Rockmusik bedeutete ihm eine ganze Menge, das hatte sie begriffen. Außerdem fand sie diese Art von Musik zumindestens interessant, seit sie wußte, daß sie küßte, wie Jimi Hendrix Gitarre spielte.
»Von Hannover müssen wir in Richtung Lübeck. Immer auf der Europastraße 4 bleiben. Dann kommen wir automatisch in Puttgarden an.«
»Vielleicht bekommen wir heute gar keine Fähre?«
»Doch bestimmt. Die fahren alle Viertelstunde, glaub ich. Sogar nachts.«
Sie kam um diese Geschichte nicht mehr herum. Die kurze nächtliche Spritztour würde also in Stockholm enden. Dort würde er sie alleinlassen, weil er ja wohl schlecht dabeisein konnte, wenn sie ihren Geliebten besuchte, und zwei Tage später wäre sie wieder zu Hause. Ihr Mann würde ihr verzeihen. Die Kinder könnten sie vielleicht sogar verstehen. Aber sie hätte etwas, das ihr niemand mehr wegnehmen könnte, ein Abenteuer, eine kurze Leidenschaft, etwas, woran man sich erinnern konnte, wenn man allein im Haus war, die Kinder auf dem Gymnasium und der Mann im Büro.
Einmal im Leben eine Dummheit machen. Andere machten so was mit achtzehn oder zwanzig. Damals hatte sie das Bedürfnis noch nicht gehabt, oder hatte sie sich nicht getraut? Diesmal würde sie die Gelegenheit am Schopfe packen. Sie blickte liebevoll zu ihm rüber. Er reagierte sofort, legte seinen Arm über ihre Schultern und begann, sie mit den Fingern im Nacken zu kraulen. Seine Fingerkuppen berührten kaum ihre Haut, sie elektrisierten nur die winzigen Härchen im Nacken, die sich aufsträubten und ihr eine Gänsehaut über den Rücken jagten. Es wurde ihr warm in der Magengegend, so viel Energie ging von der Berührung mit diesen feinen Härchen aus.

Sie seufzte und klappte für den Bruchteil einer Sekunde die Augenlider herunter, während sie das Dasein genoß, als würde ihr Leben sich seit Jahren auf diesen einen Punkt hin ausgerichtet haben.
Er spürte ihr Liebesbedürfnis, ihre Bereitschaft und ihre Lust auf Zärtlichkeit. Sie wirkte plötzlich so zerbrechlich auf ihn. Er hätte sie beschützen mögen, doch er wußte nicht, wovor. Ja, wenn jetzt ihr Ekel von Mann auftauchen würde, um sie zurückzuholen, dann könnte er sich schützend vor sie stellen und . . .
Früher war alles einfacher, dachte er. Heute ist es verdammt schwer geworden, den Beschützer zu spielen. Da darf man höchstens mal den Schirm abgeben, wenn es regnet. Dann wird man naß, und die Dame lächelt. Oder einen Sitzplatz in überfüllten Zügen und Straßenbahnen anbieten. Viel mehr war nicht drin für den tapferen Mann. Liebe hatte doch was mit Geborgenheit zu tun. Wie sollte man sich geborgen fühlen, wenn das Beschützen sich auf Sitzplätze und Regenschirme beschränkte? Zu richtiger Leidenschaft gehörte doch wohl auch die Gefahr und der Pulverdampf.
Er zog seine Hand zurück.
»Ich glaub, ich hab mich ganz schön in dich verknallt«, sagte er.
»Ich mich auch in dich. Aber es geht nicht.«
»Warum nicht?«
Er schaltete die Musik ab.
»Weil ich zu alt bin für dich, und weil ich Angst habe vor so einer Geschichte.«
»Quatsch, du hast gar keine Angst. Das hast du doch gestern bewiesen.«
»Ja, gestern, das war eine Ausnahmesituation.«
»Schieb bloß nicht alles auf den Whisky.«
»Tu ich ja gar nicht.«
»Ich hab nie mit einer so viel Spaß im Bett gehabt wie mit dir!«
Das ging ihr runter wie Sahne. Sie nahm den Satz auf, als

sei er die nachträgliche Rechtfertigung für die letzten zwanzig Jahre Hausfrauendaseins. Nichts konnte von jetzt ab so sein, wie es früher mal war. Alles hatte sich mit einem Schlag geändert. Sie wünschte sich eine schwarze Hautfarbe und eine Palmeninsel.
»Aber – ich – ich könnte deine Mutter sein.«
Jetzt sagte sie es selbst, doch sie tat es in der Hoffnung, er möge widersprechen und den Satz von eben noch einmal sagen. Er sollte es so oft sagen wie nur eben möglich. So lange, bis sie es selbst glauben konnte.
»Wenn sich alte Böcke junge Freundinnen halten, findet doch auch keiner was dabei. Im Gegenteil, es steigert den gesellschaftlichen Wert der Knacker. Was soll also so tolles daran sein, wenn dein Geliebter so viel jünger ist?«
Sie zuckte erleichtert mit den Schultern.
»Irgendwann haben wir mal gelernt, wie Beziehungen auszusehen haben. Die Frauen sollen zwei bis vier Jahre jünger sein als die Männer und einige Zentimeter kleiner. Am besten einen ganzen Kopf. Sie sollen schwächer sein und nach Möglichkeit auch dümmer. Eine Figur haben, die was mit Schwindsucht zu tun hat, und Brüste wie eine Gallionsfigur. Mensch, das ist doch alles zum Kotzen!
In Afrika, da gibt es Stämme, da zählen nur die ganz fetten Frauen, weil die Männer gelernt haben, die seien schön. In der Türkei wäre es selbstverständlich, daß ich mehrere Frauen hätte, und du würdest nichts dabei finden.
Und dann hab ich so einen Kulturfilm gesehen, da zeigten sie einen Stamm, da waren die Kerle alle ganz wild auf alte Frauen, weil die sich auskannten, in der Medizin, Erfahrungen beim Kräuter- und Wurzelnsammeln und so. Und die alten Weiber waren auch scharf auf die jungen Kerle. Die Zuhälter in aller Welt prügeln ihre Titten, wenn sie nicht am Fließband mit anderen bumsen, und die meisten Männer, die zu den Huren kriechen, werden schon wahnsinnig, wenn einer ihrer Frau einen Zungenkuß verpaßt.
Das stimmt doch alles vorne und hinten nicht. Ist doch nur

eine einzige Verarscherei. Kulturbretter, die man uns vor den Kopf nagelt. Mir ist der Scheiß egal. Wenn ich dich lieben will, dann tu ich das, auch wenn die Kultur »auah« schreit. Vielleicht steh ich ja auf Falten. Vielleicht bist du für mich das Prachtweib schlechthin!«
Er hatte sich stark in Erregung geredet. All das klang ein bißchen auswendig gelernt, ein bißchen nach Schallplatte und doch nach verzweifelter Rechtfertigung. Er rauchte jetzt hastig eine Zigarette und blies den Rauch so hart aus den Lungen, als wolle er damit jemanden verletzen.
»Wir können in Kopenhagen übernachten, wenn du willst. Dann machen wir uns da einen netten Abend.«

11

Jos Wohnung glich einer Mülldeponie. Die Küchenabfälle – leere Konservendosen, Plastiktüten und schimmliges Brot – türmten sich neben dem Gasofen. Einen Abfalleimer gab es hier nicht. Die ganze Einrichtung bestand aus zwei Matratzen – die nicht bezogen waren – einem Gasofen, einem Kühlschrank, einem Plattenspieler und zwei riesigen Boxen. Einige hundert Platten lagen im Zimmer verstreut zwischen dreckiger Wäsche und abgebrannten Kerzen auf leeren Weinflaschen.
Jo hatte immer versucht, in die ganz große Dealerszene zu kommen, aber es war ihm nie gelungen. Alle sechs bis acht Monate einen Wagen in den Orient zu verschieben, und dann den dafür eingehandelten Stoff in kleinen Portionen weiterzuverkaufen, das brachte gerade genug, um die Miete für dieses Loch zu bezahlen und die paar gesprungenen Gitarrenseiten zu ersetzen. Er lebte von aufgewärmten Konserven und träumte von dem großen Deal, der nie stattfand.
Brigitte paßte mit ihrem hellgrünen Kostüm und den

hohen Lackschuhen in diese Umgebung wie ein Van-Gogh-Gemälde.
Jo wurde von ihr geweckt. Er öffnete in Unterhose. Sie fand keinen Sitzplatz und wußte eigentlich nicht mal, wo sie sich hinstellen sollte. Er ließ sie einfach rein, brummte: »Daytime is not my time. My time is nighttime«, und setzte eine Flasche Mineralwasser an den Hals, die sein Frühstück darstellte. Auf ihre Fragen, ob er wisse, wo Ernst sei, antwortete er mit der Frage: »Wieviel Uhr ist es eigentlich?«
»Red nicht lange rum, Johannes, du weißt, wo er ist. Macht ihr krumme Geschäfte?«
»Na, ist ja auch egal«, brummte er mehr zu sich und sah sie dann durchdringend an. Er richtete seinen Zeigefinger auf sie und zischte: »Du hast mich nie gemocht. Hast mich immer geschnitten. Jetzt läuft dir dein Typ weg, und ich soll ihn dir wiederholen? Du spinnst wohl! Ist mir doch egal, wo der sich rumtreibt.«
»Dir vielleicht, mir aber nicht. Und ich geh zur Polizei, wenn du ihn unglücklich machst.«
Jo mußte unwillkürlich lachen. Er ließ sich auf eine Matratze fallen und kicherte: »Sie geht zur Polizei, wenn ich ihn unglücklich mache. Ich glaub, ich werde nicht mehr! Die ist wirklich zu süß.« Er kicherte noch eine Weile vor sich hin, dann funkelte er sie an und schrie los: »Dein Ernst wollte mein Partner werden! Der hatte nämlich keinen Bock auf 'ne Karriere in der Bank. Der wollte mit mir Autos verladen und dabei ganz schnell reich werden, weil er keinen Trieb hatte auf die Bude im Haus seiner Alten – auf eigenen Füßen wollte die Pfeife stehen! Aber als ich ihn zum Autoknacken mitnehmen wollte, hat er kalte Füße gekriegt. Der schafft es nie! Der ist doch zu doof, 'n Käfer zu knacken. Ne Band mit Riesenanlage wollt er von der Kohle mit mir gründen – große Tourneen und so. Ich hab ihn ausgelacht und gesagt, er solle lieber mal 'n richtigen Schlitten hier anbringen mit Papieren, damit wir ihn problemlos über die Grenze kriegen. – Ach, hau ab, Mädchen, laß mich in Ruhe.«

12

Vor der Raststätte standen einige überfüllte Müllcontainer. Über ihnen surrte ein Schwarm Wespen. Aus dem Lokal kam ein Duft von Pommes frites und Bratensoße. Es war kein Tisch mehr frei. An der Selbstbedienungstheke wälzte sich eine lange Menschenschlange vorbei. Es war drückend warm und laut. Gisela verlor sofort jede Lust, dort zu essen. Ihr war jetzt mehr nach einem lauschigen Plätzchen zumute. Einem livrierten Kellner und leiser Klaviermusik. Sie verließen den Rasthof enttäuscht, erwehrten sich der aggressiven Wespen und begaben sich auf dem schnellsten Weg ins Auto zurück.
»Wir nehmen besser wieder eine Abfahrt und gehen da in einem Dorf essen. Ich halte sowieso nichts von Autobahnraststätten. Ich habe da mal einen Bericht gelesen, daß es dreckiger und teurer nicht mehr geht.« Mick drehte das Radio wieder an. Trotz der gut funktionierenden Lüftung fand er es zu schwül im Auto.
Die Photos zeigen lauter Berühmtheiten, die Warhol aber vorzugsweise in unberühmten Situationen, mit Kleinstbildkameras und amateurhafter Ästhetik festgehalten hat: Truman Capote beim Schönheitschirurgen, Bianca Jagger bei der Achsel-Rasur und Jimmy Carter zu Hause. Die Bilder gehören zu einer Warhol-Werkserie von annähernd 400 Lichtbildern, von denen der Künstler 52 ausgesucht hat. Sie werden seit letzter Woche im Kölner Museum Ludwig vorgestellt. Warhol sagte von sich selber, er sei ein Spiegel, eine Folie, die flach und ohne Anteilnahme reflektiert. Aber wenn ein Spiegel in einen Spiegel blickt, was ist dann zu sehen? Warhols photographisches Selbstporträt . . .
»Mach doch den Unsinn aus. Erzähl mir lieber mehr von dir«, sagte Gisela.
»Wir könnten ja in der Lüneburger Heide ein Ausflugslokal suchen. Wo wir essen und dann noch 'ne Runde spazierengehen. Ich würde gerne mit dir ein bißchen durchs Fahnenkraut gehen.«

»Erzähl mir von dir.«

»Über mich weißt du schon so viel, aber was weiß ich über dich? Ich habe dir gesagt, ich bin ein Tramp, spiele überall da Gitarre, wo man mir dafür ein Bett und einen offenen Kühlschrank gibt. Ich liebe feiste blonde Frauen mit großen Brustwarzen, halte nichts von Teenies und suche eine Geliebte, die mir Hure und Hausmütterchen zugleich ist.«

Er konnte über seine schnellen Sprüche köstlich lachen. Aber jetzt hatte sie eher den Eindruck, daß er aus Verlegenheit lachte, weil er sah, daß sie solche Redensarten erschreckten. Vielleicht wollte er mit seinem Lachen die letzten Worte ungeschehen machen oder wenigstens abschwächen zu einem mißlungenen Scherz.

Vielleicht hätte sie ihm eine Ohrfeige geben sollen, um klarzustellen, daß sie nicht seine Hure und sein Hausmütterchen sein wollte? Doch etwas Kraftloses ging von ihm aus, das sie daran hinderte, ihm wehzutun. Sie überlegte eine kluge Antwort, sie wollte sich jetzt überlegen und selbstsicher zeigen. Seine Schwäche machte sie stark.

»Der Wunsch, daß sich alles in einer Person konzentrieren soll, ist verständlich, aber maßlos.«

Das klang so ausgewogen und betont vernünftig, daß auch Mick seine Worte genauer wählte: »Hast du nicht auch manchmal das irrsinnige Verlangen, daß ein Mensch nur dich liebt? Keinen anderen und nichts anderes, nur dich, und daß er sich voll auf dich konzentriert und dir alles ist? Bruder, Vater, Geliebter, Lehrer und . . .«

Fast hätte er Zuhälter gesagt, doch er murmelte nur leise weiter.

»Wie sehr deine Worte all dem widersprechen, was du über Eifersucht erzählt hast!«

»Ich habe dir nur eine Frage gestellt. Hattest du nie so ein Verlangen?«

»Ein normaler Mensch kann sich solche Liebesaffären gar nicht leisten. Er sieht sie höchstens im Kino, und wenn der Film seriös ist, endet es im Desaster.«

»Wenn du daran nicht glaubst, warum hast du dann geheiratet?«
»Fang bloß nicht damit an«, sagte sie ärgerlich. In entscheidenden Momenten wurde er manchmal unfair, so gefiel er ihr gar nicht.
In Soltau verließ sie die Autobahn und suchte ein Speiselokal. Sie hatte plötzlich Hunger auf die Gerichte, die zu Hause aus figurdisziplinarischen Gründen wegfielen. Ein Zigeunerschnitzel, zum Beispiel, mit Pommes frites und Mayonnaise, fettig und scharf, ein großes Bier dazu und hinterher ein Vanilleeis mit heißen Kirschen. Sie beschloß, sich in Zukunft einen Scheißdreck um Diäten und Schlankheitspläne zu kümmern. Sie wollte von jetzt an essen, was ihr Spaß machte. Und wer dicke Frauen häßlich fand, der sollte sich eben dünne suchen. Die Hungerei hatte jetzt ein Ende.
»Würde es dich stören, wenn ich ein paar Kilo zunähme?«
Er zuckte uninteressiert mit den Schultern.
»Meine Freundinnen hungern sich alle jeden Zentimeter vom Leib«, erklärte sie. »Aber ich mach den Wahnsinn jetzt nicht mehr mit. Die teuflische Angst, verlassen zu werden, nicht mehr begehrenswert zu sein, machte jede genußvolle Art zu essen kaputt.«
Er überlegte, wie lange sie das noch so selbstverständlich machen würde, alles für ihn mitzubezahlen. Oder vielleicht ging ihr auch bald das Geld aus, und was dann?
Würde sie Ansprüche stellen? Er konnte sie im Notfall noch mit dem Geschwätz von der Emanzipation blocken, die es angeblich möglich machte, daß Frauen Männer aushielten statt immer nur umgekehrt. Überhaupt steckten in den Emanzipationsideen eine Menge Gedanken, die er sich nutzbar machen konnte. Er spielte in seinem Kopf durch, was wohl passieren würde, wenn er ihr das Gefühl gab, daß sie in seinen Augen eine emanzipierte Frau war, was immer das sein mochte. Er konnte sich gut vorstellen, daß sie sich nach einer Weile entsprechend verhalten würde, nur damit

er diesen Eindruck behielte. Wäre sie damit lenkbar geworden? Manipulierbar? Sie wurde jahrelang geprügelt und hatte nicht den Mut, sich zu wehren. Wenn er ihr nun zu dem Glauben verhelfen könnte, sie sei stark und tapfer, würde sie ihn dafür lieben? Er kannte umgekehrte Beispiele aus Filmen und Büchern: Eine kluge Frau gibt ihrem absolut unfähigen Mann, der sich ständig ängstlich verkriecht, das Gefühl, sie würde ihn bewundern, für einen reißenden Wolf halten, der sich überall durchsetzt und niemals kuscht. Mit geschwellter Brust verließen diese Männer die heimische Wohnung und versuchten sich im Berufsleben und in der Öffentlichkeit zu beweisen. Die einen fielen auf den Arsch, die anderen schafften es, aber alle liebten ihre Frauen abgöttisch, weil sie von ihnen ernstgenommen wurden. Sie schoben Überstunden und arbeiteten bis zum Umfallen, um ihren Lieblingen jeden Wunsch erfüllen zu können. Überhaupt glaubte Mick, daß fast alle Männer nur Karriere für irgendwelche Frauen machten. Karriere machen, um geliebt zu werden. Ein Wahn, dem er sich entziehen wollte wie sie sich der Schlankheitskur. War das ein Geschäft? Sie bezahlte für ihn, und dafür durfte sie essen, soviel sie wollte? Er brauchte keine Karriere machen, und sie durfte dick werden?
»So einfach ist das natürlich auch nicht«, sagte sie.
Aus den Gedanken gerissen, sah er sie an. Hatte sie seine Unaufmerksamkeit bemerkt?
»Mir würden ja keine Kleider mehr passen, aber was soll's, ich muß mir eh alles neu kaufen. Ich kann ja nicht wieder zurück und die Koffer packen.«
Komisch, dachte er, sie will zu ihrem Geliebten nach Schweden, klaut ihrem Mann den Mercedes und fährt los, ohne einen Koffer mitzunehmen? Soll das etwa heißen, sie hat nur die Klamotten mit, die sie auf der Haut trägt? Dabei sieht sie nicht aus wie eine, die daran gewöhnt ist, ihr Zeug 'ne Woche am Leib zu tragen. Da stimmt was nicht, das riecht doch 'n Blinder ohne Krückstock.

Sie bremste den Wagen ab, drehte die Scheibe runter und versuchte, durch die halb geöffnete Tür in eine Gaststätte zu gucken. Ein Trecker tuckerte an ihnen vorbei. Die Gaststätte war eine reine Bierschänke. Darauf hatte sie aber keine Lust. Sie fuhr weiter und überholte den Trecker wieder. Sie wischte sich einige Schweißperlen von der Stirn. Das Autofahren und die Diskussionen bei dieser Schwüle strengte sie doch mehr an, als sie dachte.
»Wir können auch zu Fuß ein Lokal suchen«, sagte sie und suchte einen schattigen Parkplatz für den Wagen.
Sie hakte sich bei ihm unter, und sie hielten nach einem gemütlichen Restaurant Ausschau. Ein engumschlungenes Pärchen kam ihnen entgegen. Auf dem Gesicht des jungen Mannes lag ein seltsam hämisches Grinsen, und seine Freundin kicherte. Sie musterten Mick und Gisela interessiert. Nachdem sie aneinander vorbei waren, spürten beide die Blicke des Pärchens im Rücken. Gisela löste sich von Micks Arm und ging wie zufällig neben ihm her.
Jetzt erst recht, dachte Mick, und zog sie an sich. Sein Griff war nicht zärtlich, eher hart und demonstrativ, als wollte er ihr sagen: Ich laß mich nicht von blöden Blicken einschüchtern.
Sie fanden ein Lokal. Gutbürgerliches Essen draußen auf der Speisekarte, nicht zu teuer und angenehme Kühle im Innern. Die Einrichtung sah ein bißchen nach Wienerwald-Restaurant aus. Normalerweise wäre Mick sofort wieder gegangen, aber irgendwie störte es ihn jetzt nicht. Nur wenige Tische waren besetzt. Drei Männer standen an der Theke und unterhielten sich lautstark.
Sie bestellte sich das gewünschte Zigeunerschnitzel mit Pommes frites und Mayonnaise. Vanilleeis mit heißen Kirchen gab es nicht. Dafür zischte das Bier erfrischend im Hals. Mick hatte mal wieder dasselbe bestellt wie sie. Sie sah ihn fragend an. Hatte er nicht genügend Entschlußkraft, sich was anderes zu bestellen?
»Es macht mir Spaß, die Dinge zu essen, die du auch ißt«,

sagte er. »Dann fühle ich mich dir so eigenartig verbunden. Essen hat was sehr Erotisches für mich. – Zumindest mit dir.« Sie konnte sich nicht daran erinnern, jemals so viele Komplimente hintereinander bekommen zu haben. Es war langsam an der Zeit, ihm auch mal etwas Nettes zu sagen. Während sie sich zuprosteten und auf ihr Essen warteten, wurden die drei an der Theke immer lauter.
»So laß ich mich doch von der nicht fertigmachen. Jetzt soll sie sehen, wo sie bleibt mit ihrem Ittaker! Ich hab ihr die Konten gesperrt, und mein Anwalt sagt, die kriegt nichts, auch nicht nach dem neuen Scheidungsrecht. Soll doch der Ittaker für sie malochen gehen. Ich bin jetzt wieder ein freier Mann.«
»Richtig, Gustav, laß dir nichts gefallen. Früher gab's das nicht.«
»Bei den Komeni würden sie die steinigen. Ehebruch, wo gibt's denn so was? Mit'n Ausländer durchbrennen und dann noch Geld von dir wollen. Ich lach mich kaputt.«
»Mach uns noch drei Helle, Hubert.«
Gisela beugte sich zu Mick vor und flüsterte: »Ich fühl mich unwohl mit den dreien da an der Theke.«
Er küßte sie flüchtig und sagte: »Jetzt haben wir schon bestellt, warum sollen wir jetzt noch abhauen? Die sind doch bloß besoffen.«
»Trotzdem. Sie verderben die ganze Atmosphäre.«
Mick streichelte ihren Arm. Einer vom Tresen schielte belustigt rüber und stieß seine Kumpels an, um sie auf das eigenartige Pärchen aufmerksam zu machen.
»Die Ausländer kommen, nehmen uns unsere Jobs weg, machen sich an unsere Frauen und Töchter und wundern sich dann, wenn sie keiner leiden kann.«
»Sollen doch hingehen, wo sie hergekommen sind, die Kanacken! Im Krieg hatten sie immer nur den Rückwärtsgang drauf, aber heute 'ne große Fesse!«
Mick streckte bedächtig den Arm aus und strich ihr die Haare aus der Stirn.
»Du bist lieb«, sagte sie. »Erzähl mir was Nettes von dir.«

An der Theke äffte sie einer nach: »Erzähl mir was Nettes von dir!«
»Schatz sag mir ein liebes Wörtchen! Erdbeertörtchen!« Sie grölten.
Mick sah sich die drei genauer an. Sie hatten kurzgeschorene Haare wie er auch. Alle drei waren etwa im selben Alter. So Ende dreißig. Einer hatte schon Geheimratsecken und wahrscheinlich auch faule Zähne. Der Suff hatte ihre Augen wäßrig gemacht. Trotzdem leuchtete darin etwas, das alles haßte, was anders war als sie selbst.
Mick kannte diese Typen. Ihre Arena war immer eine Kneipe, wo sie die Uhren auf Gestern stellten und in Vorurteilen schwelgen konnten, bis die eigenen Figuren zu riesenhaften Helden wurden. In dieser biernassen Geschwätzigkeit wucherte der senile Geist verhinderter Kriegshelden, Playbos und Abenteurer.
»Sollen wir nicht doch besser gehen?« flüsterte Gisela.
»Weglaufen?« fauchte er. »Warum? Weil wir uns lieben? Nee – nicht mit mir. Da müssen wir durch. Oder wir gewöhnen uns daran.«
Wie selbstverständlich sagte er: Weil wir uns lieben. Es klang wie: Weil wir Hunger haben. Es war eine Entschuldigung für alles.
»Man gewöhnt sich nicht daran, schief angeguckt und angeranzt zu werden. Man findet sich höchstens damit ab.«
Mick wollte die Initiative ergreifen. Er nahm ihren Kopf in beide Hände und drückte ihr einen Kuß auf die Lippen. Sie versuchte, sich dem Kuß zu entziehen, doch Micks Hände hielten sie zurück. Mit einem Auge schielte Mick beim Küssen zur Theke.
Er küßte sie nicht, weil er Lust darauf hatte, und er küßte sie schon gar nicht, weil sie Lust darauf hatte. Er küßte sie, weil es die am Tresen auf die Palme brachte.
»Äi, darf man da noch mitmachen?« rief einer von den dreien.
»Die kenn ich gar nicht. Die ist gar nicht von hier. Die ist

ihrem Zuhälter bestimmt weggelaufen und sucht jetzt hier ein neues Pflaster.«
Gegröle.
Mick ließ ihren Kopf los.
»Komm, wir gehen. Bitte.«
»Haltet endlich die Schnauze!« brüllte Mick und schlug dabei mit der Faust auf den Tisch. Seine Stimme schnackte sofort über. Er war es nicht gewohnt, so rumzubrüllen. Das Blut schoß ihm in den Kopf. Beim Schreien löste sich Speichel von seiner Zunge und landete auf Giselas Gesicht.
»Hubert, bring dem Kleinen und seiner Tussi mal zwei Klare rüber, damit sie sich beruhigen.«
»Ihr sollt die Schnauze halten, verdammt!« Eine blaue Ader trat dich an Micks Hals hervor und pulsierte.
Gisela hielt ihn am Ärmel fest und flehte: »Das ist doch sinnlos. Das bringt doch nichts. Laß uns endlich gehen.«
Einer der Männer bewegte sich betont lässig und langsam auf Mick und Gisela zu. Er lächelte süffisant und blieb vor Mick stehen. Zart legte er eine Hand auf Micks Kopf, strich ihm väterlich über die Haare und schmunzelte: »Weißt du, was zu dem Haarschnitt gut paßt?«
Er erwartete Micks Antwort, doch Mick ballte seine Fäuste, bis die Knöchel weiß hervortragen und schwieg verbissen.
»Ein doppelter Kieferbruch paßt dazu am besten.«
Von Micks Fäusten ging ein Zittern aus, das den ganzen Körper erfaßte.
»Hauen Sie endlich ab, Mann!«
Dem Wirt paßte die Sache nicht, er wollte keinen Ärger.
»Nu gib endlich Ruhe?« forderte er. Wie nervös er war, konnte man nur an der Geschwindigkeit sehen, mit der er bereits saubere Gläser noch einmal spülte.
»Was kostet deine Perle denn?« Er sah Gisela abschätzend an.
»Der gängigste Jahrgang ist sie ja nicht mehr. Auf der

Reeperbahn ist nix mehr zu holen, aber hier auf dem Lande, denkt ihr, läuft das noch. Na, sagen wir 'n Zwanziger, aber dann mit allem drum und dran.«
Während er sprach verstärkte sich langsam der Druck seiner Hand auf Micks Kopf. Aus dem Streicheln würde eine Kraftprobe werden. Der hatte vor, Micks Kopf ganz langsam auf die Tischplatte zu pressen. Es gab kein Zurück mehr. Giselas Worte: »Lassen Sie uns doch in Ruhe, wir haben Ihnen nichts getan und gehen auch gleich wieder!«, fand Mick so erniedrigend, daß die Wut ihm fast Tränen in die Augen trieb. Das Zittern in den Gliedmaßen wurde stärker. Er mußte bereits große Anstrengungen aufbringen, um dem Druck, der sich jetzt vom Kopf in den Nacken verlagert hatte, zu widerstehen.
»Sau!« brüllte Mick plötzlich und rammte seinem Gegner einen Ellenbogen in die Magengrube. Der klappte tonlos zusammen wie ein gut geöltes Taschenmesser.
Mick sprang hoch. Der Mann hielt sich beide Hände gegen den Magen gedrückt und würgte. Entsetzt sah Gisela, wie Mick zu einem rechten Schwinger ausholte. Die ganze Wucht des Schlages traf das deckungslose Gesicht. Ein Klatschen, dann ein harter Aufprall. Der Oberkörper des Mannes bewegte bewegte sich nicht, er lag zusammengekrümmt da. Nur seine Beine zuckten. Aus seinem Mund rann Blut.
Es war stumm in der Kneipe. Man hörte nur Micks lautes Atmen.
Mick stand vor seinem Gegner und fauchte: »Los, steh auf, mach dich wieder gerade! Du sollst dich wieder gerade machen, damit ich dir das wabblige Gehirn aus deinem Schädel prügeln kann!«
Mick trat nach dem Mann.
»Aufstehen, sag ich!«
Gisela wollte zu Mick und ihn aus dem Lokal ziehen, doch etwas lähmte sie, als sei sie angebunden an ihren Stuhl. Solche Szenen kannte sie nur aus dem Fernsehen, aber das

war es nicht, was sie fertigmachte. Es war vielmehr die Brutalität, mit der Mick plötzlich auftrat. Sie konnte es nicht fassen. Er trat auf den am Boden liegenden Mann ein, weil er wollte, daß der Mann aufsteht. Er wollte ihm noch eine verpassen. Gisela sah das alles wie durch einen Schleier. Eine weiße Gardine zog sich vor ihre Augen. Ein leichtes Schwindelgefühl breitete sich vom Brustkorb her über den ganzen Körper aus. Sie schloß für einen Moment die Augen und atmete tief durch.
Als sie die Augen wieder öffnete, hatten die beiden Kerle Mick bereits gepackt. Sie hielten ihn zwischen sich, während ein dritter auf ihn eindrosch. Mick schrie und versuchte, sich aus den Griffen zu befreien, um sich vor den Faustschlägen schützen zu können, aber es ging nicht. Harte Bauarbeiterhände umklammerten seine Arme wie Handschellen. Doch dann erwischte Mick den Schläger. Er kam zu nah. Micks Fuß landete zwischen seinen Beinen. Er brüllte auf, zuckte zusammen, ließ sofort von Mick ab und hüpfte – beide Hände zwischen den Oberschenkeln eingeklemmt – quer durch die Gaststätte. Der Wirt telefonierte mit der Polizei. Gisela schnappte ihre Handtasche und prügelte damit auf die beiden Männer ein, die Mick festhielten. Zwar traf sie einen von ihnen mehrfach am Kopf, doch den schien das nur zu amüsieren. Mit einer freien Hand verpaßte er ihr eine Ohrfeige, daß sie wieder in ihre Ecke zurückflog.
Sie hörte Micks Stöhnen und wieder das Klatschen von Fäusten. Mit zitternden Händen öffnete sie die Handtasche und kramte das Messer hervor. Sie nahm es in beide Hände und betrachtete es genau. Mitten auf dem Perlmuttgriff befand sich ein silberner Knopf. Darüber ein kleiner Hebel. Klar, das war die Sicherung. Jetzt noch den Knopf. Die Klinge schnappte heraus. Für einen Moment war sie echt stolz. Dann schrie sie:
»Laßt ihn los! Oder es passiert was.«
Drohend kam sie mit dem Messer auf die Männer zu.

Die beiden sahen sich an. Einer ließ Mick sofort los und brummte: »Man soll nichts übertreiben. Nur nichts übertreiben.«
Dann ließ auch der andere von Mick ab und sagte: »Mach keinen Scheiß, Mädchen, steck den Zachel weg. War doch alles nicht so gemeint.«
»Haut ab, ihr Schweine! Schweine seid ihr! Schweine!«
Auf weichen Beinen torkelte Mick zu Gisela. Sie faßte ihn unter und trug ihn fast raus.
Seine Augenbrauen waren aufgeschlagen und aus Mund und Nase lief Blut. Ein Auge hielt er halb geschlossen.
Sie hörte das Fluchen in dem Restaurant hinter sich nicht, auch Micks Stöhnen drang nicht wirklich zu ihr durch. Ein lauter werdendes Dröhnen breitete sich in ihrem Kopf aus und verschloß die Ohren. Auch das Schwindelgefühl war wieder da. Weißer Schleier zog sich vor die Augen. Micks Kopf hing kraftlos herunter. Sein ganzes Gewicht lastete auf ihr. Lange würde sie ihn nicht mehr halten können.
Er spuckte ein Blut-Speichel-Gemisch auf die Straße. Kurz vor dem Auto krampte sich plötzlich sein Magen zusammen. Es schoß in weitem Bogen aus ihm raus. Während er an eine Häuserwand gelehnt kotzte, hielt sie mit einer Hand seine Stirn. Als auch die letzten Brocken aus ihm heraus waren und er nur noch säuerlich aus dem Mund roch, wischte sie ihm die besabberten Lippen und das Kinn ab. Sie zerrte ihn in den Wagen. Mick legte den Kopf nach hinten und starrte gegen die Autodecke. Er ekelte sich vor dem eigenen Geschmack im Mund. Eiskalter Saft wäre ihm jetzt lieber gewesen. Er stellte fest, daß er auf einem Auge fast nichts sah.
Gisela zündete zwei Zigaretten an und schob eine in Micks rechten Mundwinkel. Beide inhalierten den Rauch so andächtig und tief, als könne man damit alle Probleme der Welt beseitigen und jeden Schmerz lindern. Gisela begutachtete ihr Gesicht im Rückspiegel. Die linke Gesichtshälfte war von der Ohrfeige angeschwollen, aber nichts verfärbte sich. Micks lädiertes Gesicht war reif für einen Horrorfilm.

Gisela befeuchtete ein Papiertaschentuch mit Parfüm und wollte damit sein Gesicht säubern. Eine Weile ließ er sie an sich herummachen, dann stieß er sie plötzlich rauh weg.
»Laß den Scheiß.«
Sie setzte sich einfach über seinen Protest hinweg. Aus dem Verbandskasten des Autos nahm sie Pflaster und klebte ihm damit die Wunde über den Augenbrauen zu.
»Du brauchst keine Hure und kein Hausmütterchen. Was dir fehlt, ist eine Krankenschwester. Also halt schön still.«
»Gleich geh ich zurück, und dann mach ich die Pfeifen fertig«, drohte er. Sie konnte sich trotz des Schmerzes in ihrer linken Gesichtshälfte ein Lächeln nicht verkneifen. Die Haut spannte sich dabei und brannte.
Dieses männliche Imponiergehabe, das sie schon von jeher so zum Lachen fand, würde sie wohl nie verstehen. Da lag er geschlagen und fertig im Sitz und drohte und prahlte noch. Er hatte vermutlich schon wieder vergessen, daß sie ihn aus der Zwangslage befreit hatte – mit seinem eigenen Messer zu allem Überfluß – und daß sie ihn fast in den Wagen getragen hatte. Sie wollte ihm eigentlich sagen, er solle jetzt aufhören, den wilden Mann zu spielen, doch sie fürchtete, ihn damit nur noch mehr aufzubringen. Vielleicht ist er zum ersten Mal im Leben verprügelt worden, dachte sie, doch so hart und entschlossen wie er gekämpft hatte, machte er nicht den Eindruck, als sei das seine erste Schlägerei gewesen.
Sie drehte die Fensterscheiben runter, um Luft in den Wagen zu lassen, doch draußen wehte kein Lüftchen. Sie beschloß, loszufahren, um den kühlen Fahrtwind im Gesicht zu spüren.
Sie ließ den Motor an. Mick fingerte nach dem Schlüssel und zog ihn einfach ab. Mit einem glucksenden Geräusch und einem Ruck war der Motor wieder aus.
»Eh, spinnst du?«
»Du kannst noch nicht losfahren. Ich bin mit denen da drin noch nicht fertig.«

Sie versuchte, ihm den Schlüssel zu entwenden. Er wechselte den Schlüssel von der linken Hand in die rechte. Ihr Griff ging ins Leere. Sie beugte sich weit über ihn, doch er hielt den Schlüssel an seiner Seite lässig aus dem Fenster. So war er für sie unerreichbar. Für einen Außenstehenden sah das Ganze wie eine lustige Balgerei aus, doch im Auto spielte sich ein stummer Kampf ab.
Als Gisela ihre Situation besser einschätzen konnte, ließ sie von ihm ab, setzte sich gerade in den Sitz hinters Lenkrad zurück, hielt die geöffnete rechte Hand vor sein lädiertes Gesicht und sagte sehr ruhig: »Bitte, wenn du den Helden spielen willst, geh zurück und laß dir die Knochen brechen. Ich fahre jedenfalls nach Puttgarden. Ich warte hier nicht und spiele den Krankenwagen für dich.«
Sie sah ihn an. Er mußte doch jetzt reagieren, aber er ließ nur weiter den Schlüssel aus dem Fenster baumeln und sah zur Decke. Sein Gesicht war zu zerschlagen, als daß sie an seinem Ausdruck etwas über seine Gefühle hätte ablesen können.
»Gib mir den Schlüssel oder steig aus und sieh zu, wie du weiterkommst.«
Er schien zu überlegen. Er schluckte ein bißchen Blut und sagte dann: »Wenn ich dich alleine laß, kommst du mir noch unter die Räder.«
»Den Schlüssel oder raus.«
»Sag bitte!«
»Waaas?«
»Sag: Bitte, lieber Mick, gib mir den Schlüssel.«
»Du spinnst wohl.«
Er saß da wie das Denkmal eines beleidigten Liebhabers.
»Den Schlüssel!«
Er reagierte nicht. Ihre Fingernägel gruben sich vor Zorn in die Handballen. Die Situation war zu kindisch. Er spielte mit ihr. Er wollte doch nicht wirklich zu den Raufbolden zurück, er wollte von ihr daran gehindert werden. Das wäre für ihn der Beweis, daß sie Angst um ihn hatte. Außerdem

rettete sie mit dieser Aktion so was wie seine angek
Ehre. Sie fand das alles so lächerlich und traurig zug
»Also gut!« schrie sie. »Also gut! Bitte, lieber Mick, gib mir den Schlüssel.«
»Na also«, sagte er und hielt ihr den Schlüssel großspurig vor die Nase. Sie riß ihn aus seinen Fingern und schimpfte: »Wag es nicht, den Schlüssel noch einmal abzuziehen! Wag es nicht!«
All die Wut und Enttäuschung ließ sie am Auto aus. Mit quietschenden Reifen brauste sie durch Soltau. Dann sprang eine grüne Ampel auf gelb um. Bruchteile von Sekunden später auf rot. Sie war viel zu schnell, um den Wagen vor der Kreuzung zum Stehen zu bringen. Sie merkte es sofort, als sie den Fuß auf die Bremse setzte.
»Gas!«
Als er es sagte, war ihr Fuß längst von der Bremse ins Gaspedal geknallt. Sie wurden nach vorn geschleudert und wieder zurück. Von rechts und links rollten bereits Fahrzeuge auf die Kreuzung. Unbeschadet, doch reichlich gestreßt, huschte Gisela noch durch.
»Soll ich besser fahren?«
»Nein. Guck mal in den Spiegel, wie du aussiehst. Kannst du überhaupt was sehen?«
»Klar. Ich bin schon wieder topfit.«
»Trotzdem sollten wir dir eine Sonnenbrille kaufen. Dann haben wir an der Grenze keinen Ärger und außerdem guckt man uns heute nacht im Hotel nicht so blöd an. Wir sind als Pärchen schon komisch genug. Da brauchst du nicht auch noch blaue Augen zu haben.«
»Bevor wir mir 'ne Sonnenbrille kaufen, sollten wir besser dir was zum Anziehen kaufen. Oder willst du den Rest deines Lebens in diesem schlichten Kleid verbringen?«
Sie verstand seine Bemerkung nur zu gut. Sie stank nicht. Er hatte sich auch nicht umgezogen bisher. Er wollte ihr nur klarmachen, daß er ihr die ganze Geschichte nicht glaubte. Weil man seinen Mann nicht ohne Koffer verläßt. Oder

wollte er nur sehen, wie flüssig sie war? Bisher hatte sie alles bezahlt. Vielleicht machte er sich Sorgen. Früher hatte sie manchmal, wenn sie traurig oder enttäuscht war, einen sinnlosen Einkauf gemacht, war einfach in die Innenstadt gefahren und hatte sich etwas gekauft, das eigentlich in der Haushaltskasse nicht vorgesehen war. Einen Hut, ein Paar Schuhe, Lackstiefel, ein Goldkettchen, einmal sogar ein schwarzes Negligé, dazu passende Strapse und Strümpfe. Angezogen hatte sie die Nachtverkleidung nie. Sie schämte sich vor ihrem Mann. Sie hatte Angst, er könnte empört reagieren oder sie gar auslachen. Von seinen sexuellen Träumen und seinem Wunschdenken wußte sie wenig. Zu wenig jedenfalls, um ihn mit Negligé und Strapsen überraschen zu können. Sie überlegte, ob sie die Geschichte mit den gekauften, aber nie getragenen Strapsen erzählen sollte. Mick würde sich bestimmt darüber amüsieren. Aber jetzt hatte sie noch keine Lust. Die Situation zwischen ihnen war noch zu angespannt und ungeklärt. Eigentlich erwartete sie über kurz oder lang eine Entschuldigung von ihm. Vielleicht würde sie es ihm im Bett erzählen, um gleich zu sehen, wie er über solche Sachen dachte. Aber ob sie überhaupt noch mal zusammen ins Bett steigen würden, schien ihr im Moment unklar. Sie fühlte sich unausgeglichen, unzufrieden und nervös. Die Hitze strengte sie an, und Mick erst recht.
Was zum Anziehen zu kaufen wäre jetzt genau das richtige für mich, dachte sie. Ein schickes Kleid als Ersatzbefriedigung für den verdorbenen Tag, der noch gar nicht recht begonnen hat. Aber nicht hier in Soltau, das war klar. Sie wollte auf keinen Fall diesen Typen noch einmal in die Hände laufen. Überhaupt hatte ihr der Vorfall jede Lust genommen, hier noch länger zu bleiben.
»Wie lange fährt man noch bis Hamburg?« fragte sie ihn.
»Bei deinem Tempo höchstens eine Stunde.«
»Dann fahren wir jetzt bis Hamburg, und da kaufen wir ein.«

Sie sagte das so bestimmt, daß jeder Protest sinnlos schien. Er betastete sein Gesicht. Was vorher nur geschwollen und taub war, begann jetzt zu brennen und zu schmerzen. Mit dem Zeigefinger wanderte er durch seinen Mund und drückte vorsichtig jeden einzelnen Zahn, um festzustellen, ob einer wackelig geworden war. Er hatte Glück.
Sein Hals war trocken, die Zunge dick angeschwollen. Das Schlucken bereitete ihm extreme Schwierigkeiten. Saft oder Bier – irgendwas Kühles. Ein Eis am besten, dachte er. Auch auf der Autobahn ließen sie vorn beide Fenster geöffnet. Der Fahrtwind jagte durch den Wagen. Gisela blinzelte mit den Augen. Zwar war ihre Brille durch die Sonne nachgedunkelt, doch konnte sie nicht verhindern, daß der Wind auf die Pupillen drückte.
Mick schloß seine Augen einfach und hoffte, von dem Zugwind keine Ohrenschmerzen zu bekommen. Da war plötzlich ein eigenartiger Gedanke in seinem Kopf: Woher hatte Gisela das Messer gehabt, mit dem sie die Männer bedroht hatte? War es ein Messer vom Eßbesteck gewesen? Er hatte es in der Situation nicht genau sehen können. Immerhin war es möglich, daß ihr Messer einen weißen Perlmuttgriff hatte. Vielleicht war es tatsächlich sein Messer? Ob sie es mir nachts oder morgens aus dem Parka geklaut hat? Aber warum? Vielleicht beginne ich auch rumzuspinnen. Ich sollte ihr dankbar sein, sie hat ganz schön was riskiert, als sie dazwischen gefunkt ist. Wie eine Mutter ihr Junges hat sie mich verteidigt. Ach, Scheiße, das war es wohl – wie eine *Mutter ihr Junges*. Wann würde sie anfangen mit dem ersten Versuch, ihn zu erziehen – oder war sie schon mittendrin?
Der Wind schnitt so scharf in seine Ohren und Nasenlöcher, daß er das Fenster an seiner Seite schloß.
Sie mußte also noch genügend Geld haben, wenn sie in Hamburg einen Einkaufsbummel machen wollte. Er überlegte sich, daß es wohl an der Zeit wäre, selbst etwas Kohle zu besorgen. Warum sollte er eigentlich nicht mit ihr bis

Stockholm? Halt mich fest, halt mich ganz fest, und paß gut auf, daß ich dir nicht weglaufe, hatte sie gesagt. Er beschloß, sie bis Stockholm festzuhalten. Es konnte ganz spaßig mit ihr werden. Sie weinte ihm zu oft, aber das würde sich schon abschleifen. Eigentlich war sie als Fahrtbegleitung ganz annehmbar. Sie bezahlte alles, ihr Wagen war okay, und als Geliebte konnte er sich kaum eine bessere vorstellen. Er streckte die Beine aus und wollte sich recken, doch dabei merkte er, wie sehr sein Brustkorb schmerzte. Er mußte auch einen Schlag gegen die Lungen verpaßt bekommen haben. Wenn sie dann bei ihrem Geliebten bleiben will, kann ich immer noch als Abschiedsgeschenk den Mercedes nehmen, dachte er.

13

Trotz alledem war Herbert Berg pünktlich im Büro erschienen. Er hatte – wie seine Söhne – nicht gefrühstückt. Erstens, weil die Zeit nicht reichte, den Tisch zu decken und zweitens, weil entweder der Kaffeevorrat ausgegangen war, oder weil sie den Kaffeevorrat nicht fanden. Sie waren es gewöhnt, den Kaffee morgens fertig und duftend auf dem Küchentisch vorzufinden, neben der Wurstplatte, dem gekochten Ei und dem heißen, bereits mit zerlaufener Butter beschmierten Toast. Gisela legte Wert darauf, ihre Männer gut zu versorgen, bevor sie loszogen. »Ein gutes Frühstück, und der Tag ist schon halb gewonnen.« Herbert Berg wußte nicht, wie oft er diesen Satz von seiner Frau gehört hatte.

Seine Sekretärin brachte ihm schon den dritten Kaffee, aber er wurde immer noch nicht frisch. Mürrisch blätterte er in Akten, ohne sie wirklich zu sehen. Seine Finger blätterten mechanisch die Seiten um. Immer wieder walkte er sein Gesicht durch, um die Müdigkeit zu überwinden. Er hatte die Kleider noch nicht gewechselt. Die Nacht im Sessel war nicht spurlos an ihm vorübergegangen. Er versuchte, sich an die letzten Stunden mit Gisela zu erinnern. Er suchte einen Hinweis, einen Anhaltspunkt. Doch er konnte sich an nichts erinnern. An nichts Außergewöhnliches. Er hatte beim Frühstück ein paar Worte über seinen bevorstehenden Kegelabend verloren und sie gebeten, den Mercedes aus der Werkstatt abzuholen. Ralf hatte ein paar blöde Bemerkungen über sein angeblich zu geringes Taschengeld gemacht. Das konnte doch alles nicht der Grund für ihr Weglaufen gewesen sein, und weggelaufen war sie offensichtlich, auch wenn er es nicht begreifen konnte. Ein anderer Mann konnte unmöglich dahinterstecken. Sie war ihm die ganze Ehe über treu gewesen, davon war er überzeugt. Vielleicht hatte sie von seiner letzten kleinen Affäre was mitgekriegt. Aber wie? Es gab keine verfänglichen Briefe, keine auffälligen Überstunden – nichts. Und wenn sie was gemerkt hätte, sie hätte ihm doch sicherlich sofort eine Szene gemacht . . .

Er kam in seinem Beruf viel mit jungen Leuten zusammen. Er bildete sie in Schnellkursen zu perfekten Autoverkäufern aus. Er hatte sich wenig gegönnt, in ein paar Jahren hatte er sich vom kleinen Gebrauchtwagenhändler, der zwei, drei alte Wagen pro Woche an den Mann brachte, zum Verkaufsleiter der ELKOWA Gebrauchtwagen GmbH mit monatlich dreitausendvierhundert Mark netto emporgearbeitet. Jeden Monat einmal fuhr er nach Frankfurt, wohnte auf Firmenkosten drei Tage im Hotel Jaguar (mit Rüttelbetten) und zeigte dort den neu angeworbenen Verkäufern, daß der Handel mit Gebrauchtwagen mehr war, als ein Geschäft für gescheiterte Existenzen – es war eine Kunst, und wenn man sie beherrschte, konnte man zwar nicht reich, aber doch recht wohlhabend werden in diesem Land. Und in Frankfurt gab es dann auch schon mal so kleinere Geschichten, mit einer zukünftigen Verkäuferin der ELKOWA GmbH – das heißt, eigentlich mit zweien. Er wollte nichts Festes für nebenbei. Die Geschichten waren

immer zu Ende, wenn die drei Tage im Hotel Jaguar beendet waren. Keine Fortsetzung darüber hinaus, um die Existenz von Ehe und Familie nicht zu gefährden. Unproblematischer waren deshalb für ihn auch die Frauen um die Kaiserstraße herum. Ins Eroscenter oder in die vielen kleinen Bars ging er nicht gern. Da ließ er sich lieber auf der Straße von den Damen anreden: »Na Schätzchen, willste dich 'n bißchen verwöhnen lassen?« Die freche Sprache gefiel ihm – für kurze Zeit nur, aber in dieser kurzen Zeit gefiel sie ihm sehr.
Er kannte auch inzwischen all die kleinen Tricks und Linkereien, die diese Frauen immer wieder versuchten. Erst boten sie sich für fünfzig Mark an, dann auf dem Zimmer verlangten sie plötzlich mehr, wenn sie sich auch oben ausziehen sollten. Dann feilschten sie um jeden Zehnmarkschein. Er mochte das, es hatte so etwas Verruchtes an sich. »Leg noch was drauf, und ich mach's besonders gut.«
Er genoß das ausführliche Diskutieren um den Preis für jeden noch so kleinen Liebesdienst, doch irgendwann dann mußte damit Schluß sein. Er ließ sich ungern mittendrin durch Sätze unterbrechen wie: »Wenn du noch ein bißchen für mich hast, dann . . .«
Das Geschäftliche gehörte zwar dazu, mußte aber vor der eigentlichen Sache erledigt sein. Er bevorzugte keinen besonderen Typ. Meist ging er mit der ersten mit, die ihn ansprach. Gisela konnte nichts davon erfahren haben! Wie denn auch? Miese kleine Erpresser, die Ehemänner bei Seitensprüngen knipsten, die gab's doch nur im Fernsehen als zusätzliche Abschreckung für eine Spießermoral. Er prahlte auch nicht vor seinen Kollegen mit den Geschichten. Es konnte also kaum einer geschwätzt haben. Nein, es war schlicht unmöglich, daß Gisela davon wußte. Ihr Verschwinden mußte einen anderen Grund haben. Wie lange wäre diese Geschichte wohl vor den Eltern zu verheimlichen? Er könnte ihnen zum Beispiel erzählen, Gisela sei zur Kur gefahren. Aber sie war noch nie alleine weg. Immerhin –

eine Kur, das würde man ihm vielleicht abnehmen. Komisch berührt wären die Eltern nur, wenn sie keine Postkarte . . . außerdem: Sie würden ihn sicherlich fragen, warum Gisela von der Kur nichts erzählt hatte. Aber egal, er konnte auf keinen Fall eingestehen, daß er nicht wußte, wo seine Frau . . . Die Eltern würden das nie verstehen. Aber konnte er ihnen das übelnehmen, wo er es doch selbst nicht verstand?
Seine Wut wuchs. In welche Situation brachte Gisela ihn da? Er würde sich zum Hanswurst machen, wenn die Sache herauskäme.

14

Sie rechnete sich aus, wieviel die Euroschecks bringen würden, die im Handschuhfach lagen. Ihr Mann hatte immer Euroschecks im Auto. Für alle Eventualitäten, wie er das nannte. Die dazugehörige Scheckkarte hatte sie in ihrer Handtasche. Jeder Scheck war für mindestens dreihundert Mark gut. Vielleicht konnte man auch noch mehr dafür bekommen. Eine Bank gab nur dreihundert, das war klar, aber was war mit Hotels, Tankstellen und so? Sie hatte es nie versucht, doch diese Schecks waren ihr einziges Kapital – außer dem Wagen, in dem sie saßen –, und niemand würde geschädigt werden. Ihr Mann verdiente doch genug. Die Schecks würden von der Bank mit Sicherheit eingelöst. Und irgendwie fand sie, ihr Mann sei ihr das schuldig. Schließlich ließ sie ihm alles andere. Das Haus, die Einrichtung, das Sparbuch. Fünf Euroschecks befanden sich mindestens im Handschuhfach. Vielleicht sogar noch sechs oder sieben. Sie ärgerte sich nicht darüber, daß sie es nicht genau wußte. Im Gegenteil, sie fand es ganz spannend. Zu oft war sie mit genau berechneter Urlaubskasse in den Urlaub fahren.

»Urlaub«, murmelte sie, »vielleicht ist das hier alles nur ein Urlaub . . .«
»Hm – was?« fragte Mick.
»Ach nichts. Ich hab nur laut gedacht.«
»Und was hast du gedacht?«
»Willst du meine Gedanken kontrollieren?«
»Nein. Ich will mit dir reden.«
»Entschuldige, ich wollte nicht so . . .« Sie erwartete eine Entschuldigung von ihm, und jetzt entschuldigte sie sich selbst. Alles war so verwirrend.
»Hast du noch Schmerzen?«
»Geht so. Eigentlich halb so wild. Ich weiß bloß nicht mehr genau, warum wir uns eigentlich geprügelt haben. Die haben dich beleidigt – oder wie war das?«
»So ungefähr.«
»Sie hielten dich für eine Hure. Und da bin ich sauer geworden.«
»Ich glaube nicht, daß sie mich für eine Hure hielten. Sie haben das nur gesagt, weil ihnen nichts anderes einfiel, um uns wehzutun. Wir haben uns öffentlich geküßt. Du junger Kerl und ich – gegen dich eine alte Frau. Das verstehen die einfach nicht. Wäre ich ein Mann und du meine zwanzig Jahre jüngere Freundin, hätten sie mich mächtig bewundert, weil ich in meinem Alter so eine dufte, knackige Biene mit mir herumschleppe. Diese Männer mit ihrer Arroganz! Die fühlen sich durch unsere Beziehung beleidigt und in ihrer Männlichkeit angegriffen.«
»Frauen haben bestimmt genausoviel Scheiße im Kopf, oder meinst du, deine Freundinnen würden verstehen, daß wir zusammen ins Bett gehen?«
Sie schwieg und schmunzelte. Das konnte bedeuten, daß sie sich sicher war, von ihren Freundinnen sogar beneidet zu werden. Vielleicht dachte sie aber auch nur an ihren Kaffeekranz und amüsierte sich darüber, daß er jetzt ohne sie stattfinden mußte.
Sie stellte sich vor, was wohl wäre, wenn sie ihren Freun-

dinnen von ihren letzten Stunden erzählen würde. Sie konnte sich die Mischung aus Neid, Bewunderung und Ablehnung nur zu gut vorstellen. Theresa zum Beispiel, die vor Stolz fast platzte, weil ihr Mann endlich Filialleiter im Supermarkt geworden war, nachdem sie ihren kleinen Lebensmittelladen hatten aufgeben müssen. Er hatte mindestens so viel Sex-Appeal wie die Plastik-Einkaufstüten, die in seinem Laden für einen Groschen an den Kunden abgegeben wurden. Sie schämte sich nicht, ihren Ozelot zur Schau zu tragen, aber über die Beziehung zwischen Mick und Gisela würde sie die Nase rümpfen.
»Ich glaube«, sagte Gisela, »das Verkaufen von Ozelot-Mänteln ist in Schweden verboten worden. Vielleicht sogar das Tragen.«
»Hat dein geliebter Tobias dir das erzählt?«
»Nein, ich habe es in der Zeitung gelesen.«
»Das Tragen aller Tierfelle sollte verboten werden. Ich bin zwar bestimmt nicht für Verbote, aber heute stellt ja auch keiner mehr Lampenschirme aus Judenhaut her.«
»Du bist geschmacklos.«
»Nicht ich . . . die Welt. Früher, da bedeutete das etwas, wenn ein Mann seiner Frau einen Pelz schenkte. Dafür mußte er auf die Jagd gehen, mit einem Tier kämpfen, ging die Gefahr ein, verletzt oder gar getötet zu werden. Das war was. Heute ziehen die Dandies ihr Scheckbuch und beglükken damit ihre Mäuschen. Das ist doch was für 'n Arsch. Diese Pelze sind nur noch Symbole für eine Sache, die es schon lange nicht mehr gibt.«
»Du irrst, sie sind Symbole für etwas, das es überall gibt und wonach jeder strebt: Karriere, Erfolg, Ansehen, Glück . . .«
Mick unterbrach sie und führte ihre Aufzählung fort: »Machtstreben, Selbstsucht, Streß, Nervenkrieg, Anpassung, Magengeschwüre, kaputte Beziehungskisten und tote Tiere.«
»Geld«, führte sie ihre Reihe zu Ende. Und dann, schon fast entschuldigend: »Wie kam ich denn da drauf?«

»Wunschdenken?« provozierte er.
»Du glaubst wohl, daß alle, die älter sind als du, Dummheit und Egoismus für sich gepachtet haben, was? – Glaub bloß nicht, du seist schon deshalb gut, weil du jung bist. Oder sollen wir mal anfangen, die Unterschiede zwischen dem Wunsch nach einer Karriere als Rockmusiker und dem Wunsch nach einer Karriere als Architekt zu erforschen?«
Ihr war klar, daß sie ihm jetzt bewußt weh getan hatte. Sie erschrak ein bißchen über sich selbst. Hatte sie ein Recht, ihm seine Träume zu nehmen? Doch er reagierte erstaunlich gelassen. Tat, als könnten ihre Sätze ihm nichts anhaben, suchte nach einer passenden Antwort und massierte sich die Kinnspitze.
Architekten sterben seltener an harten Drogen, hätte er sagen können, oder irgendeinen Blödsinn über das wilde Leben von Rockmusikern erzählen, ein paar Klischees über ständig arbeitende und schwitzende Architekten hatte er auch auf Lager, doch er nahm sich für die Antwort mehr Zeit. Er würde ihr den Unterschied schon klarmachen. Die Argumente lagen doch buchstäblich auf der Straße.
Er drehte eine Zigarette. Dabei formte er den Tabak in dem Blättchen so sorgfältig und geduldig, als ginge es darum, ein Kunstwerk zu vollenden. Er dreht sich keine Zigarette, dachte sie, er demonstriert mir den Unterschied zwischen selbstgemacht und einfach nur gekauft.
Die ersten klotzigen, gleichförmigen Hochhäuser der Hamburger Vorstädte tauchten auf. Er drehte an seiner Seite das Fenster herunter, zeigte nach draußen und brüllte: »Das ist der Unterschied! Kapierst du es?! Rockmusik sperrt keine Menschen ein in solche Gefängnisse. Rockmusiker machen sich Denkmäler auf schwarzen Scheiben! Nicht mitten in der Gegend! Das sind doch die Versuche von Geisteskranken, sich unsterblich zu machen! Guck sie dir an, diese betonierten Ausgeburten kranker Köpfe!«
Sie sah stur geradeaus. Sie fand ihn unfair. Erstens, weil er schrie und zweitens, weil er sie für den Dreck verantwort-

lich machte, hinter dem sie so wenig stand wie er, und für den sie auch nichts konnte. Er griff ihr hart in die Haare und drehte ihren Kopf so, daß sie die Häuser sehen mußte.
Der Wagen schlingerte.
»Bist du wahnsinnig?« brüllte sie, nicht weil er ihr wehtat, sondern weil sie Angst hatte, den Wagen nicht in der Bahn halten zu können.
»Guck dir den Scheiß an! Sieh hin, damit du begreifst, worum es geht!«
»Laß mich los! Willst du uns umbringen?«
Er ließ los, atmete schwer und sank in seinen Sitz, als sei nichts geschehen. Wieder verspürte sie das unbändige Gefühl, ihn ohrfeigen zu müssen. Sie hatte ihre Kinder nie geschlagen, wie sie oft sagte. Ihr war nur manchmal die Hand ausgerutscht, wie sie seltener hinzusetzte. Aber wenn der ihr Sohn gewesen wäre, dann hätte sie ihn sicherlich mal so richtig durchgewalkt. Nur – er war nicht ihr Sohn – er war ihr Geliebter.
»Ja«, sagte sie, »diese Wohnblocks sind häßlich, aber ich habe sie nicht gebaut! Und ich käme gern heil in die Innenstadt. Ich leb nämlich gern.«
»Ich auch.«
»Dann tu das nie wieder. Einen gewalttätigen Mann habe ich hinter mir.«
»Scheiße«, rutschte es ihm heraus. Er ärgerte sich über sich selbst. Er hatte nicht geplant, in die Rolle ihres Mannes zu schlüpfen. Es tat ihm wirklich leid, und sie sah es ihm an. Er versuchte eine um Verzeihung bittende Geste, in dem er ihr über die Hände strich, mit denen sie das Lenkrad hielt. Sie kam ihm sofort entgegen.
»Wir könnten am Alsterufer ein Eis essen. Uns Sonne ins Gesicht scheinen lassen und uns ein bißchen entspannen.«
Der Gedanke, erfrischendes Eis für seinen trockenen Hals zu bekommen, versetzte ihn in freudige Erwartung. Er konnte es kaum abwarten, bis der erste Löffel Eis langsam zwischen Zunge und Gaumen dahinschmelzen würde. Er

schluckte unwillkürlich. Die Zunge klebte fast an den Zähnen fest. Eine Blutkruste brach von seiner Lippe.
»Das Alsterufer, bei dem Wetter. Ideal.«
Sie lenkte mit links weiter, griff mit rechts seine Hand und drückte sie einmal ganz fest. Ein vielversprechendes Lächeln huschte über ihr Gesicht. Eine unbestimmte Vorfreude. Er hatte plötzlich das Gefühl, nie in seinem Leben so optimistische Augen gesehen zu haben wie ihre. Sie strahlte eine lustige Zuversicht aus, vor der er sich nicht verschließen konnte. Der Himmel über ihnen vergeudete sein Blau, und die Sonne reflektierte auf den Chromteilen der Autos. Sie fuhr langsam in die Vorstadt hinein. Erste Tankstellen, Hinweisschilder. Die Menschen sahen fröhlich aus, fand sie. Was doch so ein bißchen Sonne ausmachen konnte!
»Die meisten Fremden suchen bestimmt zuerst Sankt Pauli und die Reeperbahn. Wir das Alsterufer.«
Sie lachte, als sei das ein toller Scherz. Sie lachte, weil sie lachen wollte. Sie stand unter dem merkwürdigen Zwang, fröhlich zu sein. Vielleicht machte es die Sonne, die sie vor weniger Zeit noch als lästig empfunden hatte, vielleicht war es auch die Aussicht auf einen *freien Tag,* die Möglichkeit, diese Stadt zu entdecken, die Aussicht auf einen ungestörten gemeinsamen Abend und eine Nacht mit einem jugendlichen Liebhaber?
»Es gibt zwei Alsterufer. Ein kleines und ein großes«, belehrte er sie.
»Welches ist schöner?«
»Sie sind direkt nebeneinander. Umringt von teuren Hotels.«
»Woher weißt du das so genau, warst du mal hier?«
»Ich war schon überall!« sagte er großspurig. »Ich habe hier mal gespielt. Allerdings waren die Gegenden, in denen ich mich rumgetrieben habe, weniger nobel.«
Auch der dichte Verkehr, durch den nur ein stoßartiges Vorkommen möglich war, konnte Giselas gute Laune nicht ändern. Sie wünschte sich ein luftiges Kleid und Wind um

die Beine. Die Haare sollten flattern. Nach Meer und Salz sollte es riechen. Vorläufig roch es noch nach Autoabgasen und Benzin.
Wenn es wenigstens nach Fisch stinken würde, dachte er. Fisch und Schnaps. Danach müßte es riechen, glaubte er, der hier die Hamburger Szene vermutete, aus der Otto, Udo Lindenberg, Radio Barmbeck, Kiev Stingel, Mike Krüger, Ougenweide, Busch Band, Inga Rumpf, die Punker Abwärts und, wenn er sich nicht irrte, auch die Gebrüder Engel kamen. Er hatte Lust auf Live-Musik-Kneipen, wollte sich auf der Szene umgucken und sich bedröhnen.
Tatsächlich fand sie am Alsterufer einen Parkplatz vor einem monströsen weißen Hotel. Große Säulen wiesen auf die Eingangshalle hin. Man stellte sich zwischen diesen Säulen einen Portier vor in schwarzer Livree mit weißen Handschuhen, der zu vornehm war, um auch nur ein überflüssiges Wort zu sagen, wenn er die Tür des Rolls Royce elegant öffnete. Natürlich stand ein Jaguar E vor diesem Hotel, und natürlich war er blankgeputzt. Die Sonne ließ die weißen Säulen verblichen erscheinen. Zweifellos war dieses Hotel das nobelste, doch auch all die anderen kleinen Hotels oder Pensionen waren alte, ehrwürdige Herrenhäuser. Nicht ein einziges billiges Fertighaus war dazwischen. Ein Versicherungshochaus wäre undenkbar gewesen. Zwischen den Hotels und dem Wasser nur eine Straße und ein paar Bäume – ach ja, und die Parkplätze vor den Hotels mit den sauberen Autos, als würden all die Fahrer von weniger geputzten Karossen ihre Wagen in den Hinterhof stellen, damit sie die Gegend nicht verunstalteten.
Sie stieg aus, ging wie auf Federn und hakte sich bei Mick unter, der jetzt wieder ohne Schmerzen durchatmen konnte.
»Ist die Welt hier so schön, oder habe ich andere Augen bekommen?« rief sie überschwenglich und tänzelte dabei

von einem Bein aufs andere. Sie stützte sich auf seinen Arm und sprang sogar ein Stückchen in die Luft.
Sie benimmt sich wie ein Teenie vor dem ersten Disco-Besuch, dachte er amüsiert und merkte, wie seine Laune trotz der Beulen am Kopf immer besser, ja ausgelassener wurde. Er kniff ihr in den Hintern, und sie juchzte laut, zog ihn an der Nase und spottete: »Du böser, böser Junge du! Tut man das mit einer Dame?«
Er versuchte es noch einmal, doch sie zog den Po ein, schob den Bauch vor und drehte sich aus seinem Griff. Wie spielerisch zufällig gerieten ihre Gesichter aneinander, und sie küßten sich flüchtig, fast beiläufig. Ihr früheres Leben, oder was sie dafür hielt, war nur noch eine auf der in gleißende Sonne getauchten Alster zerfließende Luftspiegelung. Es war, als würde ein Panzer, der viele Jahre lang um ihre Brust gelegen hatte, zersprengt. Sie wollte schreien vor Glück. So ähnlich hatte sie sich einmal gefühlt, vor zig Jahren, nach ihrer ersten Beichte. All die Angst, bei dieser wichtigen Sache etwas falsch zu machen, war der Freude gewichen, nun frei von Sünden zu sein und jederzeit in den Himmel aufgenommen zu werden, falls sie tot umfallen sollte. Dieses Gefühl hatte ihr so viel Kraft und Glück gegeben, daß sie es in die Welt hinausschreien wollte: »Ich bin glücklich! Seht mich hier stehen, die Gisela! Ein unschuldiges Kind des Himmels! Auf die Erde gefallen und glücklich!«
Sie breitete die Arme aus und ließ sich um seinen Hals fallen. Das hatte sie als Siebzehnjährige oft tun wollen bei ihrem ersten Freund, der später ihr Mann wurde, doch damals traute sie sich nicht – mitten auf der Straße, wo doch die Leute zugucken konnten. Heute schien ihr nichts wichtiger, als in aller Öffentlichkeit ihre Liebe zu demonstrieren, sie rauszuschreien. Seine Blutflecken im Gesicht sah sie als Orden an. Sie liebte ihn für jeden einzelnen Schlag, den er erhalten hatte. Ihr Held! Ja, ihr Held! Er hatte sich tapfer geschlagen für sie. Es gab nicht mehr viele

Männer, die sich prügelten für eine Frau. Sie fand es wunderbar, einen gefunden zu haben, der bereit war, sich für sie zu schlagen. Er war ihr Held. Sie wollte seine Wunden pflegen.
»Laß uns hier am Alsterufer ein Hotel suchen. Eins mit Blick auf die Alster. Dann duschen wir, ich verarzte dich richtig, und dann gehen wir aus!«
»Ich will jetzt erst ein Eis. Du hast es versprochen, und ich habe so einen verdammt trockenen Hals.«
Sie hatte schon ein Straßencafé entdeckt und zog ihn hinter sich her. Rote Plastikstühle standen draußen und Sonnenschirme, die für Eiskrem Reklame machten. Etwas angenehm Kühles, Oasenhaftes ging von diesem Ort aus. Die meisten Stühle waren besetzt. Leichtbekleidete junge Leute rauchten, tranken und schwatzten. Eine aufmunternde Fröhlichkeit lag über allem. Gisela und Mick fanden einen Platz am Tisch eines anderen Pärchens. Er trug ein Papageienhemd und eine verwaschene Jeans, sie einen leichten Faltenrock und eine weiße Bluse. Sie sah auf eine verschmitzte Art vergnügt aus. Offenbar kokettierte sie mit ihren Zöpfen, die sie wie ein Schulmädchen aussehen ließen, obwohl sie sicher schon über zwanzig war. Er fächelte sich mit einem Bierdeckel Luft zu und trank Alsterwasser. Er hatte künstlich gekräuselte, rotschwarze Haare, und der Fingernagel vom kleinen Finger seiner rechten Hand war länger als seine anderen Nägel und blau angestrichen. Mick stieß Gisela an, um sie darauf aufmerksam zu machen, doch was Gisela sah, fand sie viel aufregender. Das Mädchen mit den Zöpfen lüftete ihren Rock ein wenig und schlug die Beine übereinander. Dabei blickte Gisela ihr zufällig unter den Rock und sah, daß das Mädchen darunter nackt war. Zwischen ihren Schenkeln ein buschiges, schwarzes Dreieck auf einem roten Plastikstuhl.
Giselas Haut wollte jetzt von Mick berührt werden, doch er lechzte nur nach seinem Eis und bemerkte es nicht. Sie streichelte seine Wangen und flüsterte ihm ins Ohr. Dann

kringelte sich ihre Zunge in sein Ohr, und er mußte lachen. Erotisch fand er es nicht, dafür aber lustig.
»Ich will mit dir schlafen«, flüsterte sie in sein Ohr.
Erstaunt sah er sie an und versuchte, lässig zu lächeln. Mit solcher Offenheit hatte er nicht gerechnet. Er versuchte einen Witz: »Hier läuft wohl heute die große Anmache oder was?«
Sie nickte: »Ja, die große Anmache.«
Jetzt spielte sie die Rolle der großen Verführerin. Er wußte, daß sie sie spielte, und sie wußte, daß er es wußte. Er würde mitspielen, denn zu ihrer Rolle gehörte das Opfer. Er war mit von der Partie. Er würde ihr willenloses Opfer werden, an dem sie alle Verführungskünste ausprobieren könnte. Die Monroe war tot und Raquel Welch eine Betschwester. Es gab nur noch eine verführerische Frau auf der Welt für ihn: sie. Die Bardot strickte im Altersheim Strümpfe. Claudia Cardinale war zu einer griechischen Statue in Athen geworden. Hübsch und aus Stein. Er hatte nie vorher, nicht im Kino und nicht in der Wirklichkeit, so ein Prachtweib gesehen. Das wollte sie ihn glauben machen, und sie wußte, daß er wußte, daß es nicht so war. Doch er war vielleicht ein Spinnkopf, aber ein Spielverderber war er nicht.
Er löffelte das Eis in sich hinein und bemerkte lächelnd, daß er jetzt schon viel besser schlucken konnte. Und der süßsaure Geschmack im Mund wich dem von frischen Himbeeren und Zitroneneis. Mit gleichmäßiger Geschwindigkeit grub er seinen Löffel in den zarten Schmelz. Sie blickte abwechselnd auf ihn und dann auf die Alster und ließ ihr Eis halb angegessen stehen. Seltsame Töne drangen an ihre Ohren.
Das Mädchen mit Zöpfen und ohne Unterhose richtete sich aufmerksam auf.
»Hörst du das nicht?« fragte sie ihren Freund mit dem blauen Fingernagel. »Das ist ein Dudelsack. So ein Ding, was die Schotten immer spielen. Hör nur. Ein Dudelsack.«

»Toll, über welche Entfernung man den hört. Ich kann den Kerl kaum sehen.
»Ich auch nicht.«
Ein Dudelsack also, dachte sie, auf der anderen Seite der Alster – und man hört ihn gut. Nur schade, daß ich diese Musik nicht mag.
Wieder flüsterte sie in sein Ohr.
»Komm, laß uns gehen«, sagte sie diesmal vielversprechend.
Sie bezahlten nicht. Die Kellnerin befand sich im Lokal, als sie die Plastikstühle leerließen und mit eiligen Schritten verschwanden. Hinter der nächsten Ecke blieben sie kichernd stehen, stolz auf ihre Zechprellerei, als hätten sie eben die Bank von England ausgeraubt.
Auf der Suche nach einem Hotel, das angemessen schien, blickte sie in eine Seitenstraße und entdeckte eine Boutique. Sie zog ihn hinein. Zum Glück gab es Sessel und in der Mitte des Ladens einen Glastisch mit einem Aschenbecher drauf. Man war offensichtlich darauf vorbereitet, daß Männer hier hereingeschleppt wurden und ihren Frauen oder Freundinnen beim Aussuchen zugucken oder helfen mußten. Man wollte ihnen die Wartezeit so angenehm wie möglich gestalten, denn wenn sie jede Lust verloren, wurde auch meist nichts mehr aus dem Kauf. Mick setzte sich und drehte eine Zigarette, während eine Verkäuferin, deren Gesicht unter dem Puder und der Schminke zu demjenigen einer Schaufensterpuppe erstarrt war, sich Gisela widmete. Sie verschwanden gemeinsam hinter Garderobenständern. Er hätte jetzt gern Gitarre gespielt, aber die lag im Mercedes und wurde durch die Hitze auch nicht gerade besser. Am liebsten wäre ihm der selbstkomponierte Song gewesen: »Mehr wissen als es zu verstehen gibt, mehr leben als es zu sterben gibt, mehr lieben als es zu verlieren gibt.« Er beschloß, es ihr demnächst vorzusingen. Dann stand sie vor ihm. Sie hielt die Arme angewinkelt und hob mit beiden Händen die blonden Haare hoch. Sie tänzelte auf Zehen-

spitzen und präsentierte ihm so ein indisches Kleid aus reiner Baumwolle, tief Lila, mit goldenen Vögeln bestickt und an den Ärmeln weit ausgeschnitten. Wenn sie so mit erhobenen Armen dastand, konnte man an beiden Seiten ihr Fleisch sehen von den Achseln bis zur Hüfte, doch wenn sie die Arme senkte, sah sie aus wie ein eingeschüchtertes Mädchen, das aus irgendeinem Harem entlaufen war. Mit diesem Kleid, mit diesem Lächeln und den wilden Haaren, wurde es immer unmöglicher, ihr Alter zu schätzen.

Er mußte grinsen, als ihm bewußt wurde, daß man in indischen Boutiquen keine Unterwäsche kaufen konnte, denn natürlich wollte sie das auch. Sie konnte schließlich nicht gut noch ein paar Tage in ihrem engen Miederhöschen stecken. Ob die Inder keine Unterwäsche tragen, oder ob die für den europäischen Markt uninteressant ist? fragte er sich.

Sie nahm das Kleid, ließ es gleich an und freute sich, »etwas Besonderes« erwischt zu haben. Sie kaufte noch ein seidenes Tuch dazu und Schuhe, die er Jesuslatschen nannte. Sandalen, die am Fuß blieben, weil man den dicken Zeh durch eine Schlaufe zwängen mußte.

»Du wirst dich zwischen den Zehen bestimmt wundlaufen«, sagte er, doch sie bestand darauf, auch die Schuhe gleich anzubehalten. Ihre alten Sachen ließ sie sich einpakken. Das Plastikmiederhöschen steckte zwischen dem Kleid und den Schuhen, die eingepackt wurden.

Sie trat mit Mick auf die sonnenüberflutete Straße. Nie hatte sie sich freier gefühlt. Ihr Strahlen machte Mick fröhlich. Er legte seinen Arm um ihre Hüften, und auch sie umarmte ihn beim Laufen.

»Merkst du was?« flüsterte sie ihm kichernd ins Ohr.

»Nein, was denn?« Sie blickte ein wenig enttäuscht drein, dann legte sie ihre Hand auf seine Hand, die auf ihren Hüften ruhte, drückte seine Hand etwas fester gegen ihren Körper und schob sie tiefer.

»Du hast nichts drunter!«

»Richtig!« feixte sie. »Du hast es entdeckt. Drunter bin ich nackt, und außer dir weiß es kein Mensch.«
Er fand keine passende Bemerkung, und sie setzte nach: »Ist das nicht aufregend? Ich finde es wahnsinnig aufregend.«
»Du benimmst dich, als wärst du dreizehn.«
»Oh, du gemeiner Spielverderber.« Sie schlug ihm mit der Faust gegen die Brust. Es waren keine ernstgemeinten Schläge, trotzdem lag ein ehrlicher Ärger darin.
»Du willst mich wohl in eine Mutterrolle drängen? Und dann kannst du mir hinterher vorwerfen, daß ich nie rausgekommen sei. Aber in Wirklichkeit willst du mich so. Du brauchst mich so. Du willst mich alt haben, häßlich und mit schrulligen Ideen. Dann kannst du dich überlegen fühlen.«
»Ja, genau, das will ich. Am Kamin sollst du sitzen und Strümpfe stricken. Deine Haare sollst du zu einem Knoten binden. Und weiß sollen sie werden. Dein Schaukelstuhl soll knarren, und Streuselkuchen sollst du backen!«
»Jetzt übertreibst du.«
»Nein, ich sage die Wahrheit und nichts als die Wahrheit, solange . . .« Sie zerrte an seinem Ärmel und zeigte geradeaus auf ein Hotel. Marmortreppen führten zu dem kleinen Eingang hinauf. Eine sehr alte verschnörkelte Straßenlaterne stand da, wo an Eingängen sonst Gipsfiguren stehen. Das Hotel sah nicht viel anders aus als der Prachtbau, vor dem sie geparkt hatten. Nur war es um sehr viel kleiner.
»Da will ich wohnen!« sagte sie so begeistert, daß er nicht zu widersprechen wagte.
In der kleinen Eingangshalle standen große Vasen mit unechten Blumen. An der Rezeption wurden sie von einem überaus freundlichen älteren Herrn begrüßt, der sicherlich schon zum Inventar gehörte. Er erkundigte sich höflich, für wie viele Nächte es denn sein sollte. Gisela antwortete: »Für eine. Aber das Zimmer soll eine Dusche haben.«
»Selbstverständlich, Madame.«
Madame sagte er so, daß es gar nicht lächerlich klang.

»Wir haben noch zwei Zimmer frei. Eins für einhundertfünf Mark pro Nacht und eins für einhundertfünfunddreißig Mark pro Nacht ohne Frühstück. Möchten Sie die Zimmer sehen, bevor sie . . .?«
»Nein, nicht nötig«, entschied sie. »Wir nehmen das zu einhundertfünfunddreißig. Das Frühstück können wir doch sicherlich auf dem Zimmer einnehmen, oder nicht?«
»Selbstverständlich. Sie brauchen nur die Acht zu wählen, dann sprechen Sie mit der Rezeption und können bestellen. Von sieben bis elf Uhr.«
Er schob ihr einen Vordruck zu, den sie ausfüllen mußte. Mick stand daneben und sah nur zu. Alles kam ihm sehr unrealistisch vor. Er in so einem Hotel, dazu mit dieser Frau und diesem Hausdiener. Mick war neugierig, welchen Namen sie wohl eintragen würde. Normalerweise führte man in Hotels solche Verhandlungen mit dem Mann. Der füllte auch den Meldezettel aus, und machte er bei Ehefrau ein Kreuz, dann wurde sie nicht mehr nach ihren Personalien gefragt. So vermied man peinliche Situationen für die Sekretärin, die mit ihrem Chef im Hotel abstieg. Doch diesmal wurde der Mann nicht gefragt, und das war kein Erfolg der weiblichen Emanzipation, nein, das lag daran, daß Mick nicht ernstgenommen wurde. Man fragte nicht den Sohn, sondern die Mutter, wenn es um Preise ging, denn sie hatte das Geld zu verwalten.
In einem Anflug von Zorn wollte Mick den Menschen hinter der Theke anmachen, doch dann sah er den Namenszug, den Gisela aufs Formular setzte: Gisela und Mick Hendrix. Mick war ganz fertig. Ihm fiel nichts mehr ein. Er wollte laut losbrüllen vor Lachen und war doch zu überrascht dazu.
Hendrix. Gisela und Mick Hendrix! Ihm wurde bewußt, daß er ihren wirklichen Nachnamen gar nicht kannte, und sie wußte auch nicht, wie er hieß. Sie konnten sein, wer sie wollten. Sie hatten voreinander nur die Identität, die sie sich selbst gaben. Warum sollten sie nicht die Hendrixens sein?

15

Das Zimmer hatte zwei große Fenster zur Alster hin, ein in hellgrün gehaltenes Badezimmer und einen Farbfernseher. Neben den Ehebetten an einer Seite ein Nachttischchen mit Telefon, an der anderen Seite eine Mini-Hausbar, auf der der Radiowecker stand. Vor einem der Fenster befand sich ein kleiner Schreibtisch. Darauf das hoteleigene Briefpapier. Um einen ovalen Rauchtisch waren zwei recht alte Sessel aus Kunstleder arrangiert.

Gisela stand mit ihrem lila Kleid mitten im Raum. Die goldenen Vögel darauf schienen plötzlich zu leben, weil sie sich rasch zum Fenster bewegte, die Vorhänge zur Seite zog und so den Blick auf die Alster freigab. Draußen war noch heller Tag. Obwohl Mick den Radiowecker mit den grün leuchtenden Zahlen gesehen hatte, guckte er nicht hin, um die Zeit zu erfahren. Er schätzte sie lieber gefühlsmäßig ab, denn was spielte sie schon für eine ernsthafte Rolle.

Es wird so gegen fünf Uhr sein, dachte er für sich, doch aus dieser Feststellung ergaben sich keinerlei Konsequenzen.

Sie schleuderte ihre neuen Jesuslatschen übermütig in die Ecke. Auf nackten Füßen tanzte sie zu einer imaginären Musik durchs Zimmer, bewegte dabei schlangenhaft ihre Hüften und schnippte mit den Fingern.

Mick ließ sich rückwärts aufs Bett fallen und sah ihr zu. Er fühlte eine tiefe Ruhe und Gelassenheit über sich kommen.

Sie hopste auf den Zehen, drehte sich mit raschelndem Gewand und bewegte ihre Hände mal graziös wie eine indische Tempeltänzerin, mal laut schnipsend wie beim Rock'n' Roll, dann wieder fuhr sie mit den Händen vielversprechend über ihren Körper, als wolle sie gleich einen Striptease beginnen.

»Ich wollte immer Tänzerin werden, als ich noch klein war«, sagte sie.

»Du hast bestimmt auch Talent . . .«
Mit geschlossenen Augen versuchte sie, sich auf einem Fuß zu drehen.
»Ich wollte zum Ballet. Aber der Unterricht war zu teuer, und meine Eltern verstanden das auch nicht. Wenn ich ein Mädchen bekommen hätte, die wäre bestimmt zum Ballett gegangen.«
Die Frau, die dort mit geschlossenen Augen in einem indischen Kleid vor der Kulisse der Alster tanzte, kam ihm seltsam unwirklich vor. Er wurde in einen Traum entführt. Ihre Haare waren aus Gold, ihre Haut aus Samt, in ihren Augen funkelten Diamanten, und ihr Körper wurde zu einem wertvollen Instrument der Liebe. Das Kleid zog sie über den Kopf aus. Darunter hatte sie nichts. Ihre großen Brustwarzen grinsten ihn an, und er griff nach ihr. Ihre Finger massierten seinen ganzen Körper, bis sich alle Muskeln lockerten und eine angenehme Wärme sich in ihm ausbreitete. Sie entkleidete ihn so geschickt, daß er es kaum bemerkte. Dann lagen sie nackt nebeneinander und streichelten sich.
»Ich habe das noch nie gemacht«, sagte sie.
»Was?«
»Einfach so abhauen aus einem Lokal – ohne zu bezahlen. Aber es war großartig. Ein herrliches Gefühl.«
»Wie meist – wenn was verboten ist.«
Ihre Hand bewegte sich so schnell um sein Glied, daß er Angst hatte, ihm würde es gleich schon kommen. Er versuchte, an etwas anderes zu denken, doch die Welt schien nur noch aus Haut zu bestehen, und sie redete in einem fort von der Zechprellerei und rieb immer heftiger an ihm.
»Die Sache mit der Eisdiele hat dich wohl unheimlich heiß gemacht?«
Sie nickte. »Unheimlich!«
Da schoß es aus ihm raus, und ein Geruch nach frischem Camembert und Fisch breitete sich aus. Sie legte sich umgekehrt auf ihn und begann, ihn abzulecken.

Sie flüsterte etwas wie: »Du schmeckst gut . . .«, und bewegte ihren Po in die Nähe seines Gesichts. Schon kitzelten ihre Schamhaare an seine Nase, und er schleckte ihren Saft. Sie drückte sich fester gegen ihn, daß er nur unter Schwierigkeiten durch die Nase atmen konnte.
Sie seufzte und keuchte: »Ich will alles mit dir ausprobieren! Alles!« Wie von einem Krampf geschüttelt, rieb sie plötzlich ihr Dreieck gegen seine Lippen, stieß einen spitzen Schrei aus und ließ sich dann ermüdet auf ihn fallen. Eine Weile blieben sie beide so liegen. Ihre Finger umschlossen sein kleines Glied, als sei es ein junges Vögelchen, das aus dem Nest gefallen war und vor der Kälte geschützt werden müßte.
»Seltsame Dinge passieren heute. Auf dem anderen Alsterufer spielt einer Dudelsack, und wir können ihn hören. Neben uns sitzt ein junger Mann, und der hat einen blauen Fingernagel. Seine Freundin trägt nichts drunter. Die Sonne scheint und . . .«
». . . wir lieben uns bei geöffneten Vorhängen – wie in einem Schaufenster.« Sie zuckte zusammen und blickte zum Fenster. Sie hatte tatsächlich vergessen, die Gardinen vorzuziehen, doch das machte ihr nichts aus, denn sie befanden sich im zweiten Stock, und niemand konnte reinblicken.
»Die Sonne hat uns zugesehen.«
Sie knuffte ihn in die Seite. »Findest du nicht, daß heute seltsam zauberhafte Dinge passieren? Ich fühl mich ganz leicht.«
»Vielleicht passieren immer so Sachen, wir bemerken sie nur sonst nicht, weil wir uns von jedem Scheiß aufreiben lassen.«
Sie streichelte über seinen Bauch. Sie zupfte an den paar kleinen Haaren vor seinem Bauchnabel. Die waren ihr vorher auch nicht aufgefallen.
»Ja, im Moment interessiert mich die kaputte Waschmaschine nicht, und es ist mir auch völlig egal, ob der Fleck auf

dem Wohnzimmerteppich noch mal rausgeht. Jede Pore deiner Haut ist mir wichtiger.«
»Möchtest du 'ne Zigarette?«
»Hm. Gerne. Du kannst mir den Aschenbecher auf den Bauch stellen, aber dreh dich nicht so weit weg, ich hab es gern, wenn du hinterher nah bei mir bist.«
Sie rauchten und überlegten, wo man jetzt am besten zu Abend essen konnte. Sie hatte Lust auf einen Chinesen, er wollte lieber in ein Balkanrestaurant.
»Wo hast du denn gegessen, als du in Hamburg Gitarre gespielt hast?«
»Meistens habe ich Abfälle gegessen. Bei MacDonalds.«
Sie kicherte: »Abfälle! So schlecht ist es dort doch gar nicht.«
»Dann kannst du ja dort 'ne Geburtstagsparty geben! Bekommst auch ein Hütchen, darauf steht . . .« Plötzlich fiel ihm etwas ein. Sofort hörte er mit der Blödelei auf und schwärmte: »Ich weiß ein Lokal. Da hab ich mal mit 'ner Freundin gegessen. Ist gar nicht weit von hier.« Er nahm einen tiefen Zug aus der Zigarette und fuhr fort: »Es ist ein portugiesisches Restaurant. Da gibt es die besten Froschschenkel in Knoblauchsoße, die du dir denken kannst.«
»Soso, Froschschenkel – du denkst wohl, du hast dir eine Millionärin geangelt?« Er war über ihren Satz nicht sonderlich beleidigt, sondern erklärte nur: »Ich habe da damals gegessen, weil es der Tip der Szene war. Als das beste und billigste Lokal Hamburgs.«
»Tip der Szene – dann ist es bestimmt schrecklich voll.«
»Nein, stimmt nicht. Ich hab gelogen. Ich geb's zu. Ich bin durch Zufall da reingerasselt, weil ich mit meiner Freundin in den Regen geriet und wir irgendwo bleiben mußten. – Aber es hätte genausogut auch der Tip in der Szene schlechthin sein können.«
Er sprang auf. »Laß uns losgehen. Ich kann's kaum noch aushalten.«
»Och nein, noch nicht. Komm, leg dich noch ein bißchen zu mir. Wir haben doch noch Zeit.«

Er legte sich wieder neben sie, und sie rollte sich in ihn ein wie eine Katze in ein Sofakissen.

»Das grausame an der Liebe ist die Angst«, sagte sie. »Die Angst, es könne irgendwann aufhören – wie das Stillenkönnen.«

Er fand den Vergleich eigenartig, weil ihm aber nichts darauf einfiel, begnügte er sich damit, sie zu streicheln und hoffte, daß sie nicht wieder weinen würde, denn er hatte wirklich großen Hunger, und die Froschschenkel in dem portugiesischen Restaurant waren nun einmal Spitze.

»Eine Zukunft mit dir kann ich mir nicht vorstellen – obwohl die Gegenwart so schön ist. Ich möchte, daß es nie aufhört, und ich weiß, daß dieser Wunsch unsinnig ist.«

»Du brauchst dir auch keine Zukunft mit mir vorzustellen, weil wir in der Gegenwart leben. Und wer jetzt glücklich ist, der braucht gar keine tröstende Zukunft.«

Sie empfand ihn plötzlich als sehr klug und viel älter. Zu gern hätte sie jetzt sein genaues Alter gewußt, aber sie traute sich nicht, ihn zu fragen.

»Okay«, sagte sie betont hart, »gehen wir was Essen.«

Sie zogen sich stumm an und redeten auch im Aufzug nicht miteinander. Der Mensch hinter der Rezeption nickte ihnen wissend und wohlwollend zu.

»Ich habe ein Gefühl, als könnten uns alle Leute ansehen, daß wir gerade . . . Sie müssen es riechen. Alle Welt weiß es!«

Dann spürte sie seine Hand auf ihrer Schulter, und er flüsterte ihr zu: »Schäm dich nicht, sei stolz.«

»Das bin ich auch. Sollen sie nur alle neidisch gucken. Nimm mich fester in den Arm, damit man sieht, daß wir zusammengehören.«

Sie bogen bei der nächsten Gelegenheit rechts in eine Seitenstraße. Sofort veränderte sich die Szenerie vollständig. Kleine Geschäfte, Kneipen, alles etwas schmuddelig. Von der Vornehmheit des Alsterufers war nichts mehr zu spüren.

»Sind wir mitten im Türkenviertel?« fragte sie.
Er zuckte mit den Schultern. Ausländische Geschäfte und An- und Verkaufläden gab es schließlich inzwischen überall. Das gesuchte Lokal war nicht weit. Schon draußen schlug ihnen der unverkennbare Geruch von Knoblauch und Fisch entgegen. Auf den ersten Blick stellte sie fest, daß fast nur junge Leute hier saßen, Wein tranken und aßen. Viele südländisch aussehende Männer mit ihren offensichtlich hanseatischen Freundinnen. Dazwischen noch ein paar Leute, die Studenten waren oder auf Studenten machten.
Das Lokal zog sich wie ein langer Schlauch hin. An einer Wand Tische, an der gegenüberliegenden Wand die Theke mit Durchgang zur Küche. Alles mit wundersam aussehenden Weinflaschen garniert. Glücklicherweise hatte der Inhaber des Ladens nicht versucht, mit Fischernetzen, Ankerhaken und ausgestopften Seefischen ein Kitsch-von-allen-Küsten-Museum aus seinem Restaurant zu machen. Sie fanden noch einen freien Tisch und bestellten sich jeder eine Karaffe herben Weißwein.
Mick erzählte von seinen Reisen. Von dem geharzten griechischen Rezina, dem Ouzo und von seinen Sauftouren unter griechischer Sonne. Er spielte den weltgewandten Feinschmecker und war ihr dankbar, daß sie ihn nicht fragte, wie denn der berühmte Harzgeschmack in den Wein kommt.
»Wie war die Freundin, mit der du dies Lokal entdeckt hast?«
Er hatte keine Lust, darüber zu reden. Er empfahl ihr stattdessen, nach den Froschschenkeln in Knoblauchsoße noch die Scampis zu probieren. Sie wollte sich nicht abwimmeln lassen, tat, als sei die Sache plötzlich ungeheuer wichtig für sie und hakte nach: »Also – wie war sie?«
Er machte eine abfällige Bewegung mit der Hand, als könnte er damit die Frage vom Tisch wischen und kam auf den Weißwein zu sprechen, den er »wirklich ausgesprochen trocken« fand.

»Na, nu erzähl schon. Ich will alles wissen. Von jeder kleinen Freundin mußt du mir erzählen. Merkst du denn nicht, daß ich furchtbar neugierig bin?«
Er nippte an seinem Wein und stürzte dann den Inhalt des ganzen Glases mit einem Rutsch runter. Er goß sich ungestüm wieder ein, und der Wein schwappte aus dem Glas auf die Tischdecke. Einige dicke Tropfen blieben am Glas hängen und liefen langsam daran herunter. Nachdenklich betrachtete er die feuchten Spuren, die diese Tropfen hinterließen.
Sie zündete die dicke Wachskerze an, die auf dem Tisch stand, und drückte dann mit ihren Fingernägeln winzige Rinnen in das Wachs. Sie stand also auf Plauderstündchen mit Seelenschmalz und nachträglicher Eifersucht. Er begann: »Weißt du, wenn man so durch die Welt reist wie ich – kann ich mal 'ne Zigarette haben? –, dann ist das schon manchmal ganz schön lästig . . .« Er machte eine lange Pause, zündete sich in aller Ruhe eine Zigarette aus ihrer Packung an und versuchte in ihren Augen zu lesen, ob sie die Geschichte, die er jetzt erzählen wollte, ernst nehmen würde, oder ob sie nur nett unterhalten werden wollte. Schließlich wurde ihr seine Künstlerpause zu lang, und sie fragte: »Was ist manchmal ganz schön lästig?«
»Na, die Mädchen.«
Sie sah ihn sehr ernst und interessiert an, und es war ihr gar nicht klar, ob er aufschneiden wollte oder die Wahrheit sagte. Aber wenn es die Wahrheit war, warum dann die Geschichte mit ihr? War es für ihn ein spannendes Abenteuer, mit einer Frau zu schlafen, die viel älter war – oder litt er wirklich an diesem bekannten Komplex . . .
Unbeirrt fuhr er fort: »Wenn ich in Kneipen spiele, dann sind immer ein paar Mädchen solo da, die sich auch den ganzen Abend über keinen angeln, obwohl ihre Wimpern lang und ihre Röcke kurz sind . . .«
»Wer trägt denn heute noch Mini?« warf sie ein.
Er redete weiter. Bei solchen Kleinigkeiten hielt er sich nicht

lange auf. »Dann starren sie mich den ganzen Abend an. Und wenn du dasitzt und spielst und dich auf die Musik und den Text konzentrierst, dann kann dich das ganz schön fertigmachen, wenn so eine Tussi keinen Blick von dir läßt – und du langsam merkst, wie die Spannung in ihr wächst und der Entschluß, mit dir ins Bett zu gehen, für sie schon längst gefallen ist. Und je abweisender du dann wirst, um so mehr will sie dich. Weil sie die langweiligen Jungen aus ihrer Klasse leid ist. Weil sie nichts an einem Typen findet, der sich auf die Abschlußprüfung vorbereitet und nach der Schule brav seine Lehre machen wird, um dann etwas Ordentliches zu werden. Und ich bin dann die Erfüllung von dem, was sie für Freiheit hält. Sie will mich – und das macht sie mir unmißverständlich klar . . .« Wieder kippte er seinen Wein mit einem Mal runter. Seine Karaffe war nun leer.

Ob das alles nur Wunschdenken von ihm ist? fragte sie sich, oder ob ihn die jungen Mädchen wirklich so anhimmeln? Vorstellen konnte sie sich das schon. Er schilderte es ja auch plastisch genug. Zu plastisch, wie sie fand. Als wolle er damit etwas bei ihr erreichen, dabei schien er zunächst gar nicht begeistert von der Idee, mehr über sich erzählen zu müssen.

»Weißt du«, fuhr er weltmännisch fort, »es gibt in jeder Stadt solche Mädchen.« Sie haßte es, wenn er so belehrend wirkte, als wolle er ihr die Welt erklären, die sie bestimmt doppelt so lange kannte wie er. Nur – er war mehr rumgekommen. Aber sie hatte zwei Kinder großgezogen, das sollte er nur nicht unterschätzen!

»Am Anfang hat es mir ja Spaß gemacht. In jeder Stadt 'ne neue, aber dann wurde das lästig.«

»Hast du ihre Namen verwechselt?«

»Nein, das nicht, aber es wurde trotzdem langweilig. Weißt du . . .«

»Du immer mit deinem gottverdammten – weißt du –!«

». . . jede Nacht 'ne andere ist genauso langweilig wie jede Nacht dieselbe Frau.«

Na, danke, das saß.
»Meist war es sogar noch ganz praktisch. Ich konnte bei ihnen pennen – sparte also das Geld fürs Hotel und bekam morgens noch ein gutes Frühstück.«
Sie hätte ihm am liebsten den Wein ins Gesicht geschüttet. Schließlich gab er gerade damit an, daß er – wenn auch nicht von Frauen lebte – sie doch ganz schön ausnahm und ausnutzte. Was machte er denn mit ihr? Ging er mit ihr auch nur mit, weil sie ihm ein warmes Bett und ein Früshtück garantierte?
Der Kellner war da, und Mick bestellte ohne zu fragen zwei Portionen Froschschenkel in Knoblauchsoße und für sich eine neue Karaffe Weißwein. Sie protestierte nicht; dabei wußte sie nicht genau, ob sie wirklich Froschschenkel essen wollte, oder ob sie sich jetzt nur nicht traute, ihm zu widersprechen. Sie hörte sich sagen: »Natürlich bist du interessant für die Mädchen. Du bist alleine, ohne Freundin, du singst, du siehst gut aus. Ich bin ja auch gleich auf dich reingefallen.«
»Reingefallen? Aufgegabelt hast du mich!«
»Aufgegabelt?«
»Klar, meine Notlage hast du ausgenutzt, immerhin stand ich einsam und verlassen ohne Fahrkarte im Regen, als du mich in deine wohnliche Luxusschleuder eingeladen hast und mir Brot und Wein gabst . . .«
»Brot und Wein?«
»Ich meine das im übertragenen Sinne.«
»Ach ja, du bist ja ein Poet der Landstraß – machst du deine Lieder eigentlich selber? Mir fällt gerade ein, daß ich dich nie habe singen oder spielen hören!«
»So halb und halb.«
»Wie halb und halb? Machst du sie nun selber oder nicht?«
Der Kellner brachte den Wein, und Mick trank in dem begonnenen Tempo weiter. Er unterstrich seine Worte mit großen Gesten: »Ich übernehme oft Sätze, die mir gefallen, von anderen Liedermachern oder Dichtern. Fetzen aus Stro-

phen, die mir im Kopf hängengeblieben sind, ich klaue einfach, was mir gefällt, und mache was Neues draus.«
»Besser gut geklaut, als schlecht selbstgemacht!« grinste sie. Er nickte und drückte eine Zigarette in den Aschenbecher, die bis auf den Filter abgebrannt war. Es roch für Sekunden unangenehm nach brennendem Filter, dann überzog der Knoblauchgeruch wieder alles.
»Was für Sätze klaust du denn und von wem?«
»Ach, manchmal weiß ich gar nicht, von wem das ist. Ich schnappe es irgendwo auf und kann es einfach nicht mehr vergessen. Ich bin so eine Art Antenne, die aufschnappt, was um sie rum passiert. Und irgendwann sende ich auch was aus. So hat sogar meine Schulzeit seinen Sinn gehabt, obwohl ich diese Zeit insgesamt als verloren ansehe und als eine Quälerei, die man keinem Kind antun sollte. Aber ein Gutes hatte dieses Gastspiel, ich hab da ein Gedicht von Eich kennengelernt. Nicht richtig im Unterricht – das ist auch wieder typisch. Ich habe es zufällig im Lesebuch gefunden. Ich konnte die letzten Zeilen nie vergessen. Bestimmt mache ich mal ein Lied daraus! Ganz bestimmt sogar!«
Jetzt wurde sie ehrlich neugierig auf dieses Gedicht. Sie wartete darauf, daß er zitieren würde, doch der Kellner stellte zwei übergroße Suppentassen auf den Tisch. Darin lagen die Froschschenkel in einer fettig grünen Soße. Mick roch daran und verdrehte vor Vergnügen die Augen. Aus einem Körbchen nahm er frisches Brot, brach es mit den Fingern auseinander und tunkte es in die Soße. Sofort sog sich das Weißbrott voll, und Mick stülpte die Lippen weit vor, damit ja kein Tröpfchen der würzigen Soße verloren gehen könnte. Er kaute mit geschlossenen Augen und fischte sich dann einen weißen Froschschenkel aus der eigenartigen Suppentasse. Gisela hatte sich Froschschenkel kleiner vorgestellt. Das Stück, das Mick zwischen den Fingern hielt und über der Schale abtropfen ließ, wirkte auf sie wie ein – zugegeben sehr kleiner – Hähnchenbollen. Sie

wollte nun endlich das Gedicht zitiert bekommen, doch er machte aus dem Essen so ein feierliches Ritual, daß sie ihn nicht zu stören wagte. Statt dessen begann sie selbst, fast andächtig, zu speisen. Sie mußte sich eingestehen, daß sie selten etwas Besseres zwischen Gaumen und Zunge gehabt hatte. Doch sie wollte auf keinen Fall eingestehen, daß sie noch nie im Leben Froschschenkel gegessen hatte, weil ihr Mann »solche Sachen« eklig fand und sie alleine keine Lokale besuchte. Das Fleisch sah aus wie gedünstetes Hühnerfleisch, schmeckte nur viel zarter.
»Von der Soße kann man high werden!« versprach Mick.
»Wir werden ganz schön stinken, wenn wir hier rauskommen.«
Mick zuckte gleichgültig mit den Schultern.
Es bereitete ihr eine sinnliche Freude, mit den Fingern zu essen, zu spüren, wie das Fett an den Lippen runterlief, und die blanken Froschschenkelknochen wieder in die Schale fallen zu lassen, so daß kleine Soßenspritzer auf die Tischdecke kamen. Man brauchte diese Knochen nicht abzunagen, das weiße Fleisch fiel fast von alleine ab, wenn man es mit den Lippen berührte. So als warte es nur darauf, gegessen zu werden.
Er tunkte wieder Weißbrot ein.
»Nimm mehr Brot. Es ist wahnsinnig!«
Als sie mit beiden Händen das Brot zerriß und dann damit zwischen Soße und Mund balancierte, konnte sie sich nicht mehr vorstellen, jemals Brot mit einem Messer geschnitten zu haben. Es zu zerpflücken und zwischen den Fingern das Krachen der Kruste zu spüren, war doch schon die halbe Lust.
Sie griff mit den fettigen Fingern das Weinglas, sah voller Genuß, wie sie Fettspuren auf dem blankgewienerten Glas hinterließen, und führte es zum Mund wie einen Kelch beim Abendmahl. Die fettigen, von Knoblauch brennenden Lippen berührten das kühle Glas. Für den Bruchteil einer Sekunde hielt sie den Atem an und schloß die Augen. Dann

ließ sie den Wein in sich hineinlaufen, daß Mick anerkennend nickte und noch zwei Karaffen bestellte. Nach den vier Froschschenkeln war sie noch lange nicht satt, obwohl sie feststellte, daß diese eigentliche Vorspeise hier ein Hauptgericht war. Mit dem restlichen Brot wischte sie die Schale aus.

»Willst du noch Scampis?«

Sie nickte. Der Kellner brachte neuen Wein und schien sich über das genußvolle Essen seiner Gäste zu freuen.

»Das Essen war großartig! Ihr Koch ist ein wahrer Künstler!« schmeichelte Mick ihm, und Gisela nickte beifällig.

Mick bestellte Scampis und Butterreis. Der Kellner empfahl einen Salatteller Lissabon, und Mick stimmte ihm zu.

»Wetten, daß er die größten und besten Scampis für uns rausholen wird, die er auftreiben kann?«

»Ja«, sagte Gisela, »deine Komplimente haben ihm jedenfalls Spaß gemacht.«

Dann schwebte der Kellner förmlich zurück, zauberte zwei Likörgläser auf den Tisch und sagte: »Von mir. Getränke aus meiner Heimat!«, fuhr sich mit den Fingern durch die krausen schwarzen Haare, drehte sich abrupt um und verschwand wieder, als würde er sich für dieses Gastgeschenk schämen.

Gisela und Mick prosteten sich gegenseitig zu und probierten mit Kennerblick das unbekannte rote Getränk. Mick spülte damit versonnen den Mund aus und schluckte dann, ohne zu husten. Gisela konnte kaum verheimlichen, daß ihr das Zeug mächtig im Hals brannte. Sie goß kühlenden Weißwein hinterher.

»Also«, sagte sie, eine Zigarette anzündend, »wie geht dieses Gedicht von Eich, aus dem du mal ein Lied machen wirst?«

Er nahm sich auch eine Zigarette, und an seinem etwas wäßrig gewordenen Blick konnte sie erkennen, daß der Wein seine Spuren hinterließ. Sie rechnete damit, daß er jetzt wieder eine Szene vor großem Publikum spielen und mit ausladenden Handbewegungen zitieren würde, statt dessen sagte er das Gedicht auf, konzentriert und dabei mit der Zigarette den Takt in die Luft klopfend, als würde er versuchen, eine Rechenaufgabe zu lösen und dabei die Zahlen vor sich her aufreihen.

»Nein, schlaft nicht, während die Ordner der Welt geschäftig sind! – Äh – hm. – Wacht darüber, daß eure Herzen nicht leer sind, wenn mit der Leere eurer Herzen gerechnet wird!

Tut das Unnütze, singt die Lieder, die man aus eurem Mund nicht erwartet!

Seid unbequem, seid Sand, nicht das Öl im Getriebe der Welt!«

»Den letzten Satz habe ich auch schon mal gehört.«

Er nickte wissend: »Ja, der ist berühmt geworden, aber ich finde den mit den Herzen besser: Wacht darüber, daß eure Herzen nicht leer sind, wenn mit der Leere eurer Herzen gerechnet wird! – Schon großartig, dieser Günter Eich.«

»Was ist aus dem geworden? Ich meine, weißt du mehr über ihn? Lebt der noch? Schreibt der Bücher? Kann man ein Stück von ihm im Theater sehen?«

»Ach, ich weiß nicht. Ist längst über den Jordan. Ich denke, der hat Selbstmord gemacht.«

»Wie kommst du darauf?«

»Was soll einer tun, der solche Verse macht – in so einer Welt?«

»Wer solche Verse macht, bringt sich nicht um. Gerade so einer nicht!« protestierte sie.

»Und der große Jäger?«

»Wer?«

»Hemingway!«

Vielleicht wollte er mit seiner Bildung angeben, vielleicht aber auch testen, wie ernst sie ihn nahm.

»Tote und Selbstmörder ziehen dich wohl an?«

Er blickte sie stumm an und rauchte.

»Dabei paßt das gar nicht zu deiner sonstigen Lebenseinstellung. Du sitzt hier mit mir, wir speisen wie echte Feinschmecker, du erzählst von deinen Frauengeschichten, der Wein ist herrlich, ein gemachtes Bett in einem guten Hotel erwartet uns, und dann redest du über Selbstmord, als sei es eine logische Sache, die jeder sensible, intelligente Mensch machen müßte.«

Er drückte die Zigarette aus.

»Wenn ich mich umgebracht hätte, bloß weil mein Mann mich ständig verhauen hat, dann könnte ich jetzt nicht so gemütlich mit dir hier sitzen. Und du kannst mir glauben, ich sitze gerne hier mit dir. Ich freue mich darauf, gleich wieder mit dir ins Hotel zu gehen . . .«

Er beugte sich weit über den Tisch, griff das Weinglas und stützte sich mit beiden Ellenbogen auf der Tischplatte ab. Er sah jetzt doch schon sehr betrunken aus.

»Du meinst, mit mir ins Bett zu steigen!«

»Ja, das auch. Ich habe es lange genug vermißt. Soll ich mich schämen, weil es mir Spaß mit dir macht?«

Er setzte sich wieder zurück und versuchte, sich zu konzentrieren.

»So hab ich das nicht gemeint. Ich wollte dich nicht beleidigen.«

»Du hast mich auch nicht beleidigt. Ich finde, du sollst es wissen, dann ist das ein für allemal geklärt. Ja! Ich will dich!«

»Wieso hast du das lange vermißt?«

»Was – wieso vermißt? Haben wir noch Wein?«

»Hast du mit deinem Mann nicht mehr geschlafen?«

Sie schluckte den Wein und winkte ab.

»Schon lange nicht mehr. Oder glaubst du, es macht einer Frau Spaß, Zärtlichkeiten von einem zu ertragen, der einen zweimal die Woche verdrischt.«

Der Ober brachte neuen Wein. Er stand nicht weit von ihnen und konnte das inzwischen lauter gewordene Gespräch mitanhören, ohne sich sonderlich anzustrengen.

»Wie lange habt ihr schon nicht mehr zusammen geschlafen?«

»Ist das wichtig für dich?«

»Ich denke, du willst alles über mich wissen, da kann es doch nur gut sein, wenn ich . . .«
»Puh, mir wird hier drinnen furchtbar warm, oder macht das der Wein?« Sie hielt sich das kühlende Glas gegen die Stirn und seufzte wohltuend. »Schon gut, ich sag's dir ja. Noch einen Tag, bevor ich abgehauen bin, hat er mich gezwungen . . .«
»Gezwungen hat er dich? Ich denke, ihr habt nicht mehr miteinander . . .«
Sie streichelte ihm über eine Wange.
»Ach, Schätzchen«, sagte sie fast mitleidig über so viel Naivität, »wir hatten getrennte Schlafzimmer, aber was sagt das schon. Er ist ein Monster. Wenn er mich wollte, nahm er mich, und wenn ich mich gewehrt habe, setzte es eben Prügel. Mal mit dem Lederriemen, mal mit der bloßen Hand. Und da hab ich dann lieber getan, was er wollte.«
Jetzt war Mick völlig fertig. Er nahm ihre Hand, als wolle er sich für die Taten ihres Mannes entschuldigen und sie noch nachträglich vor ihm in Schutz nehmen.
»Du brauchst keine Angst mehr haben«, sagte er. »Jetzt bin ich da, und keiner faßt dich mehr an. Sonst wird aus meiner Wandergitarre eine Schlaggitarre.«
Der Kellner rückte immer näher an den Tisch heran, denn langsam wurde das Gespräch wieder leiser. Sie patschte an dem weichen Wachs der brennenden Tischkerze herum, und er schien darauf zu warten, daß sie zu weinen beginnen würde, doch sie weinte nicht.
Als dann die Scampis kamen, waren es tatsächlich die größten, die die beiden je gesehen hatten. Und als sie die rote Schale abbrachen, kam darunter saftiges frisches Fleisch zum Vorschein. Natürlich in Knoblauchsoße. Diesmal benutzten sie nicht nur die Finger beim Essen, sie schlürften auch noch schamlos das Fleisch aus dem Gehäuse.
Völlig zusammenhanglos sagte sie plötzlich – als sei es die Antwort auf eine Frage, die er gestellt hatte –, »Essen ist

keine Ersatzbefriedigung. Essen ist die Befriedigung schlechthin!«

16

Eine Art mildes Chaos aus herumliegender Wäsche, nicht gespültem Geschirr sowie geöffneten und nicht ganz verbrauchten Konservendosen breitete sich von der Küche und den Badezimmern über den Rest des Hauses aus. Ralf hockte vor dem Fernseher und verspeiste gerade die letzte Dose Fisch. Dazu trank er eine Flasche Bier und kaute an einer trockenen Brotschnitte. Jeder fühlte sich nur für sich selbst verantwortlich, und wer gerade Hunger bekam, suchte nach einer schnellen Konserve. Auf die Idee, gemeinsam zu kochen, war noch niemand gekommen. Sie lebten in einem Wartezustand. Jeden Moment konnte die vermißte Mutter zurückkommen und das langsam wachsende Chaos in wenigen Stunden wieder ordnen.
Andreas registrierte wohl, daß der Vater jetzt anders trank als früher. Die Art, wie er seine Cognacs kippte, hatte etwas Selbstzerstörerisches an sich. Er trank nicht mehr in Ruhe beim Fernsehen, der Gemütlichkeit wegen. Er goß mit wachsender Geschwindigkeit Schnäpse in sich hinein mit dem Ziel, so rasch wie möglich betrunken zu werden. Er sprach zu den Kindern nur das Nötigste, als sei es ihm peinlich, in ihrer Gegenwart auf Giselas Rückkehr zu warten.
Ralf sprach ihn an: »Sag mal, Pa, wie stellst du dir das vor?«
»Was stell ich mir wie vor?«
»Na, das mit Ma.«
Herbert Berg reagierte sofort gereizt und brüllte: »Das dürft ihr mich nicht fragen! Da müßt ihr *eure* Mutter fragen!«
»Die ist aber nicht da!« fauchte Ralf zurück.
»Willst du mir das vorwerfen, oder was willst du?«

»Geld will ich. Ganz einfach!« sagte Ralf so ruhig wie möglich, doch es lag ein nervöses Zittern in seiner Stimme, als wäre seine Forderung so etwas wie eine Herausforderung zum Duell.
Der Vater schwieg brummig. Er hatte das Gefühl, die ganze Familie hätte sich gegen ihn verschworen. Ralf und Andreas standen ihm kein bißchen zur Seite.
»Wenn Ma nicht da ist, brauch ich Geld, um nach der Penne was Essen zu gehen. Außerdem brauch ich neue Bücher, und Ma hatte mir neue Schuhe versprochen, wir wollten sie in dieser Woche . . .«
»Dann mach mir bitte keinen Vorwurf daraus!« schrie Herbert Berg. »Ich bin nicht abgehauen – eure Mutter ist es. Die gnädige Frau Mama hat wohl vergessen, daß sie Kinder hat!«
»Trotzdem muß ich mittags was essen – und Andreas auch! Oder willst du uns in Zukunft was kochen?«
»Halt dein vorlautes . . .«, fast wäre Herbert Berg die Hand ausgerutscht. Doch er besann sich in letzter Sekunde. Er durfte es sich jetzt nicht restlos mit seinen Söhnen verderben. Gisela würde wiederkommen. Sollte bis dahin die Familie zerfallen sein?
Er zückte seine Brieftasche, nahm einen gefaltenen Fünfzigmarkschein raus und warf ihn auf den Tisch. Dann verließ er wortlos das Haus. Seine Kegelbrüder konnte er an diesem Tag nicht treffen, die saßen brav bei ihren Familien. Also besoff er sich in einer völlig fremden Kneipe mit völlig unbekannten Männern, die laut waren und, wie sie behaupteten, eine Menge vertragen konnten.

17

Brigitte fand es unerträglich, jetzt abends im Haus der Schwiegereltern zu hocken. Aus Mitgefühl mit ihr – »damit das arme Mädchen nicht da oben alleine sitzt und grübelt« – luden die Schwiegereltern sie zu einem Fläschchen Wein ein und zum gemeinsamen Fernsehen: »Rudi Carell – der heitert sie mit seinen netten Späßen bestimmt ein wenig auf, nicht wahr, Vati?« Da folgte Brigitte lieber Juttas Ratschlag. Sie besuchte die Kneipen, in denen Jo sich vorzugshalber rumtrieb, denn dort, so hoffte Jutta, könne Brigitte ihren Ernst am ehesten wiedertreffen.

Es waren überwiegend Schülerkneipen, weil Jo hier am leichtesten Bewunderer fand. Die meisten Gäste hatten noch keine eigene Wohnung, stellten die Füße noch unter den Tisch der Eltern und fanden Typen mit eigener Wohnung schon »irre selbständig«. Da Jo nur Spott für Leute übrig hatte, die geregelten Jobs nachgingen, bewunderte man ihn auch für sein freies Leben, das er angeblich führte. Ernst hatte schon lange zu diesen Bewunderern gehört, und Jo fand immer genügend Anhänger, die ihm nachliefen und an seinen Lippen hingen. Er schleppte hier zweimal wöchentlich eine andere Schülerin ab. Diese Kneipen waren auch sein Hauptumschlagsplatz für das zusammengepanschte Haschisch, das er verkaufte. Roter Afghan mit Paprika und Muskatnuß verlängert. Hier setzte er seine in Bratfolie eingewickelten »Zehnerpiece« um. Er verdiente an jedem Gramm gut fünf Mark, und den nicht gepanschten Stoff rauchte er selbst abends mit den Schülerinnen, die er abgeschleppt hatte.

Brigitte stand am Tresen, bestellte sich eine Cola und sah sich um. An den Wänden Plakate aller möglichen Rockgruppen. Holztische ohne Decken. Kerzen in Bierflaschenhälsen. Eine riesige Asbachflasche halb voll mit Groschen und Pfennigen auf der Theke. Daran pappte ein handbeschriebener Zettel: SOLIDARITÄT MIT DEN HAUSBESETZERN.

Dicke Qualmschwaden durchzogen den Raum. Die Gäste hier schätzte Brigitte auf fünfzehn bis maximal neunzehn. Ein junger Mann arbeitete verbissen am Flipper. Drei andere sahen dabei zu. Die Wirtin, nur wenige Jahre älter als die Gäste, jonglierte gekonnt die Zigarette von einem Mundwinkel in den anderen und zapfte dabei Altbier. Von Ernst war nichts zu sehen. Brigitte überlegte, ob sie einfach ein paar Leute nach Ernst fragen sollte, doch sie hatte Angst, ausgelacht oder wenigstens dumm angesehen zu werden.

Da flog die Tür auf und Jo stolzierte in die Kneipe. Er begrüßte alle schon von der Tür aus mit einem »Hallo Fans!« Brigitte erkannte seine Stimme sofort und drehte sich irritiert nach ihm um. Wider Erwarten ließ er seine »Fans« unbeachtet und ging zielstrebig auf Brigitte zu. Sie empfand es als unverschämt, daß er besitzergreifend seinen Arm um sie legte und mit gespielter Vertrautheit: »Hey Schatz!« zu ihr sagte, doch sie spürte, daß alle Blicke auf ihr lagen, und daß dies eine Auszeichnung war. Die Wirtin stellte unaufgefordert ein Glas Bier vor Jo auf, und er leerte es mit einem Zug.

»Suchst wohl deinen Typ, hä?«

Sie wollte verneinen, doch Jo fuhr ohne Unterbrechung weiter: »Laß ihn laufen, der war eh 'ne Null. Keine power, sag ich dir. Muttersöhnchen erster Garnitur. Der endet noch mal als Familienpapi mit zwei Kindern und Einbauküche! Wollen wir wetten, hahaha!«

Wie gerne sie die Frau dieses Familienpapis und die Mutter seiner Kinder geworden wäre, wußte er doch ganz genau. Jetzt erniedrigte er sie und tat dabei, als würde er über eine völlig fremde Person sprechen.

»Da hast richtiges Glück gehabt, daß er abgehauen ist. Stell dir vor, dieser Schlappschwanz hätte dir noch einen Heiratsantrag gemacht. Blöd genug war der ja. Nu vergiß ihn, Mädchen, amüsier dich.«

Seine Finger spielten mit ihren Haaren. Die Dreistigkeit, mit

der er das machte, und sein unverschämtes Grinsen dabei lähmten Brigitte. Außerdem hoffte sie noch immer, von Jo eine Information über Ernst zu bekommen. Sie glaubte fest daran, daß die beiden gerade eine krumme Sache zusammen machten. Und sie fürchtete um Ernst, denn er war Jo nicht gewachsen. Jo würde ihn den gefährlichen Teil erledigen lassen und dann hinterher den Löwenanteil kassieren. Sie war entschlossen, die Pläne zu durchkreuzen und Ernst vor dem Schlimmsten zu bewahren.
Jo bekam – wieder ohne bestellen zu müssen – ein frisches Bier.
»Grüne Witwen wie du machen mich immer traurig. Ich lade dich ein. Wir trinken einen zusammen, und hinterher zeig ich dir meine Briefmarkensammlung.« Wieder lachte er sein unverschämtes Lachen. Er rauchte Gauloises ohne Filter, und der schwarze Tabak gab seinem Atem einen herben Geruch. Er hielt ihr die Packung hin, doch sie lehnte ab und rauchte lieber eine Filterzigarette.
»Ich kenn schnellere Methoden, sich umzubringen als diese Zigaretten!« sagte sie, und er lachte: »Nichtraucher sind erstens ehrgeizig und zweitens feige. Geizig wegen der drei Mark und feige, weil sie dem Gesundheitsmagazin Praxis glauben und sich von denen ins Boxhorn jagen lassen . . .«
Jo redete weiter. Laut und selbstbewußt. Er redete um des Redens willen. Seine Stimme wurde langsam eins mit den Tönen der Musikbox. Sein Gesicht verschwand mehr und mehr hinter dem Rauch seiner Zigarette, und Brigitte lächelte ihn an, ohne ihm zuzuhören, und wippte mit dem Fuß zu Cat Stevens. »If Yo wanne be high be high. If You wanne be free be free.«
Jos freche Hand kraulte nun schon ihren Nacken. Er spendierte ihr zwei Gin Tonic, und sie ließ es sich gefallen. Ein junger Typ kam auf Jo zu, flüsterte ihm was ins Ohr, und sie verschwanden gemeinsam auf der Toilette.
Sie überlegte, ob sie die Gelegenheit nutzen sollte, um zu gehen, doch irgend etwas hielt sie hier fest. Jo und der

andere brauchten nicht lange. Sie kamen gemeinsam von der Toilette zurück. Und Brigitte sah, daß Jo einen Geldbeutel um den Hals hängen hatte, den er unter sein Hemd zurückschob. Der andere setzte sich an seinen Tisch, trank ein Bier und ging. Jo grinste. Er hatte soeben ein für seine Verhältnisse gutes Geschäft gemacht. Er bestellte noch zwei Gin Tonic.

Dann wurde er fast väterlich: »So schlecht war der Ernst eigentlich nicht. Nur 'n bißchen kaputt von der Schule und den Eltern. Ich hab ihm gesagt, wenn du aus dem goldenen Käfig nicht rauskommst, dann bist du bald erledigt, ein Anpasserarsch wird dann aus dir. Die nehmen dir jede Kraft. Die machen dich fertig, ehe du dich versiehst. Ich bin früh genug ausgestiegen, und seitdem habe ich ein viel besseres Feeling drauf, das kannst du mir glauben. Jetzt hat er bestimmt den großen Horror gekriegt und ist abgezwitschert. Hoffentlich packt er es. Der ist ja ein bißchen zu zart besaitet. Aber so eine wie du, die braucht doch an dem nicht hängenbleiben. Mit der Gitti, das hab ich ihm oft gesagt, da hast du den Fischzug deines Lebens gemacht. Solche Frauen sind gefährlich, denn da bleiben Männer dran kleben. Und der hatte doch noch keine ernsten Erfahrungen. Das bißchen Schule hatte ja wohl wenig mit dem wirklichen Leben zu tun. Darfst ihm nicht böse sein, der muß sich erst die Hörner abstoßen. Der hat doch noch nichts Echtes erlebt, noch nichts gesehen von der Welt. Guck mal, ich war zwei Jahre in Indien. Fahre zweimal im Jahr in die Türkei, kenne den Iran und die Londoner Szene. Mir ging es mal gut und dann wieder dreckig. Alle Höhen und Tiefen habe ich mitgemacht. Mich haut so leicht nichts mehr um, das kannst du mir glauben. Ich versteh was vom Leben. Gott, der Ernst, 'n netter Kumpel war der bestimmt, aber . . .«

»Warum redest du von ihm immer in der Vergangenheitsform?«

»Um dir den Abschied leichter zu machen. Tu so, als wäre er tot, dann trauer 'ne Runde um ihn, und dann geht es dir

besser. Garantiert. The show must go on. Ist doch so. Denkst du, bei mir ist immer alles rosig? Mir läuft auch schon mal 'n Zahn weg, oder ich schmeiß 'ne Frau raus, weil sie anfängt, Ansprüche zu stellen und mich als Eigentum zu betrachten. Aber dann sag ich: Schluß, aus. Nicht mit Jo. Ich werde sowieso maximal vierzig. Auf mehr hab ich auch keinen Bock. Das will ich aber genießen. Und dann Abgang. Der Vorhang fällt. Keine Trauerrede und kein Pastor. Erde zu Erde. Asche zu Asche. Ich will einfach weg, von dieser Welt verschwinden, ohne Spuren hinterlassen zu haben, denn die Leute, die Spuren hinterlassen, das sind die Geisteskranken, die diese Welt zerstört haben. Architekten und Generäle. Was wären die einen ohne die anderen? Die bauen auf, die zerstören, damit die anderen wieder aufbauen können.«
»Die bauen nicht«, sagte sie, »die lassen bauen. Und die zerstören auch nicht, die lassen zerstören.«
»Siehst du, Herzchen, und ich mach bei dem ganzen Scheiß nicht mit. Ich zieh mir mein Bier rein und hinterher mit 'nem schönen Mädchen 'n Joint und aus. Das schadet niemandem. Und wenn ich über den Jordan bin, dann warte ich da auf all die, die mehr wollten, und trotzdem über den Jordan gehen werden, genau wie ich. Und wenn sie auf der anderen Seite ankommen, dann steht da der Jo und lacht sie aus und fragt: Wofür Jungen? Wofür habt ihr euch abgerackert? Für eure Kinder, die die ABBA lieben oder für euer Scheißland, das von Strahlen verseucht wird? Oder etwa für euch selbst? Ich hab mein Leben in vollen Zügen genossen, und was habt ihr aus eurem gemacht? Vielleicht werden sie glauben, daß sie als Sieger diese Erde verlassen, aber ich sag dir, das zählt einen Scheißdreck – Sieger über was? frag ich mich. Ich hab diesen größenwahnsinnigen Drang nicht, Bundespräsident zu werden oder so 'n Quatsch. Ich will nicht besser sein als meine Mitmenschen. Ich will nur meine Ruhe. Vielleicht hätte ich mit Ernst diese Landkommune gegründet, wenn er nicht ver-

duftet wäre. Gemeinsam leben, Musik machen und sich um den Rest einen Scheißdreck kümmern, das wär was gewesen. Aber der Ernst wollte mehr. Mehr, verstehst du. Der wollte Platten machen. Ins Fernsehen, an die Litfaßsäulen. Das ist der Anfang vom Ende, hab ich ihm gesagt. Vielleicht schafft er es ja. Mir wird jetzt schon schlecht, wenn ich ihn als jungen Liedermacher bei Dieter Thomas Heck in der Hitparade sehe. Aber zum Glück seh ich die ja nie. Komm, Mädchen, trink noch einen. Du bist zu gut für den. Der versteht doch nichts vom Leben. Aber mein Kumpel bleibt er trotzdem. Und wenn er zurückkommt und im Arsch ist, dann nehm ich ihn sofort bei mir auf, das kannst du mir glauben. Der Jo läßt keinen hängen. Der Jo nicht.«
Dann verschwand er wieder zur Toilette. Diesmal ohne Kundschaft. Eine Gruppe junger Leute betrat die Wirtschaft und begrüßte lautstark die anwesenden Gäste. Außer Brigitte kannten sie wohl alle andern. Einer, der etwas älter aussah als seine Begleiter und einen Vollbart trug, stellte sich neben Brigitte und sagte: »Na, neu hier?«
Von der Toilettentür aus grölte Jo: »Äi, Mac, laber meine Tussi nicht voll, sonst setzt's was!«
Jo bewegte sich lässig, aber schwungvoll – ganz auf Wirkung bedacht – auf die Theke zu. Brigitte glaubte, daß es jetzt einen Kampf geben würde, doch der Bärtige sagte nur devot: »Verzeih' Jo. Ich konnte doch nicht wissen, daß das deine Mietze ist.«
»Verpiß dich.«
Der andere winkte beschwichtigend ab. »Ist ja schon gut, Jo, schon gut. Reg dich bloß nicht auf.«
»Mach Muff sag ich! Sattel die Hühner und dann ab in den Stall!« Schon lehnte Jo sich wieder siegesbewußt an den Tresen. »Man muß die Jungs im Griff haben, sonst tanzen sie einem auf der Nase rum«, erklärte er.
»Vor mir brauchst du nicht den wilden Mann zu spielen«, sagte Brigitte.
»Bitte, bitte Prinzessin, wie du willst. Laß dich doch anla-

bern von wem du willst.« Jo ließ sie stehen und setzte sich an einen Tisch zu einer Gruppe anderer Jungen.
Brigitte ging ihm nach und sagte dann, sie hätte es nicht so gemeint.

18

Er lag wach im Bett und versuchte zu begreifen, was eigentlich mit ihm los war. Neben ihm schlief eine blonde Frau mit ovalem Gesicht und kräftig vollen Lippen. Auf dem Nachttisch neben ihr lag ihre Brille. Vor dem Bett das Handtäschchen. Jetzt hätte er den Mercedes leicht klauen können. Wenn sie wach wird und mein Bett ist leer, denkt sie sicher, daß ich schon einen Spaziergang mache. Ich könnte die Kiste jetzt gefahrlos klauen, aber ich liege hier und warte darauf, daß sie wach wird. Damit wir gemeinsam frühstükken können. Wir werden nach Kopenhagen fahren, das Tivoli besuchen, vielleicht Christiania, und dann nach Schweden übersetzen. Was soll der Scheiß eigentlich?
Während er vom Bett aus auf den nicht eingeschalteten Farbfernseher starrte, fragte er sich, warum er solch blinden Haß gegen ihren Mann verspürte. Er konnte sich an Traumfetzen erinnern. Er rannte über einen goldgelben Sandstrand hinter einem Pferd her, auf dem sie nackt und ohne Sattel ritt, die blonden Haare flatternd im Wind. Von der anderen Seite lief ein Herr im schwarzen Anzug auf sie zu. Mick stach mit einem langen Messer auf den Mann ein. Er stach zu, bis der Mann regungslos liegen blieb und der Sand unter ihm sich rot färbte. An das Aussehen seines Opfers konnte Mick sich nicht mehr erinnern – außer an den schwarzen Anzug natürlich, aber er war sich sicher, Giselas Mann erstochen zu haben.
Mick versuchte, sich die Lederriemen vorzustellen, mit denen dieses Schwein sie geschlagen hatte. Er war sich

plötzlich sicher, daß er den Wagen nicht klauen würde. Warum auch? Er stand ihm ja doch zur Verfügung. Er beugte sich zu ihr rüber und legte seine Hand sanft auf ihr schlafendes Gesicht.
Mit ihrem Mann könnte er fertig werden. Es bestand kaum eine Gefahr, daß sie freiwillig zu ihm zurückgehen würde. Aber was war mit diesem Tobias aus Stockholm? Der konnte ein Konkurrent werden. Quatsch Konkurrent, dachte er, mit einem Mal selbstsicher geworden. Wenn sie sich für ihn entscheidet, kann ich mir immer noch ihren Wagen nehmen und sagen: Mach's gut, Puppe, war 'ne dufte Zeit mit dir. Ich werde dich weiterempfehlen.
Er sagte sich das, versuchte es sich einzureden und wußte doch, daß es ganz so einfach nicht war. Er stand so leise wie möglich auf, suchte nach einer Zigarette und nahm dabei auch ihre Handtasche auf. Da fand er in ihrer Tasche sein Messer. Also doch! Damit hatte sie ihn in der Kneipe befreit, aber das hieß auch gleichzeitig, daß sie ihm die Waffe vorher abgenommen hatte. Vielleicht durchschaute sie sein Spiel schon längst?
Er ging ins Badezimmer. Die hellgrünen Kacheln des Badezimmers störten ihn. Ihre Farbe biß in seinen Augen. Er führte sein Gesicht ganz nah an den Spiegel und betrachtete die Spuren der Schlägerei. Die Lippen sahen schon wieder ganz passabel aus, in dem Fleisch über den Backenknochen waren einige Eimer Farbe vergossen worden. Der Riß der Augenbraue war auch nicht von schlechten Eltern. Er überprüfte seine Haarlänge. Die Spitzen reichten nicht mal bis zum Ohr. Er ließ sich kaltes Wasser über die Hände laufen und klatschte es dann ins Gesicht. Vielleicht würde sie ihn ganz gerne nach Christiania fahren. Dort könnte er sicherlich guten Shit kaufen, außerdem gäbe es bestimmt Diskussionsstoff für einen weiteren gemeinsamen Abend. Schließlich war dieses Experiment Christiania einmalig in Europa. Er beschloß, gleich beim Frühstück mit ihr darüber zu reden.
Aus dem Schlafzimmer hörte er ihre verschlafene, um Mit-

leid heischende Stimme. »Oh, Liebster, du hattest Recht. Ich habe mir zwischen den Zehen alles wundgelaufen – von diesen verdammten Jesuslatschen. Nur noch rohes Fleisch.«
Er schritt gemächlich aus dem Bad, sah sie nackt auf dem Bett sitzen, ein Bein so angewinkelt, daß sie ihren Fuß möglichst nahe vor den Augen betrachten konnte. Er setzte sich zu ihr, nahm den Fuß in beide Hände, küßte den großen Zeh, spreizte dann mit seinen Fingern ihre Zehen auseinander und blickte kritisch dazwischen.
»Halb so schlimm«, sagte er und gab den Fuß wieder frei.
»Ich dusche jetzt«, sagte sie, »bestell uns doch in der Zeit das Frühstück aufs Zimmer. Kaffee, weichgekochtes Ei, Orangensaft, Brötchen oder Toast.«
Leichtfüßig bewegte sie sich ins Bad. Er griff zum Telefon und bestellte das Frühstück in der geforderten Zusammenstellung.
Das Wasser im Bad rauschte, und er wurde das Gefühl nicht los, jetzt etwas unternehmen zu müssen. Den Schlüssel nehmen und das restliche Geld, in den Wagen steigen, am besten noch ihre Sachen mitnehmen, weil sie ihm nackt schlecht folgen konnte, den Wagen zurückfahren und mit Jo über den Preis reden. Oder besser noch – ihn selbst in den Orient bringen. Er setzte sich an den kleinen Schreibtisch und blickte aufs Alsterufer. Er war kein Gangster, das wurde ihm immer deutlicher bewußt. Er verspürte darüber eine süße Trauer. Romantische Szenen malte er sich aus: Er gesteht ihr, daß er sie ausrauben wollte, sich dann jedoch in sie verliebte. Sie verzeiht ihm. Untergehende Sonne. Geigen. Sein Hang zu romantischen Filmszenen hatte ihn schon oft in dumme Situationen gebracht. Diesmal wollte er kühler bleiben. Sie sollte nichts von dem geplanten Raub erfahren. Niemals. Vielleicht konnte er es mit ihr schaffen und wirklich Musiker werden. Vielleicht war Stockholm ein Startloch. Er nahm einen Stift und schrieb auf das hoteleigene Briefpapier:
Liebe Gitti!
Es geht mir gut. Ich hoffe, du machst dir um mich keine Sorgen! Es

war mir ernst mit meinem Entschluß. Ich bin aus dem Sarg gesprungen, in den ihr mich legen wolltet. Ich bin mitten im Leben gelandet. Die Sicherheit von diesem Job mit Zukunftsperspektive brauche ich nicht. Es ist nur die Sicherheit, ein vorbestimmtes Leben zu führen, in dem es keine Abenteuer und keine Entwicklung mehr gibt. Ein Warten auf den sanften Tod. Ich weiß, daß ein Aussteigen mit dir unmöglich gewesen wäre, denn du hast doch gerade das alles herbeigesehnt. Sicherlich hätten wir putzige Kinder gehabt und nette Schwiegereltern, wahrscheinlich hätte ich sogar einen sympathischen Chef bekommen, verständnisvoll und progressiv dynamisch, aber wir kennen beide noch nichts vom Leben, du und ich, und einmal im Jahr im Urlaub was erleben, das reicht mir nicht.
Mach dir keine Hoffnungen, ich komme nicht zurück, ich hoffe aber, daß du mir verzeihst und mich vielleicht gar ein bißchen verstehst!

Dein Ernst

Er wollte gerade noch viele Grüße an die Eltern darunter setzen, da öffnete sich die Badezimmertür. Schnell ließ er den Brief im Oberhemd verschwinden. Doch Gisela hatte schon etwas bemerkt.
»An wen schreibst du?«
»Ich schreibe gar nicht.«
»Sie doch nicht albern, du kannst es mir doch sagen!«
»Wenn ich's sage, ich schreibe nicht.«
Es klopfte. Der Kellner brachte das Frühstück auf einem Holztablett und stellte es auf dem ovalen Rauchtischchen ab. Mick hatte sich Zimmerkellner immer diskret vorgestellt, an rasche Blicke quer durchs Zimmer, mit verschämt gesenktem Kopf, hatte er nicht gedacht. Der ziemlich irritierte Kellner erwartete erst gar kein Trinkgeld, er brummte etwas wie: »Guten Appetit«, und verzog sich wieder.
Gisela hüpfte in einen der Kunstledersessel und betrachtete das Frühstück voll kritischer Erwartung. Sie nippte am Orangensaft, nickte anerkennend, prüfte mit einem Fingerdruck die Frische der Brötchen, schien über das Knacken

recht zufrieden und goß dann den Kaffee ein, der ihr entschieden zu dünn war.
Er kippte sich wieder unverschämt viel Milch und Zucker in den Kaffee. Als er das weichgekochte Ei aufschlug und dabei Dotter verschlabberte, konnte Gisela ein Lachen kaum verkneifen, während er zornig dreinguckte, als hätte er soeben eine Niederlage erlitten. Es war nicht der mißglückte Angriff aufs Ei, der ihn ärgerte, sondern vielmehr die Tatsache, daß Gisela ihn gerade beim Lügen erwischt hatte. Er mußte die Schlappe mit dem Brief irgendwie ausbügeln. Eine Lüge schiebt man am besten mit der Wahrheit beiseite, dachte er und sagte: »Ich habe heute Nacht geträumt, ich hätte deinen Mann umgebracht.«
Gisela reagierte eine Weile gar nicht. Sie sah Mick unerschütterlich an und fragte nach einer längeren Pause: »Warum?«
»Ich weiß nicht. Es war an einem Sandstrand. Du galoppiertest nackt am Meer lang. Ich rannte hinter dir her. Er auch. Ich hab ihn erstochen. Sonst träum ich nie so 'n Scheiß.«
»Erstochen?«
»Genau. Mit einem langen Schlachtermesser.«
»Das ist ja schrecklich. Bestimmt kommt das, weil wir gestern Abend über ihn geredet haben. Aber du weißt doch gar nicht, wie er aussieht, woher willst du wissen, daß du gerade ihn umgebracht hast?«
»Ich weiß es eben.«
Er schlürfte den Kaffee und versuchte, weiter zu frühstükken. Ihre Augen registrierten jede noch so winzige Bewegung von ihm. Das irritierte ihn. Plötzlich schlug er mit der Faust zwischen das Frühstück. Es klirrte und schepperte. Kaffee ergoß sich über den Tisch und Orangensaft. Ein Brötchen kullerte auf den Teppich.
Tränen schossen aus seinen Augen. »Verdammte Scheiße!« brüllte er, »ich kann den Gedanken nicht ertragen, daß er dich geschlagen und vergewaltigt hat – so oft es ihm in den Kopf stieg!«

Er schlug sich mit der Faust an die Stirn.
»Ich kann das nicht begreifen.«
Sie sprang auf, nahm seinen Kopf, drückte ihn an ihre Brust und streichelte seinen Nacken. So hatte sie früher ihre Kinder getröstet, wenn sie sich die Knie aufgeschürft hatten, oder der beste Freund in eine andere Stadt zog. Vielleicht hatte sie mit den Geschichten über ihren Mann ein bißchen zu dick aufgetragen? überlegte sie. Natürlich fand sie es rührend von Mick, daß er deswegen weinte, zornig wurde und sie beschützen wollte, aber schlechte Träume und Weinkrämpfe wollte sie ihm nicht bereiten.
»Ich bring das Schwein wirklich um, wenn ich ihn in die Finger kriege!« Er sprach, ohne die Zähne auseinanderzunehmen. Er preßte die Worte hervor, als würden sich seine Sprechorgane weigern, sie zu transportieren.
»Erzähl nicht solche Sachen. Du wirst ihn nie treffen, und er wird mich nie wieder sehen. Wir fahren noch heute nach Kopenhagen. Oder, wenn du willst, sogar bis Stockholm.«
Er rauchte eine Zigarette, die sie ihm schon brennend zwischen die Lippen schob, und versuchte, sich zu beruhigen.
Gestern Abend in dem portugiesischen Restaurant hat er mir was vorgespielt, dachte sie. Er ist nicht der harte Ladykiller. Dazu ist er viel zu sensibel. Jetzt gefällt er mir eigentlich besser. Mit seinem weichen Gesicht, mit den Tränen und dem kurzen Haarschnitt. Er wollte sich gestern vor mir profilieren, sonst nichts. Klar, es hat sicher ein paar Mädchen in seinem Leben gegeben, aber es war ihm bestimmt nicht lästig, und er schläft nicht jede Nacht in einem anderen Bett und läßt sich morgens das Frühstück machen. Dazu ist er viel zu feinfühlig. Er versteckt sich nur vor mir. Bestimmt hat er eine Familie – vielleicht geht der Brief, den er so peinlich versteckt, sogar an seine Mutter –, vielleicht ist sie auch tot, und er schreibt an den Vater . . . Und mit dem Messer macht er sich selbst was

vor. Im Ernstfall würde er es nicht benutzen. Er spielt damit nur ein bißchen den starken Mann.
Einer plötzlichen Eingebung folgend, stand sie auf, fischte das Messer aus der Handtasche, hielt es ihm hin und sagte: »Ich brauch es nicht. Du kannst es wiederhaben.«
Er steckte das Messer wortlos ein und überlegte, ob das eine Aufforderung an ihn sein sollte: Eine Aufforderung zum Mord.

19

Sie fuhren in Richtung Puttgarden. Die Sonne lachte schon wieder ihr ansteckendes Lachen auf die Chromteile der Autos. Ein zu tief fliegender Starfighter schlug Lärmnägel in den friedlichen Himmel.
»Ich kann es immer noch nicht glauben. Wir beide in einem Auto! Fahren auf die Küste zu. Es ist Wahnsinn. Heller Wahnsinn. Ich lasse einen Mann und zwei Kinder zurück. Eine ganze Familie, die mich doch braucht. Im Grunde sind sie hilflos ohne mich. Was ich tu, ist verantwortungslos. Jeder vernünftige Mensch würde mir raten, sofort umzukehren. Aber nichts auf der Welt könnte mich jetzt dazu bewegen. Ich freu mich auf die Fähre, auf das Meer und auf dich.«
Er sah nachdenklich aus, und sie führte das auf seinen Traum zurück.
»He – Mister Hendrix! Lächeln Sie doch mal. Wer wird denn bei dem Wetter und der herrlichen Aussicht Trübsal blasen?«
»Ich habe nur darüber nachgedacht, was aus uns werden soll.«
»Und ich glaubte, du denkst nie an die Zukunft! Es freut mich direkt zu hören, daß sie dich auch manchmal gefangennimmt. Was bedrückt dich denn?«

»Dein Tobias.«
Es schmeichelte ihr gewaltig, daß er eifersüchtig wurde. Doch damit war das Problem nicht geklärt. Es mußte vom Tisch. Jetzt und sofort.
»Es gibt gar keinen Tobias.«
Verwirrt sah er sie an.
»Was? Willst du mich verarschen?«
»Nein, bestimmt nicht. Es gibt keinen Tobias. Ich habe ihn erfunden.«
»Warum?«
»Weil ich ihn brauchte. Ich brauchte ihn für mich, und für dich wohl auch.«
Er war erleichtert und erschrocken zugleich. Warum hatte sie ihn damals angelogen, oder log sie etwa jetzt, um ihn zu beruhigen?
»Du hast ›Mutti‹ zu mir gesagt, um mir klarzumachen, daß ich ein dümmliches, gedankenloses Wesen ohne Durchblick bin – ach, schüttel bloß nicht den Kopf, ich habe deinen Blick dabei noch im Auge! Beleidigen wolltest du mich. Und dann hast du mich gefragt, wovor ich weglaufe – fertigmachen wolltest du mich, als hätte ich vor dir mein Leben zu rechtfertigen oder zu verantworten. Ich weiß selbst nicht, warum ich mich dann darauf eingelassen habe. Du warst für mich ein frecher Kerl, der sich zu meinem Richter aufspielen will, und mir fehlte ein gutes Argument, um mein Verhalten plausibel zu machen. Da habe ich Tobias erfunden. Ich wollte weg von meinem Mann, dem Haus, den Kindern – nein eigentlich von denen nicht –, oder vielleicht doch – ach –, ich weiß es nicht. Jedenfalls raus. Ich war immer nur ein Jojo – verstehst du? Ich war nicht mal eine Marionette, die doch tanzen und Dummheiten machen kann – aber dafür war ich nicht vorgesehen. Ich sollte nur immer im gleichen Takt die immer gleiche Strecke zurücklegen. Aufstehen, Frühstück machen, Frühstück abräumen, die Zimmer der Söhne aufräumen, Staubsaugen, das Mittagesen vorbereiten, beim Essen mir die Sorgen der

Herren Söhne mit ihren Lehrern und Freundinnen anhören, dabei tröstende Worte finden – ohne aufdringlich und neugierig zu wirken, den Tisch abräumen, Fenster putzen, Einkaufen, Wäsche waschen, das Abendbrot bereiten . . .«
»Hör doch endlich auf mit dem Scheiß!« fuhr er dazwischen. »Deshalb brauchtest du doch deinen erfundenen Tobias nicht!«
»Hast du eine Ahnung. Ich wollte diesen viel zu kurzen Faden durchschneiden, und sei es nur für ein paar Stunden. Ich wollte mal was außerhalb der Reihe tun. Vielleicht irgendwo essen gehen, ins Kino, oder auch nur mit dem Wagen rumrasen. Ich wollte die Schnur durchreißen. Aber als du mit deiner verdammten Frechheit neben mir im Auto gesessen hast, da merkte ich, daß ein Jojo ohne Schnur noch viel erbärmlicher ist als ein Jojo, das von einer längeren Schnur träumt . . . Verstehst du das? Da habe ich mir eine Schnur erfunden, den Tobias – um nicht Freiwild zu sein für jeden –, und für dich schon gar nicht.«
»Blödsinn, du wolltest dich interessant vor mir machen, das war alles! Du wolltest nicht reinpassen in das Bild, das ich mir von ›Muttis‹ zu machen schien! Dabei paßt es auf dich so genau wie . . .«
»Hör auf!« schrie sie. Sie konnte den Wagen nur mit Mühe in der Spur halten. »Hör auf!«
»Imponieren wolltest du mir! Deshalb warst du auch so wild in unserer ersten Nacht, daß ich schon dachte, ich überleb es nicht! Eindruck machen wolltest du damit auf mich! Alles nur Show! Wie dein Scheiß-Tobias!«
Sie stieg ungestüm in die Bremse und lenkte den Wagen mit quietschenden Rädern auf den Seitenstreifen auf der Autobahn. Der Bremsweg war länger als sie dachte, und trotzdem wurden sie beide fast gegen die Scheibe geworfen, als der Wagen mit einem letzten Ruck endgültig stehen blieb. Fast gleichzeitig mit dem Ruck spürte er ihre Hand in seinem Gesicht. Sie riß ihn in den Haaren und schlug mit der freien Hand treffsicher zu. Er verstand erst nach dem

zweiten Klatschen, was eigentlich los war, und wurde unsicher: Sollte er zurückschlagen? Oder einstecken, bis sie sich beruhigt hatte? Er versuchte, nur ihre Hände festzuhalten. Sie biß in die Knöchel seiner Hand.
»Du Sau! Du erbärmliche Sau!« schrie sie. Er umklammerte ihre Arme so stark, daß sie bald jede Anstrengung, freizukommen, unterließ. Vorsichtig ließ er sie los und lehnte sich in seinen Sitz zurück. Sie hielt ihr Kinn fast auf die Brust gedrückt und linste ihn aus nach oben gedrehten Augäpfeln an. Er saß schwer atmend vor ihr. Seine Hände zitterten und hielten sich an den Oberschenkeln fest. Sie holte weit aus und traf ihn dann deckungslos in seinem ahnungslosen Gesicht. Sie tat sich selbst weh dabei, und es klatschte so laut, als sei der Ton durch Verstärker gejagt worden.
Er riß die Wagentür auf und sprang raus. Erst jetzt wurde ihm das Zischen der vorbeibretternden Autos bewußt. Er stützte sich mit den Ellenbogen auf dem Verdeck des Fahrzeugs ab und legte den Kopf in die Hände. Die vorbeihuschenden Autos empfand er nur noch als Lärm- und Farbtupfer in einer künstlichen Landschaft.
Reiß dich zusammen, dachte er, wenn du ihr jetzt ein paar vor die Musikbox knallst, dann hat sie was, womit sie dich fertigmachen kann, dann vergleicht sie dich bis ans Ende ihres Lebens mit ihrem Mann. Wenn du aber jetzt nicht gewalttätig wirst, dann sieht sie vielleicht den Unterschied . . . Sie stieg aus, ging um den Wagen rum, stellt sich neben ihn und begann zärtlich mit den Fingerspitzen in seinen Haaren zu wühlen. Er schüttelte sie nicht ab.

20

Mann, ich kann euch sagen, ich dachte, ich versteh die Welt nicht mehr. Die konnte einen ganz schön fertigmachen, die Frau. Von wegen Hausmütterchen. Der hätt' ich gar nichts mehr glauben sollen. Vielleicht hatten die Jungens in der Kneipe recht: Vielleicht ist die wirlich ihrem Zuhälter weggelaufen und will jetzt mit mir ein neues Leben anfangen. Da kann sie mir ja schlecht ihre Vergangenheit erzählen. Da spielt sie eben die Mutti, die den ganzen Scheiß leid ist. Wenn ich mir vorstell: Meine Mutter würde so was ... Nee, meine Mutter kriegte das nie hin, die ist doch glücklich. Die hängt an jedem Müsterchen auf der Tapete. Und die Gisela will mir vormachen, daß sie mal genauso war? Klar, meine Ma wird nicht geschlagen – ich kann mir nicht mal vorstellen, daß meine Ma und mein Pa zusammen ins Bett gehen, aber man sagt ja, kein Kind kann sich das von seinen Eltern vorstellen. Aber vor zwei Stunden hätte ich mir auch nicht träumen lassen, daß die versuchen würde, mich zu verprügeln. Wenn sie jetzt meint, daß sie mich rumkommandieren kann, wie ihre schlaffen Söhnchen, dann hat sie sich geschnitten. Ich bin nicht Muttis Liebling! Außerdem, ich könnte jederzeit zu Brigitte zurück, sie aber bestimmt nicht zu ihrem Mann. Und wenn das mit Brigitte nicht mehr laufen sollte, dann kann ich wenigstens im Haus meiner Eltern wohnen, aber wo soll sie hin, wenn sie nicht zu ihrem Alten zurück will? Ihr bleibt kaum was anderes übrig, als jetzt erstmal bei mir zu bleiben. Jetzt bin ich die Jojo-Schnur für sie. Aber das bringt's auf die Dauer auch nicht, schließlich will ich sie nicht heiraten. Ich weiß überhaupt nicht mehr so genau, was ich eigentlich will. Ursprünglich wollte ich nur ihren Wagen klauen, mit Papieren und Schlüssel, den hätte ich dann als Einstand in das Geschäft mit Jo mitgebracht. In Istanbul hätten wir die Schleuder gegen Stoff eingetauscht und dann hier den ganz großen Deal aufgezogen. Zwanzigtausend sollten für jeden von uns dabei rauskommen. Dann wäre ich endlich frei gewesen, denn Geld ist geprägte Freiheit, sagt Jo immer. Keinen Scheißjob in dieser Scheißbank. 'ne Band hätten wir aufmachen können von der Kohle. So 'ne Anlage, die haut ganz schön rein, ist natürlich schweineteuer, aber wenn man die erst mal hat . . . Spielen können viele, aber wer die beste Anlage hat, zieht auch die größte Schau ab, ist doch klar. Vielleicht wär ich dann sogar zu Brigitte zurückgegangen, wir hätten uns ja 'ne Wohnung weiter weg von meinen beknackten Eltern suchen können. Vielleicht so einen alten Bauernhof. Von da aus hätten wir dann unsere Tourneen machen können. Und auf so 'nem Bauernhof, da ist auch genügend Platz für 'ne ganze Band, und Krach machen kann man da außerdem. Das stört kein Schwein. Klar, die Kohle hätte nicht gleich für 'ne Anlage und 'n Bauernhof gereicht, aber auf jeden Fall wär ich ohne den Job ausgekommen. Und jetzt laß ich mich von der Gisela aushalten. Und wenn ihr Geld mal alle ist? Mit meiner Gitarre verdiene ich doch nix. Ich hab mal versucht, auf der Straße zu spielen, so mit Hut vor den Knien und so. Ich hätt mir fast den Arsch abgefroren. Für vierzig oder fünfzig Pfennig, Und dann hat mich noch so ein Penner angemacht, ich sollte ihn auch mal spielen lassen. Jedenfalls – auf der Straße den Pausenclown zu spielen, das bringt's nicht. Da muß man schon 'ne große Halle mieten und dann voll reinfetzen. Da jubeln sie dann zu Hunderten – ach was, Tausenden, wenn die Finger die Gitarre nur richtig streicheln. Und was mach ich statt dessen? Ich mach mich von der Meinung dieser einen Frau hier abhängig. Was sie über mich denkt, ist mir irre wichtig. Ich mache ihr dauernd etwas vor, lasse Filme ablaufen und habe dabei das Gefühl, selbst im Kinosessel zu sitzen und zuzugucken. Ich spiele ohne Drehbuch eine festgelegte Rolle, dann merke ich auf einmal, daß diese Rolle gar nicht zu mir paßt, daß ich sie nicht glaubhaft durchstehen kann, und von dem Moment an wird die Sache stressig. Zu der Rolle, die ich nicht richtig auf die Bühne bringe, kommt dann die Angst, daß sie etwas merken könnte, deshalb versuche ich die Rolle noch konsequenter zu spielen. Ich überziehe maßlos, wirke hart und dumm und verklemmt. Wenn ich zum Beispiel den Flippi markiere, den nichts auf der Welt interessiert, der keinen

Bock auf nix hat, dann glaubt sie mir nicht, weil das nicht zu meinem Haarschnitt paßt. Und ich Idiot beleidige sie dann regelmäßig, um den Flippi zu verdeutlichen, dem es nur um den Augenblick geht, und den alles andere nicht interessiert. Moral schon gar nicht. Und den Gitarrenstar mit tausend Groupies nimmt sie mir auch nicht ab, weil ich im Bett zu unerfahren bin und mich regelrecht von ihr fertigmachen lasse. Eine Scheiße ist das! Aber irgendwann muß man doch mal den Film finden, der zu einem paßt. Den Film, den man echt spielen kann. Einen Film, den man dann für sein Leben hält! Vielleicht hat sie diesen Film gefunden, als sie ihren Tobias erfand. Weil sie nicht einfach rausspringen konnte aus der Rolle der geprügelten Hausfrau, hinein ins volle Leben, brauchte sie eine neue Rolle. Eine neue Schnur fürs Jojo. Da hat sie eben den Tobias erfunden. Vielleicht ist das, was sie für ihr Leben hält, nur ihr Wunsch vom Leben. Wenn das so ist, dann hat sie mir nicht wirklich was vorgelogen – im Bett schon gar nicht. Dann versucht sie nur, eine neue Rolle einzustudieren, die sie noch nicht ganz mit ihrem Leben übereinkriegt. Irgendwann wird dieser Film vielleicht mal ihre Wirklichkeit. Dann wird die vorherige Wahrheit zur Lüge und die heutige Lüge zur eigentlichen Wahrheit ihres Lebens. Irgendwann muß schließlich jeder eine Geschichte erfinden, die er dann für sein Leben hält. Ich war ja auch gerade dabei, mir was Neues zusammenzustricken, weil die alte Story nicht von mir war. Die hatte ein Drehbuchautor entworfen, der einen Film über eine glückliche deutsche Familie fürs Werbefernsehen drehen wollte. Der Regisseur wechselte zwar öfters, änderte aber kaum etwas am Drehbuch. Das war fertig und nicht mehr umzuwerfen. Es endete mit einer Totalen an meinem Grab in geweihter Erde. Ums Grab stehen meine Kinder und deren Mutter, gestützt vom Schwiegervater (der mich natürlich überlebt hat). Es regnet ein bißchen, Blätter fegen über den Friedhof, und der Pastor hält eine Rede über mein vorbildliches Leben. Er blättert in dem Drehbuch und bestätigt dem Toten – das bin ich – und allen Verwandten und Freunden, daß sich alle strikt an das Drehbuch gehalten haben. Geigen. Trompeten. Langsam ausblenden. Titel abfahren: DAS WAR DAS MUSTERGÜLTIGE LEBEN DES ERNST JEDERMANN. *Ein Film der päpstlichen Filmunion im Verleih der staatstragenden Kinos. – Regie: Der Innenminister von NRW in Zusammenarbeit mit dem Wirtschafts- und Familienministerium unter Mitarbeit des Verteidigungsministeriums, der deutschen Industrie, meines Vaters, meiner Mutter, meiner Lehrer, meiner Frau, meiner Kinder.* Nein, ohne mich. Ich bin im letzten Moment rausgesprungen, habe den Regisseur gewechselt, mitten im Film, spiele vielleicht ganz ohne Regisseur weiter und ohne Drehbuchautor. Jetzt schreibt mir keiner mehr den Text vor. Ich bin nicht mal mehr der Ernst. Ich will kein Bankangestellter werden – ich will nichts weiter werden als Mick. Mick – den ihr alle kreuzweise am Arsch lecken könnt, weil der jetzt Orte sucht, auf denen ihr eure Kulissen noch nicht aufgebaut habt. Mal da sein, bevor euer Maskenbildner den Leuten ein Lächeln ins Gesicht gestrickt hat, aus dem man sonst Schutzumschläge macht. Einen Whisky trinken und wissen, daß dies teure Gesöff nichts weiter ist, als gut destillierte Hefescheiße.

21

Wie oft habe ich inzwischen etwas nicht gesagt, was ich eigentlich sagen wollte? Aus Angst vor einer Machtprobe. Und jetzt habe ich ihm eine geknallt. Ja, es tut mir leid, aber er kann sich auch nicht alles herausnehmen. Er bestellt einfach Froschschenkel für sich und mich, ohne mich zu fragen. Er setzt einfach voraus, daß ich einverstanden bin. Und genau aus solchen Geschichten wollte ich eigentlich raus. Immer habe ich zu schnell bei allem eingewilligt, mich treiben lassen. Vielleicht habe ich ihm nur deshalb so oft nicht widersprochen, weil er gesagt und getan hat, was ich nur zu denken gewagt habe. Ich wollte doch nur ein bißchen rumfahren mit dem Wagen und nachdenken über mich und meine Familie und die letzten Jahre, die mir so sinnlos und leer erscheinen. Ich sollte meiner Familie wenigstens mitteilen, daß es mir gut geht. Anrufen? Besser nicht. Es ist schwer, Rede und Antwort zu stehen, wenn man selbst unsicher ist. Ich kann das alles doch nicht erklären. Vielleicht sollte ich schreiben? In dem portugiesischen Restaurant, da hab ich zu Mick gesagt, daß ich deine Zärtlichkeiten nicht mehr ertragen könnte, Herbert, Zärtlichkeiten von einem, der mich schlägt. Ja, ich weiß – ich war besoffen, und du hast mich nie geschlagen, wirst du sagen. Aber es waren Schläge. Ich hätte deine Zärtlichkeiten nur zu gern ertragen. Ein Mann, der nicht mehr zärtlich sein kann, der sich überhaupt keine Mühe mehr gibt, obwohl ich doch nicht mehr verlangte, als Zärtlichkeit, deine Zärtlichkeit . . . Ja, ich rede von keinen großen Dingen. Nur von fehlender Zärtlichkeit. Schläge waren das für mich. Körperliche Schmerzen, ein nicht mehr verlockendes Angebot für einen kaum noch nachfragenden Mann zu sein, der Arbeit und Streß, den Kegelverein oder das Fernsehprogramm vorschiebt als Entschuldigung. Ich weiß, wie armselig ich jetzt dastehe. Ich suche nach Zitzen, von denen ich niemals gesogen habe. Lebensweisen, die ich nur ahne, die mir aber bisher nichts und niemand bieten konnte. Lebensweisen, für die ich selbst noch nicht weit genug bin. Mir fehlt dazu alles. Selbstbewußtsein, Stärke, Klarsicht. Aber ich versuche es trotzdem. Ich werde sonst zu alt darüber. Aber wenn ich dir das schreiben oder sagen könnte, dann könnte ich auch zu dir zurückgehen. Es wäre dumm, jetzt zu versuchen, achtzehn Jahre Schweigen in Geschwätzigkeit aufzulösen. Du würdest es doch nicht verstehen. Du würdest nur denken: Ach, die hat wieder ihren Eisprung. Der Mick nimmt mich ernst. Mit dem habe ich in den wenigen Stunden, die ich ihn kenne, mehr geredet, gestritten und geküßt, als mit meinem Mann in den letzten fünf Jahren. Zwei Tage mit Mick wiegen mehr. Jetzt steht er da und heult fast, weil ich ihm eine runtergehauen habe. Ich mach das wieder gut, Mick, ganz bestimmt, lauf jetzt nicht weg. Denk nur, in Puttgarden – die Fähre . . .

22

Sie standen in einer langen Autoschlange und warteten auf die Fähre. Gisela hatte die Karten für die Überfahrt gelöst. Mick saß am Steuer. Vielleicht war das einzige Ergebnis ihres Streits, daß er jetzt den Wagen fahren durfte. Es hätte nahegelegen, die Fahrt nach Stockholm abzubrechen, denn der eigentliche Grund, Tobias, war fortgefallen, doch Mick sah das gar nicht ein. Er wollte nun nach Stockholm. Jetzt erst recht. Sie würden die Stadt gemeinsam entdecken. Nichts stand ihnen mehr im Weg, dachte er. Gisela war nur froh, daß Mick ihr verzieh und fragte ihn auch nicht, an wen denn der Brief sei, den er abwarf, als sie die Karten für die Überfahrt kaufte. Sie hatte es bemerkt, und er wußte es. Sie beschloß, von Dänemark aus ihre Familie per Postkarte zu informieren. Sie hatte sich schon zu sehr auf den jungen Mann eingelassen. Ein Zurück gab es nicht mehr. Die Fähre war größer, als sie vermutet hatte, und Mick steuerte den Wagen sicher in den Bauch des Schiffes. Dort zog er gewissenhaft die Handbremse an und sagte: »Laß uns hochgehen und mal sehen, was es im Restaurant gibt. Außerdem kann man bestimmt zollfrei einkaufen auf dem Boot.«
Mit den ersten Passagieren bewegten sie sich die Treppen rauf zu den Verkaufs- und Restauranthallen. Doch der bordeigene Supermarkt hatte noch geschlossen. Die Ladentür durfte erst geöffnet werden, wenn das Schiff den Hafen verließ. Irgendwelche Steuergesetze zwangen dazu. Mick betrachtete die Bordpreise für Zigaretten und

Schnaps. Er wußte, daß Alkohol in Skandinavien eine wertvolle Sache war und hielt es für klug, eine Flasche Whisky zu kaufen. Gisela staunte über die Käsepreise, die sie aus dem Kopf mit denen im Supermarkt an der Ecke vergleichen konnte.

»Sollen wir im Stehcafé ein Täßchen trinken, oder lieber im Restaurant . . .?«

Gisela zog ihn hinter sich her ins Restaurant. Ein langhingestrecktes Buffet dominierte den Raum. Dort konnte sich jeder selbst bedienen. Man bezahlte nicht für jedes einzelne Teil, sondern nur für die Teilnahme am Essen. Die Getränke mußten extra bestellt werden, dafür waren die Kellner da. Wahrscheinlich konnte dieses »Jeder darf essen soviel er will« nur deshalb veranstaltet werden, weil die Überfahrt höchstens fünfundvierzig Minuten dauerte; man mußte lange anstehen, bis man an die Reihe kam, und wenn man dann noch einkaufen wollte, blieben kaum zehn Minuten zum Essen übrig. Desungeachtet lud Mick sich von heißen Früchten über Hühnerfleisch und panierten Schnitzeln bis hin zu Krabben, verschiedenen Sorten Heringen und Pommes frites so viel wie möglich auf den Teller. Er hörte erst auf, als er einsah, daß er den Teller sonst nicht zum Tisch zurückjonglieren könnte. Gisela war wesentlich bescheidener, aber wie sie fand, immer noch zu verfressen. Sie setzten sich an einen Tisch für vier Personen, und Mick fing sofort an, alles in sich hineinzustopfen. Sie bestellten beim Kellner ein Bier und ein Mineralwasser und nickten zustimmend, als zwei andere Personen mit Handbewegungen um die beiden freien Plätze am Tisch baten. Es waren Männer zwischen fünfundvierzig und fünfzig. Drahtig mit extrem kurzen Haaren. Als sie anfingen zu sprechen, stellten Gisela und Mick erleichtert fest, daß es Dänen waren, die sich wohl kaum in ihre eigene Unterhaltung einmischen würden.

»Was machen deine Söhne eigentlich? Erzähl doch mal was über die!« forderte Mick mit vollem Mund.

»Die gehen beide aufs Gymnasium. Der eine interessiert sich aber nur für Motorräder, und der Ralf geht abends noch in die Volkshochschule und lernt Sprachen. Aus dem wird mal was. Der paukt den ganzen Tag. Die beiden werden ihren Weg schon machen.« Sie sagte das nicht ohne Stolz und war daher um so verwirrter, als er fragte: »Sie gehen also auch nicht in die Penne, um was zu lernen, sondern, um hinterher was zu haben, womit sie die Stellung rechtfertigen können, die sie in dieser Gesellschaft einnehmen werden?«

Während Mick weiterkaute, überlegte sie ernsthaft, dann sagt sie: »Ja, so wird es wohl sein. So habe ich das zwar nie gesehen, aber so ist es wohl. Und ich finde es nicht mal sonderlich schlimm.«

»Kommt drauf an, was man dabei lernt und wie die einen hinbiegen, bis man die Stellung hat, die man einnehmen möchte. Manche werden ja dabei zum Krüppel. Jede Menge Kranke. Laufen überall rum. Brauchst dich nur umzusehen.«

»Ach, du siehst immer alles gleich so extrem. Natürlich ist das nicht toll mit dem Leistungsdruck und so, daß dabei die Kameradschaft kaputtgeht und statt dessen Konkurrenzdenken zum eigentlichen Motor der Sache wird. Aber sonst – haben sie dir etwas Schlimmes beigebracht?«

Er nickte immer noch kauend. Mit einem Schluck Bier spülte er den Mund aus, dann sagte er: »Wir haben zum Beispiel alles über Waffen, Generäle, Witterungsverhältnisse und Schlachtenaufstellungen gelernt. Über die Ursachen der Kriege hat man uns nichts beigebracht. Und wie man Kriege verhindern kann, das kam auch nicht zur Sprache. Ich hab noch vor zwei Jahren daran geglaubt, daß der russische Winter den Krieg entschieden hat. Verstehst du, ich dachte, das Wetter hätte den Faschismus gestoppt. Wenn es wenigstens noch das gewesen wäre, aber was man in der DDR ›Tag der Befreiung‹ nennt, das hieß bei uns in der Schule Zusammenbruch oder Kapitulation. Ich sag ja nicht, daß meine Lehrer Faschisten waren. Ich sag nur, was ich gelernt habe. Natürlich hab ich auch gelernt, irgendwelche komischen Kurven zu berechnen. Aber das kann ich heute nicht mehr. Solche Sachen vergißt man nach 'ner Weile, was bleibt, ist mehr so eine Grundeinstellung zum Leben und zu Dingen überhaupt.«

Mick holte sich noch eine zweite Portion, und Gisela ging zur Geldwechselstelle an Bord. Sie löste einen Euroscheck ein und bekam dänisches Geld dafür. Sie merkte sich als Faustregel, daß drei dänische Kronen eine deutsche Mark sind und hoffte, das schnell genug im Kopf umrechnen zu können, um nicht pausenlos als dummer Tourist aufs Kreuz gelegt zu werden. Sie kaufte im Supermarkt eine Stange Filterzigaretten und eine Flasche Sherry. Schon fast draußen ging sie wieder zurück, kaufte noch eine Postkarte mit der Ansicht der Fähre und eine Tüte englischen Weingummi. Sie füllte die Postkarte im Stehen aus.

Macht euch keine Sorgen, eurer Mutter geht es gut. Sie sieht sich was an von der Welt. Lernt fleißig und vergeßt nicht, den Kühlschrank abzutauen. Viele Grüße.

Sie warf die Postkarte ein und fragte sich, ob die Ironie des letzten Halbsatzes zu Hause wohl verstanden würde.

Als Gisela mit ihrer Plastiktüte voll zollfreier Waren in den Speiseraum zurückkam, sah das Buffet schon stark geplündert aus, trotzdem rollte noch eine schnell kauende und schluckende Menschenschlange daran entlang. Alle im Wettkampf mit der verstreichenden Zeit. Der Gong und die zarte Stimme: »Wir legen in fünf Minuten an, bitte gehen sie zu ihren Fahrzeugen . . .« beendeten das Mahl.

Gisela und Mick gingen nicht sofort in den Bauch des Schiffes zu ihrem Wagen. Im Gegenteil, jetzt, da das Deck sich leerte, liefen sie rauf, um einmal die Nase in den Wind zu halten, die Haare flattern zu lassen und das langsame Ankommen in Dänemark zu genießen.

»Das ist nicht einfach die Ostsee hier«, sagte sie. »Wir schwimmen auf dem Fehmarn-Belt.«

Sie hatte das gerade erst auf einer Landkarte entdeckt, die im Schiff hinter Glas für die Touristen aushing. »Wir kommen von der Insel Fehmarn und fahren zur Insel Lolland. Auf Lolland liegt Kopenhagen.«
Er legte den Arm um sie und starrte aufs Wasser. »Wie schön das klingt: Lolland.«
»Da bleiben wir heute nacht. Wir suchen uns in Kopenhagen ein Zimmer. Du kennst dich doch da aus.«
»Und ich denk, du feierst da sonst Parties . . .«
Sie lachten beide und küßten sich, während die Fähre in Rødbyhavn einlief. Dann stürmten sie die Treppe hinunter zu ihrem Auto. Die anderen Fahrzeuge waren schon mit ungeduldigen Fahrern besetzt, einer hupte sogar, weil er befürchtete, durch das Zuspätkommen von Gisela und Mick um wichtige Urlaubssekunden gebracht zu werden. Gisela spürte das Blut in den Schläfen pochen. Ihr Herz jagte, und sie atmete schnell und oberflächlich.
»Mein Kreislauf ist nichts mehr gewöhnt. Ich komm schon aus der Puste, wenn wir so ein paar Treppen runterrennen.«
Mick ließ den Wagen an, löste dann die Handbremse, und als er langsam die schmale Brücke herunterrollte, grölte er: »Skandinavien! Wir kommen!«
Fast hätte Gisela vor Freude in die Hände geklatscht. Langsam zog sich die Autoschlange zum Grenzkontrollpunkt. Gisela kniete plötzlich auf ihrem Sitz und umarmte Mick und küßte ihn. »Ich bin so glücklch! Ich bin so glücklich!«
Da das Fahrzeug nur im Schrittempo rollte, konnte Mick sich ihre Küsse und Umarmungen gefahrlos gefallen lassen.
Mick wunderte sich, daß sie nicht kontrolliert wurden. Jo hatte ihm einmal erzählt, daß – wer einmal in Skandinavien drin ist – nicht mehr kontrolliert wird. Nur bei der Ein- oder Ausreise fänden Kontrollen statt. Zwischen Dänemark und Schweden und zwischen Schweden und Norwegen gäbe es angeblich keine ernsthafte Ausweispflicht mehr. Mick hatte also mit starken Kontrollen an der dänischen Grenze

gerechnet, denn wer hier durchkam, der konnte sich in drei Ländern frei bewegen. Doch der dänische Beamte hatte nicht die geringste Lust, in schmutziger Unterwäsche zu wühlen oder Zahnpastatuben zu durchschneiden. Er begnügte sich mit einer stichprobenhaften Überprüfung der Ausweispapiere.

»Wenn das so einfach ist«, dachte Mick, »warum schiebt man dann keinen Alkohol nach Schweden. Der soll doch da so teuer sein. Und was ist mit Shit und Autos?«

»Du siehst auch recht glücklich aus«, sagte Gisela. »Deine Augen strahlen richtig.«

»Ja«, antwortete er, »ich habe eine Entdeckung gemacht. Wie Kolumbus.«

»Eine Entdeckung«, nickt sie. »Neuland. Ein neues Leben, ein anderes Land.« Sie dachte dabei an Sprache, Eßgewohnheiten, Landschaften und an die Möglichkeit, neue Sitten kennenzulernen. Er dachte an einen neuen Markt für den »ganz großen Deal«, der ihn frei machen sollte.

»Eigentlich«, sagte er, »suchen doch alle dasselbe im Leben.«

»Ja. Glück – nur jeder stellt sich was anderes darunter vor. Für mich war das vor gar nicht langer Zeit meine Familie. Die Karriere meines Mannes. Der Bau unseres Hauses. Die Einrichtung unseres Wohnzimmers. Die Zensuren der Kinder in der Schule. Der gelungene Kuchen am Sonntagnachmittag, Sicherheit und Geborgenheit, du, das hab ich wirklich gehabt.«

»Ach, Scheiße.«

»Und was ist das für dich, Glück?«

»Freiheit«, sagte er bestimmt und drückte die Ellenbogen beim Fahren durch. So einfach wollte Gisela es ihm nicht machen.

»Und was ist *das* für dich?« Er hatte die Frage fast erwartet.

»Freiheit, das ist zum Beispiel – jetzt mit dir hierher zu fahren, obwohl in Schweden kein Tobias auf dich wartet.

Es gibt keinen anderen Grund für uns, nach Schweden zu fahren, außer, daß wir es so wollen. Das ist Freiheit.«
»Dann besteht unsere Freiheit also aus vier Euroschecks, die ich noch habe?«
»Wieso?«
»Na, weil die Freiheit, zu fahren und zu reisen, vorbei ist, wenn das Geld ausgeht. Oder woher willst du Benzin nehmen? Wie willst du im Restaurant bezahlen?«
Mick lachte: »Haben wir nicht schon mal die Zeche geprellt? Und war das nicht toll?«
»Stimmt, es war toll, aber so kann man auf Dauer nicht leben.«
»Warum nicht?«
Sie schwieg. Nachdenklich rauchte sie eine Zigarette, während Mick den Wagen auf Kopenhagen zusteuerte. Sie achtete nicht auf die Verkehrsschilder.
»Wir müssen tanken«, konstatierte Mick und ließ den Wagen auf eine Tankstelle zurollen.
»Freiheit«, sagte sie, »das heißt, keine Angst haben zu müssen. Sich nicht fürchten. Vor nichts und niemandem. Das ist es.«
»Münzen sind geprägte Freiheit. Dies hier zum Beispiel ist ein Münztank. Wenn wir genügend Münzen haben, bekommen wir dafür die Freiheit, weiterzufahren.«
»Nein. Wir bekommen dafür Benzin.«
»Hast du dänische Münzen?«
Sie gab ihm das Wechselgeld aus dem Duty-free-Shop. Er stieg aus und betrachtete die Zapfsäule. Es gab mehrere Arten Benzin. An der Zapfsäule standen jedoch nicht einfach Normal oder Super, sondern die verschiedenen Oktanzahlen. Er hatte keine Ahnung, was der Wagen brauchte. Er entschied sich einfach für die höchste Oktanzahl, weil das Zeug am teuersten und, wie er daraus folgerte, wohl am besten für den Wagen war.
Seltsamerweise lag der Münzschlitz waagerecht in der Zapfsäule und erschien Mick viel zu groß. Trotzdem gelang es

ihm nicht, eine Münze einzuschieben. Irgend etwas klemmte. Ratlos stand er herum. Sollte er gegen die Säule treten? Er versuchte eine andere Münze. Sie war schmaler und paßte in den Schlitz, doch nichts geschah.
»Ich mache irgend etwas falsch. Wenn ich bloß die Gebrauchsanweisung lesen könnte. Ich laß mich doch von so einem Automaten nicht zum Clown machen!«
Gisela stieg aus. »Was ist denn los? Hast du Schwierigkeiten?«
»Dies Scheißgeld paßt nicht in den bepißten Automaten!«
»Aber Mick – führ dich doch nicht so auf!«
»Ich bin nicht dein Söhnchen! Spar dir deine Erziehungsmaßnahmen!«
»Du kannst mir nicht den Mund verbieten!«
»Du mir auch nicht.«
Vielleicht hätte ihr Streit noch länger gedauert, doch ein Volvo hielt neben ihnen. Der Fahrer stieg aus, zog mehrere Zehnkronenscheine aus seiner Jacke und fütterte damit den Schlitz der Zapfsäule. Die Säule zog die Scheine mit einem leisen Zirpen selbsttätig ein. Es schien dem Mann direkt Spaß zu bereiten, den Scheinen beim Verschwinden in dem Schlitz zuzusehen.
Gisela lachte lauthals
Micks Augen verkleinerten sich: »Wie soll ich denn das verstehn? Der Münzautomat ist ein Scheinautomat?«
»Ist das nicht köstlich? Ich finde das umwerfend komisch! Und du hast dich so abgemüht und warst schon ganz sauer!«
Er bemühte sich, ebenfalls zu lachen. Bloß jetzt nicht wütend werden! Er war doch kein kleinkarierter Spießer.
Sie wollte ihm die nötigen Scheine geben, aber er überlegte kurz, nahm lediglich einen Zehnkronenschein und schob ihn ein. Langsam, fast bedächtig, fraß der Automat den Geldschein. Die Anzeige wies zehn Kronen aus. Mick öffnete den Tankverschluß des Autos und hängte das Zapfventil ein.

»Das reicht doch nicht«, sagte Gisela. »Für zehn Kronen bekommst du vielleicht drei Liter Sprit.«
»Ich bekomme dafür den Tank voll!« antwortete er stolz, und seine Stimme ließ nicht den geringsten Widerspruch zu. Interessiert beobachtete Gisela ihn. Er legte den Schlauch des Zapfventils vor ein Hinterrad. Wenn er jetzt losfährt, fährt er über den Schlauch, dachte Gisela. Warum tat er das? Dann wurde ihr das Prinzip schnell klar. Es mußte nur alles ziemlich schnell gehen. Mick ließ den Abgabehebel einschnappen. Das Benzin sprudelte in den Tank. Mick rannte ums Auto und setzte sich hinters Steuer. Er ließ den Wagen an und behielt bei all dem die Geldanzeige im Auge. Genau in der Sekunde, in der die letzte Krone verbraucht war, fuhr Mick über den zurechtgelegten Schlauch. Der dadurch ausgelöste Ansaugeffekt ließ das Benzin ohne Unterbrechung weiter in den Tank laufen.
Gisela kannte das Prinzip nicht nur aus der eigenen Schulzeit und aus dem Haushalt, nein, es stand auch im Physikbuch ihrer Söhne. So hatte sie viele Male das Wasser aus Ralfs Aquarium ablaufen lassen. Schlauch rein, an einem Ende angesaugt bis Wasser kam, dann das Ende in einen leeren Eimer. Ganze Batterien von Eimern hatte sie gebraucht, um das Zweihundert-Liter-Becken leerzufischen und zu säubern. Es war zwar Ralfs Hobby, aber ihre Arbeit. Bis dann eine Fischkrankheit fast alle Tiere umbrachte – nur die Schnecken, die fleißig die Scheiben gereinigt hatten, überlebten. Sie hatte dieses Aquarium saubergehalten, viele Jahre lang. Dann war alles verschenkt worden. Sie konnte sich noch gut an die Heulerei erinnern, als die toten Fische im Garten vergraben wurden, weil Andreas und Ralf sich weigerten, die Tiere einfach in den Mülleimer zu werfen.
Dieses physikalische Allgemeinwissen also nutzte Mick aus, um für zehn Kronen den Wagen vollzutanken. War das kriminell oder nur ein intelligenter Witz? Sollte sie

lachen oder empört sein? Ihre Unsicherheit Mick gegenüber wurde durch diese Aktion noch verstärkt. Sie entschied sich für den einfachsten Weg. Sie bewunderte ihn. Noch bevor jemand etwas bemerken konnte, hing das Zapfventil wieder in der Säule, Mick verschraubte den Tank, strich sich belmondo-like die kurzgeschorenen Haare glatt und machte ganz auf »cooler Typ«. Innerlich vibrierte alles in ihm. Er kannte diesen Trick aus Jos Erzählungen. So hatte der angeblich schon zig Wagen vollgetankt – auf dem Weg in den Orient. Manchmal hatte Mick so etwas wie einen leichten Stich verspürt, wenn Jo solche Dinge erzählte, so einen Hauch von Verdacht . . . In Jos Erzählungen ging immer alles so glatt, war immer alles so einfach. Er hatte sich oft überlegt, ob diese sauberen Tricks nicht nur Erfindungen von ihm waren? Ob das überhaupt funktionierte? Ob er das überhaupt schon mal ausprobiert hatte? Aber Jo war tatsächlich ein Mordskerl – es hatte funktioniert. Es hatte tatsächlich funktioniert!

»Das hast du toll gemacht. Ich hätte dir das nicht zugetraut. Dabei ist die Idee so naheliegend und die Sache so einfach. Warum tun das nicht alle Leute?«

»Warum prellen nicht alle Leute die Zeche?«

Gisela sah ihn an. Sie las in seinem weichen, lieben Gesicht etwas wie einen zweiten Zug. Einen, den man nur entdeckte, wenn man sehr genau hinsah. Ein verächtliches, arrogantes, eisiges Grinsen. Mehr ein angedeutetes Lächeln. Es war ein Zug, der seinem Gesicht eine höhnische Überlegenheit verleihen konnte.

Er beantwortete seine Frage selber: »Weil die meisten Menschen sich nicht trauen, weil sie Angst haben, erwischt zu werden, weil sie es für unmoralisch halten, und weil sie glauben, daß so was wie Moral eine Bedeutung hätte. Aber diesen Bluff mache ich nicht mit. Vielleicht gibt es gar keine Moral? So wie es keinen Gott gibt! Und vielleicht ist es gut, ohne Geld zu tanken. Das meiste

ist sowieso für die Steuern, und Steuern braucht der Staat. Ohne Steuern keine Soldaten, ohne Soldaten kein Krieg . . .«
»Also verhinderst du mit deiner Benzinklauerei den nächsten Weltkrieg!« lachte Gisela, und Mick merkte, daß die Argumentation etwas wacklig war, aber das kam nur, weil er Gedanken oft aussprach, ohne sie vorher zu Ende gedacht zu haben. Er entwickelte sie erst beim Sprechen. Dann verhaspelte er sich eben manchmal oder verrannte sich, wenn er vom Einzelnen ins Allgemeine galoppierte. Er fand es aber nicht sonderlich schlimm. Er wußte auch, daß er sich oft selbst widersprach, und das gab er dann ja meistens sogar zu – versuchte er jedenfalls, sich einzureden.
Die restlichen Kilometer bis Kopenhagen flogen nur so dahin. Ständig spürten sie die Gegenwart des Meeres. Möwen schien es hier zu geben wie bei uns Spatzen. Mick überlegte noch, ob er ihr vorschlagen sollte, mit ihm nach Christiania zu fahren. Jo hatte ihm viel über seine Zeit in Christiania erzählt. Mick wußte, daß die Dealer mit dem schlechten Stoff für Touristen am Haupteingang standen, und daß es dort eine Kneipe gab, die Woodstock hieß, und dort gab es den guten reinen Shit. Aber sicherlich würde sie bald merken, daß er Christiania nur aus Erzählungen kannte. Er wollte sich nicht gern an Ort und Stelle als Aufschneider entlarven lassen.
Vom Tivoli im Frühling hatte Jo auch erzählt. Das Tivoli lag direkt neben dem Bahnhof, gar nicht zu verfehlen also. Christiania mitten in Kopenhagen. Es war – daran konnte Mick sich noch erinnern – von einer Mauer umgeben, weil es früher so eine Art Militärbesitz war. Jo hatte auch erzählt, daß Christiania nur ein paar Minuten vom Parlamentsgebäude entfernt war, das fand Jo besonders lustig. Aber Mick war nicht sicher, ob er Christiania auf Anhieb finden würde. Er konnte doch schlecht erzählen, er habe dort einige Wochen gelebt, und dann den Stadtteil gar nicht finden.

Warum will ich ihr das eigentlich erzählen? fragte er sich. Warum tue ich oft so, als wäre ich Jo und nicht Ernst, alias Mick? Weil es über mich nichts zu berichten gibt, deshalb. Nichts, was wirklich interessant wäre, nichts, was Gesprächsstoff bilden würde. Ich bin eine langweilige Figur. Ich habe nichts Ungewöhnliches erlebt. Ich will das doch erst jetzt, aber wenn ich jemandem sage, was ich bisher gemacht und getrieben habe, dann traut man mir nichts weiter zu, als ein netter Schwiegersohn zu werden, auf den sogar die Großmutter stolz ist. Als wir auf Rødby zufuhren, hat sie im Grunde zugegeben, daß sie nie Parties in Kopenhagen gefeiert hat. Das war genauso erfunden wie ihr Tobias. Sie hat es lachend zugegeben. Vielleicht hat sie es nicht nötig, mir noch länger was vorzumachen? Aber was weiß ich schon über sie? Sie könnte ebensogut aus einem Harem entlaufen sein. Ich weiß im Grunde nichts über sie. Wenn es keinen Tobias gibt, vielleicht gibt es dann auch gar keine Familie, keinen brutalen Mann, keine Söhne. –
»Sollen wir uns erst ein Hotel suchen, oder vorher die Stadt ansehen?«
Mick erschrak fast. Ihm wurde klar, daß er die letzten Kilometer gefahren war, ohne den Straßenverkehr wahrzunehmen. Über wie viele Ampeln war er gefahren? Wie viele davon waren grün? Er mußte unbewußt alles richtig gemacht haben, sonst hätte Gisela ihn bestimmt zurechtgewiesen. Doch von ihr kam nur die Frage:
»Was denn, Mick? Bevorzugst du ein besonderes Hotel? Oder willst du nach Christiania?«
Er schüttelte stumm den Kopf und überlegte krampfhaft, was er ihr über sich und seinen Aufenthalt in Christiania erzählt hatte. Es konnte ganz schön stressig sein, zu lügen. Schließlich hatte er ihr nicht bewußt irgendeine vorher ausgedachte Geschichte aufgetischt, sondern einfach nur aus einer Laune heraus so getan, als seien Joes Erfahrungen seine eigenen. Es war ja wohl kein Verbrechen, wenn man mal versuchte, sich ein bißchen interessant zu machen,

wenn man eine andere Geschichte für die eigene ausgab. Nur, peinlich wäre es schon gewesen, wenn die Sache jetzt herausgekommen wäre.
»Warum bist du so komisch, Mick? Du siehst direkt melancholisch aus.«
»Weißt du, ich möchte lieber nicht nach Christiania. Es wäre sicher nicht gut. Ich habe dort ein Mädchen zurückgelassen. Ich würde sie ungern wiedersehen.«
Gisela legte eine Hand auf seinen Oberschenkel. Die Wärme drang sofort durch den Stoff der Hose. »Aber Mick, wir brauchen dort nicht hin; ich dachte, du würdest gerne dorthin fahren und wir wollen doch einen guten Abend zusammen verbringen. Ich konnte ja nicht wissen, daß du wegen eines Mädchens . . .«
»Schon gut.«
Aus der Situation war er noch einmal glimpflich entkommen, aber wenn sie ihm nicht das Stichwort »melancholisch« gegeben hätte, wer weiß, ob er auf die Idee mit der verflossenen Freundin gekommen wäre.
Sie parkten in der Nähe des Bahnhofs. Das Sheraton war ihnen zu teuer, aber im Missionshotel fanden sie eine nicht allzu teure Schlafgelegenheit. Der Mann an der Rezeption sprach fließend Deutsch und verlangte die Personalausweise, bei Ausländern sei das so üblich, er müsse sie melden.
Gisela erfuhr so seinen wirklichen Namen. Sie überspielte das, um ihn nicht in Verlegenheit zu bringen. Er war dankbar dafür. Aber was hatten sie sich schon vorzuwerfen? Er hieß Ernst, und sie kannte keinen Tobias. Sie gingen auf ihr Zimmer und machten die einfachste Sache der Welt. Danach lagen sie stumm ineinanderverkeilt und befanden sich in einem Zustand zwischen Schlaf und Müdigkeit.
»Warum hast du das Mädchen aus Christiania verlassen? – Du brauchst natürlich nicht darüber reden, wenn du nicht willst, aber ich frage mich: Warum verläßt du eine Frau? – War sie nett?«

Nach einer Weile antwortete er: »Ich habe sie Engel genannt, weil sie so herrlich blonde Haare hatte. Sie war ganz dürr und abgemagert. Ein Junky.«
»Ein was?«
»Ein Junky. Das ist jemand, der drückt. Spritzt.«
»Ach – ich verstehe. Und sie hat das gemacht?«
»Ja. Sie hat dagegen angekämpft, aber der Junk war stärker. Es ging furchtbar bergab mit ihr. Ich konnte das nicht mitansehen.«
»Hat sie denn nicht . . . ich meine, kann man denn da nicht so was wie eine Entziehungskur machen?«
»Hat sie getan. Zweimal. Aber irgendwann hing sie wieder an der Nadel.«
»Ich kann das kaum verstehen. Wie kommt so etwas? Ich meine, was war das für ein Mädchen?«
Mick erzählte wieder eine von Jos Geschichten. Er kannte das Mädchen vom Sehen. Sie hatte wirklich Engelhaare und war bleich und dürr. Viel mehr wußte er nicht von ihr. Den Rest hatte Jo erzählt. Er versuchte sich zu erinnern. Die ganze Geschichte spielte zwar nicht in Christiania, sondern in Köln, aber das war schließlich egal. Sie hatten an dem Abend lange zusammen gesoffen, und dann erzählte Jo die Geschichte von dem Engel, der leider nicht zu retten war.
»Sie kam aus einer Pastorenfamilie und hat so ziemlich allen Scheiß geglaubt, der ihr zu Hause und in der Schule erzählt wurde. Zum Beispiel, daß Haschisch süchtig macht. Dabei kannte sie genug Leute, die darüber nur gelacht haben . . .«
»Stimmt das denn nicht?«
»Nein. Ich habe noch keinen Haschischsüchtigen gesehen. Und Haschischtote gibt es nur in schlechten Krimis. Und weil man sie da belogen hat, dachte sie, auch alles über die anderen Drogen sei Lüge. Schließlich waren nur die Lehrer dagegen, die Eltern und halt alle Leute, die man eh kaum ernstnehmen kann. Und so kam sie irgendwann an die Spritze, weil sie glaubte, das sei auch so eine Lüge der Moralpriester . . . Aber leider war das keine Lüge. An der

Spritze blieb sie hängen. Und als sie die teuflische Sucht erkannte, war es schon zu spät.«
Er fand, daß er die Geschichte noch besser brachte als Jo. Jos Stimme war für solche Stories zu hart. Sein eigener sanfter, fast hilfloser Tonfall dagegen illustrierte die ganze Trauer und Hoffnungslosigkeit erst richtig.
Gisela empfand Mitleid und viel Sympathie für Mick und auch für seinen Engel.
»Lebt sie noch in Christiania?« fragte sie und strich mit den Fingern zwischen seinen Schulterblättern auf und ab.
»Ich glaube ja. Natürlich kann es gut möglich sein, daß sie sich längst totgespritzt hat, aber ich würde ihr ungern in Christiania begegnen. Ich konnte ihren seelischen und körperlichen Verfall nicht mehr ertragen. Jetzt muß sie furchtbar aussehen. Schon als ich ging, bestand sie nur noch aus Haut und Knochen und hatte ganz tiefliegende Augen.«
Gisela küßte sein Gesicht ab. Jeden Zentimeter Haut bedeckte sie mit warmen Schmusern. »Denk nicht mehr dran. Es ist vorbei. Quäl dich nicht. Laß uns lieber nach draußen gehen. Die Nacht ist hell und kühl. Wir können ins Tivoli spazieren, vielleicht lenkt dich das ab. Oder wir können auch sofort abreisen, wenn du willst. Mich hält hier nichts – nur deine Anwesenheit.«
Am Eingang zum Tivoli, unter dem Torbogen, stand ein Rentner in Phantasieuniform und verlangte Eintritt. Das paßte Gisela gar nicht. Sie war es nicht gewöhnt, für eine Kirmes Eintritt zu bezahlen. Doch hinter dem Mann sah sie bereits das bunte Treiben und das Spiel der Lichter. Leute mit Eistüten und Zuckerwatte. Hinter ihnen drängten sich schon andere Besucher. Gisela zahlte. Eine Menschenmenge wie beim Sommerschlußverkauf verstopfte schon nach wenigen Metern die Straße. Alle Leute standen und sahen fasziniert auf eine offene, groß ausgeleuchtete Bühne. Eine drahtige junge Frau tanzte dort den sterbenden Schwan, falls Mick das richtig verstand, und der Rest der Ballettgruppe tanzte den Wald und die Schilfrohre dazu. Er

wollte Gisela weiterziehen, doch er erinnerte sich zum Glück daran, daß sie als Kind gerne zum Ballett wollte, und er blieb stehen und gab sich interessiert.
»Das ist mehr als eine Kirmes. Jetzt versteh ich, warum du vom Tivoli so begeistert warst.«
Komisch, dachte Mick, als Jo mir was vom Tivoli im Frühling und Tivoli bei Nacht vorschwärmte, da meinte er doch bestimmt keine Ballettgruppe.
Zum Abschluß verbeugten sich die Tänzer, und die Frauen machten einen Knicks mit seltsam verschränkten Beinen. Pfiffe und Händeklatschen begleiteten die Szene. Auch Gisela klatschte kräftig Beifall. Gisela und Mick wurden von den weitergehenden Menschen mitgetrieben. Sie bestimmten nicht wirklich selbst die Richtung. Vorbei an Flipper- und Geldspielhallen, Cafés, Eisverkäufern, Imbißbuden, Grillwürstchen und Bierständen. In einer weniger überfüllten Seitengasse nahmen sie sich in die Arme. Gisela drückte ihn fest an sich. Er spürte die Wärme ihres Körpers, die Welt um sie herum wurde zur Filmkulisse. Die laute Musik die Menschen, die Lichter, die Gerüche. Jetzt erst fiel ihm auf, daß auch Bäume im Tivoli standen. Die Laute verdichteten sich zum Rauschen eines Wasserfalles.
So nah wie möglich an ihrem Ohr raunte er: »Ich liebe dich.«
Dann standen sie lange und stumm eng verschlungen, wie ein Denkmal für Liebende, mitten in dem Trubel. Ein Besoffener lallte sie an und schwenkte mit einer Bierdose. Er freute sich, dieses Pärchen zu sehen. Zwar verstanden Mick und Gisela ihn nicht, doch was aus seinem Mund sprudelte, hatte nicht den geringsten aggressiven Klang. Wahrscheinlich suchte er Anschluß und wollte die beiden auf ein Bier einladen. Er war strubbelig und roch streng. Vielleicht würde er die Nacht auf der Straße oder in einer billigen Absteige verbringen? Als er die Sinnlosigkeit seiner Einladungen einsah, wollte er sich wenigstens in aller Form verabschieden oder auch entschuldigen, das war nicht raus-

zukriegen. Jedenfalls gab er beiden die Hand, schüttelte sie kräftig, sah ihnen dabei in die Augen und laberte fröhlich drauflos. Mick klopfte er sogar noch auf die Schultern und sah ihn wesentlich ernster an. Er gab ihm noch zwei knappe Sätze mit auf den Weg, die wohl ein Ratschlag sein sollten. Dann wankte der Betrunkene auf eine Menschenmasse zu, in der er verschwand.

Mick sah ihm nach und sagte: »Mach's gut, Kumpel. Paß auf dich auf.«

»Der war aber nett«, sagte Gisela voller Überzeugung, obwohl volltrunkene Männer ihr sonst nur ekelig waren.

An einem Eisstand kauften sie sich einen Erdbeermilchshake im Plastikbecher mit Riesenstrohhalm. Sie tranken abwechselnd das gezuckerte Zeug, das im Hals klebte und nur den Durst vergrößerte. Trotzdem fanden sie es herrlich, wie ein Traum aus Kindertagen. Sie überlegten, was dagegen sprach, mit den gegrillten Speisen vom Tivoli das Abendessen zu bestreiten. Oder sollten sie vielleicht doch in ein Chinarestaurant gehen? Auf dem Weg von ihrem Missionshotel zum Tivoli hatten sie wenigstens fünf Chinarestaurants gesehen. Huhn in Süßsauersoße konnte er sich gut vorstellen, doch Gisela flüsterte: »Wenn wir jetzt noch in ein Restaurant gehen, dann dauert es wieder so lange, bis wir unser Essen haben – und dann, wenn wir bezahlen wollen, kommt der Kellner nicht. Ich will schnell mit dir ins Hotel zurück. Laß uns hier rasch eine Kleinigkeit essen. Hamburger vielleicht . . .«

»Warum willst du so schnell ins Hotel zurück? Bist du müde?«

»Dummerchen. Ich möchte wieder nah bei dir liegen. Deine Haut spüren.«

Mick fühlte sich geschmeichelt, und so schlecht schmeckten die Hamburger nun auch wieder nicht . . .

Wie dünn die Wände des Missionshotels waren, bemerkten sie erst, als neben ihnen jemand nach Hause kam, sich auf sein quietschendes Bett setzte, die Schublade seines Nachttischchens öffnete und, während er sich offensichtlich auszog, ein Transistorradio einschaltete, das Nachrichten in schwedischer Sprache durchgab. Diese Töne drangen an ihre Ohren, während sie mit sanften Bewegungen der Erlösung entgegenschwebten. Ein paar Minuten später und sie hätten mit Sicherheit nichts von dem Nachbarn gehört. Jetzt legte Gisela ihre Hand auf Micks Lippen. Mick blieb ruhig auf ihr liegen. Ganz still bleiben konnte er allerdings nicht. Die Bewegungen seiner Hüfte waren kaum noch von ihm zu steuern. Gisela drückte sein Gesicht neben ihres in das Kopfkissen, biß sich selbst in den Handrücken und schob sich ihm noch mehr entgegen. »Als ob wir Teenies wären, die Schiß haben, daß die Eltern was hören . . .« stöhnte Mick. Doch Gisela verstand ihn nicht, weil das Kissen die Töne verschluckte. Für ein paar Sekunden gestand sie sich selbst ein, daß diese Situation einen prickelnden Reiz hatte, obwohl die Geräusche nebenan störten, obwohl sie krampfhaft versuchte, den eigenen heftigen Atem und Micks Töne zu unterdrücken, und obwohl ihr das Knarren des Bettes jetzt lauter vorkam als jemals zuvor in ihrem Leben. Zu wissen, daß praktisch direkt neben einem – nur durch eine hauchdünne Wand getrennt – ein völlig fremder Mensch im Bett lag, der jeden Ton hören konnte, vielleicht empört war, vielleicht aber auch gerade sein Ohr an die Wand drückte, um mehr mitzubekommen. Als sie sich dabei ertappte, wie sie sich den Mann nebenan – woher wußte sie, daß es ein Mann war? – vorstellte, wie er auf dem Bett kniete, ein Ohr an der Wand, schwitzend und mit hochrotem Kopf, da erschrak sie über sich selbst und wolle Mick bremsen, um dem Spiel ein Ende zu bereiten. Sie wollte nicht länger

nackt sein und auch nicht allein mit Mick in diesem Zimmer.
Mick bemerkte die Veränderung in ihr sofort und zog sich unsicher zurück. Sie nahm seinen Kopf zwischen beide Hände und küßte ihn wieder ab, damit er die Sache nicht falsch verstehen konnte. Als sich dann ihr beider Atem beruhigt hatte und sie schweigend nebeneinander lagen, wurde im Nebenzimmer eine Schublade zugeschoben, ein Mann erhob sich ächzend von einem Bett. Kleider raschelten, dann zwei Schritte, die Tür zum Flur wurde geöffnet und wieder geschlossen. Schritte im Flur – die Treppe hinab. Sie lagen und lauschten, als liefe gerade ein geheimnisvolles Hörspiel im Radio.
»Er hat es sich anders überlegt«, sagte Mick.
»Warum geht der wieder weg?«
»Weiß ich nicht, ist mir auch egal. Jedenfalls hat er uns ganz schön gestört, und jetzt geht er wahrscheinlich los und zieht sich das Kopenhagener Nachtleben rein.«
Gisela konnte seine Wut verstehen, ja teilen. Sie wollte ihn die Unterbrechung vergessen lassen und forderte ihn auf, sich hinter sie zu knien. Dann nahmen sie keine Rücksicht mehr auf hellhörige Wände, waren wild und laut und fröhlich.
Hinterher schämten sie sich auch nicht, wie sie sich gegenseitig ständig versicherten, denn schließlich hätten sie die natürlichste Sache der Welt gemacht, und für die Architektur des Hotels konnten sie nichts. Doch sie verließen das Missionshotel trotzdem in aller Frühe, ohne noch einem Gast zu begegnen und ohne das Frühstück einzunehmen, das – wie der nette Mensch an der Rezeption versicherte – im Preis inbegriffen war.

24

In einem Secondhand-Shop kleideten sie sich von den Socken bis zum Hemd neu ein. Es war einer von diesen Läden, die Wäsche nicht als Einzelteile verkauften, sondern auf die Waage warfen und nach der Kilo-Anzeige den Preis bestimmten. Es war betont jugendliches Zeug, viel gebatikte und selbstgestrickte Sachen dabei. Gisela wirkte darin noch jünger als in dem indischen Kleid. Sie hätte sich nie träumen lassen, jemals in so einem Laden einzukaufen; doch jetzt – da sie mittendrin stand – fand sie es nur originell, lustig und preiswert. Sie luden den Rücksitz des Wagens mit Wäsche voll, parkten dann vor dem Café, zogen sich dort auf der Toilette um und bestellten zwei Kännchen Kaffee und ein bißchen Gebäck.

»Sollen wir noch bleiben in Kopenhagen – oder gleich nach Schweden weiter? Der Hafen von Kopenhagen soll schön sein, mit winkligen Gassen und Seemannskneipen und alten Schiffen und so . . .«

»Du bist vielleicht eine romantische Nudel.«

»Ich glaube, ich seh aus wie – wie ein Hippie, in diesem Zeug.«

»Du siehst aus – wie eine außergewöhnliche Frau.«

»Mein Mann würde mich bestimmt nicht erkennen. Und die Kinder? Was die wohl sagen würden, wenn sie mich so sehen könnten?«

»Das Gebäck ist gut. Probier mal.«

»Vielleicht sollten wir in ein Schwimmbad gehen, wenn der Himmel so blau bleibt.«

»Gibt es hier nicht ein ganz berühmtes Wachsfigurenkabinett?«

»Das gucken wir uns an. Wir wollten doch was sehen von der Welt – nicht einfach nur durchjagen. Niemand kann uns zwingen, diese Stadt zu verlassen – oder?«

»Niemand.«

»Freiheit heißt, keine Angst haben«, zitierte sie, »vor nichts und niemand.« Aber bei dem Gedanken, ihr Mann könne jetzt ins Café kommen, zog sich ihr der Magen zusammen. Doch der war sicherlich viel zu pflichtbewußt, um einfach seinen Job zu verlassen. Außerdem, woher sollte er wissen, wo sie sich rumtrieb?

25

Die Ohrfeige war eigentlich mehr ein Kinnhaken. Ein unverzeihlicher Fehler. Es gab keine glatte, für alle befriedigende Lösung. Herbert Berg, Verkaufsleiter der ELKOWA Gebrauchtwagen GmbH, verheiratet, zwei nette Kinder, hatte einen Arbeitskollegen niedergeschlagen. Er war nicht schwer verletzt, nein, nicht mal ein richtig blaues Auge würde zurückbleiben. Das war ja das Schlimmste. Eine harte Schlägerei konnte unter Männern vielleicht durchgehen – verstanden werden, aber so was . . .
Er hatte ihn nicht mal richtig am Kinn getroffen. Keine Ohrfeige und kein Kinnhaken. Doch der Schlag oder der Schreck hatte den anderen umgehauen. Frau Sundström, die Schwedin, hatte zugesehen und Herr Schneider, der gelenkige kleine Verkäufer, der zu allem Überfluß auch noch Kundschaft bei sich hatte.
Lackner hätte ja auch nicht so unflätig zu reden brauchen. Obwohl – so ein Scherz unter Männern, dabei ging er doch früher nicht hoch. Irgend etwas mußte mit ihm passiert sein. Ihm war klar, daß es statt Lackner genausogut einen anderen hätte treffen können.
»Der Herbert kommt mit der Arbeit gar nicht weiter, dem hängen die Titten seiner Tipse im Weg, wenn er sich über die Akten beugt – nicht wahr, Herbert?« Und bautz, da war es schon geschehen. Sollte er sich jetzt entschuldigen? Vielleicht gar dem Lackner beim Aufstehen helfen? Oder den Hardliner spielen – losbrüllen, was ihm eigentlich einfällt,

so unflätig daherzureden, und er solle das ja nicht noch einmal wagen, sonst gäbe es eine Aktennotiz und erst recht eins in die Fresse. Vielleicht würde er bei der letzten Variante vor Frau Sundström und Herrn Schneider das Gesicht bewahren. Vielleicht wäre sogar Lackner so eingeschüchtert, daß er sich entschuldigen und abschwirren würde. Vielleicht würde er dann auch in ein paar Tagen kündigen, weil er sich angeblich verbessern könnte. Aber was, wenn der Lackner nicht so leicht kleinzukriegen wäre? Dem könnten schließlich die Sicherungen durchbrennen. Der könnte sich auf Herbert Berg stürzen und ihm die Prügel seines Lebens verpassen. Außerdem: In seinem Alter kam man nicht mehr in solche Situationen. Das ließ man nach der Pubertät hinter sich. Er war doch kein Halbstarker mehr!

Lackner ließ ihm keine Bedenkzeit mehr. Er stand umständlich auf, blickte Herbert Berg mitleidig verächtlich an und zischte: »Kann ich doch nix dafür, daß dir deine Alte weggelaufen ist. Hättest eben besser aufpassen müssen. Aber versuch nicht noch mal, deine Wut an mir auszulassen. Dann klatsch ich dich an die Wand, das versprech ich dir. Is mir scheißegal, ob ich hier rausflieg oder nicht!«

Er ließ Herbert Berg einfach stehen. Er ging eindeutig als Sieger aus der Situation hervor. Ein einfacher Verkäufer stellte den Verkaufsleiter bloß. Peinlicher ging es kaum noch. Selbst wenn er ihn jetzt rausschmeißen würde – aber so einfach war das nicht – wäre der andere der Gewinner und hätte die Sympathien der Belegschaft auf seiner Seite. Er stand ratlos zwischen den Autos, Schneider versuchte sein Verkaufsgespräch fortzusetzen, Lackner stolzierte an ihm vorbei. Frau Sundström ergriff die Initiative. Mit zwei Schritten war sie bei ihm, hielt ihn sorgsam am Arm fest, als müsse sie ihn beim Gehen stützen wie einen gebrechlichen Greis.

»Kommen Sie, Herr Berg, Sie sind ja ganz blaß. Ich bringe Sie in Ihr Büro. Oder möchten Sie lieber an die frische Luft?«

»Nein, nein, danke, es geht mir schon wieder besser. Mir fehlt wirklich nichts, Frau Sundström.«
Die Niederlage war für Herbert Berg perfekt. Sie behandelte ihn, wie man unmündige, bemitleidenswerte Leute in schlechten Filmen behandelt.
»Ich bin weder schwachsinnig noch wacklig auf den Beinen. Ich kann selbst in mein Büro gehen.« Er machte sich von ihr los und bewegte sich durch den Raum wie durch eine Nebelwand.
Wenig später saß er auf seinem Schreibtisch (das tat er sonst nie) und überlegte, ob er nicht vielleicht etwas zu schroff zu Frau Sundström war. Er ließ sie zu sich rufen, und weil ihm eine Entschuldigung nicht leicht fiel, lud er sie statt dessen zum Abendessen ein. Zu Hause fühlte er sich ohnehin nicht sehr wohl. Die Unordnung wuchs sich zu einem mittleren Chaos aus. Etwas Warmes erwartete ihn dort auch nicht, und auf die gelangweilten oder mißmutigen Gesichter seiner Söhne konnte er gut für einen Abend verzichten. Er befürchtete, noch bevor er die Tür aufschloß, wieder von einem der beiden auf Geld angesprochen zu werden. Kaum hatte er das geforderte Geld ausgeteilt, verschwanden sie auch schon. Zu Freundinnen, Freunden und was es sonst noch alles gab.
Frau Sundström schlug ein gutbürgerliches Restaurant vor, und er war froh darüber. Er wußte jetzt schon, was er essen würde. Ein Jägerschnitzel mit Pilzen oder vielleicht sogar eine Wildplatte. Hasenrücken, ein Stück vom Reh und Preiselbeeren. Zu sich nach Hause konnte er sie später kaum einladen. Nicht nur wegen seiner Söhne, sondern vor allen Dingen wegen der dort herrschenden Unordnung.
Sie wäre nach der Arbeit noch gern nach Hause gefahren, um sich umzuziehen. Er hätte auch zu gern noch sein Jackett gewechselt, doch irgendwie hatte jeder Angst, der andere könnte es sich vielleicht anders überlegen; deshalb gingen sie direkt vom Autohaus zum Goldenen Hirschen. Er schämte sich etwas, ihr seinen Käfer zu präsentieren,

und sie genierte sich, ihm ihren Manta anzubieten. Und so gingen sie eben zu Fuß. Sie vermied es taktvoll, ihn auf die Geschichte mit Lackner anzusprechen, und er stellte fest, daß sie gar nicht blond war, obwohl er doch immer dachte, daß Schwedinnen blond seien, und das, obwohl er seit fast zwei Jahren mit dieser gebürtigen Schwedin zusammenarbeitete. Sie erzählte, sie habe in Heidelberg Germanistik studiert und hätte eigentlich in Göteborg Lehrerin für Deutsch und Schwedisch werden wollen, doch dann habe sie ihren Mann kennengelernt, das Studium abgebrochen und geheiratet. Als es dann nichts war mit der Ehe, da ist sie eben in Deutschland geblieben. Nach der Geschichte waren sie schon beim Nachtisch angekommen. Er hatte tatsächlich Wild gegessen, sie das Jägerschnitzel mit Pilzen. Jetzt war er an der Reihe, und er erzählte die Geschichte von Giselas Verschwinden. Sie beteuerte, es nicht zu verstehn, warum eine Frau einen Mann wie ihn einfach so verlassen könne, und er mußte zugeben, daß er das auch nicht verstand.
Völlig gegen seine Gewohnheit trank er mit ihr zwei Tassen Kaffee nach dem Essen. Sonst behauptete er, im Büro schon so viel schwarzen Kaffee zu trinken, daß er abends auf keinen Fall mehr zu dem Giftzeug greifen könnte. Doch sein Magen schien plötzlich an Wichtigkeit verloren zu haben. Beim Likör gestand er ihr, er halte es für eine Unsitte, daß sich manche Kollegen noch nach zig Jahren gemeinsamer Arbeit siezen würden. Sie war ganz seiner Meinung und hieß Agneta. Sein Vorname war weniger originell, dafür kannte sie ihn auch schon lange.
Noch während er zahlte, stellte sie fest, daß im Schauburg ein alter Bogart-Film . . . und er liebte doch alte Filme so sehr . . ., und sie war auch schon seit Jahren nicht mehr im Kino gewesen und meinte, man könne es ruhig mal wieder riskieren.

26

Der Schlüssel drehte sich in der Tür, dann trat Andreas sie auf. Er knallte sie hinter sich wieder zu. Und wenn die Schlösser rausgeflogen wären, ihn hätte das jetzt nicht interessiert. Er hatte Christa verloren. Seine Christa. An einen Typen, der weniger Pickel im Gesicht hatte und die Haare lang tragen durfte. An einen, der keine Bügelfalten in der Jeans hatte und eine 50er Kawasaki fuhr.
Er legte all seine Wut in den Tritt, mit dem er Ralfs Aktentasche in die Ecke schoß, die direkt im Eingang im Weg lag. Die Tasche knallte an die Wand, die Bücher verstreuten sich durch den Vorraum. Er ging an der Garderobe vorbei und sah im Spiegel, daß dicke Tränen in seinen Augen standen. Ralf war nicht im Haus und Vater auch nicht. Das war ihm nur lieb. Er ging in sein Zimmer, schloß hinter sich ab, warf sich aufs Bett und heulte ins Kissen.
Ein glühendes Messer schnitt an seinen Eingeweiden. Etwas schnürte ihm den Hals zu. Er fühlte sich beleidigt, betrogen und gedemütigt. Es war nicht sein erster Liebeskummer, und er wußte, daß er darüber wegkommen würde, doch damals – beim erstenmal – war es anders. Leichter, denn Mutter war da, sie hatte ihm die Tränen weggewischt, geduldig zugehört, und ihm recht gegeben. Sie hatte sowieso nie was von dem Mädchen gehalten, wie sie versicherte, und so eine fände er doch an jeder Ecke, und er wußte, daß das falsch war, aber es tat gut und half ihm über die Runden.
Jetzt fehlte sie ihm. Überhaupt – es war ja nicht nur das fehlende Frühstück, das Mittagessen und das Abendbrot und die Wäsche und die saubere Wohnung – jetzt war auch niemand mehr da, bei dem man sich über die Lehrer beschweren konnte oder der einem Tips gegen die Scheiß-Pickel gab. Seine Tränen wurden schneller und sein Schluchzen lauter. Sein Körper zitterte im Bett und das Gestell begann zu vibrieren. Jetzt wurde ihm bewußt, daß er

nicht nur Christa, sondern auch seine Ma verloren hatte. Bald schon verschwand Christas Bild, und die Tränen galten nur noch seiner Mutter. Ein seltsames Gefühl sagte ihm, daß sie lebte. Doch sie lebte und wollte nichts mehr von ihrer Familie wissen.

Er kniete nun aufrecht im Bett und starrte auf die Fotos. All die großen Maschinen wurden ihm plötzlich so schrecklich egal. Er wollte gerne auf ein Motorrad verzichten. Seine Ma wollte er zurück. Er wußte, daß er das niemals zugeben würde, aber so war es nun mal. Und auch wenn alle Freunde ihn dafür auslachen würden: Er wollte sie zurück. Fast kam er in Versuchung, den Kopf gegen die Bilderwand zu rammen, doch eine plötzliche Idee hielt ihn zurück. Vater und Ralf mußten die Mutter aus dem Haus getrieben haben! Anders war es gar nicht möglich. Zwar fielen ihm tausend eigene kleine Nachlässigkeiten und Frechheiten ein, aber das war schließlich nichts Ernstes. Er war sicher: Es waren die anderen. Haß stieg in ihm auf, groß genug für eine Schlägerei mit Bruder oder Vater. Aber in dieser Nacht kam der Vater nicht nach Hause. Auch Ralf schlief bei seiner Freundin. Eine ganze Nacht blieb Andreas mit seinem Elend und seinem Haß allein in diesem zu großen Haus.

27

Abends besuchten sie das Wachsfigurenkabinett. Hand in Hand bewegten sie sich durch die schmalen dunklen Wege und betrachteten dabei die angestrahlten Wachsnachahmungen berühmter dänischer Künstler und Krimineller. Es gab sogar eine Folterkammer. Alles wirkte ziemlich echt und doch so eigenartig unwirklich, daß die beiden einen seichten Schauer verspürten, der sie enger aneinanderbrachte. Dieses Wachsfigurenkabinett schien ein Paradies für Liebespärchen zu sein. Plötzlich flammte ein Strahler auf

und beleuchtete den großen Körper eines Negers, der die Arme über sich erhoben hatte, dicke Boxhandschuhe an den Händen, den Mund geöffnet und die Augen weit aufgerissen. Gleichzeitig mit dem Sichtbarwerden der Figur klang aus einem versteckten Tonband ein unheimlicher Schrei.
Nach ihrem ersten Schreck stellten die beiden fest, daß sie vor einer Abbildung von Cassius Clay – alias Muhamed Ali – standen. Am Ende des Rundgangs, in einem hell erleuchteten Raum, der wie eine Flughafenhalle ausgebaut war, standen der amerikanische Präsident sowie einige Amtskollegen und warteten an einem Gepäckfließband auf ihre Koffer.
Sie nahmen die Nachtfähre nach Malmö und suchten sich dort eine kleine Pension. Der Besitzer sprach fließend Deutsch und hatte es offensichtlich darauf angelegt, den beiden sein Leben zu erzählen, was sie nur nach lang anhaltendem Gähnen verhindern konnten, indem sie sich auf ihr Zimmer zurückzogen. Gisela warf sich angezogen aufs Bett und rauchte eine Zigarette. Mick machte ein dummes Gesicht, weil die Betten nicht nebeneinanderstanden, sondern durch zwei Nachttischchen getrennt waren.
»Wir schlafen doch sowieso immer nur in einem Bett«, sagte Gisela.
Trotzdem legte Mick sich auf das andere Bett und sah zur Decke. Der Tag war schön, aber anstrengend gewesen.
Nachdem sie eine ganze Zeit so dagelegen und gegrübelt hatten, fragte Gisela sehr ernst: »Wie soll es denn nun eigentlich weitergehen mit uns?«
So, wie sie die Frage stellte, war nicht anzunehmen, daß sie von ihm eine klare Antwort erwartete. Trotzdem fühlte er sich unter Druck.
»Wie meinst du das? Ich denke, wir werden erst mal nach Stockholm fahren.«
»Und dann?«
»Wie und dann?«

»Naja, sollen wir danach, wenn unser Geld aufgebraucht ist, reumütig nach Hause zurückkehren?«
»Ich denk gar nicht daran.«
»Ich auch nicht, aber was haben wir für eine Alternative?«
Er schwieg.
»Ich meine, von irgendwas müssen wir doch leben. Und wo wollen wir wohnen? Ich kenne keinen Menschen in Stockholm und du doch auch nicht.«
»Na und?«
»Komm, so willst du doch wohl mit mir nicht diskutieren. Wir müssen uns endlich mal ernsthafte Gedanken um unsere Zukunft machen.«
»Ich dachte, du kannst dir eine Zukunft mit mir nicht vorstellen . . .«
»Hab ich das gesagt?«
»Hast du.«
»Es ist ja auch was dran. Wir können uns doch beide keine gemeinsame Zukunft vorstellen. Ich meine, wir können doch nicht immer so rumfahren, in Restaurants essen, in Hotels schlafen. Und uns was ansehen von der Welt.«
»Warum nicht?«
»Stell dich nicht so dumm an. Du machst mich ganz wütend. Weil wir dazu nicht genügend Geld haben, deshalb.«
»Ich kann Geld für uns verdienen.«
»Wie denn?«
»Mit meiner Gitarre.«
Sie drückte die Zigarette in den Aschenbecher und zündete sich sofort eine neue an. Ihre Hand zitterte leicht. Sie wurde schrecklich nervös. Sollte sie es ihm sagen? Ihr blieb nichts anderes übrig.
»Das glaub ich nicht.«
Er war baff.
»Wie, das glaubst du nicht?«
»Wenn du dich hier in den U-Bahn-Schacht stellst und Gitarre spielst, dann kommen vielleicht ein paar nette Leute

vorbei und werfen dir Geld in den Hut. Vielleicht kommt auch ein Polizist und fragt dich nach deiner Aufenthalts- und Arbeitsgenehmigung. Vielleicht lacht man dich auch nur aus. Und wenn du dann abends zwanzig oder . . .«
»Hör auf!«
»Meinst du, du verdienst mehr? Wieviel denn, fünfzig oder hundert Mark? Weißt du, was wir am Tag ausgeben? Ich meine alles zusammen, Sprit, Essen, Fähre, Hotelzimmer, Kleider . . .«
»Getankt haben wir umsonst.«
»Trotzdem Mick, so kann ich nicht leben. So geht es nicht. Das macht mich fertig. Ich kriege Existenzangst. Verstehst du?«
Er sprang auf von seinem Bett, stand mitten im Zimmer und sah strubbelig aus. »Denkst du, ich habe keine Existenzangst?« schrie er. »Ich hab nie so ein Auto gehabt wie du! Ich hatte auch nie Euroschecks, die ich einfach einwechseln konnte. Meinst du, Existenzangst ist ein Privileg für Muttis und Vatis?«
»Werd bloß nicht gemein!«
»Gemein? Was ist denn wohl gemein? Wenn du mir vorwirfst, daß ich unfähig und unsensibel bin, oder wenn ich . . .«
Sie hielt sich die Ohren zu.
Er warf sich wieder aufs Bett und schwieg eisig.
Ihre Stimme wurde brüchiger, fast weinerlich, und sie stammelte: »Aber irgendwie muß es doch weitergehen.« Dann schluchzte sie laut in ihr Kopfkissen und preßte die Tränen mit solcher Kraft aus sich heraus, daß ihr Kopf rot anlief. Sie biß sich auf die Zähne und ließ die befreienden Tränen ins Kissen tropfen.
Das hatte er nicht gewollt. Er stand wieder auf, baute sich hinter ihr auf, legte eine Hand auf ihren Rücken und sagte: »Gisela . . .« Die Berührung seiner Hand ließ sie zusammenzucken.
»Faß mich nicht an!« keifte sie.

Erschrocken nahm er seine Hand zurück.
»Gisela.«
»Laß mich in Ruhe!«
»Aber . . .«
»Faß mich nicht an.«
Ratlos setzte er sich auf die Bettkante. Sollte das das Ende sein? Ihr Schluchzen zerrte an seinen Nerven. Sie kehrte ihm den Rücken zu und rollte sich zusammen wie eine Katze. Sie wollte sich ganz klein machen und am liebsten verschwinden. Einfach weg sein von der Welt. Plötzlich schien sie einen Entschluß gefaßt zu haben. Sie stand auf, bewegte sich so, daß sie nicht mit ihm in Berührung kam, sah an ihm vorbei, tat, als sei er gar nicht im Raum, und sagte dann laut zu sich selbst: »Ich geh zu meiner Familie zurück. Das ist ja alles Wahnsinn.«
»Das kannst du nicht tun.«
»Und ob. Ich hätte es schon viel eher tun sollen, mich gar nicht erst auf dich einlassen sollen. Das ist doch alles ein völlig hoffnungsloses Abenteuer. Wir sind verzweifelt und dumm. Du bist noch ein Kind, aber ich bin erwachsen. Habe eine Familie und eine Vergangenheit. Du kannst sie vielleicht leugnen. Ich nicht. Es gibt keine Menschen ohne Vergangenheit. Du hast nicht mal eine Zukunft.«
»Gisela, ich . . .«
»Versuch nicht, mich abzuhalten. Ich gehe jetzt.«
Sie bewegte sich tatsächlich auf die Tür zu, und er wußte nicht, was er tun sollte. Plötzlich sprang er mit einem Satz vor die Tür und versperrte ihr den Weg.
»Mach mir Platz.«
»Nein.«
»Mick, laß mich durch!«
Seine Handfläche klatschte in ihr Gesicht. Zweimal laut und treffsicher. Fassungslos sah sie ihn an. Ihr Kopf war noch immer feuerrot. Die Spuren der Hand bildeten jetzt zwei weiße Flecken in ihrem Gesicht. »Schlag mich! Ja, schlag mich doch!«

Er langte noch einmal hin. Weinend ließ sie sich auf den Boden fallen und schrie: »Schlag mich nur! Es tut gut. Es ist schlecht, was wir tun, wir müssen dafür bestraft werden! Nun schlag mich schon!«
Jetzt schossen auch ihm die Tränen aus den Augen, er glitt zu ihr auf die Erde herunter und nahm sie in den Arm, preßte ihren steifen Körper an sich und murmelte immer nur: »Gisela . . . Gisela . . .«
Ihre Fingernägel krallten sich in seinen Körper, doch er merkte es nicht.
»Ich wollte das nicht, Gisela. Ich wollte das nicht. Wirklich! Ich hatte nur Angst. Ich hatte solche Angst, du könntest wirklich gehen.«
»Wir müssen bestraft werden. Was wir tun, kann nicht ohne Folgen bleiben. Schlag mich nur. Ich hab dich auch geschlagen. Eine Mutter, die ihre Familie verläßt, hat Prügel verdient.«
»Aber Gisela, ich . . .«
»Los, verprügel mich! Verprügel mich! Ich bitte dich darum!«
»Du bist ja wahnsinnig.«
Er löste sich von ihr, stand auf, griff nach ihren Zigaretten und nahm sich eine aus der Packung, weil er befürchtete, sich jetzt keine selbst drehen zu können. Er inhalierte so tief er konnte, legte dann den Kopf in den Nacken und blies den Rauch zur Decke. Gisela stand langsam auf und holte sich ebenfalls eine Zigarette.
»Was ist los mit mir? Warum tu ich das? Ich versteh gar nichts mehr«, murmelte er.
»Jetzt denkst du, ich bin eine Masochistin, aber das stimmt nicht. Was wir tun, verstößt gegen alles, gegen Religion, Moral, Sitte, Logik! Eine Frau in meinem Alter, mit meinen Verpflichtungen, die hat sich auf ein ruhiges Leben zu freuen, wenn die Kinder aus dem Haus sind. Die fängt keine Liebesgeschichte mit einem Zwanzigjährigen an. Verstehst du das nicht? Dafür muß man geprügelt werden. Wenn du es nicht tust, werden es andere tun.«

»Ich bin nicht dein Mann.«
»Nein, wahrlich nicht. Du bist nicht mal mein Sohn. Oh, ich schäme mich ja so.« Sie warf sich wieder aufs Bett.
»Und was soll jetzt werden?« fragte er.
»Ich weiß es nicht. Vielleicht sollten wir umkehren.«
Er kniete vor ihrem Bett, wischte sich die Tränen aus dem Gesicht und sagte: »Das soll alles gewesen sein?«
Seine hilflose Stimme, seine Verzweiflung ließ sie wieder zärtlich für ihn empfinden. Sie streichelte sein Gesicht, zog ihn zu sich aufs Bett und hielt ihn eng an sich gedrückt. So lagen sie stumm eine Weile und weinten, dann wühlte sie ihre Kleider hoch, nahm eine Brust in beide Hände und hielt sie ihm vor die Lippen. Er begann, wie ein Säugling daran zu saugen. Sie schloß die Augen und sagte: »Daher kommt alle Kraft der Welt. Trink nur, trink.« Er wagte nicht, aufzuhören, und sie schliefen beide mit dem Gefühl ein, auf Gedeih und Verderb zusammenzugehören.
Als sie viel später in der Nacht nebeneinander aufwachten und begannen, sich gegenseitig auszuziehen, da war das wie ein verzweifelter Versuch, das Geschehene unwirklich zu machen.
Am anderen Tag entschlossen sie sich, die 500 Kilometer von Malmö bis Stockholm durchzufahren. Sie wollten sich selbst nicht die Möglichkeit geben, umzukehren. Sie mußten so schnell wie möglich an ihr Ziel, das sie nicht kannten, und von dem sie nicht wußten, was es ihnen bringen würde.
Er konnte sich nicht vorstellen, in Stockholm etwas zu finden, was er bislang vergeblich gesucht hatte. Sie kannte die Stadt nur aus den Nachrichten. Immerhin war dort von deutschen Terroristen eine Botschaft gesprengt worden. Doch wenn sie miteinander sprachen, dann war es, als wäre Stockholm das Ziel ihrer Träume: das Paradies – von dem sie nicht wußten, wie es aussehen sollte.
Die Fahrt ging beiden viel zu langsam. Man konnte den größten Teil der Strecke nur 60 bis 90 Stundenkilometer

fahren, weil die Tour sehr kurvenreich war und die Schweden sich streng an die vorgegebene Geschwindigkeitsbegrenzung hielten. Er steuerte den Wagen und überholte, sooft es nur ging. Er wollte Stockholm noch vor Einbruch der Dunkelheit erreichen. Ihm fiel auf, daß er manchmal von entgegenkommenden Fahrzeugen angehupt wurde. Alle Autos fuhren mit Licht, und das, obwohl es heller Tag war und die Sonne die Straße erhitzte. Die Autobahn fraß sich durch die steinigen Berge und die Felsen, die sich über ihnen auftürmten, gaben ihnen das Gefühl, klein und unwichtig zu sein. Dann tauchte ein riesiger See auf, der sich längst der Autostraße hinzog. Segelboote zogen ihre Kreise, und die Sonne reflektierte vom Wasser so sehr in die Scheibe, daß er streckenweise kaum die Führung der Straße erkennen konnte. An einer Raststätte hielten sie an, tankten und tranken Kaffee. Dazu aßen sie das viel zu süße schwedische Gebäck. Grüne Rollen, an den Enden mit Schokolade überzogen, und Plätzchen, die mehr nach Zucker schmeckten als nach Mehl, Eiern und Butter.
»Daß man aus so vielen guten Zutaten so einen Mist machen kann!« staunte Mick.
Sie sahen auf das tiefblaue Wasser und spürten für einen Moment, daß sie vielleicht doch noch eine Chance hätten. Dann hielt ein Reisebus mit Amerikanern am See. Die Männer in ihren großgemusterten bunten Hosen und Jacketts und die geschminkten Frauen mit den großen Hüten und den keifigen Stimmen paßten nicht an diesen Ort. Ihr ewiges »beautiful, beautiful« vermieste Mick die ganze Landschaft. Hier war die Natur so wuchtig präsent, daß er die Leute nicht ertragen konnte und ihnen ihre Fotoapparate am liebsten um die Ohren gehauen hätte. Er bat Gisela, mit ihm weiterzufahren.
Er brauchte keine Landkarte, um den Weg nach Stockholm zu finden. Er fuhr immer nur den Schildern Stockholm nach, unter denen stets ein winziges grünes Viereck stand: E 4.

Sie gähnte, schloß die Augen und ließ sich von ihm kutschieren.
Er genoß es, den Wagen zu fahren, und manchmal hoffte er, wirklich in Stockholm sein Glück zu machen, so wie manche Schauspieler glauben, Hollywood sei ein Paradies für sie.
»Vielleicht werden die Schweden mit ihrer freien Moral unsere Beziehung akzeptieren und uns helfen . . .«
Sie blickte ihn mißtrauisch an. Meinte er das ironisch? Sie hatte natürlich auch viel über Schweden und die angeblich freie Liebe und Sexualität gehört, aber Konkretes wußte sie nicht. Nur sollten die Leute da irgendwie freier sein, was immerhin hoffen ließ, aber noch nicht klärte, wovon sie leben sollten.
»Wenigstens scheint hier dic Sonne«, sagte sie. Und sie erwartete, daß er sagen würde: »Die schien in Hamburg und in Kopenhagen auch. Doch er schwieg.«

28

Die Europastraße 4 führte sie mitten in die Stockholmer Innenstadt. Vor dem riesigen Glasgebäude mit dem beleuchteten gläsernen Turm war so etwas wie das Kulturhaus der Stadt. Auf vielen Ebenen Bücher, Schallplatten, Ausstellungen und so weiter. Neben dem beleuchteten gläsernen Turm, den viele für ein Kunstwerk hielten, führten Treppen in eine Stadt unter der Stadt. Zugang zu dem wohl eigenartigsten Untergrundbahnnetz der Welt. Auf dem großen freien Platz spielten Musikgruppen, verkauften Dealer ungeniert Haschisch an ihre Kunden, versuchte eine Gruppe südländischer Männer durch Hungerstreik ihre Ausweisung zu verhindern, gingen zwei Polizisten spazieren, knutschte ein Pärchen. Auf den Treppen, die zu diesem Marktplatz unter der Stadt führten, saßen mehrere

Gruppen junger Leute. Mit nackten Oberkörpern sonnten sie sich und tranken Bier aus Dosen.
Gisela und Mick hatten den Wagen in einer Seitenstraße abgestellt und beobachteten diese Atmosphäre, wie man sie sonst auf griechischen oder italienischen Dorfplätzen erwartet, wo die Männer sitzen, reden und manchmal auch Karten spielen.
Mick fühlte sich angezogen von diesem künstlichen Marktplatz, war fasziniert von den Gegensätzen, hatte plötzlich das Gefühl, hier etwas entdecken zu können, das ihm schon lange gefehlt hatte. Er zog Gisela mit sich fort. Hinter einem auseinandergeklappten Tapeziertisch standen Frauen, die sich die Gesichter bunt bemalt hatten. Sie sangen Lieder, verteilten Flugblätter und boten auf ihrem Tapeziertisch Kinderspielzeug an. Mick und Gisela sahen sich die Sachen näher an und redeten dabei miteinander über den möglichen Sinn der Bemalung der Frauen.
Gisela wurde von einer Frau in roter Pumphose mit weißem Gesicht und roter Nase in klarem Deutsch angesprochen: »Das hier ist eine Aktion gegen Kriegsspielzeug. Wir wollen Eltern und Kinder auf besseres Spielzeug aufmerksam machen. Darum sehen wir aus wie Clowns und machen viel Lärm hier.«
»Woher sprechen Sie so gut Deutsch?«
»Ich habe es in der Schule gelernt. Es war erste Fremdsprache in meiner Klasse. Aber man sagt nicht Sie in Schweden. Früher hat man sogar Vater und Mutter gesiezt. Heute man siezt nur noch den König.« Und dann lachte sie über ihren eigenen Witz.
Gisela steckte sich eine Zigarette an und genoß es, in aller Öffentlichkeit draußen auf der Straße zu rauchen. Sie bot dem deutschsprachigen Clown auch eine an und stellte sich vor.
»Und das?« fragte die buntbemalte Frau naiv, »ist das dein Geliebter?« Gisela nickte, und Mick spürte, wie er sehr genau gemustert wurde. Dann rief der Clown etwas auf

Schwedisch den anderen Frauen zu. Ihre Blicke verrieten, daß die wenigen Worte mit Mick und dem Verhältnis zu Gisela zu tun hatten. Gisela fühlte sich plötzlich ungeheuer frei, weil sie auf eine freie Frage eine freie Antwort gegeben hatte. Jetzt hätte sie es rausschreien können: Ich habe einen zwanzig Jahre jüngeren Geliebten!‹
»Ingegaard!« stellt die Frau sich vor und hielt Mick die Hand hin. Mick nahm die Hand, schüttelte sie und sagte: »Mick.«
»Heute abend ist ein Fest bei mir«, sagte Ingegaard. »Wollt ihr nicht meine Gäste sein?«
Gisela nickte voller Freude. Auch Mick war sofort einverstanden. Auf einen kleinen Zettel kritzelte Ingegaard eine Adresse und die Namen einiger Straßenzüge in der Nähe zur besseren Erläuterung. Dann sah sie auf die Uhr und erschrak. »Was, schon so spät, und ich muß noch viel vorbereiten. In zwei Stunden soll die Fest schon beginnen.«
Sie warf den beiden einen kritischen Blick zu, ließ dann den Blick über die Mitstreiter fliegen und sagte schließlich zu Gisela: »Wenn ihr keinen Plan habt, dann kommt doch mit. Ihr könnt noch ein bißchen helfen.«
Gisela war sofort mit dabei. Ingegaard wollte Gisela mit in den U-Bahn-Schacht ziehen, doch Gisela hielt sie fest: »Wir haben ein Auto.«
»Oh, en bil!«
Wenn bil Auto heißt, dachte Mick, dann kommt das von Automobil, und wenn das so ist, dann lerne ich diese Sprache in wenigen Wochen. Sie gingen gemeinsam zum Auto, und Mick fuhr, während Ingegaard die Kommandos gab. Der Verkehr war dicht und zäh, und es sah aus, als würden die Fußgänger schneller vorwärtskommen. Außerdem sah Mick ungewöhnlich viele Taxen.
»Ich muß noch ein paar Sachen einkaufen. Kannst du vor dem ICA-Geschäft dort halten?«
Mick hielt an der gewünschten Stelle. Er blieb im Auto. Gisela und Ingegaard eilten in den Supermarkt. Gisela entschloß sich, wenn sie schon so seltsam eingeladen wor-

den war, sich wenigstens mit ein paar Flaschen Wein zu revanchieren. Doch in dem durchaus reichhaltigen Warenangebot des Supermarktes fand sie keine Weintheke – nicht mal ein Weinregal. Ingegaard packte Paprikaschoten, Tomaten und Salatköpfe in den Einkaufskorb.

»Alles andere hab ich, nur das Salat – oder heißt es den Salat? – wollte ich ganz frisch haben.«

»Das Gemüse und der Salat«, sagte Gisela. Sie fand zwar keinen Wein, entdeckte aber eine Ecke mit Bierdosen. Flaschenbier gab es nicht. Gisela wollte zwei Packs mitnehmen, da hielt Ingegaard sie fest.

»Das ist Schwachbier. Schmeckt nicht.«

»Oh. Ich wollte etwas für dein Fest beisteuern. Aber ich weiß nicht, was.«

»Alkohol gibt es nicht in normale Geschäfte. Nur in staatliche Läden. Man erkennt sie an einem grünen Schild mit gelber Aufschrift. System Bolaget. Aber so viel Zeit haben wir nicht. Wir müssen noch die Party vorbereiten. Die anderen bringen sicher etwas mit. Das ist so in Schweden. Alkohol ist teuer, und jeder bringt etwas zum Fest. Eine Flasche Wein oder auch einen Viertelliter Schnaps.«

Als die beiden Frauen aus dem Supermarkt kamen, sahen sie Mick mit einem Polizisten diskutieren. Der Polizist sprach Englisch. Mick auch. Ingegaard schaltete sich vermittelnd ein. Doch Mick mußte 75 Kronen Strafe zahlen, weil er ohne Licht gefahren war.

»Das ist doch völlig bekloppt, ist das doch. Am hellen Tag!«

»Bei uns ist das Gesetz. Autos müssen immer mit Licht fahren. Geht nicht anders, und Polizist sagt: Dummheit schützt vor Strafe nicht. Ist ihm egal, daß du Ausländer bist. Er sagt, zu viele Ausländer stellen sich immer nur dumm und denken, dann sie können machen, was sie wollen.«

Um weiteren Ärger zu vermeiden, drückte Gisela dem Polizisten 75 Kronen in die Hand. Brummig fuhr Mick die beiden dann zu Ingegaards Wohnung.

»Da kannst du parken«, sagte Ingegaard und zeigte auf eine

Parkuhr, doch Mick fuhr ein paar Meter weiter, wo auch genügend Platz und keine Parkuhr.
»Hier darfst du nicht stehen. Du mußt an der Uhr parken.«
Mick sah sich nach einem Verbotsschild um und fand keins.
»Natürlich darf ich hier parken. Und warum soll ich an der Uhr was bezahlen, wenn es hier umsonst ist?«
»Es ist hier verboten.«
»Und wo ist dann bitteschön das Verbotsschild?«
»Es gibt keins. Bei uns ist das Parken überall verboten, wo es nicht extra erlaubt ist.«
»Das kann doch nicht wahr sein!«
»Doch, man will so die Autos aus der Stadt jagen. Man kann das Autofahren ja nicht verbieten, aber man kann es etwas schwerer machen. So daß immer mehr Menschen lieber mit der U-Bahn fahren oder ein Taxi nehmen.«
Mit einem Anflug von Zorn setzte Mick den Wagen zurück und stellte ihn vor der Parkuhr ab.
Ingegaard warf vier einzelne Kronenstücke ein und sah dann auf ihre Uhr. »In zwei Stunden mußt du wieder runtergehen und Geld nachwerfen.«
»Das kann doch nicht wahr sein.«
»Du wiederholst dich«, raunte Gisela ihm zu.
Sie folgten Ingegaard ins Haus. Sie wohnte im dritten Stock. Die Wohnung war eine Mischung aus einem IKEA-Möbellager und einer Gärtnerei. Den krönenden Abschluß bildeten indische und türkische Tücher, die ausgebreitet an den Wänden hingen und die Tapeten ersetzten. Mick stand eine Weile und staunte. An der den Fenstern gegenüberliegenden Wand konnte er auch den weißgekachelten offenen Kamin bestaunen.
»Im Mietshaus – in der dritten Etage ein offener Kamin . . .«
»So sind bei uns in Schweden die meisten Häuser. Wir sind ein Land mit viel Holz. Der Kamin geht durch ganzes Haus. Jede Familie hat. Man kann sehr viel Wärme machen

damit im Winter. Aber jetzt nicht. Ist viel zu heiß. Geh lieber in die Küche und wasche den Salat ab – oder heißt es das Salat?«

Dann saß Mick in der blauen Einbauküche mit Spülmaschine und einer riesigen Gewürzwand und putzte Tomaten und schnitt Paprika in kleine Streifen, während die beiden Frauen, die sich offenbar glänzend verstanden, zusammen Schüsseln auf den Wohnzimmertisch stellten, Aschenbecher an alle strategisch wichtigen Punkte verteilten und dabei miteinander flüsterten und manchmal auch kicherten. Der Gedanke, sie könnten über ihn witzeln, war ihm unangenehm. Doch weil er von ihnen nicht Pascha geschimpft werden wollte, schnitt er nun auch die Zwiebeln. Ingegaard mit ihrem weißen Gesicht und der roten Nase fand er eigentlich sympathisch, trotzdem fürchtete er sie irgendwie. Vielleicht, weil sie den anderen Kriegsspielzeuggegnerinnen etwas zugerufen hatte, etwas, das ihn betraf. Außerdem irritierte ihn die direkte Vertrautheit zwischen Gisela und Ingegaard, die sich doch erst seit einer halben Stunde kannten. Plötzlich lachte Ingegaard laut und rief: »O je, ich habe ganz vergessen, mir das Smink aus dem Gesicht zu machen. Ich gehe schnell ins Badezimmer. Kannst du noch die vielen Mäntel und Jacken nehmen und im Schlafzimmer aufs Bett werfen? Bestimmt wird die Garderobe sonst zu voll.«

Ingegaard ließ die Tür vom Badezimmer offen, während sie ihr Gesicht wieder in Ordnung brachte. So konnte sie sich ungehindert weiter mit Gisela unterhalten.

»Ist er dein erster älskare? Dein erster Geliebter? Nein, das Wort meine ich gar nicht. Es gibt so ein schönes Wort im Deutschen – es heißt – na – Gisela, wie heißt es?«

»Ich weiß nicht.«

Wieder ertönte Ingegaards Lachen. »Das ist gut. Du weißt nicht. Du kennst deine eigene Sprache nicht.«

Die unterhalten sich, als ob es mich gar nicht mehr gibt, dachte Mick und rührte den Eischnee an.

»Liebhaber heißt es!« triumphierte Ingegaard. »Ist das nicht ein wunderschönes Wort: Liebhaber? Ihr Deutschen habt sonst so harte und schlechte Wörter für alle Dinge, die mit Liebe zu tun haben. Ich war oft ganz erschrocken deswegen, dachte: Wie roh diese Deutschen sind. Sie sagen bumsen und nageln und aufreißen. Wie schlimm das klingt! Und wie langweilig hört es sich an, wenn man sagt, wir haben miteinander geschlafen! Aber die Dinge sind nicht so hart oder langweilig. Die Engländer sagen es gut: To make love. In Schweden sagt man auch: miteinander liegen, das klingt nicht viel interessanter als euer deutsches: Miteinanderschlafen. Aber Liebhaber, das ist ein schönes Wort. Liebhaber, das gefällt mir. Älskare heißt das bei uns.«
Gisela sah vom Wohnzimmer aus dieser Frau zu, die da im Badezimmer stand, über das Spülbecken gebeugt sich die Schmiere aus dem Gesicht wischte und drauflosplapperte – ungehemmt und fröhlich. So einfach und fast nebensächlich redeten die Frauen von Giselas Kaffeerunde nur über neue Kleider, den nächsten Urlaub oder die Nachbarin.
Vielleicht ist Schweden tatsächlich das Ziel. Das Land, in dem man leben kann. Freier und leichter. Ich bin erst eine Stunde in Stockholm, habe schon eine Freundin und eine Einladung auf eine Party, dachte Gisela. Wie lange hatte es gedauert, bis man sie in der Neubausiedlung akzeptiert hatte? Drei Jahre oder vier? Wann kam die erste Einladung? Sie bereitete diese fremden Räume auf eine Party vor, aber die Wohnung ihrer Nachbarin hatte sie noch nie von innen gesehen.
Mit sauberem Gesicht kam Ingegaard aus dem Bad zurück und stellte sich vor. »Die Kleider brauch ich nicht wechseln. Es kommen fast nur alte Freundinnen von mir. Hoffentlich wird Mick nicht einsam sein.«
»Nur Frauen?«
»Meist. Aber manchmal bringt auch eine ihren Liebhaber mit. Ganz selten sogar mal den Ehemann.«
»Mick, du bist heute abend der Hahn im Korb!« rief Gisela zu ihm in die Küche rüber.

Ingegaard schenkte schon drei Gläser Rotwein ein und brachte auch eins zu Mick in die Küche.
»Na, Mick, kommst du gut klar? Der Salat sieht schon wirklich gut aus. Darf ich mal probieren? Oh – köstlich, aber ein bißchen Dressing fehlt.« Sie reichte ihm eine Flasche.
Mürrisch kippte er den Inhalt auf den Salat.
»Halt, nicht soviel. Du mußt aber noch viel lernen. Aber bist ein süßer Kerl«, sagte sie und strich ihm über die Haare.
Er wäre fast geplatzt vor Zorn. Die behandelte ihn auf so eine schrecklich nette, freundliche Art, die keinen Widerspruch duldete, von oben herab. Sie, die Frau mit Erfahrung und Wissen, und er, das Kind, das vom Leben noch nichts wußte.
»Scheißemanzentitte«, rutschte es ihm raus. Sie verstand das Wort nicht sofort, sie begriff nur, daß es ein Schimpfwort war. Sie mußte ihn verärgert haben, doch sie wußte nicht genau, wie sie es getan hatte. Der Junge gefiel ihr. Und seine Beziehung zu Gisela gefiel ihr erst recht. Das war für Ingegaard ein Stück echten Fortschritts: ein junger Mann und eine ältere Frau. Für diese Art von Fortschritt brauchte man nicht nur geänderte gesellschaftliche Voraussetzungen, sondern vor allen Dingen andere Menschen. Andere Männer und auch Frauen, die vor so einer Beziehung nicht zurückscheuten. Sie hatten das oft in der Frauengruppe diskutiert. Mick war so ein geänderter Mann – dachte Ingegaard. Sie machte den Fehler, ihm zum zweiten Mal über die Haare zu streicheln. Es sollte ihn beschwichtigen, doch er funkelte sie wütend an, daß sie erschrak. Zum Glück klingelte es, und die ersten Gäste retteten die Situation.
Stina und Tullia begrüßten Gisela mit fast der gleichen überschwenglichen Freude, mit der sie Ingegaard umarmt und geküßt hatten. Mick wusch sich die Hände und kam dann aus der Küche. Im Wohnzimmer wurde er gleich von Tullia und Stina bewundert, wobei Ingegaard offensichtlich

auf Schwedisch seine verschiedenen Vorteile kommentierte.
»Bin ich hier zur Versteigerung freigegeben oder was?«
Ingegaard lachte, hielt das für einen echten deutschen Scherz und übersetzte ihn für ihre Freundinnen, die sofort loskicherten und Mick sehr originell fanden. Gisela saß mit einem Glas Rotwein in der Ecke, sah sich in Ruhe alles an, und es überkam sie ein warmes, gutes Gefühl, das Gefühl, es geschafft zu haben. Vielleicht war das die Sorte Menschen, die sie suchte. Sie wurde offen von den Frauen um ihre Beziehung zu Mick beneidet. Die Frauen erklärten ihr freiweg, daß sie ganz schön auf Mick aufpassen müsse, damit man ihr den nicht wegschnappte. Gisela war stolz. So stolz wie bei der Geburt ihres ersten Sohnes, als sie für eine Weile als Hochschwangere und hinterher als junge Mutter im Mittelpunkt des Interesses von Omis und Tanten stand. Am meisten gefiel es ihr zu sehen, wie Mick sich zwischen den Frauen unsicher bewegte, sich unwohl fühlte und manchmal hilflos zu ihr blickte. Er war nicht der Casanova, für den er sich ausgab. Und das machte ihn für Gisela noch viel liebenswerter.
Stinas knöchellanger Flickenrock und die weite, weiße Bluse dazu ließen sie jung aussehen, doch das Gesicht verriet zehn zusätzliche Jahre. Sie hatte sich dezent geschminkt mit sehr zarten Farben. Tullia dagegen schien knallige Farben zu lieben und falsche Wimpern. Sie hatte große, hervortretende Augen und sehr lange Finger mit spitzen Fingernägeln, die in dem gleichen Rot gehalten waren wie der Mund. Sie trug nur ein T-Shirt. Spitze Brustwarzen bildeten sich darunter ab, doch das konnte nicht darüber hinwegtäuschen, daß sie einen eher männlichen Körper hatte. Die langen Finger paßten nicht zu ihrer übrigen Erscheinung. Mick konnte sie sich gut als Krankenschwester vorstellen. Als Tullia eine dünne Goldrandbrille aufsetzte, wirkte sie plötzlich streng und intellektuell.
Ingegaard erzählte dann, daß sie ihren Freundinnen verra-

ten habe, daß Mick sehr gut Englisch sprechen könne, und Englisch verständen alle ganz gut, und ob man sich nicht auf diese Sprache einigen sollte.
Für Gisela hatte dieser Moment etwas Herausragendes. Das Flair von großer, weiter Welt. Menschen sitzen zusammen und klären zunächst, in welcher Sprache sie miteinander reden wollen. Wie oft hatte Gisela den Söhnen Vokabeln abgehört, sich mit ihnen die Sprachplatten angehört, und sie war sicher, dabei genug gelernt zu haben, um jetzt dem Gespräch folgen zu können. Tatsächlich verstand sie fast immer, worum es gerade ging, doch selbst wollte sie in Englisch nichts formulieren. Sie sprach dann Deutsch, und entweder übersetzte Mick ins Englische oder Ingard übersetzte direkt ins Schwedische. So wurde das Gespräch zwar umständlicher, aber auch interessanter, fand sie.
Mehr Gäste trudelten ein. Es wurde lauter, und Ingegaard legte Platten auf. Drei Männer befanden sich jetzt in der Wohnung. Ein Rechtsanwalt, der an seinem hoffnungslosen Beruf litt und eigentlich Schauspieler werden wollte, und ein Maler, der von zwei Frauen fast hereingetragen wurde. Die Frauen luden ihn nur in einem Sessel ab, wo er sofort einschlief, und mischten sich dann unter die anderen Gäste. Der dritte war Mick.
Da es so voll geworden war, wurden nur noch Zweier- oder Dreiergespräche möglich. Ingegaard vernachlässigte ihre anderen Gäste und gesellte sich zu Gisela. Ihre Neugierde störte Gisela überhaupt nicht. Im Gegenteil. Gisela war genau in der richtigen Stimmung, um die ganze Geschichte zu erzählen. Ingegaard interessierte sich nicht nur für das Wann und Wie, sondern auch für das Warum. Sie nickte oft verständnisvoll, und als Gisela fragte: »Was denkst du jetzt über mich? Was hältst du davon, daß ich für den Bengel da meine Familie verlassen habe?«, da gab Ingegaard ihr zur Antwort einen Kuß und flüsterte ihr ins Ohr: »Du hast es nicht für ihn getan – du hast es für dich getan. Und ich glückwünsche dir dazu. Ich hätte es genauso getan wie du.

Ich würde Spaß haben, wenn ihr zwei eine Weile bei mir wohnt. Ich habe noch ein Gästezimmer, und Platz ist hier doch genug. Es ist mehr gemütlich als ein Hotel und ihr findet schneller Freunde.«
Gisela umarmte ihre neugewonnene Freundin vor Freude und Dankbarkeit. Sie hatten also eine Bleibe. Jetzt war sie sicher, daß sie es schaffen würden. Sie hatten gleich am ersten Tag Freunde gefunden und ein Dach über dem Kopf. Wer Freunde hatte und eine Wohnung, der würde nicht verhungern, und der könnte sich auch eine neue Existenz aufbauen, dessen war sie sicher. Sie war so voller Zuversicht und Freude, daß sie sich bemühen mußte, nicht vor Glück zu weinen.
Mick sah Gisela umschlungen mit Ingegaard in einer Ecke hocken und bewegte sich allein unter den Partygästen wie sich einer bewegt, der die Sprache, in der man spricht, nicht versteht und doch weiß, daß er das Thema ist. Als er in die Küche ging, um sich sein Glas neu zu füllen, stand dort eine junge Frau vor dem offenen Kühlschrank und schmierte sich eine Schnitte Brot, die sie auf die Innenfläche der linken Hand gelegt hatte. Sie sah sehr zart und zerbrechlich aus. Hatte dünne, ungeschminkte Lippen und abgekaute Fingernägel. Sie schloß den Kühlschrank, als sie Mick bemerkte, legte das Brot auf den Küchentisch, packte Mick und zog ihn zu sich ran.
»Du bist ein Opfer der Frauenbewegung!« sagte sie und versuchte ihn zu küssen.
Mick war zu überrascht, um zu reagieren. Er spürte kurz ihre Zunge zwischen seinen Lippen, dann ließ sie ihn auch schon wieder los und lehnte sich an den Kühlschrank. Mit einer Hand strich sie sich über die Haare, mit der anderen kräuselte sie langsam ihren Rock über der Hüfte hoch, um ihm den Blick auf ihre Beine freizugeben.
Er stand starr und sah sie an.
»Willst du mit mir zur Toilette?« fragte sie. Ihre Augenlider zuckten vor Nervosität.

In dem Moment kam Gisela in die Küche. Sie bemerkte nichts. Die junge Frau ließ den Rock sofort runterrutschen. Gisela warf beide Arme um Mick und flüsterte ihm zu: »Ich bin so glücklich, Mick. So glücklich. Halt mich fest.« Er kam ihrem Wunsch nach. Sie drückte sich gegen ihn und konnte nicht sehen, daß die junge Frau hinter ihr Mick die Zunge rausstreckte, bevor sie ihre Brotschnitte nahm und aus der Küche verschwand.

»Wir können hierbleiben. Ingegaard hat es angeboten. Kein Hotel mehr. Wir beide bekommen ein eigenes Zimmer. Haben ein Bett und einen Ofen und der Kühlschrank steht uns offen. Und ich hatte schon solche Angst, wir müßten scheitern. Jetzt bin ich glücklich, so glücklich.«

»Und ich bin ein Opfer der Frauenbewegung.«

»Ein was?«

»Ein Opfer der Frauenbewegung.«

Gisela war viel zu fröhlich, um die Problematik zu verinnerlichen. Sie reagierte mit einem hilflosen Lachen. Die zierliche Frau mit den abgekauten Fingernägeln kam in die Küche zurück, lächelte Mick an und hantierte dann hinter seinem Rücken mit Eiswürfeln und Gläsern herum. Mick nahm Giselas Kopf in beide Hände und versenkte seine Zunge in ihrem Mund. Er küßte sie so verbissen, so gewollt leidenschaftlich, daß Gisela vermutete, er wollte ihr zeigen, wie sehr er sie begehrte; doch dieser Kuß war nur eine Demonstration. Eine Show für das Mädchen mit den abgekauten Fingernägeln. Sie stand hinter ihm und kniff ihm mit einer flinken Bewegung in den Hintern. Er zuckte zusammen. Dann ging sie schon weiter, tauchte vor seinen Augen auf und zwinkerte ihm auffordernd zu.

Gisela schien immer noch nichts bemerkt zu haben. Es störte sie nur etwas, daß Mick den Wein zu schnell trank. Eine Flasche Wein war hier in Stockholm eine Kostbarkeit. Die konnte man nicht so einfach in sich reinschütten wie Mineralwasser. Sie fand es unverschämt von Mick, daß er das teure Getränk so hastig schluckte. Außerdem freute sie

sich noch auf eine nächtliche Schmusestunde mit Mick in ihrem neuen »eigenen Bett«. An einem betrunkenen Liebhaber allerdings lag ihr wenig. Sie fand, dies sei eine Nacht, um Pläne zu schmieden und von der Zukunft zu reden, die jetzt langsam greifbare Formen annahm. Ingegaard stolperte mit einem Tablett voller leerer Gläser in die Küche. Fast wäre sie den beiden vor die Füße gefallen.
»Soll ich uns einen Mokka machen? Ich habe eine besondere Kanne dafür. Ein Freund hat sie mitgebracht aus Italien.«
»Ich denke, Mokka kommt aus Arabien.«
»Deshalb können die Italiener doch die Kannen machen.«
»Au ja, ich hätte gern einen Mokka«, sagte Gisela und wollte Mick auch dazu ermutigen, doch er ließ sich nicht animieren.
»Ich muß mal zum Klo«, sagte er und verschwand.
Gisela und Ingegaard brauten gemeinsam den Mokka, und Ingegaard erzählte von dem Spielzeugladen, den sie eröffnen wollte. Ein Laden für pädagogisch wertvolles Kinderspielzeug.
Mick mußte quer durchs Wohnzimmer, um zur Toilette zu kommen. Sie lag im hintersten Ende des Korridors. Das aufdringliche Mädchen sah ihn und bewegte sich sofort auf ihn zu. Auch Mick entdeckte sie sofort. Er mußte an ihr vorbei. Es gab keinen anderen Weg.
Die bringt das und kneift mir vor allen Leuten noch mal in den Hintern, dachte er. Dann spielt sie den Helden an der Emanzipationsfront, und ich mach dazu den Clown.
Doch sie tat nichts dergleichen, sie raunte ihm nur zu: »Du gefällst mir.« Dann folgte sie ihm in den Korridor. Die Toilette war besetzt. Er mußte warten. Sie stand neben ihm und griff ihm ungeniert an die Hose. Sie standen beide so, daß sie von den anderen nicht gesehen werden konnten. Sie tat es also nicht nur, um ihre Show zu haben. Dann versuchte sie erneut, ihn zu küssen. Er stieß sie zwar nicht weg, doch er öffnete seine Lippen auch nicht. So blieb ihr nicht mehr übrig, als an seiner Lippe zu knabbern und ihre

Zunge gegen seine geschlossenen Zahnreihen stoßen zu lassen. Sie drückte ihren Körper an ihn und rieb sich an ihm wie ein Reh sich an einem Baum kratzt.
Er konnte ihr nicht mehr ausweichen. Er stand mit dem Rücken zur Wand. Außerdem waren ihm die Berührungen ihres Körpers überhaupt nicht unangenehm. Er befürchtete nur den Ärger, auf den er sich einließ, wenn die Sache entdeckt würde. Vielleicht reagiert Gisela ganz gelassen und überlegen, dachte er. Vielleicht tobt sie auch sofort los und prügelt sich mit der anderen Frau, oder mit mir?
Seine Situation mit dieser Frau, fast ohne Geld, in einem fremden Land, war schon kompliziert genug. Er wollte sie nicht noch verschlimmern. Die Wasserspülung rauschte. Brav stellte sich das aufdringliche Mädchen jetzt neben ihn. Die Situation, die sich Stina bot, als sie die Toilette verließ, war völlig unverfänglich. Sie ging zwischen den beiden durch ins Wohnzimmer. Der Geruch, den sie in dem winzigen Raum hinterlassen hatte, wirkte nicht gerade erotisierend auf Mick. Dem Mädchen schien er weniger auszumachen, denn sie wollte sich mit ihm in den Raum drängen. Aus Angst vor Entdeckung schob er sie weg, sagte: »Jetzt nicht, sei doch vernünftig!«, und schloß hinter sich die Tür.
In der Küche konnte Gisela gar nicht genug von der Laden-Idee hören. Ingegaard gehörte einer Gruppe von Leuten an, meist Frauen, die Spielzeug entwickelten, das ihrer Meinung nach anregend für Kinder war. Sie entwickelten gemeinsam Ideen und verwirklichten diese auch oft genug gemeinsam. Die meisten Dinge waren aus Holz. Es gab angeblich viele solcher Gruppen im ganzen Land, und jetzt, so meinte Ingegaard, sei die Zeit gekommen, Läden zu eröffnen, die dieses Spielzeug verbreiten sollten. Erstens, weil das alles nichts nutzt, wenn es nicht in Umlauf kommt, und zweitens, weil all diese alternativen Gruppen nicht länger ihr Geld in bürgerlichen Berufen verdienen wollten, sondern endlich von ihrer Arbeit, das heißt von der Spielzeugproduktion, leben wollten...

»In unserem Laden soll nicht nur Spielzeug verkauft werden wie im Warenhaus. Wir wollen dort auch Kindergruppen haben und eine Elternberatung. Wir haben genügend Pädagogen und auch Theologen, die bei uns mitmachen. Eines von unseren letzten Produkten ist ein riesiges Spiel mit mehreren Zwecken. Es ist ähnlich wie Mikado, aber die Stäbchen sind nicht so winzig, sondern alle fast einen Meter lang. Man kann damit also viel mehr machen. Speerwerfen im Garten und solche Dinge. Vor allen Dingen aber, wenn die Kinder damit Mikado spielen, dann können sie nicht abgeschoben werden in eine Ecke der Küche am Tisch oder so. Nein, die ganze Wohnung ist ihr Spielfeld, weil das Spiel so groß ist. Alles in der Wohnung gehört zum Spiel, jeder Sessel wird Spielzeug. Dabei sind es nur einfache Holzstäbe.«
Die Begeisterung, mit der Ingegaard davon sprach, gefiel Gisela noch mehr, als die Sache selbst. Wie schön mußte es sein, wenn man so von der Wichtigkeit der Sache überzeugt war, die man tat! Ingegaard hatte rote Wangen. Ein bißchen vom Wein, ein bißchen vor Aufregung, wegen der vielen Leute und der neuen Lebenssituation, die mit Gisela und Mick entstehen würde. Gisela verstand jetzt, was damit gemeint war, wenn man von jemandem sagte: Er blüht auf. Denn sie fühlte sich wie eine Blume, die lange verschlossen war und jetzt ihren Kelch der Sonne entgegenstreckte. Ein Glücksgefühl breitete sich in ihr aus, das viel mit Hoffnung und Zuversicht zu tun hatte.
Mick setzte sich mitten ins Wohnzimmer auf den Boden. Dort hockten schon zwei Frauen und unterhielten sich über ihren Therapeuten. Dabei rührten sie mit ihren Zigaretten in dem Aschbecher herum, der zwischen ihnen stand. Mick hängte seine Zigarette noch dazu. Das Interesse der zwei Frauen wich kurzfristig von ihrem Therapeuten auf Mick ab. In englischer Sprache befragten sie ihn über seine Mutter und nach den ersten Kindheitserlebnissen, an die er sich erinnern konnte. Ob seine Mutter ihn gestillt habe? Ob sein

Vater eifersüchtig gewesen sei, oder ob er eifersüchtig auf seinen Vater gewesen sei? Mick brauchte nicht sehr lange, um zu merken, worauf das Spielchen hinauslief. Er wurde gerade analysiert. Das Ergebnis stand schon vor der Befragung fest. Ödipuskomplex. Die Befragung diente nur zur Rechtfertigung des Befundes. Doch so leicht wollte er ihnen nicht in die Falle gehen. Besonders weil sich inzwischen noch vier Frauen um ihn herum auf dem Boden gruppiert hatten. Eigentlich war er mitten ins Zimmer geflohen, um der aufdringlichen Frau zu entwischen, doch jetzt überlegte er schon, ob es nicht klüger gewesen wäre, mit ihr auf die Toilette zu gehen. Sie wollte Samen aus ihm melken, aber die beiden kultivierten Damen mit ihrem Psychotick, die wollten mehr. Die behandelten ihn wie eine in Silberpapier gewickelte Praline. Sie packten sie sorgfältig aus, falteten dann das Papier zusammen und warfen es weg, bevor sie die von Papier befreite Praline langsam auf der Zunge zergehen ließen, um sie in wenigen Stunden auszuscheißen und zu vergessen.
Mick konnte sich denken, wie Jo in so einer Situation reagiert hätte. Er stellte sich vor, er wäre jetzt Jo. Mick war auch im Raum. Mick beobachtete den bewunderten Jo aus einer Ecke des Raumes.
»Wenn Menschen ein Bild von dir haben, dann kannst du das nur kaputt kriegen, in dem du sie bestärkst. Immer und immer mehr. Bis es so lächerlich wird, daß sie es nicht mehr glauben können. Widersprich ihnen nicht. Mach sie glauben, was sie glauben wollen.« Diesen Satz, der gerade in seinem eigenen Kopf produziert worden war, diesen Satz erklärte er zu einem Lehrsatz aus Jos Hausapotheke, und dann zog er gut gerüstet in die Schlacht.
Gisela bemerkte von der Küche aus, daß im Wohnzimmer um Mick herum ein Pulk entstand, und sie sah nach. Stumm hörte sie dem Verhör zu. Sie verstand längst nicht alles, denn es wurde zu schnell und zu theoretisch Englisch gesprochen. Doch eins wurde klar: Die Frauen versuchten,

ihn mit gezielten Fragen zu der Aussage zu bringen, daß er seinen Vater haßte und seine Mutter liebte. Sie versuchten, ihm das vorsichtig beizubringen. Dabei merkten sie nicht, daß seine Antworten stets über die Fragen hinausgingen und er das Spielchen weitertrieb, als sie wollten.
So stellte sich langsam heraus, daß er nicht seine Mutter liebte, sondern seine Großmutter vergewaltigt hatte und dann – um das Verbrechen zu vertuschen, seinen Vater erschlagen hatte. Er gestand das alles fast unter Tränen und wurde zum Teil bemitleidet, zum Teil verstanden, aber er löste auch Kopfschütteln aus. Nur Gisela, die wußte, daß er hier eine Show abzog und weiter nichts, amüsierte sich. Sie fand die Geschichte etwas geschmacklos. Doch nicht geschmackloser als das psychologische Spiel, das man mit Mick treiben wollte.
In den Gesichtern einiger Frauen spiegelte sich Entsetzen. Sie konnten es kaum fassen. Dieser junge Mann hatte seine Großmutter vergewaltigt und seinen Vater erschlagen. Und nach und nach gestand er immer mehr der greulichen Geschichte. Seine Großmutter war zu allem Überfluß seit Jahren an den Rollstuhl gefesselt und hochgradig senil. Außerdem hatte er seinen Vater von hinten erschlagen und nicht in Notwehr, wie er zuerst hoffen ließ.
Tullia war es, die fragte: »Aber warum hast du deinen Vater erschlagen? Ich verstehe das nicht. Hatte er es mitangesehen?«
»Nein.«
»Nein? Warst du eifersüchtig auf ihn?«
»Nein, ich hatte ihn versehentlich mit Kommissar Maigret verwechselt.«
Empört sprang Tullia auf. Gisela lachte schallend, doch die Situation bekam sofort etwas Bedrohliches. Die Frauen fühlten sich übel reingelegt. Er hatte sie an der Leine geführt und dann mitten auf dem See ins Eiswasser einbrechen lassen. Jetzt lachte er unverschämt und laut mit weitgeöffnetem Mund. Er hatte ihnen eine Story aufgeschwatzt, und

sie hatten sie ihm abgenommen. Mit all ihrer kleinkarierten Wissenschaftlichkeit waren sie ihm auf den Leim gekrochen. Er weidete sich an ihrer Entrüstung, ihrem Staunen über seine Frechheit und Schamlosigkeit. Ingegaard war ratlos. Er hatte die Party gesprengt. Für einen Moment glaubte sie, Tullia würde ihm ins Gesicht schlagen, doch dann beherrschte sie sich.
»Fucking bastard!« fauchte sie, was seine Stimmung nur verbesserte, denn es drückte doch ihre Hilflosigkeit aus. Er fühlte sich auf ganzer Linie als Sieger, und so erschrocken Gisela über die Wut war, die gegen ihn aufkam, um so fröhlicher war sie über diesen Sieg. Es war schließlich auch um sie gegangen. Sie war sogar der Anlaß dafür. Ihr wurde klar, daß sie diese Liebe verteidigen müßten, wenn sie sie erhalten wollten. Die Umwelt reagierte allergisch auf diese Beziehung. In der Kneipe in Soltau hatte man sich nicht anders verhalten, nur fehlten diesen Männern all die hübschen Worte, mit denen die intellektuellen Frauen hier operieren konnten. Tendenziell war kein Unterschied in ihrem Verhalten. Nur einen gewissen graduellen Unterschied konnte Gisela feststellen. Diesmal hatte Mick gewonnen. Es würde noch viele solcher Situationen geben. Man würde versuchen, sie zu verspotten und zu erniedrigen. Mal brutal und offen – mal so subtil und dabei kaum weniger feinfühlig als gerade. Ihre Liebe würde sich immer wieder neu beweisen müssen. Sie nahm sich vor, das alles heute nacht zu Mick zu sagen. Und daß er ein Prachtkerl sei, natürlich auch noch. »Aber bitte«, beschwichtigte Ingegaard ihre Freundinnen, »er hat doch nur einen Scherz gemacht. Deutscher Humor. Eine andere Mentalität. Man kann ihn doch nicht deswegen verurteilen.«
Die Gesellschaft löste sich auf. Die meisten gingen im Zorn nach Haus. Das aufdringliche Mädchen flüsterte Mick ins Ohr: »Ich heiße Mai. Motherfucker!« Dann ließ sie ihn stehen und ging mit den anderen. Nur ein kleines Grüppchen blieb zurück, trank die letzten Flaschen leer. Ingegaard

entschuldigte sich für Tullia und ein paar der anderen Frauen: »Sie haben eure Beziehung zu respektieren, egal, ob sie damit fertigwerden oder nicht. Sonst sie kämpfen für freie Homosexualität. Sie werden euch genauso verstehen. Es ist nur alles etwas schiefgelaufen heute. Sie sind gar nicht so. Du hast nur falsch verstanden. Bei uns ist die Therapie wichtig in der Gesellschaft. Man redet frei darüber. Fast jeder besucht mal eine Therapie. Und dann ordnen sie zu schnell ein. War bestimmt nicht bös gemeint.«
Das Zimmer, das Ingegaard für Mick und Gisela vorgesehen hatte, war klein, lag direkt neben dem Wohnzimmer und hatte zu Giselas Freude auch einen offenen Kamin. Ein Klapptisch. Zwei Stühle. Ein Holzregal an der Wand. Einen alten, abgeschabten Teppich auf dem Boden. Einen Kerzenständer auf der Fensterbank. Ein französisches Bett. Auf dieses Bett ließen sie sich fallen und umarmten sich. Keine fremden Menschen mehr, keine lauten Stimmen, keine fremde Sprache, kein Rechtfertigungszwang mehr. Sie waren beide völlig angezogen, Mick lag auf ihr und suchte an ihrem Hals eine Stelle, um einen Knutschfleck anzubringen. Einen publikumswirksamen Knutschfleck. Sie sollte ihn tragen wie einen Orden.
Ingegaard klopfte noch einmal:
»Ja, was ist denn – wir schlafen schon fast.«
»Leider muß ich euch stören. Ihr müßt den Wagen wegfahren. Ihr steht im Parkverbot.«
»Blödsinn. Ich parke genau vor der Uhr. So wie ihr es wolltet. Und nachts braucht ja wohl keine Münzen einzuwerfen.«
»Nein, aber in der Nacht wird hier die Straße gefegt. Einmal in der Woche darf man dann nicht parken. Und heute ist . . .«
Micks Gelächter war für Ingegaard unverständlich. Er hielt das für einen Witz.
»Ist das bei euch etwa anders? Oder werden bei euch

Straßen nicht gefegt?« Ein Anflug von Zorn lag in ihrer Stimme.
»Bei uns klappt man nachts die Bürgersteige hoch!« grölte Mick.
Ingegaard entschied sich, die Sache Gisela und Mick selbst zu überlassen. Sie warnte sie nur noch: »Die schleppen den Wagen ab, wenn er Behinderung macht. Das kostet mindestens dreihundert Kronen.«
Seine Finger begannen, auf ihrem Körper zu wandern. Sie streckte sich aus und entspannte sich.
»Das mit dem Liebhaber, das hat sie gut gesagt, fand ich. Es ist wirklich ein herrliches Wort. Und du bist mein Liebhaber.«
Dann spürte sie ein Ziehen und Saugen und Prickeln am Hals. Er hatte sich für eine Stelle entschieden. Für den Bruchteil einer Sekunde wollte sie ihn daran hindern, weil es sich nicht schickt, mit Knutschflecken am Hals rumzulaufen wie ein Teenie. Doch dann schloß sie die Augen, atmete tief durch und ließ ihn gewähren.
Etwa eine Stunde später wurden sie von Lärm auf der Straße geweckt. Sie waren noch immer angezogen. Mick stand auf und bewegte sich zum Fenster.
»Die bringen das tatsächlich. Die können doch nicht ganz dicht sein. Die schleppen unseren Wagen ab.«
Jetzt sprang auch Gisela aus dem Bett und eilte zum Fenster. Drei Leute waren unten damit beschäftigt, ihren Wagen zu beseitigen. Die Vorderräder standen bereits auf einer Art Hebebühne, und ein Mann kurbelte den Wagen höher.
Mick rannte raus, nahm drei Stufen mit einem Sprung und schnauzte auf der Straße sofort los. Er hieb sich selbst demonstrativ gegen die Stirn und brüllte: »Balla! Balla! Ihr könnt doch nicht unseren Wagen abschleppen, weil irgendwo so ein Arsch hier die Straße wienern will!«
Die Männer blickten Mick an, arbeiteten aber ohne sonderliche Unterbrechung weiter. Wahrscheinlich waren sie aus-

fallende Autofahrer, vor allem ausländische, gewöhnt. Ein Fenster öffnete sich. Ingegaard erschien im Nachthemd und redete laut, aber ruhig auf die Leute vom Abschleppdienst ein. Mick sei ein Ausländer, gerade erst nach Schweden gekommen, und die Sache würde bestimmt nicht noch einmal passieren.
Die Männer erklärten sich damit einverstanden, daß Mick den Wagen selbst wegfahren durfte. Er lief wieder rauf, um den Zündschlüssel zu holen, und die Männer ließen den Wagen wieder herunter.
Schimpfend betrat Mick das kleine Zimmer. Gisela hatte ihm den Schlüssel schon rausgelegt und hielt ihn ihm entgegen. »Wie können Menschen so doof sein! Die fegen hier tatsächlich nachts die Straßen. Lächerlich.«
»Reg dich doch nicht auf. Hauptsache, sie haben unseren Wagen nicht abgeschleppt.«
»Das fehlte gerade noch!«
Er nahm den Schlüssel, lief wieder runter und brachte die Sache in Ordnung. Dabei achtete er genau darauf, den Wagen vor einer Parkuhr abzustellen. Er sah ein Straßenschild: Kungstensgatan. Darunter in viel kleineren Buchstaben einen Wochentag. Das war der Tag, an dem man in der ganzen Straße nachts nicht parken durfte. Er schüttelte den Kopf. Der Weg zurück führte durch neonbeleuchtete Straßen. Seine Schritte knallten wie Schüsse und hallten an den Häuserwänden wider.
Das war also das Ziel ihrer Reise: Stockholm. Durch die dichte Wolkendecke konnte man den Mond nur erahnen. Ein Taxi, weißer Volvo, kurvte langsam an Mick heran. Der Fahrer witterte einen Fahrgast, doch Mick brauchte nur noch ein paar Meter bis zu seiner neuen Bleibe.
Gisela hatte sich inzwischen ausgezogen; um nicht einzuschlafen, während sie wartete, rauchte sie eine Zigarette.
Er zog sich noch im Türrahmen aus, ließ seine Kleider einfach auf den Boden fallen, sagte: »Ist doch klar, daß die alle Therapeuten brauchen, wo nachts die Bürgersteige

hochgeklappt werden, da muß einer panne bei werden.« Dann legte er sich zu ihr, und sie liebten sich, bis die Morgenpost kam und Ingegaard das Wasser für die Frühstückseier aufsetzte.

29

Herbert Berg kam sich ein bißchen lächerlich vor, doch er wollte wissen, wo der Euroscheck eingelöst worden war. Vielleicht war dies die einzige Möglichkeit, auf Giselas Spur zu kommen. Also spielte er Detektiv. Der Bankangestellte hatte Verständnis und stellte wenig Fragen. Der Scheck war von einer Hamburger Bank präsentiert worden. Eingelöst auf das Konto eines Hotels am Alsterufer.

Was sprach schon dagegen, einfach loszufahren? Die Angst, die Wahrheit zu erfahren? Was trieb Gisela in Hamburg? Warum löste sie in einem Hotel seine Euroschecks ein? Sollte er das Konto auflösen? Die Schecks sperren lassen?

Für die Söhne war gesorgt. Es war so nicht weitergegangen. Die Mutter fehlte in der Küche, im Bad – die schmutzige Wäsche türmte sich auf, die Unordnung zerrte an den Nerven. Herbert Berg hatte auf eine Anzeige in der Tageszeitung hin eine Haushälterin engagiert. Fünfundfünfzig, Witwe und sehr sauber – wie sie versicherte. Sie sorgte nicht so für die Familie wie die Mutter; das erwartete aber auch niemand von ihr. Immerhin gelang ihr gleich am ersten Tag ein akzeptables Mittagessen, und sie wusch zwei Maschinen schmutziger Wäsche. Die dicke Staubschicht im Wohnzimmer wich dem resoluten Auftreten ihres antimagnetischen Staubtuches. Sie bekam zehn Mark pro Stunde. Steuerfrei, schwarz auf die Hand. Sie sorgte vier Stunden pro Tag für die Familie. Mehr Zeit hatte sie nicht, weil sie schließlich noch ihren eigenen Haushalt erledigen mußte und mit dem Bus fast vierzig Minuten bis zu ihrer Wohnung brauchte. Immerhin – erstmal war damit das Schlimmste verhindert.

Er entschloß sich, nach Hamburg in das Hotel zu fahren, in dem seine Frau mit seinem Scheck bezahlt hatte. Am meisten ärgerte ihn dabei, daß er die Fahrt nicht mit dem bequemen Mercedes machen konnte, sondern mit dem Käfer hinter seiner Frau herjagen mußte. Sollte er sie ohrfeigen?

Er informierte Frau Sundström darüber, daß er sofort nach Hamburg müsse. Er war sich selbst nicht ganz im klaren darüber, ob er ihr das dienstlich mitteilte, um sich im Autohaus abzumelden, oder ob die Mitteilung eher privater Natur war. Sie verstand die Mitteilung auf jeden Fall privat, denn sie fragte, ob sie nicht mitfahren solle, schließlich hätte sie noch ein paar Urlaubstage offen.

Er bedankte sich für ihr Angebot, erklärte ihr aber, es sei unmöglich. Eine Stunde später befand er sich schon auf der Autobahn und ärgerte sich über die 120 km/h Spitzengeschwindigkeit des Käfers. Er schätzte, daß er vier bis fünf Stunden bis Hamburg brauchen würde. Vielleicht hätte er einen seiner Söhne mitnehmen sollen. Vielleicht gar beide, doch er sagte sich, daß er diese Sache allein zu Ende bringen müßte. Dieser Gedanke hatte etwas Heldenhaftes an sich. So wurde es leichter für ihn.

Er fuhr direkt durch zu dem Hotel an der Alster. Noble Gegend, dachte er und betrat das Hotel nur zögernd. Wie sollte er es anfangen, um nicht eine ganz so dämliche Nummer abzugeben? Der eifersüchtige Ehemann, der seine Frau verfolgt, war eine tragikomische Rolle. Sie paßte nicht zu ihm. Er konnte den gütigen Familienvati spielen oder den gerissenen Geschäftsmann. Aber am liebsten wäre ihm jetzt die Rolle eines Lustmörders.

Der Mercedes stand nicht vor dem Hotel. Vielleicht wohnte sie schon lange nicht mehr da. Oder hatte sie den Wagen versetzt?

Herbert Berg brachte keine Frage heraus, als ihn der freundliche Herr hinter der Rezeption nach seinen Wünschen fragte. Er hatte sich so viele mögliche geschickte Fragen überlegt: »Ich will hier Geschäftsfreunde treffen. Ist meine Sekretärin schon angekommen? Frau Gisela Berg.« Aber was, wenn sie sich unter falschem Namen eingeschrieben hatte? Welcher Hotelier verglich schon die Unterschrift auf einem Scheck mit der Unterschrift auf dem Anmeldeformular?

Wenn er den Namen nicht sagen konnte, gab es noch eine gute Möglichkeit: »Verzeihen Sie, wohnt hier eine Dame, blonde Haare fast schulterlang – bißchen zu frecher Haarschnitt für ihr Alter. So vierzig – vielleicht fünfundvierzig – sieht aber jünger aus . . . Sie hat ziemlich dicke, geschwungene Lippen, ein ovales Gesicht. Trägt eine Brille. Sie hat gestern neben mir im Café gesessen und ihre Nerzjacke hängenlassen. Ich weiß ihren Namen nicht, aber im Café sagte man mir, daß sie hier im Hotel wohnt . . .«

Er hatte noch eine Reihe brauchbarer Ideen, doch statt es auf eine der Touren zu versuchen, nahm er sich nur ein Zimmer in dem Hotel. Einzelzimmer gab es nicht. So bekam er ein Doppelzimmer mit Farbfernseher und Minibar. Er suchte den Frühstücksraum des Hotels auf. Der Raum war leer. Hier würde er sie spätestens morgen früh treffen. Er würde um sieben der erste sein und bleiben, bis der Raum geschlossen wurde. Jetzt ging er in das kleine, zum Hotel gehörende Restaurant. Vielleicht hatte er Glück. Er saß dort eine Weile, trank zwei Hennessy und zwei Bier und bestellte sich dann – weil er in Hamburg war – eine Scholle mit Salzkartoffeln.

Er wartete vergeblich auf seine Frau. Er fand die Situation erniedrigend. Er konnte schlecht von Zimmer zu Zimmer laufen, die Türen aufreißen und nach ihr sehen. Er mußte sich in Geduld fassen, doch nichts fiel ihm im Augenblick schwerer. Er ging auf sein Zimmer, legte sich aufs Bett, ließ das uninteressante Fernsehprogramm laufen, trank noch

einen Klaren aus der Minibar und überlegte, was er mit dem Abend anfangen könnte. Immerhin – in Hamburg gab es die berühmte Reeperbahn, und die Chancen, Gisela jetzt noch zu finden, waren nicht gerade gewaltig groß. Er rief die Rezeption an und verlangte, um 6 Uhr 30 geweckt zu werden. Nachdem er so sichergehen konnte, pünktlich um sieben im Frühstücksraum zu sein, zog er zu einem Reeperbahnbummel los. Den Wagen ließ er vorsichtshalber auf dem Hotelparkplatz stehen. Ein Taxi brachte ihn zur Großen Freiheit. Bis zur Davidswache spazierte er durch kleinere Bierlachen, vorbei an Türstehern, die mit knalligen Sprüchen versuchten, männliche Gäste in ihre Nepplokale zu schleppen.
»Kommen Sie mal rein für einen Blick. Nur mal gucken! Hier gibt es die größten Titten auf der ganzen Reeperbahn. Nu gehen Sie doch nicht vorbei!«
»Angucken kostet nichts.«
»Das muß man gesehen haben. Die schwarze Betty aus Texas.«
»Blutjunge Geishas, frisch aus Japan!«
Herbert Berg ließ sich nicht locken. Mit blutjungen Geishas schon gar nicht. Vom Magen aus breitete sich ein stechendes Gefühl in seinem Körper aus. Dann zog sich der Brustkorb zusammen und verkrampfte sich. Er bekam kaum noch Luft. Als der Krampf sich löste, atmete er tief ein und wischte sich Schweiß von der Stirn. Er stand vor einer Würstchenbude. Sein Hals war trocken. Die Zunge klebte fast am Gaumen fest. Er bestellte sich ein Bier. Die etwas schmuddelige Verkäuferin knallte eine Dose auf die Verkaufstheke. Die kalte Bierdose in der Handfläche zu spüren, wirkte erholsam. Er riß die Dose auf und setzte sie an die Lippen. Das Bier strömte wohltuend über seine trockene Zunge. Er verschluckte sich fast vor lauter Gier. Ein betrunkener, dreckiger Mann fragte, ob Herbert Berg eine Mark für ihn habe.
»Was wollen Sie?«

»Eine Mark. Ich habe Hunger. Bitte.«
Herbert Berg bezahlte sein Bier und gab dem Bettler die gewünschte Mark. War das gerade eben ein Schwächeanfall oder eine Herzattacke? Oder war es nur die quälende Angst, er könne Gisela hier treffen, mit schwarzen Strümpfen, Schlitz im Kleid, hochgesteckten Haaren und Stöckelabsätzen? Er brauchte nur noch einen zweiten kräftigen Zug, und die Bierdose war leer. Mit der rechten Hand preßte er sie zusammen, bevor er sie auf die Theke zurückstellte. Vielleicht wollte er sich damit beweisen, daß noch Leben und Kraft in ihm steckte?
Er sah sich für eine Mark in der Peep-show das nackte, auf einem Teller kreisende Mädchen durch den Sehschlitz an und zahlte keine zweite Mark, als die Klappe fiel, weil ihm fast wieder übel geworden wäre von dem Geruch in der engen Kabine und von dem Anblick des Mädchens, das nicht älter war als die Freundinnen seiner Söhne. Hier wurde Sexualität in der brutalsten Weise automatisiert und vermarktet. Das Sexualobjekt bekam den zahlenden Kunden nicht mal zu sehen. Höchstens seine lüsternen Augen und die obere Hälfte der Gesichtspartie konnte das liegende Mädchen durch die kleine Glasscheibe sehen, wenn die auf sie gerichteten Minischeinwerfer nicht zu sehr in dem Glas reflektierten. In einer Illustrierten hatte Herbert Berg gelesen, dies sei die sauberste Art der Prostitution und vor allen Dingen völlig ungefährlich für die Frau und den Kunden. So könnte ein Voyeur seinen Spaß haben, ohne straffällig zu werden. Trotzdem brauchte er nicht auf den Kitzel des Verbotenen, Geheimnisvollen zu verzichten, und vor allen Dingen, er konnte für das Opfer seiner Augen unerkannt bleiben. Niemand konnte seine Hände sehen, wenn er an sich herumfummelte. Niemand konnte an seiner offenen Hose Anstoß nehmen. Man konnte die Kabinen selbstverständlich von innen verschließen.
Herbert Berg hielt es nicht aus. Erst draußen beim Anblick der Leuchtreklamen, die heißen Sex versprachen, konnte er

wieder regelmäßig atmen. Er überlegte, ob es nicht besser sei, ins Hotel zurückzufahren und sich ins Bett zu legen. Doch er war sicher, noch nicht schlafen zu können.
Er landete schließlich auf dem Kontakthof des EROS-Centers. Vor dünnen Holztafeln von der Größe eines zweitürigen Kleiderschranks standen die Damen. Die Holzwände waren so ineinander verschachtelt, daß man dazwischen spazierengehen konnte. Sie boten auch Gelegenheit für die Huren, ihre Freier individuell anzusprechen und mal etwas von ihrem Körper zu zeigen. Das heißt, eigentlich war ein Zeigen nicht mehr nötig, denn das Angebotene wurde schon recht freizügig zur Schau gestellt. An den meisten Holztafeln waren Glühbirnen angebracht, die das ganze ins rechte Licht rücken sollten. Meistens dezent rot oder blau. Selten ein grelles Weiß. Zuviel Licht konnte die Kundschaft abschrecken.
Herbert Berg wurde sofort angesprochen: »Na wie wär's denn mit uns beiden?« Er blieb stehen und sah sie an. Sie stellte sich in Positur. Eine Hand auf der Hüfte, ein Wakkeln mit dem Hintern. Sie trug ein durchgehendes weißes, mit Rüschen besetztes Mieder, das wohl den Cowboy im Kunden wecken sollte, weil so die Huren in den Wildwestfilmen aussahen. Natürlich fehlte auch das weiße Strumpfband mit rotem Schleifchen nicht. Die wüst frisierten Haare verdeckten fast das Gesicht. Ihr Alter konnte er unmöglich schätzen. Es war ihm auch egal. Sie faßte den Kragen seines Anzugs an, blickte ihm in die Augen und sagte: »Na?«
Er fragte: »Wieviel?«
Sie wurden schnell handelseinig und verschwanden nach oben, wo alles schnell und lieblos ging und beiden keinen Spaß bereitete. Er hätte am liebsten das Zimmer verlassen, nachdem sie ihre Saloonkleider ausgezogen hatte. Er brachte die Geschichte nur noch aus Gewohnheit hinter sich, und weil er nicht wußte, wie er ihr das sagen sollte . . .

Er fühlte sich dabei, als müsse er diese Anstrengung über sich ergehen lassen, um sich an Gisela zu rächen. Ja, er wünschte, sie könnte jetzt zusehen.

30

Er wurde tatsächlich pünktlich durchs Telefon geweckt. Er huschte noch rasch unter die Dusche und wusch sich sogar die Haare, weil er Gisela nicht zu zerknautscht unter die Augen treten wollte. Außerdem hoffte er, daß das Duschen ihn beruhigen würde, sein Herz klopfte nämlich bedenklich schnell, und er befürchtete, gleich kein Wort rauszubekommen.

Er wartete vergeblich. Sie kam nicht in den Frühstücksraum. Erst als gegen halb zehn alles abgeräumt wurde, fragte er den Kellner, ob es möglich sei, daß heute jemand auf dem Zimmer gefrühstückt hatte, weil er sich eigentlich hier mit einer Frau treffen wollte. Er bekam einen roten Kopf beim Erzählen, wie als kleiner Junge, wenn er dem Lehrer vorlog, er hätte sein Hausheft vergessen, aber ganz bestimmt die Aufgaben erledigt und könnte es morgen mitbringen.

Er kam sich verdammt lächerlich vor. Der Kellner war hilfsbereit und gesprächig. Er holte noch den Herrn von der Rezeption dazu. Doch es hatte keine Dame auf dem Zimmer gefrühstückt an diesem Morgen. Und mit Herbert Bergs Beschreibung konnten sie erst recht nichts anfangen. Er war so weit gegangen, jetzt konnte er auch noch weiter gehen. Er nahm das Foto aus seiner Brieftasche. Jetzt erkannte der Mensch von der Rezeption die Frau sofort.

»Die ist schon abgereist. Die waren nur eine Nacht hier.«

Herbert Berg schluckte: »Ach, sie war in Begleitung?«

»Ja, ein sehr junger Bursche. Gepflegtes Aussehen, gute Manieren. Für ihren Ehemann war er etwas zu jung – aber

ihr Sohn kann er auch nicht gewesen sein, so wie die sich benahmen . . . Na, man kann ja heutzutage nie wissen . . . Ich seh sie noch vor mir, wie sie abgereist sind. Die Frau in so einem chinesischen oder indischen Kleid mit großen Vögeln drauf, sehr schick, kann ich Ihnen sagen.«
Herbert Bergs Gesicht war bleich geworden. Seine Augen starrten den Kellner an und schienen doch gleichzeitig durch ihn hindurch zu sehen. Sofort wußte der Mann, daß er einen Fehler gemacht hatte.
»Habe ich etwa? – Mein Gott, das war doch wohl nicht ihre Frau? – Ich wollte mich um Himmels willen nicht in ihre Angelegenheiten – vielleicht habe ich mich getäuscht – es ist schließlich schon ein paar Tage her, und Gäste kommen und gehen. – Zeigen Sie mir das Bild noch mal . . . Sicher bin ich mir wirklich nicht. – Also wie gesagt, ich kann mich da ganz gewaltig irren.«
»Schon gut«, sagte Herbert Berg und stand auf. Wie schlafwandlerisch bewegte er sich aus dem Hotel. Dann stand er auf den Stufen zum Eingang und stierte die Alster an.
Sie betrog ihn. Also doch! Es tat weher, als er dachte. Er schlug sich mit der rechten Faust in die offene Handfläche der Linken. Sollte er abreisen oder sie suchen? Sollte er jetzt als beleidigter, gedemütigter Ehemann geschlagen zurückkommen, oder mußte er den Kerl stellen? Eine saubere Lösung gab es nicht – außer, sie würde weinend und reumütig zurückkommen, und er könnte ihr großmütig verzeihen. Doch er war sich nicht sicher, ob er das noch wollte. Die Haushälterin schaffte das schon auf die Dauer. Und fürs Bett war nun Frau Sundström da, außerdem wurde er freier im Suchen nach kleinen Freundinnen und schnellen Abenteuern. Aber war das wirklich alles? Er rieb sich die Augen.
Sind Menschen so austauschbar? dachte er. Eine Haushälterin und eine Geliebte, und man braucht die Ehefrau nicht mehr? War da nicht noch mehr, außer einer sauberen Wohnung, einem gut gekochten Essen und einer willigen Frau

im Bett? Habe ich deswegen geheiratet? Das kann man doch auch alles so haben. Da war mehr – wir nannten das Liebe und verstanden nicht, worum es ging. Diese Freude, sie zu treffen. Ihre Gegenwart, die die Welt schöner aussehen ließ. Das haben wir irgendwann verloren. Das Herzklopfen, wenn wir alleine in einem Raum waren, das hat der Alltag gefressen. Was jetzt noch übrig ist, das ist wirklich austauschbar.
Wieder klatschte seine Rechte in die Innenfläche der Linken.
Wut kroch ihn ihm hoch, und er wußte, daß es jetzt besser für ihn war, in Rage zu geraten, als in Erinnerungen und sentimentalen Gedanken zu schwelgen.
Am Anfang der Reeperbahn hatte er ein Waffengeschäft entdeckt. Dahin fuhr er. Er wußte, er würde keine Pistole benutzen, vielleicht nicht mal eine kaufen, trotzdem fuhr er hin. Er fand, es sei eine angemessene Handlung.
Er betrachtete durchs Schaufenster die Gewehre, Dolche, Schlagringe, Revolver und wollte schon wieder zum Auto zurückgehen, als ein Herr seines Alters den Laden selbstverständlich betrat, wie andere Leute in eine Drogerie oder einen Supermarkt gehen. Das nahm auch Herbert Berg die Bedenken. Er ging rein und ließ sich beraten.
»Nein, einen Waffenerwerbsschein habe ich nicht.«
»Suchen Sie eine Luftpistole oder eine Schreckschuß- und Gaspistole?«
»Ach wissen Sie, ich kenn mich da nicht so aus.«
Der Verkäufer führte einige Modelle vor und erklärte sie. Fast hätte Herbert Berg sich für eine fünfschüssige 9-mm-Gaspistole mit Zusatzlauf für Leuchtkugeln entschieden, doch kam er sich mit so einem Ding albern vor, und 179 Mark war ihm ein Gegenstand nicht wert, den er ohnehin niemals benutzen würde und den er nur brauchte, um sich stärker und sicherer zu fühlen und nicht so allein.
Er verließ den Laden, ohne etwas zu kaufen, und strolchte dann wahllos durch Hamburg. In der Hoffnung und mit der

Angst, Gisela mit ihrem Geliebten beim Bummel zu erwischen. Erst nachmittags aß er eine Currywurst und rief die Söhne an, um zu fragen, ob zu Hause alles in Ordnung sei. Über seine Abwesenheit waren sie nicht beunruhigt. Schließlich ging er öfter mal auf Geschäftsreise. Außerdem wollten sie heute eine Party feiern und hatten viele Freunde eingeladen, da war es ohnehin angebrachter, wenn der Vater außer Haus schlief.

Frau Sundström rief er auch noch an. Sie war nett und stellte keine zu dummen Fragen. Von einem Blumengeschäft aus ließ er ihr einen Strauß nach Hause schicken. Der Spaß kostete ihn fast vierzig Mark, aber Frau Sundström war ihm das jetzt wert. Jetzt erst recht.

Dann saß er ratlos in einem Café. Er konnte in der Firma anrufen und sich noch für ein paar Tage entschuldigen, aber wo sollte er sie suchen und warum?

31

Der Wagen sei zwar schick und sicherlich gut für einen Ausflug in die Schären, aber in der Stadt bewege man sich besser mit der Tunnelbana, sagte Ingegaard und zerbröselte Knäckebrot über einem Topf mit Kefirmilch.

Tunnelbana ist ein nettes Wort, dachte Gisela. Viel schöner als Untergrundbahn. Mick schnitt sich mit dem Käseschaber ein paar Scheiben ab.

»Unsere Tunnelbana ist die schönste der Welt! Wirklich. Ihr werdet staunen. Und ich schlage vor, wir fahren heute gemeinsam durch Stockholm, damit ihr das Prinzip der Tunnelbana versteht. Dann braucht ihr kein Auto mehr.«

»So ein Quatsch. Ich kann schon alleine mit Bus und Bahn fahren. Das braucht mir keiner beizubringen. Außerdem ist ein Auto doch wohl in jedem Fall besser als ein gut ausgebautes U-Bahn-Netz!« meckerte Mick.

»Der Vorfall in der Nacht hat dir nichts beigebracht? Man will die Autos raushaben aus der Stadt.«
»Schon gut, schon gut.«
»Man braucht Autos nur, um in die Schären zu fahren oder ins Wochenendhäuschen. Fast jeder Schwede hat ein Wochenendhäuschen auf dem Lande.«
»Und einen Psychiater«, setzte Mick zu.
Gisela erschrak. Warum provozierte er Ingegaard so?
Doch entweder überging Ingegaard seine Frechheiten geschickt, oder sie bemerkte sie tatsächlich nicht. Sie nickte fröhlich und sagte: »Ja, das stimmt. Meistens die Krankenkasse bezahlt 80 Prozent der Therapiekosten. Jeder kann Therapeut werden in Schweden. Man muß nicht unbedingt studieren dafür. Aber es gibt immer noch zu wenig Therapeuten in Schweden. Ich war eine Weile in Gruppentherapie. Das war nicht so gut. Zu viel Zusammenbrüche – ihr versteht. Ich hatte zu starke, wie sagt man – Gegner in der Gruppe. Sie konzentrierten sich auf mich, wollten mir schaden. Unbewußt – aber es tat weh. Hinterher war ich bei ein Freudianer. In den habe ich gleich zu Anfang verliebt, aber das war Teil der Therapie. Als ich das verstand, ging es mir sehr schlecht, und ich war lange nicht bei ihm. Aber hinterher – als ich wieder hinging, da hat er mir sehr geholfen.«
»Wobei?« fragte Mick.
»Na, bei mehr Vertrauen in mich selbst. Aus mir selber heraus alles auszubauen und nicht nur mich auf andere Menschen zu verlassen.«
»Ach so.«
Gisela fragte sich, wie nach dieser Liebesnacht noch so viel Aggressivität in ihm stecken konnte. Dann fuhren sie alle drei mit der Tunnelbana, und Mick mußte zugeben, daß es großartig war. Man hatte vielen verschiedenen Künstlern die Aufgabe gestellt, eine ganze U-Bahn-Station zu gestalten. Einer hatte Bilder auf die Felswände gemalt, die zeigten, wie das Land über der U-Bahn früher aussah. Mit Bäumen und Seen. Ein anderer hatte riesige Kinderzeich-

nungen an die Wände gemalt. Wieder ein anderer Mosaike. Es war tatsächlich spannend, die Stockholmer Tunnelbana zu entdecken. An jeder Station stiegen sie aus und besahen sich alles genau. Manchmal waren Glaskästen in den Felswänden angebracht, in denen man altes schwedisches Werkzeug besichtigen konnte, oder die gefundenen Teile versunkener Schiffe. Noch nie hatte Mick so lange Rolltreppen gesehen. Einige schätzte er auf gut fünfzig Meter Länge oder mehr. Zum Teil waren die Strecken durch richtige Menschentransportbänder verbunden, auf denen Kinder ihre Spiele spielten. Sie versuchten, entgegengesetzt der Transportrichtung zu laufen und kamen nur sehr mühsam von der Stelle.

Als sie dann in einem Lokal mit original schwedischer Küche – und diese Lokale sind selten in Schweden, wie Ingegaard feststellte – einen Lachspudding aßen, begann Mick, dieses Land zu mögen, obwohl das Autofahren praktisch unmöglich gemacht wurde und der Alkohol durch eine strenge Preispolitik zu einer Prestigefrage wurde, was Alkoholiker produzierte – wie Ingegaard erklärte – und dann kriminalisierte, weil kein Alkoholiker – auch wenn er in seinem Beruf blieb – in Schweden seinen Alkoholismus mit ehrlich verdientem Geld finanzieren konnte.

Der Lachspudding schmeckte, und weil das Lokal eine Sondergenehmigung hatte, konnte man dort sogar – nur zum Essen, versteht sich – ein Glas Wein oder ein Glas Starkbier trinken.

»Man kann hier sogar einen Cognac bestellen«, sagte Ingegaard. »Aber der kostet vierundzwanzig Kronen. Fast zehn Deutsche Mark oder noch mehr. Man hat hier einen Witz in Stockholm, der heißt ungefähr: Man hätte nie gedacht, daß Schweden so tief sinken könnte, daß die Alkoholiker mit ihrer Steuer müssen den ganzen Staat vor dem Bankrott retten.«

Gisela lachte laut. »Wenn wir hierbleiben wollen, brauchen wir dann eine Aufenthalts- oder Arbeitsgenehmigung?«

fragte sie dann ernst und trocken. Damit holte sie auch Mick in die Realität zurück. Er war hier nicht auf Urlaub. Sie konnten nicht ewig von ihrem restlichen Geld in Ingegaards Wohnung leben.
»Wenn man länger als drei Monate bleibt, braucht man eine Aufenthaltsgenehmigung. Eine Arbeitsgenehmigung wird schwer werden, weil die Behörden Angst haben, daß die Ausländer Schweden zu viel Geld kosten. Arbeit wird auch bei uns wenig. Nur politische Flüchtlinge haben mehr Chance. Aus Osteuropa ist es am leichtesten. Da kriegt man gleich was. Aus Lateinamerika ist schon schwerer. Türkei ist auch schwer. Höchstens Kurden erkennen sie an. Aber ihr müßt versuchen, eine Genehmigung zu bekommen. Ich helf euch gerne beim Gang zu Behörden.«
Mick platzte los: »Mir reichts, wenn das schon so anfängt! Genehmigung. Behörden. Gesetze. Aufenthaltsgenehmigung! Arbeitserlaubnis! Lebensberechtigungsschein! Nee. Nicht mit mir.«
»Was denn?« fragte Gisela. »Willst du wieder zurück?«
»Das erst recht nicht.«
»Aber wie sollen wir Geld verdienen? Ohne Genehmigung?«
»Jetzt redet die auch schon so eine Anpasserscheiße.«
Er knallte die Faust zwischen Bierglas und Teller auf den Tisch. Einige Gäste sahen sich um.
»Bitte«, sagte Ingegaard.
»Bitte was?« fauchte er zurück.
Gisela legte eine Hand auf seinen Arm und redete mit so freundlicher, aggressionsloser Stimme wie nur möglich: »Mick, wir wollten doch ein gemeinsames Leben hier anfangen. Wie soll das denn sonst gehen? Da müssen eben erst einige Formalitäten erledigt werden. Sieh mal, wir haben es schon so gut. Wir haben eine Wohnung, Freunde und . . .«
»Formalitäten!« brüllte er.
»Und wenn so ein paar schwedische Fischköppe uns die diversen Genehmigungen verweigern, dann satteln wir die

Hühner und ziehen weiter – oder was?« Er schlug sich mit der offenen Hand gegen die Stirn. »Seid ihr den alle plemplem?« Jetzt redete er auf Ingegaard ein: »Die schachteln euch ein, mit Gesetzen. Die klingen alle ganz nett und harmlos. Salamitaktik! Erst darf man irgendwo nur mit einer Parkuhr parken. Dann darf man nur noch da parken, wo Parkuhren stehen. Dann auch da nur noch an bestimmten Tagen. Dann darf man nur noch an einem Tag da stehen. Dann gar nicht mehr. Die Parkuhren werden abgeschraubt. Amortisiert haben sie sich ja inzwischen. Und so schafft man das Autofahren ab. Weil man zwar fahren darf, aber nicht mehr aussteigen. Und dann macht man Steuergesetze, die den Alkoholkonsum drosseln sollen. Dann schafft man den Verkauf in normalen Läden ab. Dann in den Restaurants. Und es dauert nicht lange, dann mußt du ein Antragsformular ausfüllen, wenn du einen Cognac willst. Und dann hast du kein Auto mehr und auch nichts zu trinken. Und dann brauchst du eine Erlaubnis, um zu arbeiten, und eine, um zu wohnen und eine, um zu kacken! Aber nicht mit mir! Da sag ich Schluß aus! Es reicht. Wenn ich da mitmache und mich anpasse, dann verliebe ich mich auch bald in meinen Therapeuten, weil ich ihn brauche und meine Krankenkasse sogar 80 Prozent bezahlt. Ich bin doch nicht weggelaufen, um hier in die gleiche Scheiße zu rennen. Okay, eure Tunnelbana ist 'ne Wucht. Dieser Lachspudding schmeckt, und ein offener Kamin in fast jedem Zimmer ist eine saubere Angelegenheit, aber mit dem Formalitätenkram bleibt mir vom Leib, sonst bleibe ich lieber ein Tramp. Straßen gibt es überall, und ich brauche nur meinen Daumen in den Wind zu halten . . .«
Ingegaard lächelte ihn mitleidig an: »Wenn dir das reicht – den Daumen in den Wind halten. Ich könnte so nicht leben.« Gisela nickte zustimmend, was von Mick mürrisch registriert wurde. »Du – was du erzählst, ist zum Teil richtig, aber was du daraus machst, das ist pubertär! Du kämpfst nicht gegen alles, was dir nicht paßt. Du läufst nur

davor weg. Du brauchst die Büromenschen und die Ungerechtigkeit, weil du sonst nichts hast, wovor du weglaufen kannst!«

Ingegaards Stimme hob an zu einer ironisierenden Tonlage: »Die Welt ist ja sooo schlecht, und unser Mick sooo gut und lieb und tapfer und moralisch! Er will nicht mitmachen in die bankrotten Regimen – also bleibt er draußen, weigert sich. Flippt mal hier und mal da, jammert und hat großen Weltschmerz. Aber er tut nichts dagegen – gar nichts!«

Gisela fand zwar, daß Ingegaard etwas hart war, doch im Prinzip gab sie ihr Recht.

»Was tust *du* denn?« keifte Mick.

»Ich versuche, Eltern aufklären, ich helfe beim Aufbau einer Gruppe für wertvolles Spielzeug. Ich tu was gegen Kriegsspielzeug. Und nicht nur so in meiner Freizeit. Ich will jetzt mein Leben damit begründen – mit alle Risikos.«

Mick war schon geschlagen, doch Ingegaard setzte noch hinzu: »Das ist mein Beitrag zum Frieden! Verstehst du das? Ich arbeite aktiv für den Frieden, für ein friedsames Zusammenleben der Menschen. Und was tust du dafür?«

»Ich – ähm – ich . . .« Er wollte sagen, daß er Musik macht, doch der Rechtfertigungsschweiß brach aus ihm aus. Wütend klopfte sein Herz viel heftiger als sonst. Er redete nicht von seiner Musik. Er brüllte: »Ich scheiße auf den ganzen Dreck.«

»Nicht so laut, man beobachtet uns schon. Ich will hier nicht rausgeworfen werden«, ließ Gisela sich vernehmen.

Mick stand auf und verließ mit weit ausladenden Schritten das Lokal.

»Entschuldige bitte, Ingegaard«, sagte Gisela. Ingegaard nickte verständnisvoll, als Gisela aufsprang und Mick auf die Straße folgte. Ingegaard blieb auf der Rechnung sitzen, aber das fand sie im Moment nicht so sehr wichtig. Sie zahlte und ging dann ebenfalls.

Gisela hatte Mühe, Micks Tempo zu halten. Sie rannte fast

neben ihm her und redete dabei auf ihn ein. Er sah geradeaus und tat, als gäbe es sie gar nicht.
»Du kannst mich nicht einfach so stehenlassen! Mick! Mick, so geht das nicht! Ich habe dir nichts getan!«
Ungerührt lief er weiter.
»Mick! Ich lieb dich doch! Mick! Ich kann nicht so schnell! Mick, mach keinen Mist! Nun bleib endlich stehen! Sieh mich an! Mick!« Dann blieb sie stehen, ließ ihn laufen und brüllte hinter ihm her: »Dann hau doch ab! Hau ab, du Miststück! Du arrogantes Miststück.«
Die Leute auf der Straße machten einen Bogen um Gisela. Und blickten sie neugierig aus gebührlicher Entfernung an. Sie sank in sich zusammen, ihr Gesicht verzog sich zu einem schmerzerfüllten Lachen, ihre Knie berührten das Straßenpflaster, sie begann leise zu wimmern.
Mick blickte sich um. Er sah sie halb sitzend, halb liegend auf dem Pflaster, als ob sie hingefallen sei. Er erschrak und stürmte zu ihr zurück, um ihr wieder auf die Beine zu helfen. Wie ein trotziges Kind weigerte sie sich, wollte sich nicht helfen lassen und hier auf dem Bürgersteig liegenbleiben und heulen. Er packte sie ziemlich grob und versuchte, sie in weniger belebte Nebenstraßen zu zerren, weil ihm die neugierigen Blicke der Passanten auf die Nerven gingen. Halb trug er sie, halb zwang er sie zu laufen, bis sie schließlich fast apathisch neben ihm hertrottete. Ihr Gesicht war blutleer. Die volle Unterlippe hing wie erschlafft herunter. Ihr Blick war nach oben gerichtet, so als suche sie etwas in den Fenstern der oberen Etagen oder zwischen den Dächern. Er mußte sie führen, damit sie nicht gegen andere Leute oder gegen Straßenschilder lief.
Ein paarmal sagte sie leise zu sich selbst: »Oh, mein Gott, oh, mein Gott.« Es klang kraftlos und war eine Mischung aus Ratlosigkeit und Hilferuf. Sie gerieten zu einem weiten grünen Park, der sich großzügig um einen See ausbreitete. Hier lagen Leute in der Wiese, sonnten sich und lasen. Erstaunt stellte Mick fest, daß es durchaus üblich für die

jüngeren Frauen war, ohne Oberteil in der Sonne zu sitzen und den Vorbeispazierenden einen netten Anblick zu liefern. Abseits vom normalen Weg fand man zwischen Bäumen und Sträuchern auch einsame Stellen. An so einem von Bäumen und Sträuchern geschützten felsigen Moos- und Wiesenplätzchen ließ er – inzwischen klatschnaß geschwitzt – Gisela los. Er setzte sich ins Gras, zog sein nasses Hemd aus und wischte sich damit den Schweiß vom Körper.

Er war noch nicht fertig mit ihr. Er würde jetzt mit ihr reden. Und diesmal würde keine Ingegaard dazwischenquatschen. Er blickte in den blauen Himmel und versuchte erst mal, sich zu beruhigen. Gisela stand noch immer wie bestellt und nicht abgeholt zwischen den Sträuchern.

»Setz dich!« sagte er. »Ich glaube, wir müssen reden.«

Sie schlenderte auf ihn zu. Sie sah schlampig aus und verheult. Wie eine alternde Trinkerin, die in der Kneipe den Sonnenaufgang verpaßt hat. Gleichgültig begann sie, sich auszuziehen. Sie riß dabei einen Knopf ab und ließ die entblätterten Kleidungsstücke achtlos auf das Gras fallen. Mick hatte nicht nur Frauen mit nacktem Busen gesehen. Er hatte auch bemerkt, daß die meisten Leute sich in ihrer Unterwäsche sonnten. Besondere Badekleidung schien in Schweden aus der Mode gekommen zu sein. Deshalb kümmerte er sich auch nicht darum, daß Gisela sich auszog. Außerdem waren sie vor neugierigen Blicken durch die Bäume recht geschützt, obwohl sie beide gut nach draußen gucken konnten, den See sahen, einige Spaziergänger und einen Eisverkäufer.

Mick fragte sich, warum Gisela sich auszog. Was wollte sie damit erreichen? Sicherlich fand sie es ungehörig, in Unterwäsche in einem Park herumzuhopsen. Sicherlich hatte sie das noch nie vorher getan. Wahrscheinlich wollte sie einfach nur von ihm mehr beachtet werden.

Bestimmt will sie, daß ich sage: Laß den Unsinn! Und dann kann sie mir beweisen, wie fortschrittlich und aufgeschlos-

sen sie ist, und wie bürgerlich und blöd ich bin, dachte er und sagte natürlich nichts dergleichen, sondern ignorierte sie und blickte durch die Blätter auf den See.
Sie fand, sie habe lange genug auf ein Wort von ihm gewartet, und obwohl er sie gar nicht ansah, fuhr sie ihn an: »Starr mich nicht so an. Was ist schon dabei? Die jungen Mädchen laufen genauso rum. Das hier ist eben ein freies Land. Hier kann ich meinen Busen in die Sonne halten, solange ich will.«
Jetzt sah Mick sie doch an. Er hatte nicht damit gerechnet, daß sie sich restlos ausziehen würde. Jetzt stand sie völlig nackt vor ihm. Mit einem gleichgültigen, trotzigen Gesicht bewegte sie sich wie eine volltrunkene Frau. Sie ließ sich fast neben ihn fallen, nur mit den Händen fing sie sich ein wenig ab. Sie rollte sich auf den Bauch und sagte: »Also, Mister Hendrix?«
Er hatte den festen Vorsatz, einen klaren Kopf zu behalten, doch sie verwirrte ihn, und das schien ihr Spaß zu bereiten, obwohl sie aussah, als würde sie jeden Moment wieder anfangen zu weinen.
»Also was?« fragte er zurück.
»Wie soll es weitergehen – ohne Formulare, ohne Arbeitsgenehmigung, ohne Aufenthaltserlaubnis, ohne Geld?«
Er antwortete nicht.
»Vielleicht auch ohne mich?« fragte sie und blickte ins Gras.
Er konzentrierte sich noch eine Weile und sagte dann: »Ich werde morgen meine Gitarre auspacken und in der Tunnelbana spielen. Dazu braucht man keine Papiere.«
»Das wird nicht reichen für uns beide.«
»Wir werden ja sehen.«
»Du willst dich also nicht von mir trennen?«
»Ich denke gar nicht daran.«
Sie zerrupfte Gras mit den Fingern und legte ihren Kopf flach auf den Boden, das Gesicht nach unten.
Mick konnte die Situation als erster nicht mehr ertragen. Er

drehte sie auf den Rücken. Sie schloß mit verzweifeltem Gesichtsausdruck die Augen und ertrug seine Küsse.
Dann preßte sie es wie einen Aufschrei zwischen den Lippen hervor: »Mick, ich hab Angst. Angst, daß wir es nicht schaffen.« Sie umklammerte ihn und drückt sein Gesicht neben das ihre. »Du bist so verantwortungslos. Du spielst nur mit dem Leben, aber wir sind keine Kinder mehr.«
Sein Körper lag auf ihrem.
»Wir schaffen es. Ohne Anpassung. Du wirst es sehen. Hauptsache wir lieben uns.«
»Ja«, sagte sie. »Ja!« Aber es war mehr Wunschdenken als Überzeugung. Als er dann an seiner Hose herumnestelte und sie von den Beinen streifte, sagte sie: »Nein, Mick. Nein, das geht doch nicht. Mitten im Park.« Noch als er zwischen ihren Beinen lag, stöhnte sie: »Das geht doch nicht, Mick! Nicht hier.« Doch sie erwiderte jeden seiner Stöße, riß die Augen auf und sah über sich die Spitzen der Bäume und weiter, noch viel weiter oben einen endlos tiefen blauen Himmel.

32

Sie hatten Mückenstiche und brennend rote Flecken von den Ameisen. Sie hauptsächlich am Po und am Rücken. Er kratzte sich auch ständig am Hinterteil, und Ingegaard, die offensichtlich nicht mehr nachtragend war, fragte: »Habt ihr euch einen Floh gefangen?«
»Nein«, sagte Mick mit breitem Grinsen. »Liebe im Freien.«
Ingegaard verstand nicht gleich, doch als sie verstand, sah sie beide verzückt an und kicherte dann wie ein alberner Teenager.
»Ich habe Prospekte von einige Sprachinstitute besorgt. Wie ihr schnell Schwedisch lernt. Man kann nicht in einem Land glücklich leben, wenn man die Sprache nicht spricht. Es gibt

schnelle Kurse und intensive Kurse. Ihr könnt euch morgen vorstellen, wenn ihr wollt. Und dann treffen sich die Frauen aus meiner Gruppe morgen wieder. Sie würden dich gerne sehen, Gisela. Einige du kennst ja schon. Wir wollen gemeinsam Läden besichtigen mit einem Makler.«
Gisela strahlte. Sie fühlte sich überhaupt nicht isoliert. Und daß sie die Sprache lernen mußte, war für sie eine Selbstverständlichkeit. Sie freute sich über Ingegaards Initiative und blätterte in den bunten Prospekten.
»Wenn es hier keinen echten Alkoholausschank gibt, dann gibt es wohl auch keine Kneipen?« fragte Mick.
»Kneipen?«
»Ich hab jedenfalls noch keine gesehen. Nur Restaurants, wo die Leute abgefüllt werden und dann gehen müssen. So einen Laden, in dem man gemütlich sitzt und reden kann bei 'nem Glas Bier, gibt es das hier auch?«
»Warum?« fragte Ingegaard.
»Oh Mann, bist du kaputt! Da fragt die tatsächlich warum. Na, wenn du so was nicht für dich brauchst, dann will ich dir sagen, wofür ich es brauche. *Ich bin Musiker! Ich finde da mein Publikum! Ich werde von Wirten bezahlt, damit ich ihre Gäste unterhalte.* Das ist verdammt noch mal mein Beruf!«
»Mick, fang nicht schon wieder an«, mahnte Gisela und kratzte sich den Rücken.
»Ist ja schon gut. Aber ich brauche solche Plätze, weil es mir in den U-Bahn-Schächten zu sehr zieht.«
»Es gibt sehr wenige solcher Plätze in Schweden«, antwortete sie.
»Ja, das dachte ich mir.«
»Und was ist mit dem Sprachkursus?«
»Ich guck mir das an«, sagte Gisela. »Und Mick verdient in der Zeit die Brötchen.«
Er nickte zustimmend und machte dabei ein Gesicht, als hätte er gerade eingewilligt, bei einem Banküberfall den Part mit der Pistole zu übernehmen.

Sie hatte sich und Mick zum Kursus angemeldet. Dann war sie durch die Stadt spaziert, hatte aufs Meer gesehen, war über Brücken geschlendert und hatte festgestellt, daß in zahlreichen Kinos deutsche Filme mit schwedischen Untertiteln liefen. Deutschsprachige Bücher konnte man sich im Goetheinstitut ausleihen, hatte sie in Erfahrung gebracht, und ein ähnliches Kulturzentrum der DDR gab es auch noch, mit Büchern, Zeitschriften und Veranstaltungen. Auf Kultur brauchten sie beide also nicht zu verzichten.
Sie war bester Laune und kaufte in einem ICA-Laden Eßwaren fürs Abendbrot ein. Sie wollte Ingegaard und Mick mit echter Hausmannskost erfreuen.
Als sie die Wohnung betrat, fiel ihr zuerst die Gitarre auf, die im Korridor lag. Dann hörte sie Micks Schluchzen. Er hatte ihr Kommen nicht bemerkt. Er lag in ihrem Zimmer auf dem Bett und weinte. Er hatte die Vorhänge zugezogen, und es war fast dunkel im Zimmer. Sie knipste das Licht an.
»Mick! Mick, was hast du?«
Er drehte sich zu ihr um. Sein Gesicht war geschwollen und von Tränen und Blut verschmiert. Sie ließ die Einkaufstüte fallen, kniete vor dem Bett auf dem Boden und sah seine Verzweiflung.
»Mick! Was ist passiert?«
Er sah sie ratlos an.
»Mick, so sag doch was.«
»Ich . . . ich stand in der U-Bahn und spielte. Erst lief alles ganz gut. Ich bekam auch ganz schön was zusammen. Ich war schon so glücklich, und es machte Spaß und dann . . . dann . . . dann . . . kamen Besoffene und stänkerten mich an. Sie grölten rum und nahmen mir das Geld ab, das vor mir auf dem Boden lag. Ich hab mich gewehrt. Dann haben sie mich . . . verhauen haben sie mich.
»Oh, Gisela. Es war so schlimm. Sie haben mich getreten und ›Heil Hitler‹ geschrien. Und es standen jede Menge

Leute drum rum. Aber glaub nicht, daß mir einer geholfen hätte. Kurz nachdem die Typen abgehauen waren, weil sie genug von mir hatten, kam die Polizei. Sie nahmen mich mit, und dann ging die Scheiße erst richtig los. Sie wollten meine Aufenthaltsgenehmigung und meinen Reisepaß und meine Arbeitsgenehmigung, weil man nämlich sonst gar nicht spielen darf. Und dann sagten sie, ich sei hier nur als Tourist und wollten sehen, wieviel Geld ich hätte. Ich sagte, ich habe nichts. Da wollten sie wissen, wovon ich lebe und wo ich schlafe, und sie haben die deutsche Botschaft angerufen und nach mir gefragt. Oh, Gisela, ich kann nicht mehr.«
»Hat denn niemand einen Arzt gerufen?«
»Nein.«
Sie faßte ihn vorsichtig an. »Hast du was gebrochen?«
»Ich glaub nicht. Ich hab ziemlich stabile Knochen.«
»Wohin haben sie dich getreten?«
»In die Rippen, in den Magen und ins Gesicht.«
Gisela verschwand im Badezimmer und kam mit einem nassen Lappen wieder. Sie wischte ihm das Gesicht ab und kühlte seine Stirn.
»Jetzt mußt du mich zum zweiten Mal verarzten. Ich habe wohl wenig Glück in letzter Zeit.«
»Vielleicht brauchst du wirklich eine Krankenschwester?«
»Kann schon sein.«
»Hast du Schmerzen?«
»Hm. In der Brust. Und mein ganzes Gesicht fühlt sich so dick an.«
»Es ist geschwollen. Ich glaube, Ingegaard hat noch Alkohol im Kühlschrank. Ich seh' mal nach. Sie wird es sicherlich verstehen. Auch wenn das Zeug so teuer ist.«
Sie brachte ihm Whisky in einem Wasserglas. Er trank und hustete und trank weiter. Dann schlief er ein. Das heißt, der Alkohol schoß durch seinen leeren Magen so schnell ins Blut, daß er mehr oder weniger in Ohnmacht fiel.
Sie ging in den Korridor, hob die Gitarre auf und sah nach,

ob etwas daran kaputtgegangen war. Dann holte sie noch einen kühlen Lappen für Mick und legte ihn auf seine Stirn. Gisela saß am Bett und sah ihren zerschundenen Liebhaber mitleidig an. Gleichzeitig wurde ihr auch klar, daß er nie wirklich als Straßenmusiker und Kneipensänger gearbeitet hatte. Vielleicht war das immer sein Wunsch gewesen, aber gemacht hatte er es noch nicht oft. Sie konnte sich nicht vorstellen, daß einem richtigen Profi so etwas passieren würde.

Er sah auf einmal so anders aus als der lässige, unbekümmerte Tramper, der sie so verunsichert hatte. Mit seinem weichen, sensiblen Gesicht, mit den kurzen Haaren und den Spuren von Fäusten im Gesicht, sah er aus wie ein verwöhnter und verhätschelter Oberprimaner, der sich zum ersten Mal ins halbseidene Nachtleben seiner Stadt gestürzt hatte und dabei unter die Räder gekommen war.

»Du heißt nicht Mick, sondern Ernst. Du bist nicht der Frauenheld, für den du dich ausgibst. Du möchtest gerne ein Sänger sein. Aber du bist es nicht. Du möchtest frei und ungebunden leben, aber dafür bist du nicht stark genug. Du verleugnest deine Eltern, aber das kann man nicht, weil man ohne Vergangenheit auch keine Zukunft hat. Die Probleme, vor denen zu wegläufst, mußt du bewältigen, sonst wirst du nicht erwachsen. Vielleicht brauchst du mich dazu? Vielleicht benutzt du mich dafür? Vielleicht kann ich dir helfen?«

Sie sagte das alles sehr leise und ruhig, und während sie sprach, rührte Mick sich nicht, als würde er im Schlaf aufmerksam lauschen.

Dann schwieg sie noch fast eine Stunde und sah ihn an. Ihr Rücken schmerzte schon von der verkrampften Sitzhaltung, als er endlich die Augen öffnete. Sie fragte nicht: »Wie fühlst du dich?« oder »Geht es dir besser?« Sie sah ihm in die Augen und fragte: »Wer bist du wirklich?«

Er richtete sich im Bett auf: »Wie meinst du das?«

»Sag mir die Wahrheit – oder soll ich raten?«

»Spinnst du plötzlich oder was?«
»Du bist kein elternloser Tramp, der sein Geld mit der Gitarre verdient. Das ist nur Lagerfeuerromantik. Du bist auch nicht der kaltschnäuzige Mädchenaufreißer – so nennt ihr das doch wohl in eurer Sprache, mit der ihr eine bessere Welt aufbauen wollt.«
»Wie meinst du das?«
»Mensch, ich bin doch nicht blind. Ich hab zwei Söhne in deinem Alter. Denkst du, wenn Kinder Cowboy und Indianer spielen, dann werden sie auch zu Cowboys und Indianern? Das schaffen sie nie! Nie, egal wie viele Hühnerfedern sie tragen, egal wie echt ihre Pistolen aussehen und die Sporen an den Stiefeln. Sie bleiben doch immer Kinder, die nur Cowboy und Indianer spielen und am nächsten Tag wieder brav zur Schule gehen und sich fürchten, wenn der Lehrer mit Nachsitzen oder Strafarbeiten droht. Und später dann, wenn die Jungens vor dem Spiegel stehen, sich die Pickel ausdrücken, um lange Haare kämpfen und um die Kleidung, von der sie meinen, die sei gerade in, dann werden sie dadurch nicht zu Travolta und auch nicht zu John Lennon . . .«
»Und was willst du damit dagen?«
»Daß du aufhören sollst, einen Mini-Hendrix zu spielen, und statt dessen versuchen solltest, Ernst zu sein! Falls du weißt, wer das ist!«
»Du hast meinen Ausweis gesehen?«
»Ich bin vielleicht zwanzig Jahre älter als du, aber nicht zwanzig Jahre dümmer.«
Jetzt hätte er eine Chance gehabt, das wußte er. Jetzt hätte er von seinen Eltern erzählen können, von Gitti und dem zukünftigen Job in der Bank, von der Wohnung im Haus ihrer Eltern, die nie wirklich ihre eigene Wohnung war, weil die Eltern sich in alles reinmischten und ihren Willen mit Geschenken und netten Worten durchsetzten.
Von der Langeweile hätte er reden können und von der Angst, daß sich jetzt nichts mehr ändern würde, wenn er

bei Gitti in dem Haus bliebe, dabei wollte er sein wie Jo. Der war zwar auch immer wieder auf die Schnauze gefallen, aber der war frei und selbstbestimmt. Aber man kann nicht plötzlich ein anderer sein, wenn die Umwelt um einen rum sich nicht verändert. Die hätten ihn doch alle nicht ernstgenommen. Also mußte er diese Umwelt verlassen. Gitti, die Eltern und ein paar alte Freunde. Vielleicht sogar Jo. Er mußte es auf eigene Faust versuchen, dabei war er an sie geraten.

All das hätte er ihr sagen können, und sie hätte ihn besser verstanden als vorher. Sie hätte ihn in die Arme nehmen können, um mit ihm gemeinsam neue Perspektiven zu suchen. Eine neue Rolle in einem besseren Film. Und vielleicht diesmal mit weniger Starbesetzung. Doch die Art, in der sie fragte, brachte ihn in eine Verteidigungsposition. Was er ihr dann auftischte, war zum Teil die Wahrheit, zum größten Teil aber nicht mehr als der erneute Versuch, in die Rolle Jos zu schlüpfen. So wie er sich Jos Rolle vorstellte.

»Ja, es stimmt. Ich habe dich belogen. Ich bin eigentlich nie ein Berufsmusiker gewesen. Das war nur Tarnung. Sozusagen mein offizieller Anstrich. In Wirklichkeit treibe ich ganz andere Geschichten . . .«

»Und was?«

»Das kann ich dir nicht erzählen. Das ist geheim.«

»Ach, deine Herkunft, dein Beruf, oder wenigstens die Art, wie du dein Geld verdienst, das alles ist also für mich geheim? Du steigst mit mir ins Bett, saugst an meiner Brust, aber was du sonst so treibst, das geht mich nichts an? Was, bitte schön, ist denn in dem Zusammenhang Liebe? Vertrauen? Sich einlassen auf einen Menschen? Man kann sich doch nicht nur im Bett gut verstehen!«

»Ja, das stimmt, aber wenn ich dir alles erzähle, dann . . .«

»Dann was?«

»Dann wirst du mich verlassen.«

»Im Gegenteil, wenn ich einen Grund hätte, dich zu verlas-

sen, dann nur, weil du mir eine Show vorspielst, statt zu zeigen, wer du bist.« »Und dein Tobias?«
»Jetzt kram keine alte, schmutzige Wäsche aus. Ich hab es dir erzählt, und du hast mir verziehen. So muß das sein, und nun bist du dran!«
Er spielte seine Rolle so echt, daß er schon selbst kaum noch zwischen sich selbst und Jo unterscheiden konnte. Die Lüge wurde zur Wahrheit und die Wahrheit wurde zur Lüge. Und das alles zu einem Breitwandfilm, der nur für einen einzigen Zuschauer gedreht wurde: Gisela.
Echtes Tränenwasser bildete sich in seinen Augen. Sie drohten überzulaufen. Schon das allein reichte fast, um Giselas Härte schmelzen zu lassen. Er sollte doch nur reden. Sie war bereit, alles zu verzeihen, dachte sie, was wohl auch daran lag, daß sie sich nicht vorstellen konnte, Mick habe etwas abgrundtief Böses oder Erschreckendes zum Besten zu geben. Sie erwartete eine stinknormale Geschichte über einen stinknormalen Jungen, der von zu Hause weggelaufen ist, um die Welt zu entdecken, oder vielleicht auch, weil seine Freundin schwanger geworden ist oder sonst eine alltägliche Geschichte.
»Also gut«, sagte er. »Ich bin ein Krimineller.«
Er sagte das so dramatisch und voller Überzeugung, daß Gisela fast gelacht hätte. Mick ein Krimineller! Er sah sofort, daß sie ihm nicht glaubte. Aber hatte er nicht mit ihr die Zeche geprellt? Hatte er nicht den Wagen fast kostenlos getankt? Er fuhr fort mit seinem Geständnis: »Ich verschiebe Autos in den Orient.«
»Natürlich«, sagte Gisela, »und ich geh in München auf den Strich.«
»Du glaubst mir nicht?«
»Aber Mick. Du versuchst doch nur, dich interessant zu machen, aber das brauchst du nicht. Du bist für mich interessant genug. Ich will wissen, woher du wirklich kommst und was du getrieben hast bisher, und warum du zu so einem Märchenerzähler geworden bist.«

»Märchenerzähler sind wir alle.«
»Warum bist du zum Beispiel mit mir gefahren? Nur weil es geregnet hat? Wenn ja, warum bist du dann nicht irgendwann ausgestiegen, sondern mit mir weitergefahren? War das schon Liebe, oder wolltest du dir nur beweisen, daß so eine alte Frau wie ich noch auf dich reinfällt?«
»Gar nichts von alle dem. Ich wollte dein Auto stehlen.«
Sie schluckte. »Du wolltest was?«
»Dein Auto klauen.«
»Blödsinn.«
Noch während sie das sagte, schoß es ihr durch den Kopf. Sie hatte sich am ersten Rastplatz sehr geärgert, weil die Beifahrertür noch offenstand. Hatte er vielleicht absichtlich . . .
»Ich hatte gehofft«, fuhr er fort, »ich könnte irgendwie an den Schlüssel und die Papiere kommen. Sonst ist es nämlich verdammt schwer, einen Wagen über die Grenze zu bekommen. Und der Wiederverkauf erst! Aber ich hatte gute Chancen mit dir. Ich dachte, bis du die Polizei verständigt hast, bin ich längst über die Grenze nach Frankreich. Und du glaubst doch selbst nicht, daß Interpol geklaute Autos sucht, oder? Dann hätte ich den dort in aller Ruhe umgespritzt, die Fahrzeugnummer entfernt, und dann die Kiste nach Istanbul gefahren.«
Sie war entsetzt und hoffte, er würde nur Spaß machen, doch irgendwie klang die Geschichte in ihrer ganzen Abenteuerlichkeit für sie sehr wirklich.
»Und damit du alles weißt. In Istanbul hätte ich erst den Wagen zu Geld gemacht und dann von dem Geld Shit gekauft. Haschisch, du verstehst?«
Sie nickte. »Haschisch.«
»Dort sind nämlich alte Mercedes' sehr teuer und sehr rar, und Haschisch ist da leicht zu kaufen und billig obendrein.«
Sie suchte nervös nach einer Zigarette.
»Den Stoff hätte ich dann hier teuer verkauft. So wäre dein

Wagen mindestens doppelt soviel wert gewesen, als er eigentlich ist.«

Ihre Stimme zitterte, als sie ein Streichholz anriß und ihn durch die Flamme ansah und dabei fragte: »Und warum hast du es nicht getan? Möglichkeiten hattest du doch genug.«

»Weil ich mich in dich verliebt hab. Mehr als je zuvor in meinem Leben.«

Sie atmete den Rauch so tief ein, daß die Lungen schmerzten. Dann blies sie den inhalierten Qualm scharf zur Seite weg. In ihr bebte es. Sie hatte die Beine übereinandergelegt und merkte, daß ihre Knie anfingen zu zittern. Mit einer Hand versuchte sie, ihre Beine zur Ruhe zu bringen, mit der anderen führte sie die Zigarette wieder zum Mund.

»Liebe war nicht vorgesehen, du hast mich damit praktisch um meinen Job gebracht.«

Sie wußte nicht, ob sie ihm ins Gesicht schlagen sollte, aus dem Zimmer rennen oder ihn umarmen und küssen wollte. Sie blieb so ruhig wie möglich sitzen und rauchte. Doch sie konnte die Knie nicht zum Stillstand bringen. Jetzt zitterte auch noch die Zigarette in ihrer Hand.

»Du klaust also Autos und handelst mit Rauschgift?«

»Ja.«

Sie fuhr mit den Fingerspitzen durch ihre Haare und kratzte sich die Kopfhaut.

»Das ist doch ein schlechter Witz, Mick.«

»Nein, es ist die Wahrheit. Darum habe ich mich auch Mick genannt, statt meinen richtigen Namen zu sagen. Darum war es mir auch egal, wo du mich hinfährst. Stockholm oder Rom. Ich wollte dein Auto. Aber die Fahrt war zu lang. Ich konnte dir nicht standhalten. Aber ich konnte dir auch die Wahrheit nicht erzählen. Das wirst du doch jetzt begreifen?«

Sie starrte vor sich hin und zitterte am ganzen Körper. Er stand auf und wollte sie in die Arme nehmen. Kaum hat-

ten seine Hände sie berührt, da zuckte sie zusammen und fauchte: »Faß mich nicht an!«
Er ließ sie in Ruhe und setzte sich auf die Bettkante. Er schloß die Augen und massierte sich mit allen zehn Fingern das Gesicht und die Schläfen. Sein Schädel brummte. Das Gespräch strengte ihn an. Er fühlte sich von seiner Rolle plötzlich überfordert, wollte lieber wieder mit der Mutter am Frühstückstisch sitzen, sehen, daß alle Dinge da stehen, wo sie hingehörten. Sich von der Mutter Kaffee eingießen lassen. Ein weichgekochtes Ei essen. Sich ermahnen lassen, bei dem Wetter einen warmen Mantel zu tragen. Wissen: wer man ist, und wo man hingehört und eine eigene kleine Ordnung haben.
Er war völlig unvorbereitet, als ihre Hand sein Gesicht traf.
»Spinnst du?!«
Er hielt ihre Hände fest. Er war nicht mehr bereit, sich von irgendwem schlagen zu lassen. Er hatte schon zu viel Prügel bezogen in den letzten Tagen.
Sie riß sich los und stürmte aus dem Zimmer. Vor der Tür stand Ingegaard. Gisela wußte sofort, daß Ingegaard alles mit angehört hatte. Sie wollte an Ingegaard vorbei. Raus aus der Wohnung.
»Gisela, bleib. Setz dich erst mal. Trink einen Kaffee mit mir. Du kannst so nicht gehen. Mach dich nicht unglücklich.«
Dann lagen sich die beiden Frauen in den Armen. Sie streichelten sich und versicherten sich gegenseitig, daß alles gar nicht so schlimm sei und nichts so heiß gegessen werde, wie man es kocht. Sie gingen gemeinsam aus und ließen Mick allein.
Mick blieb mit dem Gefühl zurück, versagt zu haben. Er legte sich wieder aufs Bett und versuchte, sich Brigitte vorzustellen. Er war erst ein paar Tage von ihr weg, und schon fiel es ihm schwer, sich die Konturen ihres Gesichts in Erinnerung zurückzurufen. Ihre welligen schwarzen Haare sah er ganz klar. Die Farbe ihrer Augen verschwamm schon. Waren sie blau oder grün? Der dünne Hals, auf

den er so manchen Knutschfleck gezaubert hatte. Die schmalen Schultern, die winzigen Brüste. Jetzt, da sie weit weg war, hätte er sich gern bei ihr ausgeheult, doch er wußte, wenn sie plötzlich den Raum betreten würde, wäre dieser Wunsch wie verflogen. Sie war nicht die Frau, bei der ein Mann sich gehenlassen konnte.

34

Irgendwo hatten Ingegaard und Gisela eine illegale Bar aufgetrieben und sich dort einen Liter Wein bestellt. Gisela hatte die ganze Geschichte noch einmal von vorn ihrer Freundin erzählt, und das tat gut. Gut wie der Wein und das Gefühl, jemanden zu haben, der zuhören kann, ohne gleich den Richter oder den Analytiker spielen zu wollen.
»Rauschgifthandel. Das schlimmste Verbrechen, das ich mir vorstellen kann! Und in den muß ich mich verlieben. Was jetzt? Wovon leben? Mein Auto wollte er stehlen! Und ich blöde Kuh verführe ihn und verliebe mich!«
Zu Giselas Erstaunen fand Ingegaard die Geschichte gar nicht so schlimm. Vielleicht wollte sie auch nur ihre Freundin trösten? Jedenfalls redete sie von der relativen Ungefährlichkeit von Haschisch und daß sie es selbst schon geraucht habe. Überhaupt sei das in Skandinavien nichts besonderes. Alkohol sei ja auch mehr oder weniger verboten. Und jeder, der nur irgendwie könne, schmuggle Alkohol. Schlimm seien nur die, die das Zeug vermischen, um mit Heroin-Beimischungen Süchtige zu produzieren.
Aber eine Lebensperspektive sei das auch nicht gerade, meinte Gisela. Rauschgifthändler.
Daß er ihr den Wagen klauen wollte, hatte sie ihm längst verziehen. Aber ein ausgeflippter Straßenmusiker wäre ihr lieber gewesen als ein Autodieb und Dealer – wie er das nannte. Sie nahm sich vor, ihn zu fragen, wie oft er das

schon gemacht habe. Dann trank sie den letzten Tropfen von dem Wein und wollte zu Mick zurück.
»Weißt du noch, wo wir uns zum ersten Mal getroffen haben? Vor dem Eingang zur Tunnelbana? Der große unterirdische Platz vor dem Kulturhaus?«
»Ja, natürlich.«
»Laß uns dahin gehen. Ich zeig dir was. Das ist einer der größten Stockholmer Plätze für Haschisch-Dealer, zum Tauschen, weißt du.«
Gisela hatte kein Interesse daran, doch Ingegaard zog sie mit sich.

35

»So, so, damit handelst du also«, säuselte sie, und hielt ihm ein etwa zigarettenstummelgroßes, mit Silberfolie umwickeltes Päckchen vor die Nase. Er wurde wach und registrierte zuerst einmal, daß Gisela angetrunken war. Dann nahm er ihr das Päckchen aus der Hand, löste die Folie und roch daran. Keine Frage, das war roter Afghan. Gut zwei Gramm. Der zusammengepreßte Staub sah aus wie ein Lutschbonbon.
»Wie kommst du da dran?« fragte Mick.
Sie grinste überlegen.
»Wir haben kein Geld mehr. Du bist kein Musiker, und ich habe keine Schecks mehr. Man kann ein neues Leben nicht ohne was beginnen. Dazu bin ich schon zu alt. Willst du den Wagen noch?«
»Wie meinst du das?«
»Wieviel bringt die Sache, wenn du den Wagen verkaufst, dafür Haschisch kaufst und dann wieder verkaufst? Was hattest du dir ausgerechnet?«
»Kommt drauf an, wo man das Zeug verkauft. Ich schätze im Ruhrgebiet so gut vierzigtausend Mark.«
Sie pfiff anerkennend. Sie spielte jetzt ganz die Gangster-

braut. Das hatte sie vorher noch nie getan. Dafür, daß sie die Rolle zum erstenmal spielte, war sie gut, wenn sie auch etwas überzog und zu sehr auf Kino machte.
»Was heißt: Kommt drauf an, wo man es verkauft?«
»Na, in Monte Carlo kriegst du das Doppelte dafür.«
»Das Doppelte?«
»Ja, bestimmt.«
»Warst du mal da?«
»Na klar, ist doch mein Job.«
»Warum verkaufst du es dann nicht da?«
»Ja, weil – ich meine –, ich hab doch gar nichts zu verkaufen – oder meinst du etwa . . .«
»Hast du einen anderen Vorschlag? Willst du zum schwedischen Sozialamt oder was? Wir haben nicht mal mehr genug Geld für die Rückfahrt. Überleg mal. Ich könnte nicht mal zu meinem Mann zurück, selbst wenn ich wollte.«
»Gisela, ist das dein Ernst, ich soll . . .«
»Du wolltest ihn klauen. Ich schenk ihn dir. Mit Schlüsseln und Papieren.«
»Und dann?«
»Dann tust du, was du immer getan hast, nur gefahrloser, weil der Wagen nicht geklaut ist. Wenn du willst, schreib ich dir sogar ein Papier, daß du den Wagen für mich überführst. Und wir teilen dann das Geld und machen einen neuen Anfang.«
»Träum ich oder wach ich? Du schlägst mir dieses Geschäft vor? Gerade hast du mich noch geohrfeigt wegen . . .«
»Das war nur die erste Wut und Enttäuschung. Ich hatte dich für einen braven Sohn netter Eltern gehalten. Dabei hast du es faustdick hinter den Ohren.«
»Ich glaub, ich spinne.«
»Jeder muß sehen, wo er bleibt. Ich wäre also auch dafür, du verkaufst das Zeug in Monte Carlo, falls das nicht zu gefährlich ist.«
»Nee, zu gefährlich ist es nicht. Man kommt da gut rein und raus, wenn man Mittel und Leute kennt.«

»Dann nimm morgen den Wagen und fahr los. Wie lange wird das alles dauern?«
»Vielleicht vierzehn Tage.«
»Dann treffen wir uns in vierzehn Tagen in Monte Carlo.«
»Aber wie willst du dahin kommen, du hast doch gar kein Geld mehr.«
»Ingegaard wird mir was borgen. Sie ist nett, weißt du, eine richtige Freundin.«
Er war überrumpelt und stand jetzt unter Zugzwang. Wollte sie ihn nur austricksen und auf die Probe stellen, weil sie die Geschicht nicht glaubte, oder wollte sie wirklich, daß er . . .
Sie streichelte sein Gesicht und sagte: »Aber vorher möchte ich, daß du diesen roten Afghan mit mir rauchst. Ich hab das noch nie getan.« Sie kicherte. Mick wußte nicht mehr, was er denken sollte. Gisela holte Kerzen aus der Küche und stellte sie im Zimmer auf. Über einer Kerze machte Mick – noch kopfschüttelnd den Stoff warm und knetete ihn dann ruhig durch. Fasziniert sah Gisela ihm zu. Sie saßen beide auf dem Boden, um sich herum Kerzen.
»Koch uns einen Tee. Du wirst einen verdammt trockenen Hals davon bekommen. Dann ist Tee am besten.«
Sie stand auf, um seinem Wunsch zu folgen. Fast hätte sie ihn noch gefragt, ob das auch ganz bestimmt nicht gefährlich sei, aber im letzten Moment schluckte sie es herunter. Mick klebte drei Blättchen Zigarettenpapier aneinander und streute Tabak darauf, den er aus zwei von Giselas Filterzigaretten herausbosselte. Sie kam mit dem Tee zurück und fragte: »Warum machst du das und nimmst nicht deinen Zigarettentabak?«
»Man muß sehr tief inhalieren«, antwortete er, »und ich wollte nicht, daß der Tabak zu sehr im Hals kratzt. Wir wollen ja auch kein Nikotin, sondern Haschisch ins Blut kriegen.«
Nachdem er diese Belehrung abgelassen hatte, kam er sich sehr überlegen und erfahren vor. Nun bröselte er auch noch

den weichgekneteten Stoff in die Tüte. Aus einem Stückchen Pappe von Giselas Zigarettenschachtel drehte er einen Filter, den er in die recht große und unförmige Zigarette einarbeitete. Das Ganze wirkte auf Gisela wie ein kultischer Vorgang, wie eine geheimnisvolle Zeremonie. Er saß dabei im Schneidersitz und schien völlig konzentriert, war es aber nicht, weil sein Gehirn mit rasender Geschwindigkeit versuchte, die Sache zu verarbeiten. Er sollte tatsächlich in die Türkei fahren – vielleicht würde er Jo mitnehmen? Mit Jo war alles risikolos. Oder sollte er einen Alleingang wagen? Beweisen, daß er auch wer war? Wenigstens sich selbst.
Er leckte das gummierte Papier an und drehte den Joint in die endgültige Form. Dann rauchte er ihn vorsichtig über einer Kerze an, legte den Kopf in den Nacken und blies den tief aus dem Magen zurückkommenden Rauch in einem gleichmäßigen Strom gegen die Decke. Er tat es dreimal und reichte dann Gisela den Joint weiter. Ihr Herz klopfte so schnell, daß sie fürchtete, der erste Zug würde sie glatt ohnmächtig machen. So war es aber nicht. Sie mußte nur husten, und Mick sagte: »Tiefer. Viel tiefer. Zieh es in den Magen rein.«
Der zweite Zug klappte schon viel besser. Und beim dritten konnte sie schon den Kopf so malerisch dabei in den Nakken legen und zur Decke pusten wie Mick. Sie war fast stolz auf sich, so gut klappte es, aber sie spürte nichts. Gar nichts. Nur Ruhe trat ein zwischen ihnen. Sie redeten nicht mehr. Gisela wurde schon durstig und schenkte Tee ein. Kanne und Tassen standen auf dem Boden. Sie bemerkte, daß ihre Bewegungen langsamer wurden, und sie mußte aufpassen, um nichts zu verschütten.
Ihr Hals war tatsächlich wie ausgedörrt. Mick legte sich nach einigen tiefen Zügen auf den Rücken und sah zur Decke, dann schloß er die Augen. Das Blut in den Adern schien kalt zu werden. Er spürte ein Frösteln. Die Glut auf dem Joint war so lang, daß Gisela befürchtete, sie könne beim nächsten Zug abfallen. Das passierte aber nicht. Nur

der Rauch war zu heiß geworden und schmeckte schlecht. Wieder nahm sie einen Schluck Tee und merkte, daß sie sich leichter fühlte, wärmebedürftig und müde. Mick drehte sich zur Seite und nahm auch einen Schluck Tee. Er sah Gisela an und dachte: Mit dieser zwanzig Jahre älteren Frau hier in Stockholm sitzen und Haschisch rauchen – wer hätte sich das träumen lassen? Selbst für Jo wäre das eine interessante Geschichte. Der immer mit seinen Teenies!

»Mir ist kalt. Ich frier und bin müde. Bring mich ins Bett und wärm mich, Mick.«

Er nahm noch einen Zug, dann löschte er den Joint und blies die Kerzen aus. Wie schlafwandlerisch bewegte Gisela sich zum Bett. Sie kroch voll angezogen unter die Decke. Er kam nach. Sie kuschelte sich an ihn, kroch fast in ihn hinein und raunte: »Wärm mich, Mick. Wärm mich. Halt mich ganz fest.« Dann kroch eine ihrer Hände in seine Hose und wühlte sich geduldig durch den Stoff, bis sie Haut spürte.

36

Beim gemeinsamen Frühstück wurde Mick klar, daß Gisela die Sache ernst meinte und auch Ingegaard davon wußte. Während er sich Käse aufs Brot legte, sagte Ingegaard: »Vielleicht kann ich auch meinen kleinen Beitrag leisten. Ich kann dir tausend Kronen geben, damit du bis Istanbul kommst.« Mick nickte dankbar. Tausend Kronen, das waren immerhin fast fünfhundert Mark. Warum tat sie das? Sie zählte ihm das Geld auf den Frühstückstisch. Gisela erinnerte ihn daran, daß er sich Ingegaards Telefonnummer aufschreiben müsse. Dann nötigten sie ihm das Versprechen ab, jeden Tag kurz anzurufen. Sie versicherten, daß sie ihm inständig die Daumen drücken wollten. Langsam wurde Mick mißtrauisch, denn er hatte das Gefühl, sein

Geld sei schon so gut wie verplant. In der Tat erzählte Gisela völlig selbstverständlich von dem Spielzeugladen, den man mit dem Geld aufmachen könnte, so daß die ganze Sache doch zu etwas Gutem diene, und außerdem hätten sie damit endlich eine Existenz. Eine richtige Lebensgrundlage! Dazu mit einer Arbeit, die nicht nur Geld bringe, sondern auch noch Spaß mache, und Mick könnte dann auch aus dem *dreckigen Geschäft* aussteigen und etwas völlig Neues beginnen. Zum Beispiel als Verkäufer im Laden anfangen oder . . .«
Mick fand das alles so lächerlich, daß er hätte laut loslachen können. Doch was Gisela und Ingegaard jetzt zusammensponnen, konnte ihm egal sein. Mit dem Wagen, den Papieren und den tausend Kronen konnte er es wagen. Er würde reich zurückkommen und dann mit Gisela erst mal ohne finanzielle Sorgen leben. Die Idee mit dem Laden würde er ihr schon ausreden. Sogar eine Thermosflasche mit heißem Tee machte Gisela ihm für den Weg fertig.
Die Abschiedsszene war dann viel undramatischer und flacher, als er erwartet hatte. Keine endlose Knutscherei, keine Tränen, nur ein: »Paß gut auf dich auf!«
Die Strecke bis Malmö schaffte er in fünf Stunden. Auf der Fähre trank er dann eine Cola und aß ein Sandwich mit Fisch und Salat. Er kaufte sich eine Straßenkarte. Es gab zwei sinnvolle Möglichkeiten, nach Instanbul zu fahren. Auf jeden Fall zuerst bis Belgrad, dann entweder nach Griechenland, Richtung Saloniki und am Ägäischen Meer vorbei bis Instanbul, oder von Belgrad aus nach Bulgarien, Richtung Sofia, Istanbul. Die Strecke über Bulgarien war sicherlich kürzer. Trotzdem verspürte er mehr Lust, über Griechenland zu fahren. Es war eine undefinierbare Lust. Aber noch stand er nicht vor dem Problem. Er mußte erstmal bis Belgrad. Er rechnete aus, daß fast viertausend Kilometer Straße vor ihm lagen. Sechsmal müßte er eine Landesgrenze überqueren, und das mit einem Auto, das möglicherweise als gestohlen gemeldet worden war. Von

Giselas Mann. Man konnte diese Möglichkeit nicht ausschließen. Außerdem besaß er kaum fünfhundert Mark. Das Geld würde gerade zum Tanken reichen. Aber er mußte auch essen, schlafen, die Fähren bezahlen.
Natürlich könnte er wieder versuchen, so zu tanken wie in Dänemark. Aber er rechnete aus, daß er vierhundert, vielleicht sogar vierhundertfünfzig Liter Superbenzin brauchen würde. Wie teuer war der Sprit in Österreich, in Jugoslawien, in Bulgarien oder in Griechenland? Das Unternehmen erschien ihm immer unmöglicher, und je unwahrscheinlicher das Gelingen wurde, um so stärker wuchs in ihm der Wille, es zu schaffen. Einmal im Leben alles auf eine Karte setzen. Einmal voll für etwas einstehen und siegen oder verlieren. Etwas tun, von dem man hinterher noch lange zehren kann. Einer werden, der etwas zu erzählen hat. Einer werden, der was erlebt hat. Einer werden, der Lebenserfahrung hat. Sagen können: »Narben blieben, doch es lohnte sich.« Einmal die Titelrolle in einem amerikanischen Film spielen: Einsam sein, aber besser als die anderen. Mit Willenskraft und Mut seinen Weg alleine gehen.
Er nahm sich vor, es in vierzehn Tagen zu schaffen. Er würde im Auto schlafen. Eine Stange Zigaretten verbrauchen und ein paar Kästen Mineralwasser oder Cola.
Die Fähre lief in Kopenhagen ein. Er stand draußen, ließ sich vom Wind erfrischen und blickte aufs Meer. Die weißen Spuren aufgewühlten Schaums, die das Schiff hinterließ, faszinierten ihn. Bald glättete sich das Meer und tat, als sei nichts gewesen. Jede Spur verwischte, und doch war genau an dieser Stelle ein mächtiges Schiff durchgetuckert und hatte die Wellen geteilt und die Fische in Aufregung versetzt. Ihm war, als nähme das Meer all dies nur gleichmütig zur Kenntnis, ohne sich auch nur im geringsten davon beeindrucken zu lassen. Dabei würden diese Maschinen, die das Meer brauchten, um eine Berechtigung zu haben, eben dieses Meer langsam umbringen. Mit ihrem Öl und ihrem Schmutz. Mit den Spuren, die das Meer nicht verwi-

schen konnte. Die Maschinen, die das Meer nutzbar machen, werden es umbringen. Und damit ihre eigene Existenzberechtigung ad absurdum führen. Aller Widersinn der Welt schien sich hier auf den Wellen zu spiegeln.
Er erwischte sich bei diesen Gedanken und kam sich sofort kindisch vor. Schließlich war er kein Hippie auf dem Weg nach Indien oder ein Grüner auf dem Weg zu einer Wahlveranstaltung. Er war jetzt dabei, eine Karriere als Rauschgifthändler zu beginnen, und das war ein knallharter Job. Natürlich hatte er noch Ideale. War nicht nur einfach auf Geld aus. Er wollte zum Beispiel auf keinen Fall schlechten Stoff verkaufen. Er würde auch nicht zulassen, daß man seinem Haschisch süchtigmachende Stoffe beimengte, um Süchtige zu produzieren. Er wollte den reinen Stoff an den Mann bringen. Ohne Gepansche. Damit war auch noch genug zu verdienen. Allerdings, so gestand er sich ein: Er war gar nicht in der Lage, sauberen Stoff von gepanschtem zu unterscheiden.
Vielleicht wäre es tatsächlich besser, Jo mitzunehmen. Aber dann würde Jo immer der Boß bleiben. Wenn er aber mit einer Tüte voller Haschisch in der Tür stehen würde, als gemachter Händler, dann konnte er Jo die Partnerschaft anbieten. Er wollte gleichberechtigt neben ihm stehen.
In Dänemark hätte er zu gern noch mal für einen Zehn-Kronen-Schein getankt, aber es war noch heller Tag, und er traute sich nicht. Er entschloß sich, den Sprit lieber nachts auf Parkplätzen aus anderen Autos abzusaugen. Zu dem Zweck kaufte er in einem Kopenhagener Kaufhaus einen Gummischlauch. Auf der Fähre von Rødby nach Puttgarden besorgte er sich eine Stange schwarzer, filterloser Zigaretten. Das war zwar teurer, als selbst zu drehen, aber er verlor beim Fahren keine Zeit.
Er wurde wieder nicht kontrolliert, was ihm Mut machte und das Unternehmen risikoloser erscheinen ließ. In Hamburg aß er Frikadellen und rief aus einer Telefonzelle Gisela an, um ihr zu berichten, daß alles wie am Schnürchen lief.

Er beschloß, sich ein Weilchen auszuruhen und dann weiterzufahren. Auf einem Parkplatz drehte er den Sitz herunter und streckte sich aus.
Als er wach wurde, brach schon der Morgen an. Ihn fröstelte, und er hatte einen schlechten Geschmack im Mund. Es fuhren nur ab und zu mal ein paar Frühaufsteher zur Arbeit. Noch war die Lage günstig. Mick fuhr den Wagen neben einen Renault 16 TS. Er vermutete, daß der R 16 auch mit Superbenzin fuhr.
Kein Mensch war weit und breit zu sehen, als Mick sich zwischen beide Autos duckte, mit einem Schraubenzieher das Tankschloß des Renaults knackte und dann ein Ende des Gummischlauchs reinhielt, ansaugte, Benzin ausspuckte und das andere Schlauchende in den eigenen Tank steckte. Es sprudelte nur so von einem Auto ins andere. Mit Genugtuung stellte er fest, das der Renault gut gefüllt war. Er schätzte, daß er mindestens dreißig Liter abgezapft hatte, als der Strom versiegte.
Er fuhr in Richtung Bahnhof, stellte sich auf den Parkplatz und suchte die Bahnhofs-Toiletten auf, um sich die Zähne zu putzen. Dann stellte er überrascht fest, daß die Imbißstube im Hamburger Hauptbahnhof schon um sechs Uhr morgens öffnete. Die zwanzig Minuten wartete er noch. Dann stand er vor der Tür, als geöffnet wurde, und aß um wenige Minuten nach sechs eine superscharfe Currywurst mit Pommes frites und Mayonnaise zum Frühstück. Die scharfe Soße kratzte im Hals, und er nahm sich eine Dose Bier mit ins Auto. Er wollte die frühe Stunde ausnutzen. Die Autobahn würde nicht so voll sein, und er konnte den Wagen voll aufdrehen.
Tatsächlich war er fünfzehn Stunden später in Wien. Er hatte einmal richtig mit Bargeld getankt und wollte erst nachts wieder Sprit klauen. Doch kurz hinter der österreichischen Grenze mußte er noch mal zwanzig Liter nachtanken. Er hatte unterwegs einmal eine Tasse Kaffee getrunken. Beim Fahren verspeiste er Bonbons, Mars, und andere

Schokoladenriegel. Er suchte sich in einem Vorort Wiens einen Parkplatz. Dann verließ er den Wagen, um Luft zu schnappen, Kniebeugen zu machen und tief zu atmen. Er hatte Kopfschmerzen von der Anstrengung und von den vielen Zigaretten. Die Klimaanlage des Wagens leistete ihm zwar gute Dienste bei der Hitze, doch wenn die Sonne durch die Windschutzscheibe knallte, nützte auch sie wenig.
Er massierte sich die Kopfhaut und hätte sich zu gerne die Haare gewaschen, aber er war nicht in der Lage, im Sacher abzusteigen. Noch nicht. Er strolchte ein bißchen durch die Gassen, um die Muskeln zu bewegen. Er hätte viel dafür gegeben, die Nacht mit einem fleischigen Mädchen in einem warmen Bett zu verbringen und zum Frühstück Kaffee und ein weichgekochtes Ei mit Toast zu bekommen. Doch er würde wieder im Wagen schlafen. So schnell ließen sich keine Beziehungen anbändeln, wenn man so kaputt war wie er, und er hatte weder Geld für eine Hure noch für ein Hotelzimmer. Er ging nicht mal auf ein paar Bier in ein Restaurant. Er trottete zum Wagen zurück, legte den Sitz um und deckte sich selbst mit anderen Kleidungsstücken zu. Nicht mal die Schuhe zog er aus.
Im Einschlafen drückte er ein Baumwollhemd an seine Wangen. Eins aus dem Secondhand-Shop. In seinen Gedanken war es Gisela oder vielleicht sogar Brigitte. Wieder vergaß er, noch einen anderen Wagen leerzumachen und erledigte das erst in den frühen Morgenstunden. Bei der Suche nach einem geeigneten Fahrzeug an einer geeigneten Stelle bemerkte er, daß ein Opel nicht abgeschlossen war. Er huschte in den Wagen und kramte schnell das Handschuhfach durch. Nichts. Dann sah er auf der Ablage hinter der Rückbank einen Fotoapparat. Er ließ ihn mitgehen und verschwand. Hinterher ärgerte er sich darüber. Er brauchte keinen Fotoapparat, und es war etwas anderes, ob man sich Sprit besorgte oder ob man zum simplen Automarder wurde. Er schämte sich ein bißchen und beschloß,

niemandem von seiner Tat zu erzählen. Sie paßte nicht zu ihm, fand er. Sie war eine Nummer zu klein und zu dumm für ein helles Köpfchen wie ihn.
Wie oft hatte er von den berühmten Wiener Kaffehäusern gehört. Vom Prater und all den Sehenswürdigkeiten. Jetzt, da er in Wien war, sah er nichts von alledem. Nur einen einsamen Parkplatz und eine unansehnliche Häuserfront auf der anderen Seite. Er wollte nur weg und jagte den Wagen mit unverschämtem Tempo in Richtung Graz. In Graz leistete er sich ein Frühstück. Kännchen Kaffee, zwei Hörnchen, ein Ei (leider zu hart). Dann nahm er die E 94 in Richtung Ljubljana. An der Grenze kontrollierte man die Papiere, fand sie in Ordnung, fragte, ob er in Jugoslawien bleiben wolle, oder nur auf der Durchreise sei und wünschte ihm dann eine gute Fahrt. Erleichtert näherte er sich Zagreb und vermutete rechter Hand hinter den Bergen ein Land, das man Albanien nannte und dessen Bewohner er sich schlitzäugig vorstellte.
Die Hinweisschilder »Beograd« beruhigten ihn und machten ihn gleichzeitig fröhlich. Er hatte mindestens zwei drittel der Tour hinter sich. Am liebsten wäre er jetzt durchgefahren, doch er wußte, daß seine Kräfte dazu nicht mehr reichten. Er wollte aber wenigstens die jugoslawische Grenze noch hinter sich bringen. Er entschied sich, über Griechenland zu fahren. Der Gedanke, diese Nacht nicht im Auto, sondern am Ägäischen Meer am Strand zu verbringen, beflügelte ihn zum Durchhalten. Beim Einschlafen wollte er das Rauschen des Meeres hören und den Sonnenuntergang miterleben.
Die griechischen Grenzbeamten nahmen ihm fast den Wagen auseinander. Er merkte sich jede Stelle, die sie kontrollierten. Da würde er – falls er jemals etwas mit dem Wagen schmuggeln sollte – bestimmt nichts mehr verstekken. Aber sie fanden nichts, und so mußten sie ihn fahren lassen und sahen in ihren etwas dümmlich anmutenden Uniformen neidisch dem gleichaltrigen Jungen nach, der in diesem Auto alleine und sein eigener Herr war.

Er fuhr nicht bis Saloniki, sondern bog schon vorher in östlicher Richtung ab. Noch bevor ihn der Schlaf am Lenkrad übermannen konnte, fand er ein Dorf am Meer. Er stellte den Wagen ab und setzte sich zu den Männern, die um einen Holztisch draußen vor dem Haus hockten und Ouzo tranken. Das sah mehr aus wie eine familiäre Gartenfeier, aber es war trotzdem eine griechische Kneipe. Auch Mick bekam Ouzo, den er mit Wasser verdünnte, so daß der klare Schnaps weiß wurde und dann den Durst um so besser löschte.

Der Anisgeruch hing zwischen den Häusern wie Nebelschwaden und schien sich mit dem Salz des Meeres zu verbinden und böse Geister in die Berge zu verbannen. Oliven wurden gereicht und getrockneter Fisch. Mick verstand kein Wort, doch das war gut so, denn er war müde und wollte sich nur hängenlassen, und die Leute erwarteten kein Antworten von ihm auf ihre Freundlichkeiten. Er hatte die Schuhe und die Strümpfe ausgezogen und ließ die stinkigen Füße ausdünsten. Als der Ouzo in seinem Kopf und in seinem Körper immer mächtiger wurde und langsam die Herrschaft übernahm, schlenderte Mick zum Meer. Keine fünfzig Meter und Sand quoll zwischen seinen Zehen. Er ließ sich in den fast noch warmen Sand fallen, drehte sich auf den Rücken, streckte Arme und Beine weit von sich, riß die Augen auf und starrte in einen sternenklaren Himmel, mehr blau als schwarz. Er hoffte, eine Welle würde seine Füße erreichen und erfrischen. Er atmete den Duft der Landschaft ein und wußte, daß er vor dem Frühstück nicht in einem Bahnhofsklo stehen müßte, um sich zu waschen. Er würde im Meer baden!

37

Am Abend des vierten Tages seiner Reise von Stockhom nach Instanbul überquerte Mick, ziemlich übermüdet von der Fahrt bei Temperaturen über 30 Grad mit einem ständigen Flimmern über der Straße, bei Alexandroupolis die griechisch-türkische Grenze. Die letzten Kilometer führte die E 5 direkt neben dem Marmarameer entlang. Die Sonne brannte nicht mehr so heiß vom Himmel, und durch die weit geöffneten Fenster flatterte vom Meer her eine frische Brise in den Wagen. Micks Kleider klebten am Körper. Sein Hals war so ausgedörrt, daß ihm keine Zigarette mehr schmeckte. Wenn er im Rückspiegel sein Gesicht betrachtete, dann stellte er fest, daß er ein spitzes Gesicht bekommen hatte. Tiefe Ränder unter den Augen. Im Weißen seiner Augäpfel waren kleine rote Äderchen geplatzt. Wie Straßenzüge auf einer Landkarte durchmaßen sie seine Augen. Die Strapazen der Reise machten sich bemerkbar.
Flugzeuge überquerten in nicht allzu großer Höhe mehrfach die Bahn. Sie kündigten den Flughafen von Istanbul an. Jetzt hätte Mick heulen können vor Glück. Er hatte es geschafft! Endlich geschafft! Er wußte wohl: Der schwierigste Part seiner Reise stand ihm noch bevor. Aber er hatte den Wagen heil nach Istanbul gebracht. Das war schon eine Leistung, und von Stockholm bis Istanbul in vier Tagen, damit konnte er sich auch sehen lassen. Er gab gerne vor sich selbst zu, körperlich am Ende zu sein, aber was hieß das schon! Jetzt konnte er sich ein paar Tage in Istanbul ausruhen und dann sein Geschäft tätigen. In Ruhe Kontakte knüpfen und Verbindungen suchen. Er hatte noch gut hundertfünfzig Mark. Und er konnte den Fotoapparat verkaufen. Er war bester Laune! Nichts konnte mehr schiefgehen.
Durch seine Begeisterung über seine Ankunft und durch die Strapazen der letzten Tage und vielleicht auch durch die hereinbrechende Dunkelheit fielen ihm die zahlreichen

Militärfahrzeuge zunächst nicht auf. Auch die übermäßig vielen Uniformierten bereiteten ihm noch kein Kopfzerbrechen. Überrascht war er nur, daß die Stadt mit Autos so vollgestopft war. Überall Schrittempo. Autos sämtlicher Modelle – fast alle alt und rostig – quälten sich durch die schmalen Straßen. Und Hupen schien große Mode zu sein. Plötzlich ragten zwei Hotels vor Mick aus dem Boden. Sie hoben sich schon allein durch ihre hohe Bauweise von den kleinen Häusern der Stadt ab. Es waren die Hotels Sheraton und Divan. Mick entschied sich für das Divan-Hotel, weil dort zufällig ein Parkplatz frei war und er keine Lust hatte, noch ein paar überflüssige Meter zu gehen. Diese beiden Hotels waren für Europäer gedacht. Mit livrierten Kellnern und Türstehern. Mit einer langen, hellerleuchteten Rezeption, einer Telefonzentrale und einem Andenkengeschäft in der Eingangshalle. Ledersessel, kleine Rauchertischchen und eine Bar mit geschicktem Mixer, der Gin Tonic so selbstverständlich servierte wie Raki, Cognac oder Martini. Vielleicht gab es kein teureres Hotel. Mick fand es gerade angemessen. Er meldete sich an, ließ sich dann von einem Diener auf sein Zimmer führen. Bett, kleiner Schreibtisch, Sessel und ein betont sauberes Bad. Er duschte, zog sich dann frische Wäsche an, und trotz seiner Müdigkeit trieb die Neugierde ihn nach unten. Der Etagenkellner fragte: »Essen? Manger? Eat something?«
Er nickte.
Er wurde ins Restaurant geführt. Blütenweiße Tischdecken, Kerzen, Blumen. Er streckte sich eine Zigarette zwischen die Lippen. Ein Kellner sprang herbei, um ihm Feuer zu reichen. Der Kellner sprach genügend Brocken deutsch, um Mick zu einem Fleischspieß zu überreden. Dazu Pommes frites und Salat. Und vorher natürlich einen Raki. Der Schnaps roch, schmeckte und wirkte wie Ouzo. Doch Mick wußte von der tiefen Verachtung der Griechen gegen die Türken und umgekehrt und konnte sich gut vorstellen, daß es deshalb klüger war, den Ouzo Raki zu nennen, solange

er in Istanbul war. Mürbes Gebäck wurde gereicht, um die Wartezeit bis zum Fleischspieß besser überbrücken zu können.
Außer ihm befanden sich höchstens noch sechs oder sieben andere Gäste im Restaurant. Ebenfalls Europäer. Auf diese Gäste kamen etwa zehn Kellner und ein Pianist, der sich an den Klassikern versuchte.
Der Spieß kam rasch, ein Hauch von Knoblauch umgab ihn. Mick aß wahrscheinlich viel schneller als irgendein anderer Gast. Ein Blondschopf vom Nachbartisch sah interessiert rüber, doch nicht so, als wollte er sagen: »He Sie, sind wir nicht Landsleute?« Nein eher wie einer, der gleich eine bissige Bemerkung macht. Etwa: »Verwechseln Sie das Divan nicht zufällig mit einem Schnellimbiß?«
Es wurde Mick zu ungemütlich. Er ging hinunter in die Hotelhalle und sah sich die Auslage des Andenkengeschäfts an, das allerdings wegen der späten Stunde schon geschlossen hatte. Postkarten mit dicken Frauen, die wohl Bauchtänzerinnen darstellen sollten. Bunte Landschaften und heulende Wölfe. Moscheen nicht zu vergessen. Blitzende, schillernde Ringe mit großen blauen und roten Glassplittern. Schmuck mit der blitzenden Unverschämtheit von königlichen Hochzeiten zu Preisen, als seien sie aus einem Kaugummiautomaten gezogen worden. Dann Brieföffner mit ebensolchen Steinen aus Glas und sehr leichtem »Gold«. Meerschaumpfeifen mit Preisen, als seien sie aus Maiskolben hergestellt. Kopftücher. Mick schlenderte von dort in die Bar und machte die Feuerprobe: »Einen Ouzo bitte.«
»Ouzo kein da. Aber Raki Sie können bekommen.«
Mick setzte sich an die Theke und nickte. Sein Raki wurde sofort mit Wasser gemischt und mit Eiswürfeln versehen. Die Bar war nicht groß. Schwarze Ledersessel mit kurzbeinigen Tischchen davor. Darauf Aschenbecher und daneben Schalen mit gesalzenen Nüssen. Mick kaute Nüsse und nippte an seinem Raki. Sollte er sofort das Geschäft anbahnen?

Er fragte den Kellner, wie lange es dauerte, ein Gespräch nach Schweden anzumelden, oder ob man durchwählen könnte.
»Vielleicht vier Stunden, vielleicht zehn. Sie können in Bar sitzen, wir versuchen in Zentrale, wenn geht, dann hier kommen. Vielleicht geht schneller wenn machen urgent call.«
Mick schrieb die Stockholmer Telefonnummer von Gisela und Ingegaard auf. Er hatte längst beschlossen, erst mal zwei Tage auszuspannen. Warum sich nicht an der Hotelbar langsam vollaufen lassen und dann ins Bettchen wanken? Wenn zwischendurch noch ein Telefongespräch mit Gisela drin wäre, dann um so besser. Von seinem Platz an der Theke aus konnte er den Eingang der Hotelhalle sehen. Er stellte fest, daß der livrierte Türsteher zwei Köpfe größer und auch wesentlich breiter war, als die meisten seiner Kollegen oder auch der Gäste. Zweifellos war er nicht nur der nette Türsteher, sondern vor allen Dingen eine Art Wächter. Einen Rausschmeißer brauchte man hier nicht. Dafür aber einen, der aufpaßte, daß hier nicht jeder einfach reinkam. Es gab eine Menge Elend, das draußen vor der Tür gehalten werden mußte. So viel hatte er bei seiner Ankunft gesehen, auch wenn es nicht mehr ganz hell gewesen war. Außerdem wußte er einiges über die sozialen Verhältnisse in diesem Land. Das Hotel war eine Insel. Darüber war er sich völlig klar. Er konnte von hier aus seinen Plan bestens in die Wirklichkeit umsetzen, aber dies war nicht die Türkei. Dies war ein europäisches Hotel, das man nach Istanbul verpflanzt hatte, um den Geschäftsreisenden die Möglichkeit zu geben, in gewohnter Sicherheit und Gemütlichkeit zu weilen.
Ein Mann von ungefähr dreißig Jahren gesellte sich zu Mick an die Bar, bestellte einen Raki – wie die meisten Männer ihn schon vor sich stehen hatten – und sprach Mick auf Englisch an. Ob er zum ersten Mal in der Türkei sei, ob es sich um eine Geschäftsreise oder um ein touristisches

Unternehmen handele und so weiter. Eine gute halbe Stunde Smalltalk kam dabei heraus. Doch Mick hörte durch die Worte des Mannes immer wieder eine Warnung. Eine gutgemeinte. Eine Warnung, wie man sie einem Grünschnabel gibt, von dem man weiß, daß er nicht weiß, worauf er sich einläßt.
So riet der freundliche Rakitrinker Mick zum Beispiel: Er solle sich abends – wenn es dunkel würde – besser nicht mehr auf der Straße blicken lassen. Man könne nie wissen . . . und als Fremder, der sich hier nicht auskenne . . . Gestern sei zum Beispiel ein Junge, fast achtzehn Jahre alt, ein Deutscher, aber in der Türkei aufgewachsen und Schüler der deutschen Schule, dort von Soldaten verprügelt worden, weil sie bei ihm ein Buch von Nazim Hikmet gefunden hatten . . .
»Warum Soldaten?« fragte Mick. »Du meinst bestimmt Polizisten.«
Doch Mick mußte erfahren, daß der Junge mächtiges Glück hatte, in die Hände von Soldaten geraten zu sein, weil die nämlich nicht so schlimm wären wie die Polizisten. Die Soldaten, das seien immerhin meist einfache Jungens aus dem Volk, die man halt eingezogen habe, und nun müßten sie eben dienen, aber die, die sich als Polizisten bewerben würden, das seien auch die brutalsten und primitivsten Söhne ihres Landes. Meist Faschisten, verriet er.
»Wenn das so ist, warum kannst du dann so frei mit mir hier sprechen, mit einem Fremden, dessen Namen du nicht mal kennst?«
»Erstens, weil Barkeeper kein Englisch versteht, zweitens, weil uns keiner hört, und drittens, weil dies ein Ausländerhotel ist. Da ist man relativ sicher vor plötzlichen Überfällen, die dem Ansehen der Türkei im Ausland schaden könnten. Mit Ausländern geht man hier noch immer sehr sorgfältig um. Das Ansehen der türkischen Regierung im Ausland ist ohnehin nicht das beste.«
Mick hatte die Nußschale vor Aufregung leergegessen und

griff jetzt in das leere Glas. Sein Gesprächspartner, der sich bisher immer noch nicht vorgestellt hatte, bestellte sich etwas, das Mick nicht verstand, und kommentierte seine Bestellung auf Englisch zu Mick: »Wenn man das ißt beim Trinken, dann bekommt man weder einen Kater am anderen Morgen, noch fällt man so leicht um.«

Er bekam einen Teller mit Schafskäse, schwarzen Oliven und Tomaten. Er aß mit den Fingern, trank dabei und nahm selbstverständlich die neue Schale mit Nüssen, die der Kellner auf den Tresen stellte, in seinen Menüplan mit auf. Er machte eine einladende Geste, und Mick bediente sich auch. Die Oliven schmeckten bitter und ölig, doch sie ließen sich mit Raki gut runterspülen.

Dann hörte Mick sich eine ausgedehnte Lobpreisung des Rakis an. Es war wohl das türkische Nationalgetränk. Eine letzte Verbindung zwischen rechten und linken Gruppen in der Bevölkerung. Olivenkauend erzählte der englischsprechende Türke, daß es den Moslems verboten sei, Alkohol zu trinken. Dafür dürften sie aber viele Frauen haben. Vier sei eine anstrebenswerte Zahl. Offiziell sei das zwar verboten, und man könne nur eine Frau echt heiraten, aber daran störten sich die wenigsten Leute. Außerdem habe das alles schon seinen Sinn, weil die Frauen schließlich irgendwie versorgt werden müßten.

»Die Gesetze, die die Religion uns gibt, sind meist ganz sinnvoll und sozial notwendig. Das Verbot, Schweinefleisch zu essen, zum Beispiel. In diesem Land ist es heiß, und es gibt wenige von euren hygienischen Kühlhäusern – wenn die Menschen also Schweinefleisch gegessen haben, wurden sie krank, starben reihenweise. Die Leute waren dumm, man konnte ihnen nichts erklären über kleine Tierchen im Fleisch. Also hat man ihnen gesagt, es steht so im Buch geschrieben. Sie haben es geglaubt und blieben am Leben. Das Alkoholverbot hat auch viel Gutes bewirkt. Wenn in diesem heißen Land, wo die Leute keine Klimaanlagen kennen – dieses Hotel ist eine Ausnahme, du weißt

es –, wenn sie da viel Wein trinken, dann kommt viel Unheil daher. Der Moslemglaube sagt sogar: Tu keinem Lebewesen etwas zuleide. Also – nicht töten. Aber daran hält man sich am wenigsten. Du kannst sehen, die Religion ist nicht böse. Aber ihre Repräsentanten oft. Wenn ein Anschlag ist, dann weiß man oft nicht, war es eine faschistische Gruppe, Maoisten oder eine Moslemgruppe . . .«
Ein anderer Mann – schon reichlich angetrunken –, aber der gleiche Typ vom Timbre der Stimme, mit einer ebenfalls angetrunkenen Frau im Arm, der man mühelos ansah, daß sie eine Prostituierte war, kam herein, lehnte sich gegen die Bar und erzählte sofort los.
Micks gesprächiger Freund schwieg plötzlich und trank aus. Er bezahlte und wollte gehen. Mick redete ihn auf Englisch an, was er denn habe, und warum er nicht bleiben wolle, aber der Mann tat, als verstünde er kein Wort, ließ Mick stehen und verabschiedete sich nicht. Ohne zu bezahlen lief Mick ihm nach. Der Mann rannte fast durch die Hotelhalle. Vorbei am Pförtner erreicht er draußen die Straße. Er rannte jetzt wirklich. Mick sah, daß neben ihm ein Wagen hielt. Zwei Männer, die ihm entgegenkamen, rempelten ihn an und drückten ihn zur Beifahrertür. Die wurde aufgestoßen, ein Mann sprang heraus, klappte den Sitz nach vorne, und Micks neuer Freund wurde auf den Rücksitz gestoßen.
Der kräftige Türsteher neben Mick war die erste Hoffnung, die Mick hatte. Mick zeigte auf den Wagen und die Männer, rief: »Da sehen Sie! Sehen Sie!« Der Mann blickte Mick verständnislos an. Einer, der vorher hinter der Rezeption stand, kam angelaufen.
»Es ist nichts, Sir. Es ist gar nichts.«
»Sehen Sie nicht, da wird ein Gast entführt!« brüllte Mick. Der Türsteher und der von der Rezeption wechselten ein paar türkische Worte, dann sagte der von der Rezeption: »Sie müssen sich geirrt haben. Es ist nichts passiert. Der Herr wurde von Freunden abgeholt.«
Mick wunderte sich über das astreine Deutsch nicht lange,

er bestand darauf, die Polizei zu rufen. Jetzt wurde er mitleidig angeblickt. In den Augen des Türstehers spiegelte sich Entsetzen über so viel Naivität.
»Tun Sie doch was!« brüllte Mick.
Doch die beiden Türken gingen wieder zur Tagesordnung über. Mick wurde sich der unmöglichen Situation bewußt. Vermutlich war sein Gesprächspartner von Polizisten entführt worden. Aber wenn Polizisten jemanden mitnehmen, heißt das ja nicht Entführung, sondern Festnahme. Mick spürte einen Ekel, der ihm den Magen zusammenkrampfte. Er befürchtete, brechen zu müssen. Schon würgte es im Hals. Er ging mit langen Schritten in die Bar zurück, und der Barkeeper sah ihm glücklicherweise sofort an, worauf es ankam. Er goß einen Raki pur ein, und Mick kippte ihn runter. Der Würgegriff um den Hals herum löste sich. Mick schüttete noch zwei Raki hinterher. Dann hielt er es hier nicht länger aus. Er ging zur Rezeption, wechselte sein gesamtes Geld in türkische Währung und ging zur Bar zurück, um zu bezahlen. Dann verließ er das Hotel fast im Laufschritt.
Die Luft war schwül und staubig, und das Hupen der Autos wurde nicht mehr durch dicke Scheiben gedämpft. Mick merkte erst jetzt, wie benebelt er war. Das Gehupe machte ihn völlig fertig. Er war in der Stimmung, eine Rauferei zu beginnen. Rechts hinter dem Hotel bog er auf die Hauptstraße ab. Schaufensterläden, Touristengeschäfte, Banken. Kleine Seitenstraßen kaum befahrbar. Kopfsteinpflaster und tiefe Schlaglöcher. Fast keine Beleuchtung. Nach knapp hundert Metern eine Bar.
Saufen, dachte Mick, saufen.
Er hatte nichts, das er an der Garderobe hätte abgeben können. Die Bar war dem Stil des Divan-Hotels angemessen. Kleine Tischchen mit goldbemalten dünnen Beinen, weiße Decken, Nüsse im Glas, die Wände mit rotem Stoff behangen. Ein Duft nach Anisschnaps. Französische und englische Schlager durch eine Stereoanlage. Auf der Bühne

eine spindeldürre Schönheit, langbeinig und schmalhüftig mit langsamen, spinnenhaften Bewegungen zum Rhythmus von »Je t'aime«. Ineinanderzerlaufende Farben, durch einen Diaprojektor auf die Bühne gezaubert, ließen die Szene unwirklich erscheinen. Mick verstand sofort, daß ihn hier kein orientalischer Bauchtanz erwartete. Er trank weiter Raki, knabberte noch mehr Nüsse und sah zu. Lustig wurde es erst, als er trotz seines vom Alkohol benebeltes Gehirns registrierte, daß die Mädchen sich nie ganz auszogen. Sie entblößten zwar ihre Brüste und führten damit einen Schleiertanz auf, aber ein keusches – wenn auch sehr winziges – Dreieck legten sie nie ab. Gern hätte Mick seinen Freund gefragt, ob das ein Gesetz sei, aber den hatte man ja schon kassiert.
Mick war jetzt betrunken genug, und diese Pariser Bar mitten in Istanbul fand er nicht sehr originell. Er wankte zurück zu seinem Hotel. Ein anderer Pförtner stand mit seiner Phantasieuniform als Aufpasser bereit. Mick nahm den Fahrstuhl. Auf dem Zimmer angekommen, warf er sich aufs Bett und rauchte noch eine Zigarette.
Er schlief ein. Vielleicht wäre das Divan niedergebrannt, hätte nicht endlich der Telefonvermittler es geschafft, zu der Stockholmer Nummer durchzukommen. So klingelte es in Micks Zimmer. Mick erwachte und spürte als erstes den Schmerz zwischen Mittel- und Zeigefinger der rechten Hand. Die Zigarettenglut glomm bereits zwischen beiden Fingern durch. Mit einer unwillkürlichen Abwehrbewegung schleuderte Mick den Zigarettenstummel in eine Zimmerecke. Auf dem Boden unter der Heizung verqualmte er gefahrlos. Mick hob den Hörer ab. Eine unbekannte Stimme sagte: »Moment, Sir!«
Dann ein Klicken in der Leitung, und er hörte Giselas Stimme: »Mick, Mick, kannst du mich schon hören? Geht es dir gut? Hast du es schon geschafft?«
Er legte sich aufs Bett zurück, atmete tief durch, drückte sich mit der einen Hand den Hörer gegen die Ohren, und

mit der anderen Hand kratzte er sich die Kopfhaut, um schneller frisch zu werden.
»Wie spät haben wir?«
»In Schweden ist es kurz vor ein Uhr nachts. Aber du müßtest eine Zeitverschiebung von einer Stunde haben – vielleicht anderthalb. Erzähl doch mal, wie geht es dir? Das Gespräch ist bestimmt furchtbar teuer!«
»Ich bin in einem Hotel, es heißt Divan und ist ein nobler Laden. Für türkische Verhältnisse mindestens. Alles läuft prima. Meine alten Kumpels habe ich schon getroffen. Morgen oder übermorgen machen wir die Sache perfekt. Ich freu mich schon auf Monte Carlo.«
»Ich auch. Ich liebe dich, Mick.«
»Hm, ich liebe dich auch.«
»Hast du was getrunken? Deine Stimme ist so. – Hallo Mick! Kannst du mich hören, da ist so ein Klicken in der Leitung! Mick.«
»Alles klar, Baby, ich bin am Ball. Mach's gut. Wir wollen die Telefonrechnung nicht übertreiben.«
»Ich lieb dich, Mick! Und paß gut auf dich auf! Hörst du? Du sollst gut auf dich aufpassen!«
Er legte auf. Er war völlig erschöpft. Er saß hier fast ohne Geld, konnte nicht mal die Hotelrechnung bezahlen, sprach die Landessprache nicht, kannte niemanden, ein möglicher Freund war gerade verhaftet worden, und er konnte nichts dagegen tun. Er wußte nicht einmal, warum. Man riet ihm, nachts nicht über die Straße zu gehen, und er sollte aus einem Mercedes so viel Geld schlagen, daß er mit Gisela davon einen neuen Anfang wagen konnte, was immer dieser neue Anfang auch sein sollte, Geld brauchte man dazu. Er mußte eine große Menge Haschisch kaufen. Was, wenn er die Händler erst gar nicht finden würde? Was, wenn sie ihm nur das Geld abnähmen und eins in die Fresse geben würden? Zur Polizei konnte er schlecht gehen und erzählen, daß er beim Kauf von Haschisch betrogen worden sei . . . Aber selbst wenn alles gut ging, wie sollte er das

Zeug außer Landes bringen, vom anschließenden Weiterverkauf mal ganz abgesehen. Im Auto – auf der Hinfahrt hatte er nur ein Problem: Wie komme ich mit so wenig Geld bis nach Instanbul? Jetzt schien der Knoten kaum noch zu entwirren. Vielleicht kam es aber auch nur vom Raki, daß er so deprimiert war, oder von dieser Verhaftung. Oder dem glimmenden Zigarettenstummel. Er schlief ein.
Zum Frühstück wurde er in einen Raum geführt, dessen Mittelpunkt ein Tisch mit Gebäck, einer Karaffe Orangensaft und einem Topf Apfelsinenmarmelade war. Ein Kellner fragte: »Tee oder Kaffee?« Den Rest mußte er sich selbst holen. Er hatte keinen großen Hunger, würgte nur zwei trockene Plätzchen herunter und trank zwei Gläser Orangensaft. Der Tee wurde aus einer Art Schnapsglas getrunken, in das man ein großes Stück Zucker versenkte, um das etwas bittere Getränk genießen zu können.
Kaum auf der Straße, wurde ihm recht mulmig zumute. An jeder Straßenecke stand ein Soldat mit einem Schnellfeuergewehr und aufgepflanztem Bajonett. Größere Kreuzungen waren mit Panzerwagen und Soldaten hinter Sandsäcken gesichert. Aber das war längst noch nicht alles. Vor Geschäften, in denen etwas teurere Waren verkauft wurden, standen ebenfalls Soldaten mit einsatzbereiten Bajonetten. Vor den Geschäften und Banken trugen sie allerdings nur Karabiner. In den wichtigeren Banken saßen sogar noch zwei Soldaten in der Schalterhalle.
Mick spürte eine eigenartige Beklemmung, das Gefühl, ständig beobachtet zu sein und keinen Fehler machen zu dürfen. Diese Streitmacht verteidigte nicht die Stadt gegen eine fremde Macht. Die blanken Bajonette richteten sich gegen die Bürger, die in dieser überfüllten Stadt lebten und arbeiteten. Das sah Mick deutlich an den Blicken der Männer, die mit gesenkten Köpfen an den Posten vorbeigingen, als ob sie sich schämten oder etwas zu verstecken hätten. Mick spazierte wahllos durch die schmalen Gassen und schwitzte und staunte und mußte ehrlich zugeben, nie so

eine dreckige Stadt gesehen zu haben. Keine richtigen Straßen. Bürgersteige, die nur aus Staub bestanden. Auf fünf Soldaten kam ein Schuhputzer. Männer aller Altersschichten – keine Frauen – hockten mit ihren gold- und silberbeschlagenen Schuhputzkästen auf Treppenstufen oder einfach auf der Straße. Die meisten Schuhputzkästchen waren mit den Fotos von türkischen Schlagerstars dekoriert. Lächelnd warben die Schuhputzer ihre Kunden. Mick verstand, daß bei den staubigen Straßen Schuhputzer notwendig waren. Auch seine Schuhe sahen aus, als hätte er damit einen Marsch durch die Wüste gemacht. Er hatte den Kopf voller Probleme, und die Soldaten machten ihm Angst, trotzdem tat er etwas Belangloses, ja Sinnloses – vielleicht weil es so sinnlos und belanglos war. Er ließ sich die Schuhe putzen. Der Mann, der dies lächelnd erledigte, ohne vorher über den Preis geredet zu haben, sah ihn die ganze Zeit über an und verschwendete nicht einen Blick auf die Schuhe. Mick stellte den rechten Fuß auf einen dafür vorgesehenen Bügel, und schon sausten zwei übergroße Bürsten daran entlang. Die Handbewegungen des Mannes waren so überzeugend sicher und schnell, daß Mick nicht umhin kam, zu überlegen, seit wie vielen Jahren der Mann dieser gebückten Tätigkeit schon nachging. Mick schätzte ihn auf gut fünfzig Jahre. Der saß jetzt da im Staub und putzte einem jungen Kerl wie ihm die Schuhe. Mick empfand Mitleid, ja sogar eine gewisse Wut darüber. Er wurde das Gefühl nicht los, daß die Soldaten an dem Schicksal dieses Mannes Schuld waren. Als er die dritte Kremschicht auftrug, fragte der Mann: »Amerikaner? Oder Deutschmann?« Sein Lächeln verließ ihn dabei nicht.

»Ich komme aus Deutschland.«

»Deutschland gut! Gut Disziplin! Gut Soldaten! Hitler!«

Entweder zählte er alle deutschen Worte auf, die er kannte, oder er wußte nicht, was er redete, oder der war ein Faschist. Schon tat er Mick nicht mehr leid. Er ärgerte sich, daß er albern genug war, sich die Schuhe putzen zu lassen.

Er zog einen Geldschein aus der Tasche. Etwa soviel hatte ein Raki gekostet. Er hielt dem Mann den Geldschein hin und wollte gehen, doch das ging dem Schuhputzer gegen die Ehre. Der zeterte los, doch er konnte Mick nicht halten, der jetzt unter den mißtrauischen Augen der Soldaten mit einem geputzten und einem staubigen Schuh durch Istanbul strolchte.
Wohl durch Zufall erreichte er eine schmale Gasse, die als Basar benutzt wurde. Er mußte beim Gehen vorsichtig sein, um niemanden anzurempeln und nichts umzuwerfen, trotzdem war es wie ein Wunder. Eine friedliche Idylle in dieser Stadt, die so aggressiv auf ihn wirkte.
Der Basar, der sich nicht nur an beiden Seiten der Straße entlangzog, sondern auch noch in den Seitengassen weiterging, hatte etwas von den Geschichten aus Tausend und einer Nacht. Alle denkbaren Farben und Gerüche schienen hier in ihrer vollen Wirkungskraft vertreten zu sein. Berge von silbernen Fischen, die wie blankgewienert glitzerten und nach Salz und Meer dufteten. Frisches Obst in knalligen Farben. Noch heiße Brotfladen. Siedendes Öl, in dem Fisch und Mehlwaren fritiert wurden. Kleine Fleischspieße. Und natürlich überall den Tee aus den länglichen Schnapspinnchen. Mick schwelgte in Gerüchen und Farben, probierte für wenig Geld an jedem zweiten Strand eine Kleinigkeit und begann, die Soldaten zu vergessen und das Land zu lieben. Er sah beim Feilschen zu, probierte es aber selbst nicht aus, da ihm die Energie dazu fehlte. Einen vor Fett triefenden Honigkuchen spülte er mit Tee herunter, dann ging er zu den frischen Fischen über. Er schlenderte mit unendlich viel Zeit den Basar entlang und kam aus dem Märchen erst zurück, als er in einer Seitenstraße Schüsse hörte. Er war dumm genug, hinzulaufen.
Kaum bog er um die Ecke, da bremste er seine Schritte und duckte sich. Menschen lagen auf der Straße, die Hände über dem Kopf verschränkt, drückten sie sich so platt wie möglich auf den Boden. Andere zwängten sich in Häuserein-

gänge. Am Ende der Gasse standen drei Soldaten, die ihre Gewehre im Anschlag hielten. Mick verschwand hinter der Hausecke. Dann rannte er los. Er sah nichts mehr, und er hörte erst recht nichts mehr. Er lief nur noch geradeaus, den Mund weit geöffnet, den Kopf halb in den Nacken gelegt, versuchte er, alle Kraft in die Beine zu verlegen. Mit wedelnden Armen unterstützte er die Arbeit seiner Beine. Während die Hitze und die vom Körper verbrannte Energie ihm den Schweiß in Bächen heraustrieben, breitete sich eine seltsame Kühle in der Lunge aus. Etwas wollte seine Brust sprengen. Der mit hastigen Zügen eingeatmete Sauerstoff machte ihn fast ohnmächtig. Er wußte nicht, wie lange er gelaufen war, und erst recht nicht, wo er sich befand, als er sich gegen eine Häusermauer fallen ließ und darangelehnt runterrutschte, bis er auf dem Boden saß. Plötzlich dieses Gefühl, keine Luft mehr zu bekommen, das Herz nicht in der Brust halten zu können und dazu schwarze Punkte vor den Augen und Hitzewellen. Bilder zwischen den Punkten. Den Frühstückstisch zu Hause mit Mutter und Vater. Ein kühles Glas Coca-Cola mit einer Scheibe Zitrone. Gisela am Meer. Jemand rüttelte an seiner Schulter. Er hörte wieder den Lärm von Autos und das wütende Hupen. Dann sah er vor sich ein Gesicht. Ein Mann half ihm auf die Beine und zerrte ihn in eine Häusernische.
Mick wußte nicht, ob der Mann ein Freund oder ein Feind war. Durch die schwarzen tanzenden Punkte vor den Augen konnte er nicht erkennen, ob der Mann eine Uniform trug. »Ich bin Deutscher. West-Germany. Helmut Schmidt. Berlin, Hamburg, München.« Er redete plötzlich sehr schnell und versuchte nichts weiter, als durch irgendwelche Ausdrücke, die der Türke vielleicht schon mal gehört hatte, auf seine Nationalität aufmerksam zu machen. Der englischsprechende Türke aus der Bar des Divan-Hotels hatte erzählt, mit Ausländern gehe man zaghafter um. Mick setzte alles auf diese Karte. Hoffentlich würde der Mann recht behalten.

»Beruhigen dich erst. Ich Ali – habe lange Jahre gearbeitet in Ruhrgebiet. Essen. Dortmund. Auf Zeche. Ich Bergmann geworden in Deutschland.« Die Worte beruhigten Mick wirklich. Die schwarzen Punkte beendeten ihren wilden Tanz. Er suchte nach einer Zigarette. Er fand zwar die Packung in seiner Tasche, doch seine Hände zitterten noch zu sehr. Er konnte keine einzelne Zigarette aus der Packung angeln. Das tat dann der ehemalige deutsche Gastarbeiter für ihn. Er gab ihm auch Feuer.
»Kann ich was tun für dich?«
»Ich war auf dem Basar. In einer Seitenstraße wurde geschossen.«
»Ja, das passiert hier. Dann mußt du dich flach auf Straße werfen. Türkische Polizei und Militär haben einfache Prinzip. Stadt ist zu sehr voll Leuten, man kann nicht verfolgen und auch nicht gezielt erschießen jemand. Also wenn jemand verdächtig ist – flüchtet, dann sie schießen und sagen, wer unschuldig ist, wird sich schon in Dreck werfen und liegenbleiben, bis Identität überprüft ist. Wer nicht hinwirft, sondern wegläuft, kriegt Kugel. Also, immer wenn du Schüsse hören, hinwerfen, Arme über Kopf und nicht bewegen.«
Mick konnte es nicht glauben. Er inhalierte tief und hätte am liebsten geheult, aus Angst oder aus Freunde, daß er entkommen war, oder aus Glück darüber, jemanden gefunden zu haben, der ein offenes Wort sprach. Gleich mußte Mick wieder an den Mann aus der Bar denken. Würde man auch diesen ehemaligen Gastarbeiter mitnehmen, weil er so frei sprach?
»Du solltest einen Tee haben, mein Freund. Komm mit.«
Er schleppte Mick mehr oder weniger zwei Gassen mit sich. Dort war ein Teehaus. Von außen konnte man jeden Tisch und jeden Mann sehen. Die Gäste saßen praktisch im Schaufenster als Zeichen für die Gemütlichkeit, die einen drinnen erwartete. Keine Gardinen und auch keine Tischdecken. Auf den Tischen außer Aschenbechern nur noch

die Teegläschen. Mick setzte sich. Schon kam der Tee. Jetzt erst war er so weit, sein Gegenüber genauer anschauen zu können. Der Mann hatte seinen kurzgeschnittenen Oberlippenbart und die enganliegenden schwarzen Haare mit viel Fett in Form gebracht. Er war stämmig, drahtig, muskulös. Einige Goldzähne sollten wohl beweisen, daß es ihm gutging. An der rechten Hand trug er einen dicken, goldenen Ring.
Er beugte sich zum Reden vor, sehr nahe an Micks Ohr. Micks Zigarette nahm er gerne. Zigaretten seien im Moment knapp, sagte er, es gäbe sie nur noch schwarz für ein Vielfaches des Preises. Die Zigarettentransporte würden meist überfallen, bevor sie die Läden erreichten. So kämen die meisten Zigaretten auf den Schwarzen Markt. Kaffee sei auch knapp. Überall in der Welt trinke man zwar türkischen Kaffee, ja, die Türken hätten den Kaffee überhaupt erst ins Gespräch gebracht, aber sie hätten selbst fast keinen Kaffee, nur in einigen Restaurants gäbe es noch welchen, erzählte er, und daß er gerne in Deutschland geblieben wäre, aber sein Sohn habe keine Aufenthaltsgenehmigung bekommen, und er wollte sich nicht von ihm trennen, und da seien sie dann eben zurück nach Istanbul gefahren. Er habe aber einiges Geld verdient und sich damit ein Geschäft eröffnet, ob er es sehen wolle?
Dann erkundigte er sich nach Mick, wollte wissen, was Mick in Istanbul zu tun gedenke, woher er käme und was er überhaupt im Leben triebe. Von seinen eigentlichen Absichten verriet Mick nichts. Er erzählte, er sei Tourist. Er wolle aber ein Buch über die Türkei schreiben, deshalb sei er in diesen schweren Zeiten gekommen.
Die Idee mit dem Buch begeisterte Ali sofort. Er wollte mehr wissen, war gleich bereit, Mick etwas von der Stadt zu zeigen, Moscheen zum Beispiel . . . Dann schrieb er eine Adresse auf ein Stück Papier und steckte es Mick zu. »Papyrus, das ist eine – wie man bei euch in Deutschland sagt – Kneipe. Fast eine Bar kann man sagen. Da sind die meisten

Intellektuellen abends und trinken. Schauspieler, Journalisten, Verleger, Regisseure und Schriftsteller natürlich. Da solltest du hin, wenn du ein Buch über Türkei schreiben willst. Bestimmt dort sind Leute, die dir helfen.«
Mick steckte den Zettel ein. Vielleicht würde er wirklich mal dort vorbeigehen, aber er suchte etwas ganz anderes. Doch er traute sich nicht, Ali danach zu fragen. Er mußte eine kleine Reparaturwerkstatt aufsuchen, oder ein kleines Gebrauchtwagengeschäft, um den Wagen loszuwerden und an Geld zu kommen. Dann hatte er eine Idee.
»Ali, ich habe einen Fotoapparat mitgebracht, weißt du vielleicht, ob ich den hier verkaufen kann?«
»Sicher kann man. Ich tu für dich. Was für Marke?«
Sie tranken ihren Tee und gingen dann gemeinsam zum Divan-Hotel zurück. Der Name Divan war für Ali ein Begriff genau wie Sheraton. Er kannte den Weg gut und führte Mick hin. Dort tauschte Mick den geklauten Fotoapparat mit Alis Hilfe gegen Bargeld ein. Es ging schnell und unproblematisch. Ali verkaufte das Gerät noch im Hotel an einen türkischen Kellner.
»Solche Geschäfte hier ganz einfach. Alle Menschen machen. Schwarzer Markt ist überall. In Geschäft und Basar gibt es nur noch Obst und Fisch. Und billigen Schmuck natürlich. Aber das braucht niemand.«
Eigentlich gegen Micks Willen schleuste Ali ihn dann zur Blauen Moschee, die man laut Ali gesehen haben mußte. Sie lag gegenüber einer anderen Moschee. Dieses religiöse Gebäude wies aus, wie oft die Herrscher im Land wechselten und mit ihnen die Religion. Mal schmückten die Christen die Moschee mit ihren Symbolen, dann wieder die Moslems, wobei jeder darauf achtete, so gut wie möglich die Überreste der anderen Religion zu zerstören, was nie ganz gelang. So fand Mick mitten in Istanbul eine Moschee, in der auch die Madonna mit dem Jesuskindchen auf dem Arm ihren Platz hatte.
Gegenüber die Moschee mußte er natürlich auch sehen. Sie

war vollständig mit Teppichen ausgelegt. In ihr wurde noch gebetet. An der Eingangstür standen junge Türken und erklärten, daß man sich die Schuhe ausziehen mußte und versprachen, für einen kleinen Preis auf die Schuhe aufzupassen. Mick und Ali fügten sich. Es war angenehm, in Socken auf den dicken Teppichen zu gehen. Die in einer Ecke der riesigen Teppichhalle knienden und betenden Männer wirkten ziemlich verloren. Ali entschuldigte das sofort, es sei jetzt keine Gebetszeit. Zur Gebetsstunde würde es natürlich voller. Als er schließlich auch noch dazu überging, die Sitzordnung beim Gottesdienst zu erklären – daß zum Beispiel die oberste Stufe der Leiter für den Allmächtigen freigehalten werden mußte –, wurde es Mick zuviel.

Vor der Moschee nahm er seine unbeschädigten Schuhe wieder in Empfang und zahlte dafür. Ein Junge von höchstens zwölf Jahren redete dann auf ihn ein: »Willst du Teppiche kaufen? Ich dir zeigen. Mein Vater hat. Beste Teppiche in Istanbul!«

Mick winkte ab.

»Aber du brauchst türkisches Mädchen heute nacht. Meine Schwester ist die beste. Ich dir Weg zeigen. Auch mit in Hotel gehen, wenn du willst. Ganz sauber. Nix krank.«

»Mensch, laß mich endlich in Frieden!«

»Ah, du lieber machen mit Mann. Ich dich bringen. Ich dir zeigen.«

Ali schnauzte den türkischen Jungen an. Der verbeugte sich daraufhin vor Mick und schwieg. Mick und Ali verabredeten sich für den nächsten Tag, und Ali entfernte sich schnell. Entweder hatte er tatsächlich dringende Geschäfte zu erledigen, oder aber er fühlte sich und sein Land von diesem Jungen beleidigt. Er schämte sich ein bißchen, deshalb der rasche Abschied.

Mick nahm ein Taxi. Gut jedes zweite Auto war ein Taxi. Man erkannte sie an einem gelb-schwarz gestreiften Klebestreifen. Der Taxifahrer sprach ein paar Sätze Englisch und

kannte, wie die meisten seines Berufs die Bedeutung von Zahlen in gut zehn Sprachen. So handelte er zuerst mit Mick den Preis aus und fuhr ihn dann zum Hotel. Als auch der Taxifahrer hupte, um schneller durch den Verkehr zu kommen, fragte Mick ihn, ob das Hupen Mode in Istanbul sei.
Trocken antwortete der Fahrer, das Hupen sei selbstverständlich im gesamten Stadtgebiet verboten. Mick fiel nichts mehr ein. Er hielt dem Fahrer eine Zigarette hin und steckte sich dann selbst eine an. Wieder im Divan beschloß er, hier sein Auto umzusetzen. Er war überzeugt, der Barmixer kannte tausend Leute von seiner Arbeit her. Der wußte bestimmt . . . Kaum hatte Mick das Angebot dem Barmixer unterbreitet, mußte dieser dringend telefonieren. Er bat Mick zu warten. Dann tauchten kurze Zeit später zwei Männer auf. Der Barmixer nickte ihnen zu, und sie kamen zu Mick an die Theke.
Sie bestellten sich zwei Raki. Nur einer von ihnen, der kleinere, sprach Deutsch. Sie steckten in billigen und etwas angeschmuddelten weißen Anzügen. Sie sahen so westeuropäisch aus wie ein Chinese im Schottenrock.
Mick war erstaunt, als der kleinere Interessent ihm eröffnete: »Wir haben uns den Wagen schon vor dem Hotel angesehen. Etwas schmutzig, scheint aber ganz gut in Schuß zu sein. Sind Sie die ganze Strecke selbst gefahren?«
Mick wußte sofort, dieser Mann machte das nicht zum ersten Mal. Der war ein Profi. Sein Deutsch war das Deutsch von Autoschiebern. Vielleicht war er sogar der Mann, mit dem Jo seine Geschäfte machte. Mick überlegte, ob er Jos Namen ins Spiel bringen sollte. Doch er schwieg lieber.
»Wir möchten den Wagen gerne fahren. Ausprobieren. Ob der Kilometerstand stimmt und so weiter. Sie werden verstehen. Wir möchten keinen Schrott kaufen. Wir bezahlen in türkischer Währung.«
Mick nickte.

»Sie wissen, daß unser Geld im Ausland ist nichts wert? Sonst wir könnten Autos ganz normal bei Ihnen bestellen und bezahlen. Aber unsere Regierung hat seit lange Zeit verboten, Geld zu bringen außer Land. Wir können nicht türkische Geld überweisen in Bundesrepublik und sagen: Dafür ein Auto. Es wird nicht gewechselt. Sie verstehen?«
»Ja, ich kenne die Probleme.«
»So, was wollen Sie tun mit Geld?«
»Das ist mein Problem.«
Der Kleine lächelte. »Ah, ich verstehen. Du willst damit eine Geschäft eröffnen in Istanbul!« Er begann, lauthals zu lachen. Er fand seinen Scherz großartig.
Mick kippte den Rest seines Rakis herunter.
»Kann ich Wagen mitnehmen zum Überprüfen?«
Mick schüttelte den Kopf. »Wer garantiert mir, daß ich euch je wiedersehe?«
»Wir sind ehrliche Kaufleute.«
»Na sicher. Und ich bin James Bond.«
Der Kleine grinste verschmitzt. Er bewegte sich von der Bar weg und winkte Mick, ihm zu folgen. Sein Kumpel erledigte in der Zeit die Rechnung an der Theke. Mick folgte dem Mann bis vors Hotel. Dort stand an den Wagen gelehnt ein junges Mädchen mit schwarzen, fast bläulichen Haaren. Sie war nicht groß, doch ihre Beine wirkten sehr lang. Sie trug ihren Minirock zur Schau, als sei das der letzte Schrei.
»Du willst Garantie? Hier ist meine Tochter. Ulla. Sie bleibt bei dir, bis ich bin zurück mit deine Fahrzeug und habe alles geprüft. Dann ich mache dir ein gutes Angebot.«
Er hielt Mick ein paar Scheine hin und sagte: »Hier ein Vorschuß, falls etwas geht kaputt, wenn ich fahre. Wird hinterher auf Preis angerechnet. Du kennst. Jetzt gib Schlüssel.«
Mick gab ihm tatsächlich den Schlüssel. Das Mädchen lächelte ihn an. Sie kam zu ihm rüber und stellte sich neben ihn. Die beiden Männer stiegen in Micks Wagen

und fuhren los. Mick wußte nicht wohin, mit der Tochter von dem Kleinen. Sie folgte ihm stumm.
Er wollte auf sein Zimmer, um sich den Schweiß abzuduschen und um nachzudenken. Die kleine Langbeinige folgte ihm mit schwingenden Hüften. Ihre Schuhe hatten auch einen Shoeboy nötig. Sie waren staubig und die Stöckelabsätze krumm. Mick fragte sich, wie jemand bei diesen Möchtegernestraßen überhaupt auf Stöckelabsätzen laufen konnte.
Er wußte zwar nicht, was er mit dem Mädchen die ganze Zeit über anfangen sollte, aber er würde sie auf keinen Fall aus den Augen lassen. Sie war für ihn eine zu wichtige Garantie. Wenn sie versuchen sollte, ihm wegzulaufen, würde er ihr ohne zu zögern blaue Augen hauen, das erzählte er sich selbst, um sich nicht der Angst auszusetzen, reingelegt worden zu sein. Er nahm sie mit auf sein Zimmer.
Die Luft war stickig. Schwül. Er überlegte, wie er duschen konnte, ohne ihr die Chance zu geben, abzuhauen. War sie weg, würde er auch den Wagen nie wiederzusehen. Er hätte sie fesseln können, doch dazu hatte er viel zu viele Hemmungen. Er setzte sich aufs Bett und dachte nach.
Sie stand vor ihm, hob die Haare hoch, ließ sie über Schultern und Gesicht fallen, drehte sich einmal um ihre Achse und begann, sich auszuziehen. Sofort wußte er, daß man ihn reingelegt hatte. Das Mädchen war nicht die Tochter des Kleinen, sondern eine Hure, die man genommen hatte, weil sie keine Fremdsprache sprach. Die beiden hatten sie dafür bezahlt, mit einem Fremden ins Hotel zu gehen. Sie wußte nicht, was gespielt wurde. Sie war unschuldig. Sie zog sich aus für ihr Geld. Aber Mick war nicht bereit, den Wagen gegen eine Nacht oder vielleicht gar nur ein Stündchen mit dieser orientalischen Schönheit einzutauschen. Sie bewegte sich jetzt mit demütigem Lächeln auf ihn zu. Sie war nackt und zwischen den Beinen kahlrasiert. Ihre wippenden Brüste schob sie ihm entgegen. Am liebsten hätte er ihr ein paar

reingehauen, doch er wußte, daß sie nur ein Werkzeug war. Woher sollte sie wissen, wofür man sie einsetzte? Hätte sie sich nicht ausgezogen hätte er gar keinen Verdacht geschöpft.
Er rannte an ihr vorbei, raus aus dem Hotel. Es war sinnlos, aber er ließ sich mit einem Taxi durch die Stadt fahren. Er suchte den Wagen. Die Hoffnung, ihn irgendwo stehen zu sehen, hatte er eigentlich selbst nicht mehr. Aber was sollte er sonst tun? Sich den Barmixer greifen? Dann würde man ihn zu allem Überfluß auch noch aus dem Hotel werfen und ihm die Rechnung vorlegen. Er war sich nicht sicher, ob sein Geld ausreichen würde, die zu begleichen. Er stellte sich türkische Gefängnisse nicht sehr lustig vor.
Der Taxifahrer merkte bald, daß sein Gast kein richtiges Ziel hatte. Da es in seinem Taxi keinen Zähler gab, kassierte er alle zehn bis fünfzehn Minuten eine Summe, die er für angemessen hielt, und die Mick ohne Diskussionen und Proteste zahlte, obwohl er wußte, daß das äußerst unklug war.
Mick fühlte sich so dumm, so gedemütigt, so dreckig. Er wollte es nicht wahrhaben. Wie sollte er das Gisela erklären, falls er sie jemals wiedersehen würde? Wie sollte er die Rückfahrt finanzieren? Konnte er einfach aus dem Divan türmen, ohne zu bezahlen? Vielleicht einen Zug bis Griechenland, und dann hoffen, daß deutsche Touristen . . . Oder konnte er einfach zur deutschen Botschaft gehen und erklären, ihm seien Geld und Wagen gestohlen worden?
Dieser Gedanke erheiterte ihn. Vielleicht würden die ihm helfen. Sicherlich sogar. Das war doch irgendwie deren Aufgabe, fand er.
Mit den illegalen Autohändlern war er böse reingefallen, aber jetzt brauchte er Leute, die ihm mit Rat und Tat zur Seite stehen würden. Es war nicht besonders schwer gewesen, Kontakt zu knüpfen. Sein erster Gesprächspartner an der Bar, Ali, das Sprachhindernis war kleiner, als er gedacht hatte . . . Er kramte den Zettel aus der Tasche, den er von

Ali hatte. Wie hieß das Lokal noch: Papyrus oder so ähnlich. Er zeigte dem Taxifahrer den Zettel. Der nickte und wußte sofort, wohin die Reise gehen sollte.
Mick wußte, daß er in seiner Verzweiflung zum Tröster Alkohol neigte. Er wäre zu gerne besoffen gewesen. Und noch lieber hätte er zu seinem Suff auch noch eine Frau im Arm gehabt. Gisela oder Gitti, das war gleich, er wollte weder mit ihr reden noch mit ihr schlafen, er wollte nur die Wärme eines Körpers spüren, um zu wissen, daß er nicht alleine war. Einsamkeit war schlimm, egal ob besoffen oder nüchtern. Er mußte Leute treffen und so schnell wie möglich so viel Raki wie möglich trinken. Vielleicht würde es ihm dann besser gehen.
In einer schmalen, holprigen Gasse lag das Papyrus im Kellergeschoß eines Wohnhauses. Man ging eine Treppe hinunter bis fast zwei Meter unter die Straße. Dort stand Mick in einem kleinen Raum, der aussah wie ein Kleiderlager. Ein gutfrisierter junger Mann mit pechschwarzen, krausen Haaren und einem ärmellosen weißen Hemd nahm den Gästen alle überflüssigen Sachen ab und führte sie dann durch die nächste Tür in die eigentliche Bar. Wie in einem Zugabteil standen sich Bänke mit Platz für je drei Personen gegenüber. Dazwischen ein Holztisch. Ein offener Nebenraum mit langgestreckter Theke. Eine Toilette mit Schwenktür.
Es war übervoll. Die Menschen drängten sich an den Tischen und alle schienen miteinander zu reden und dabei unentwegt Nüsse zu kauen und Raki zu trinken. Was Mick sofort auffiel war, daß er hier Männer und Frauen im selbstverständlichen Nebeneinander sah. Heftige Diskussionen liefen auch zwischen den Gruppen an den einzelnen Tischen. Immer wieder standen Leute auf, drängten sich an einen überfüllten Nebentisch und mischten sich dort ein. Die ganze Kneipe schien miteinander im Gespräch zu sein. Sogar einen fast ohnmächtig betrunkenen alten Mann mit weißem Bart nahm man ernst, wenn er zu lallen begann.

Irgend jemand stellte Mick die übliche Frage: »Amerikaner? Or German?« Noch bevor Mick seinen Raki bekam, wurde er gleich über den alten Mann aufgeklärt. »Er großer Poet. Sagt besten Sachen. Kann dirty reden und doch schön. Sagt fuck You and so on but er sagt es so very gut. Alle lieben him. Er so very gut!«
Es war kein Platz da für Mick, aber eine Frau rückte ein Stückchen, ein Mann drückte ihn auf den freien Sitzplatz, der nicht bequem war, aber trotzdem gemütlich. Mick sah die erregten Gesichter, wollte gerne teilhaben an ihrer Diskussion, schluckte den Raki und bestellte gleich einen Gin Tonic hinterher. Er legte seine Zigaretten auf den Tisch und die fanden sofort Anhänger. Man hielt es für ganz normal, daß er als Ausländer seine schwarzen Zigaretten zur Verfügung stellte, denn er würde in sein Land zurückgehen und sich problemlos zu Boden rauchen können, doch sie blieben in der Türkei.
Mick sah in die Gesichter der Menschen, wenn sie ihre Sätze formulierten und eine unendliche Spannung lud sich in ihm auf. Man müßte fünf, sechs, sieben Sprachen sprechen, dachte er. Ach was – alle Sprachen der Welt müßte man beherrschen und alle Länder besuchen und überall mit den Leuten an Tischen sitzen und saufen und rauchen und erzählen und keinen Streit bekommen . . .
Der Bewunderer des großen Poeten versuchte, die Diskussion für Mick durchschaubarer zu machen: »Sie sprechen davon, daß Regierung hat nur eine Waffe zu überleben: Gewehre. Soll man also kämpfen gegen sie mit Gewehre? Aber der Mann da, ein großer Schauspieler bei uns – er war früher – he says, beste Gewehr wir haben ist Generalstreik. Generalstreik ist Gewehr von Volk.«
»Das hier die Sau los ist, sieht man ja,« sagte Mick. Sein Dolmetscher verstand das nicht, hörte aber auch nicht zu, weil er sich schon wieder in das laufende Gespräch einmischte. Plötzlich machten alle »boh« oder »buoah« und taten damit wohl ihr Erstaunen oder ihr Mißfallen kund. Die

Frau neben Mick flüsterte auf Englisch in Micks Ohr die Frage, ob er etwas verstehe. Er verneinte. Dann versuchte sie ihm zu erklären, daß sie gerne mit ihm ein politisches Gespräch in Englisch führen würde, aber leider schon zu betrunken sei, und fragte, ob er öfter ins Papyrus kommen würde.
Er nickte.
Dann sagte sie: »Moskau or New York?« Sie sah ihn dabei durchdringend an. Er verstand, das war die simpelste Frage nach einem politischen Standpunkt, die man formulieren konnte. Peking, Bonn oder Paris waren für sie nebensächlich.
Irgendwie amüsiert sagte Mick: »Moskau!« Denn daß man hier nicht sehr amerikanerfreundlich war, merkte er wohl. Die Amerikaner, das waren die, die den Soldaten und Polizisten die Waffen verkauften. Also waren die, die sich von diesen Waffen bedroht fühlten, Feinde der Waffenlieferanten. Die Feinde ihrer Feinde erklärten sie zu ihren Freunden. So einfach war das. Wenigstens dann, wenn man Raki dabei trank und nicht die Sprache des anderen verstand.
Jedenfalls küßte die Frau ihn auf die Wange, umarmte ihn und rief ihren Freunden ein paar türkische Sätze zu, die Mick nicht verstand und dann drückten sie ihm plötzlich reihenweise die Hände, schlugen ihm auf die Schultern und lachten ihn an.
Er fühlte sich, als sei er plötzlich in einen Kreis alter Freunde geraten. Sie füllten ihn mit Raki und Gin voll, rauchten seine letzten Zigaretten und gaben ihm für den Rest der Zeit das Gefühl dazuzugehören.
An den Gesichtern seiner Saufkumpanen konnte er plötzlich ablesen, daß etwas Schlimmes vor sich ging. Etwas, vor dem man sich fürchten mußte. Die Männer, die hereinkamen und sich im Raum verteilten, hatte er nicht bemerkt. Als er sich umdrehte, sah er zwei Männer in eigenartiger schwarzer Zivilkleidung mit Maschinenpistolen im Eingang stehen. Sie richteten ihre Waffen auf die Gäste im Lokal.

Ein kleiner Kerl mit einer riesigen Pistole in der Hand brüllte Kommandos durch den Raum. Es sah aus, als würde dieser zierliche Mann die für ihn viel zu große Waffe jederzeit fallenlassen, weil sie ihm zu schwer wurde. Er wirkte in seiner Aufgeblasenheit gefährlich und lächerlich zugleich.
Mit erhobenen Armen standen Männer und Frauen auf, traten vorsichtig aus den Sitzreihen heraus und ließen sich abtasten.
Mick wollte in die Seitentasche greifen, um seinen Ausweis zu ziehen. Die betrunkene Frau neben ihm war geistesgegenwärtig genug, seine Hand festzuhalten. Mick sah in den Lauf einer Maschinenpistole und war mit einem Schlag wieder nüchtern. Er wurde herumgerissen und an eine Wand geworfen. Jemand drückte ihm eine Waffe ins Genick, dann tasteten ihn zwei nervöse Hände ab. Mick begriff, daß die Frau ihm das Leben gerettet hatte. Sein Griff in die Tasche war als Versuch gedeutet worden, eine Waffe zu ziehen. Dieses staatliche Überfallkommando hätte nicht den Bruchteil einer Sekunde gezögert, ihn niederzuknallen, wenn er seine Hand in die Tasche gesteckt hätte. Ihm wurde fast schlecht vor Angst.
Er konnte sehen, wie einer seine MP auf die Schwenktür richtete, die zur Toilette führte. Ein anderer nahm Anlauf und trat vor die Tür. Sie knallte nach innen hin auf und warf einen Mann um, der dort stand, um sein Wasser zu lassen. Dann wurde der Mann mit offenem Hosenschlitz hochgerissen und aus der Toilette geschleudert. Er flog gegen die Theke und rutschte daran herunter. Er war ohnmächtig. Blut sickerte aus seinen Mundwinkeln und aus einer Platzwunde am Kopf. Dann wurde er nach Waffen durchsucht. Nach Personalausweisen fragte niemand. Man suchte nur Waffen oder bekannte Gesichter. Das Wort »Passport« fiel Mick ein und er schrie es, als Frage formuliert gegen die Wand.
»Sit down!« brüllte jemand und drückte ihn auf seinen Sitz zurück. Er war ein Ausländer und wurde zuvorkommend

behandelt. Trotzdem bekam er kaum noch Luft. Außer ihm standen alle anderen Gäste. Er kippte den Rest seines Rakis hinunter und schloß die Augen. Dann walkte er mit den Händen sein Gesicht durch, um den Alptraum zu beenden, doch es war kein Traum.
Der Kleine brüllte immer noch rum, und alle anderen Leute schwiegen verbissen. So plötzlich wie der Spuck begann, war er auch vorüber. Die bewaffneten Männer verschwanden ohne Entschuldigung und ohne Erklärung. Die Gäste setzten sich wieder, und wenn nicht der Verletzte an der Theke von zwei Leuten verarztet worden wäre, hätte schon Minuten später kein neuer Gast mehr gemerkt, daß ein Vorfall den Kneipenabend unterbrochen hatte.
Mick wollte der Frau danken und spendierte ihr einen Raki. Sie küßte ihn schon wieder und versuchte auf Englisch ein paar Sätze. Alles, was Mick verstand, war, daß er sehr froh sein konnte, noch zu leben, und daß er in Zukunft vorsichtiger sein müßte.
Er hatte mehrfach das Gefühl, sich übergeben zu müssen, es kam aber nichts. Nach fünf oder sechs weiteren Rakis brach die Gruppe, bei der er hockte, auf. Er ging mit. Er gab der Frau neben ihm ein paar Geldscheine. Sie verstand sofort und bezahlte für ihn, weil er viel zu besoffen war, um noch Geld und Wechselgeld zu kontrollieren.
Die Luft auf der nächtlichen Straße füllte seine Lungen und machte ihm klar, daß er noch lebte. Er wurde in so etwas wie eine türkische Imbißstube mitgeschleppt, wo man ihm mehrere scharfe, würzige Kleinigkeiten spendierte. Es schmeckte so herzhaft und gut, daß er runterschlang, was immer man ihm hinhielt. Einen zusammengerollten Pfannkuchen mit Fleischgeschmack, zwei Frikadellen, die nach Knoblauch rochen und im Hals brannten, und Fleischstückchen, die man Kebab nannte oder so ähnlich.
Vor dieser Imbißstube verabschiedete man sich. Ein Mann besorgte noch ein Taxi für Mick und handelte mit dem Fahrer gleich den Preis bis zum Divan aus. Der Mann ließ

sich von Mick Geld geben und bezahlte den Fahrer sofort. Die restlichen Scheine steckte er Mick ins Hemd zurück. Alle umarmten und küßten ihn noch einmal und Mick stieg in sein Taxi.
Vielleicht schlief er beim Fahren ein, jedenfalls erinnerte er sich hinterher nicht mehr an den Weg. Er stieg vor dem Divan aus. Der Hotelgorilla lief ihm entgegen und führte ihn ins Haus. Für einen Moment dachte Mick daran, jetzt den Barmixer zusammenzuschlagen, doch er gestand sich ein, daß er dazu viel zu betrunken war. Er wankte hoch in sein Zimmer. Er bemerkte nicht, daß der Türsteher in die Bar lief und den Barmixer von seiner Ankunft unterrichtete. Wie der Barmixer es schaffte, noch vor Mick in dessen Zimmer zu sein, hätte Mick ohnehin nie begriffen.
Erstaunt stand Mick im Türrahmen und sah das türkische Mädchen auf seinem Bett sitzen und den Barmixer davorstehen. Der Mixer redete sofort in einem kaum verständlichen Deutsch auf Mick ein. Doch Mick war noch nicht betrunken genug, um nicht zu begreifen, was los war. Der Barmixer machte ihm klar, daß das Mädchen völlig verzweifelt war, weil sie dafür bezahlt worden war, auf Mick aufzupassen und jeden seiner Schritte zu überwachen. Wenn ihre Auftraggeber in Erfahrung brächten, daß sie Mick verloren hatte, dann ging es ihr dreckig. Mick versprach, das niemanden zu verraten und nun bis zur Rückkehr der Autokäufer bei dem Mädchen zu bleiben. Mick verstand das alles nicht ganz. Er begriff nur, daß das Auto also noch nicht verloren war und daß die Käufer wiederkommen würden. Der Barmixer redete nun auf das Mädchen ein, klopfte Mick dann auf die Schultern und verabschiedete sich.
Mick war einerseits froh: Das Geschäft konnte also noch laufen. Andererseits fühlte er sich, als hätte er eine tote Katze verspeist, denn der Raki tat unerbittlich seine Wirkung, und der Horror der Razzia im Papyrus drängte sich immer wieder in sein Bewußtsein. Er wollte nur noch schlafen. Ohne das Mädchen weiter zu beachten, zog er

sich aus und legte sich ins Bett. Während das Zimmer zu trudeln begann und sich langsam um ihn drehte, begriff er, daß dieses türkische Mädchen eine Art Gastgeschenk der Autoverkäufer war, um ihm die Zeit bis zur Prüfung des Wagens und bis zum Geschäftsabschluß zu vertreiben. Er schloß die Augen.
Sie zog sich aus und drückte ihren nackten Körper gegen ihn. Ihre Hände fummelten an Mick herum, doch sie konnten nicht verhindern, daß er einschlief.
Als er wieder erwachte, spürte er, wie ihre Zunge sein erigiertes Glied streichelte. Er wußte nicht, wie lange sie ihn schon so liebkoste und er wußte nicht, wie er ihr zu verstehen geben sollte, daß er schlafen wollte und sonst nichts. Sie gab sich redliche Mühe, doch er lag regungslos und schlief bald darauf wieder ein.
Als er gegen Morgen erwachte, schmerzte sein Kopf. Das Mädchen saß neben ihm im Bett. Sie hielt ein Glas Wasser in der Hand und reichte es ihm. Wie lange hatte sie wohl so gesessen? Mick trank das lauwarme Wasser, kratzte sich die Kopfhaut und ging dann unter die Dusche.
Die Szenen der Nacht jagten durch sein Hirn. Er mußte vor sich zugeben, daß er Angst hatte. Angst, Kopfschmerzen und Durst auf eine Tasse heißen Kaffee. Er hielt sein Gesicht so dicht unter den Wasserstrahl, daß das Wasser in Nase und Ohren drang. Er prustete laut und versuchte so, sich Angst und Sorgen wegzuspülen. Er stand unter der Dusche, bis die Haut fast aufgeweicht war. Dann trocknete er sich ab und verließ das Badezimmer. Er wollte ein gutes Frühstück einnehmen. Doch das türkische Mädchen – nannte der Kleine es nicht Ulla? – stand mit einem großen Badetuch vor der Tür und erwartete ihn. Sie schien enttäuscht, weil er trocken war.
Er zuckte mit den Schultern. »Pech gehabt. Ich wußte nicht, wie weit hier der Service geht.« Er war fast ein wenig amüsiert über ihre ständigen Bemühungen. In einem sehr knappen Slip – tiefrot mit weißen Perlen draufgestickt –

stand sie vor ihm, warf das Handtuch weg und zeigte ihm ein Fläschchen Öl.
Was die alles in ihrer Handtasche mitschleppt, dachte Mick.
Sie deutete Mick an, er solle sich aufs Bett legen. Dann rieb sie seinen Körper ein und massierte ihn mit der ruhigen Gelassenheit von jemanden, der genau weiß, was er will und was er kann.
Mick lag auf dem Bett und schloß die Augen. Die Massage tat ihm gut. Seine Gedanken machten sich frei von der Angst, die in der Stadt herrschte. Wärme breitete sich in seinen Muskeln aus. Es war ein besseres Gefühl, als Haschisch zu rauchen, dachte er.
Sie ließ keinen seiner Muskeln aus. Wohlig stöhnend lag er auf dem Bauch. Sogar seine Füße knetete sie durch. Dann zog sie ihn an der Schulter; er verstand, er sollte sich rumdrehen. Er tat es, ohne sich ein Handtuch über seine Geschlechtsteile zu legen. Warum sollte er sich schämen? Schließlich hatte sie doch die halbe Nacht an ihm herumgefummelt.
Er ließ die Augen geschlossen. Jedes Zeitgefühl ging verloren. Als er erfrischt und ermattet zugleich die Augen öffnete, weil er glaubte, die Massage sei beendet, da sah er gerade noch, wie sie ihren eigenartigen Perlenslip abstreifte.
»Okay,« sagte er. »Warum nicht. Du bist schön, und wer weiß, ob ich hier noch mal lebend rauskomme?«
Sie lächelte, glaubte wohl, er habe ein Kompliment gemacht. Sie wollte in der aktiven Rolle bleiben, sich auf ihn setzen und mit schnellen Hüftbewegungen erfreuen, doch er spürte neue Kraft in sich und wollte nicht mehr still liegen und schon gar nicht einschlafen.
Er lag zwischen ihren Schenkeln und ihre Beine schlossen sich um ihn wie ein Schraubstock. Er erschrak. Entweder war sie so eng, daß sie ihn fast abquetschte, oder sie beherrschte diese Muskeln besser als er seine Gitarre.
Sie frühstückten danach gemeinsam im hoteleigenen Früh-

stücksraum, schwiegen, lächelten sich an und tranken mehr Tee, als für europäische Mägen gut ist. Sie kauten dabei eine Art Milchbrötchen, tranken Orangensaft und rauchten. Mick wußte nicht, was er mit ihr anfangen sollte. Sie durfte ihn nicht verlieren. Er mußte auch auf jeden Fall in ihrer Nähe sein, wenn er sein Auto noch einmal wiedersehen wollte. Sie waren also ohne jede gemeinsame Sprache für den Rest des Tages aneinandergekettet. Mehr noch, sie konnten nicht mal einen Bummel machen. Denn jederzeit konnten die Käufer zurückkommen. Vielleicht kämen sie aber auch erst am nächsten Tag. Die Situation war zu blöd. Er beschloß, mit ihr im Hotel zu bleiben. Es wurde ein ausgesprochen heißer Tag. Da schien ihm das Hotel ohnehin angenehmer als die staubigen Straßen.
Er meldete ein Telefongespräch nach Stockholm an. Dann gingen sie gemeinsam zurück aufs Zimmer. Schon beim Frühstücken und dann beim Treppensteigen war ihm wieder der Schweiß ausgebrochen. Er bestellte kalten Orangensaft aufs Zimmer und ließ kaltes Wasser in die Badewanne, dann legten sie sich gemeinsam in die Wanne und sahen sich an. Ein Kellner brachte einen silbernen Kübel mit Eiswürfeln, darin eine Vase mit frischgepreßtem Orangensaft. Er stellte sie auf den kleinen Schreibtisch und verschwand diskret.
Das Mädchen mit den fast blauen Haaren und den Augen, die sich zwischen braun und schwarz kaum entscheiden konnten, begann in der Wanne liegend ein Lied zu summen. Komisch, dachte Mick. Draußen in den Straßen regiert das Militär. Ein Umsturz wird scheinbar vorbereitet. Im Grunde herrscht hier doch Bürgerkrieg. Und ich liege hier mit einem Mädchen, dessen richtigen Namen ich nicht mal weiß, in der Badewanne und langweile mich. Es stimmt doch was nicht mit dieser Welt.
Da seine Haut noch vom Duschen und Ölen etwas strapaziert war, stieg er diesmal aus der Wanne, bevor seine Haut wieder schrumpelig wurde. Probleme habe ich plötzlich. Ich

denke über meine Haut nach. Das habe ich noch nie getan. Bald werde ich wohl meine eigene Avonberaterin aufsuchen müssen. Er grinste bei dem Gedanken. Das Mädchen rieb ihm den Rücken trocken. Er stand ganz still. Sie machte alles.

Ob die Frauen hier alle dazu erzogen werden, nichts weiter zu sein als Dienerinnen des Mannes, oder ob es hier zum guten Ton einer Hure gehört, ihren Kunden so zu verwöhnen? Oder ist das eine Luxushure, die man mir geschickt hat, damit der Grundstock für eine lange und gute Geschäftsbeziehung gelegt wird? Wer weiß, wie oft die noch Autos von mir wollen? Oder mag mich die Kleine vielleicht wirklich? Hofft sie, daß ich sie mitnehme aus diesem Land in meins, von dem sie vielleicht gehört hat, es sei das Paradies?

Während er noch nachdachte, fielen ihren Händen schon wieder tausend Zärtlichkeiten ein und sie verführte ihn erneut. Er trug sie zum Bett. Als sie dort sogar schwierigste akrobatische Leistungen hinter sich gebracht hatten, stand sie auf, hüpfte zum Fenster rüber, riß die Vorhänge zur Seite und breitete die Arme aus, als wolle sie die ganze Stadt umarmen und seufzte: »Istanbul.«

Auch Mick stand auf, sah ihr über die Schultern auf eine Kreuzung und zwei Straßenzüge, die mit Autos verstopft waren. Die dicken Scheiben dämpften den Wagenlärm und das Gehupe. Sie waren hoch über den Dächern der anderen Häuser und konnten bei dem klaren Himmel über die Stadt blicken. Unter ihnen brodelte Istanbul. Der europäische Teil einer asiatischen Stadt.

Sie rieb ihre Pobacken an ihm und stützte sich am Fenster auf. Bereitwillig nahm sie ihn noch einmal auf. Vor diesem Panorama glich ihr Geschlechtakt in seiner Leichtigkeit einem sanft dahingleitenden Segelflug bei klarer Sicht.

Sie gefiel ihm immer besser, die kleine Ulla mit den dunklen Augen und dem willigen, keiner Phantasie abgeneigten Körper. Er befürchtete schon, sich verliebt zu haben. Sein

Blick schweifte vom Panorama Istanbuls auf ihren Rücken, der sich unter seinen Stößen katzenhaft durchbog. Sie hatte kleine längliche Narben auf dem Rücken. Vielleicht war sie geschlagen worden. Hatte man sie auf die Art gefügig gemacht? Spielte sie nur die heiße Geliebte, oder fand sie tatsächlich Gefallen an ihm? Vielleicht ist es das, was die Männer in den Orient zieht? Daß sie zusätzlich zu allem Sex, für den sie bezahlen, das Gefühl bekommen, das Mädchen sei in sie verliebt und tue es nur für sie so gut und so gern.

Als auch der letzte Rest seines Samens in sie verströmt war und er seinen Magen knurren hören konnte – was sie zu einem Kichern veranlaßte – lud er sie zum Essen ein. Es reichte völlig, ihr die Kleider hinzuhalten. Sie begriff nach dem Knurren sofort.

Im hoteleigenen Restaurant reichte er ihr die Speisekarte und gab ihr mit einer einladenden Geste über die Karte zu verstehen, daß sie für beide aussuchen und bestellen sollte. Sie tranken Weißwein vor dem Essen und erfreuten sich dann an großen Salatplatten.

Er überlegte, was weiter passieren sollte. Er konnte unmöglich mit ihr so weitermachen. Jetzt wurde es Zeit, daß die Käufer wieder auftauchten. Gleichzeitig hoffte er, es würde noch eine Weile dauern, denn mit ihr in diesem Hotel – in diesem Zimmer, auf dieser Insel – das war vielleicht nur ein Traum, der sehr schnell platzen konnte. Er hatte Angst vor dem Aufwachen, vor dem Auf-der-Hut-sein-müssen. Vor dem Ständig-betrogen-werden-können. Vor dem Wer-sich-nicht-auskennt-bleibt-auf-der-Strecke-Gefühl. Dann lieber mit ihr zwischen Bett und Badewanne pendeln. Doch er wußte, sie war nur eine Ruhepause, die man ihm gönnte. Mehr nicht. Daran konnten ihre verführerischen Augen mit dem gefährlichen Wimpernaufschlag auch nichts ändern.

Nach dem Essen tranken sie noch Kaffee, keine Spur von einer Knappheit zu bemerken. In diesem Hotel war die

Welt noch in Ordnung. Und ein Gorilla in Uniform stand an der Drehtür, um dafür zu sorgen, daß das auch so blieb.
Sollte er mit ihr ins Kino gehen? Sich einen türkischen Film ansehen? Er würde nichts verstehen. Das war nicht das Schlimmste. Aber waren Kinos in Istanbul airconditioned oder kam man darin um vor Hitze? Durften Frauen überhaupt ins Kino?
Sie saß stumm und lächelte ihn an. Sie stellte keine Ansprüche. Warscheinlich würde sie noch in zwei Stunden so da sitzen und lächeln. So hatte er sich manchmal indische oder thailändische Frauen vorgestellt. Ihr Lächeln zerrte ganz schön an seinen Nerven. Seine Knie zitterten unter dem Tisch. Er war kraftlos. Die Ereignisse der letzten Tage und jetzt dieses Mädchen hatten ihn geschafft. Er wußte nicht, was noch auf ihn zukam. Er entschloß sich, wieder aufs Zimmer zu gehen und zu schlafen. Er würde ihr das schon irgendwie klarmachen, daß jetzt mal Pause war.
Er lag auf dem Bett und deutete ihr mit den Augen sein Vorhaben. Sie verstand und legte sich ebenfalls hin. Sie schliefen beide rasch ein. Das Telefon weckte sie gleichzeitig. Es war Gisela. Der Anschluß war zustandegekommen.
»Mick, mein Liebling! Endlich! Wie geht es?«
»Alles klar. Verzögert sich nur ein bißchen. Die sind hier lahmarschig. Orientalen! Kannst du dir ja denken.«
»Wann kannst du weg?«
»Weiß nicht genau.«
»Ich fahre übermorgen nach Monte Carlo. Hier gibt es etwas, das heißt »rea«. So etwas wie bei uns Sommerschlußverkauf. Darunter fallen auch alle Urlaubsreisen, von denen Leute zurückgetreten sind oder so. Ich habe eine Fahrt nach Monte Carlo für 25 Prozent vom eigentlichen Preis bekommen. Nur muß ich sofort los. Ich habe einen Aufenthalt für drei Wochen gebucht. In dieser Zeit wirst du es ja wohl schaffen! Nimm mal einen Stift. Ich geb dir gleich mein Hotel durch. Oh, ich freu mich ja so. Bald sehen wir uns wieder und dann . . . hast du den Stift?«

»Ja.« Er notierte alle Angaben genau.
»Mein Liebling, denkst du oft an mich? Ich rede viel mit Ingegaard über dich. Geht es dir auch wirklich gut?«
Er drückte den Hebel herunter, als sei das Gespräch unterbrochen und legte sich wieder ins Bett zurück. Unter seinen Armen hatte sich Schweiß gebildet.
Gisela. Sie wartete auf ihn. Seltsamer Gedanke, mit Ulla neben sich. Ob Brigitte auch noch wartete? Am liebsten hätte er sie alle drei gehabt. Die bürgerliche Brigitte mit ihrer Ordnung und Sauberkeit. Die mütterliche Gisela mit ihrem Hang, auch die ausgeflipptesten Ideen mitzumachen, und die stumme, lächelnde Ulla, die ihn im Bett so fertigmachte, daß er kaum noch laufen konnte.
Aber das würde nicht gehen. Sie würden ihn zu einer Entscheidung zwingen. Keine würde eine andere neben sich dulden. Doch. Ulla vielleicht. Schwer vorstellbar, daß sie überhaupt jemals protestieren würde. Konnte sie ihr Lächeln ablegen? War das angeboren? Anerzogen? Angeprügelt?
Plötzlich wollte Mick die Sache so schnell wie möglich hinter sich bringen. Aber er schlief wieder ein. Ulla öffnete die Fenster, um frische Luft hereinzulassen, aber die Luft von draußen war nicht frisch sondern nur schwül. Viel heißer als die Luft im Hotel.
Sie schloß das Fenster leise wieder. Sie wollte ihn auf gar keinen Fall wecken. Sie war durstig und den Orangensaft hatten sie schon vor dem Essen ausgetrunken.

38

Sie parfümierte sich (zum wievielten Mal eigentlich?) und zündete sich dann eine Zigarette an. Eine von Micks.
Er schlief nicht mehr. Der Duft und die Geräusche hatten ihn geweckt, doch er stellte sich schlafend. Er befürchtete,

sie könnte sonst wieder ihre Verführungskünste an ihm ausprobieren. Außerdem wollte er nachdenken. Über Gisela, über Brigitte und über sich. Doch er dachte nach über Schweden und die Türkei. Dabei kannte er von Schweden eigentlich nur Stockholm und von der Türkei nur Istanbul, doch er entschied sich für Istanbul. Was mochte er an dieser Stadt, wo man sich hinwerfen mußte, wenn man Schüsse hörte? Wo Razzien die Zecher aufscheuchten, wo Leute mitgenommen wurden und nie wieder auftauchten? Was liebte er an dieser Stadt?
Wie friedlich dagegen war Stockholm? Mit seinen Parkuhren, den ICA-Läden ohne Alkohol und den blauuniformierten Polizisten, die aussahen wie Liftboys oder Postboten. In Stockholm gab es Therapeuten und deren Klienten. In Istanbul Unterdrücker und Unterdrückte. In Istanbul waren die Dinge einfacher, fand er. Am kompliziertesten war alles dort, wo er herkam. In der Bundesrepublik. Aber er liebte sein Land nicht. So wenig, wie er Schweden liebte oder Griechenland oder die Türkei. Er konnte Menschen lieben, Gerüche, Sonnenuntergänge, das Geräusch der Wellen, die Sprache – und wenn man all das an seinem eigenen Land liebte, auch die kaputtsanierten Städte, liebte man dann sein Land? Wäre er bereit gewesen, für sein Land zu kämpfen, wie es die Leute im Papyrus waren? Hätte er sich daran beteiligt, eine Revolution anzuzetteln?
Istanbul machte ihm Angst, und trotzdem wäre er gern geblieben, aber das hatte viel mit Ulla zu tun und sehr wenig mit der stolzen türkischen Nation. Gleichzeitig wußte er, daß er mit Ulla nicht leben könnte. Sie wäre nur seine Sklavin und das würde mit der Zeit langweilig werden. Man brauchte ein Gespräch, den Streit. Wie produktiv konnte so ein Streit sein! Die Zeit mit Gisela bestand doch praktisch nur aus Streitereien. Aber das bedeutete auch, daß sie sich gegenseitig wichtig nahmen, bohrten, nicht aufgaben, in sich und dem anderen wühlten. Die Liebe täglich neu bestätigten oder zerstörten! Mit Ulla gäbe es all diese

anstrengenden Diskussionen und Streits nicht. Sie würde ihn einfach zu Tode lieben. Und Brigitte: die wollte alles nur harmonisieren. Einen ordentlichen Jungen aus ihm machen. Einen, der saubere Hemden trägt, keine Liebschaften nebenbei hat und der bei seinem Chef gut angesehen ist. Oh, Mann! Dabei war sie so ein duftes Mädchen, wenn die Musik zur Stimmung des Lichts paßte, wenn sie sich an ihn kuschelte und seinen Namen hauchte. Aber bei Licht besehen, wenn der Verstand regierte und nicht das benebelnde Gefühl, dann war zwischen ihr und seiner Mutter nur ein Unterschied: Seine Mutter war älter als sie und konnte besser kochen.
Er dachte wieder an die Frau im Papyrus. Hätten die Männer wirklich geschossen, wenn er seine Hand in die Tasche . . . Sie hatte ihm vermutlich das Leben gerettet, das ließ sich nicht wegdiskutieren. Und diese Frage »Moskau or New York?« Richtig hätte es wohl »Washington« heißen müssen. Er hatte sich für Moskau entschieden und dieses eine Wort machte ihn auf einen Schlag zum Freund. Kumpanen, die ihn in die Arme nahmen und küßten. Dies war ein komisches Land. In Schweden hätte man ihn vielleicht gefragt: »Atomkraft nej or jo?« Vielleicht auch: »Freud or Janov?« Und Brigitte? Sie würde ihn fragen: »Gisela oder ich?«
Er mußte sich entscheiden. Immer. Dabei hatte er jetzt auf nichts weniger Lust als auf Entscheidungen. Er wollte lieber immer so liegenbleiben, alles in der Schwebe lassen, nie die Autohändler wiedertreffen, immer in diesem Zimmer liegen, ab und zu duschen, mit Ulla schlafen und was essen. Ein Rausch zwischendurch, das müßte auch mal sein. Darauf wollte er das Leben reduzieren. Zurückkriechen in den Bauch der Mutter und sich behüten, wärmen und ernähren lassen.
Ulla bemerkte, daß er wach war. Sie schlich zu ihm rüber, nestelte an seinem Reißverschluß.
»Hast du denn gar kein Erbarmen?« fragte Mick.

Sie verstand natürlich nichts, lächelte ihn nur an. Er nahm ihre Hand weg und stand auf. Sie folgte ihm aus dem Zimmer zur Hotelbar. Dann stand sie neben ihm an der Bar, und der Mixer stellte Raki mit Wasser auf die Theke. Mick schob sich eine Handvoll Nüsse in den Mund und fragte den Mixer, ob es noch lange dauern könnte.
Der zuckte nur nichtssagend mit den Schultern. Ulla wechselte ein paar türkische Worte mit dem Mixer. Mick wurde sofort mißtrauisch.
»Was hat sie gesagt?«
Wieder zuckte der Mixer mit den Schultern und sagte dann mit nachlässig runterhängenden Mundwinkel: »Du feiner Kerl, sie sagt. Ganz super.«
Und wieder dieses Gefühl, betrogen zu werden. Natürlich hatte sie ihm nur eine Show vorgespielt. Sie war dafür bezahlt worden. Und ihm würden sie das Geld klammheimlich vom Kaufpreis abziehen. Vielleicht benutzte man sie ständig für die verschiedensten Autoknacker, die sich alle in sie verlieben sollten, um die Tour noch mal auf sich zu nehmen, einen geklauten Wagen rüberzubringen, auch wenn es sich finanziell nicht mehr lohnte . . .
Er war so skeptisch geworden. Er wußte nicht warum. Vielleicht war es die Atmosphäre in diesem Land? Vielleicht auch nur seine eigene, ganz private Situation? Der Mixer füllte unaufgefordert das leere Glas von Mick mit Raki nach. Aus dieser – vielleicht gar aufmerksamen Geste – las Mick gleich den Versuch, ihn betrunken zu machen.
Obwohl Ullas Zärtlichkeiten ihm die meiste Kraft genommen hatten, verspürte er noch so etwas wie den Drang, sich zu schlagen. Seine Vernunft war dagegen, trotzdem glaubte er, sich danach besser zu fühlen. Viel besser sogar. Sich zu prügeln bedeutete auch, nicht ohnmächtig zu warten. Aktiv werden. Die Dinge selbst in die Hand nehmen.
Er sah durch die Glasfenster den Wagen vors Hotel rollen. Die beiden Türken stiegen aus. Der Mixer raunte zu Mick: »Kein Wort wegen Ulla!«

Die beiden Typen mit ihren schmuddeligen weißen Anzügen grinsten zufrieden. Sie klopften Mick auf die Schultern. Jetzt würde die Feilscherei losgehen. Micks Magen krampfte sich schon wieder zusammen. Er würde noch ein nervöses Magenleiden bekommen. Gastritis. Typische Managerkrankheit, dabei wollte er ein Flippi werden. Ein Luftikus. Einer, der alles nicht so ernst nimmt.
Wenn er richtig lag mit seiner Annahme, dann hatte der Kleine in dem Handköfferchen das Geld. Vielleicht konnte er so die Feilscherei umgehen.
»Also – wieviel?«
Der Kleine zuckte mit den Schultern, verzog den Mund. Das schien plötzlich eine Art Volkskrankheit geworden zu sein. Dieses Weiß-ich-doch-nicht-Gesicht mit dem dazugehörigen Schulterzucken. Alles ein bißchen betont gelangweilt.
»Wieviel ist da drin?« fragte Mick und zeigte auf das Köfferchen.
Jetzt war der Kleine echt erstaunt. Das war wohl nicht der übliche Verhandlungsstil. Er sagte etwas zu dem Mixer, der antwortete rasch zurück ohne dabei aufzusehen.
»Also – wieviel?« fragte Mick. »Und vor allen Dingen – wieviel ist das in meiner Währung? In Deutschmark?«
»Rund zehntausend Mark.«
»Waas? Ihr seid wohl balla balla!« Seine Erregung war nicht gespielt. Er hatte mindestens mit dem Doppelten gerechnet, sonst hätte er den Wagen doch gleich in der Bundesrepublik verkaufen können. Aber im gleichen Moment wurde ihm klar: Diese Leute handelten mit gestohlenen Autos. Sie hielten auch diesen Wagen für gestohlen, deshalb wollten sie für ihn weniger als die Hälfte bezahlen. Wenn er den Wagen in Wien geklaut hätte, dann wäre das ein astreiner Stundenlohn, aber so . . .
»Nee Jungens – ohne mich. Schluß aus. Haut ab.«
Vielleicht zog ja die harte Methode?
Doch die Männer waren nicht bereit, länger zu verhandeln.

Sie hatten offensichtlich vor, noch viel weniger zu bezahlen. Sie hatten zwar umgerechnet zehntausend Mark in der Tasche, aber nicht allein für ihn. Sie planten noch andere Geschäfte an diesem Tag.
»Zweitausend und meine Tochter dazu.«
»Wie? Was willst du? Mir Ulla verkaufen?«
Wieder dieses Schulterzucken.
»Viele türkische Männer arbeiten in dein Land. Gerne viel bezahlen für Fick mit türkische Frau.«
Micks Verstand war wie ausgeschaltet. Er hörte auch nichts mehr. Doch er sah das Gesicht sehr klar vor Augen, in das seine Faust traf. Der Mann stolperte rückwärts und knallte auf den Boden. Der Kleine lag, aber der andere – wohl sein Leibwächter – trat Mick gezielt in die Geschlechtsteile. Noch bevor der Mixer hinter seiner Theke herkam, wurde eine Stahlrute zweimal durch Micks Gesicht gezogen. Mick brach vor der Theke zusammen.
Als er wieder wach wurde, lag er in seinem Zimmer. Der Mixer stand mitten im Raum und konnte vor Nervosität kaum die Beine stillhalten. Er sah, wie Mick erwachte.
»Hier Schlüssel für Auto. Steht noch unten. Sie nichts sagen. Keine Polizei, nichts. Sie müssen abreisen. Geht nicht hierbleiben. Verstehen. Ich sonst Probleme.«
»Verstehe,« sagte Mick. »Aber ich habe hier erst noch was zu erledigen. Hau jetzt ab, sonst verpaß ich dir auch noch eine.«
Der Mixer ging tatsächlich. Er schloß sogar die Tür sanft hinter sich. Warum hatten sie den Wagen nicht mitgenommen, nachdem er k. o. gegangen war? Sie brachten ihm sogar den Schlüssel. Völlig unverständlich.
Es klopfte leise an die Tür.
»Ja?«
Ulla schlich ins Zimmer. Sie trat so leise auf, als würde sie sich quer durch die Intensivstation eines Krankenhauses bewegen. Sie hatte sich umgezogen. Ein luftiges Kleid aus hellblauer Seide schmückte ihren schlanken Körper. Wort-

los ging sie ins Badezimmer, machte Tücher naß und kam zurück, um Mick das Gesicht zu kühlen. In letzter Zeit wurde sein Gesicht ziemlich oft von einer Frau gekühlt. Die Frauengeschichten nahmen überhand und die Schlägereien auch.
Der Mixer brachte den Autoschlüssel und dann kam Ulla. Wollten die Kerle trotz der Schlägerei weiter verhandeln?
Sie behandelte seine Wunden gut. Fast freute er sich, daß er endlich etwas hatte, womit er sie beschäftigen konnte. Er nahm den Hörer des Telefons und ließ sich mit der Bar verbinden.
»Hör mal zu, du alte Ratte!« fauchte Mick. »Was hat das zu bedeuten? Was sucht das Mädchen hier auf meinem Zimmer?«
»Sie sagt, sie dich liebt. Will bei dir bleiben. Mit dir nach Deutschland.« Mick hatte das Gefühl, von einem größeren Bus gestreift zu werden.
»A . . . Aber was soll ich mit ihr? Sie spricht doch kein Wort . . . oh nein, das könnt ihr mit mir nicht machen!«
Ulla, die zwar nichts verstand, sich aber gut vorstellen konnte, worüber die Männer jetzt redeten, streichelte Micks Nackenmuskulatur und legte ihr vielversprechendes Lächeln nicht ab.
Statt mit einer Ladung Haschisch würde er also mit einer türkischen Geliebten zurückkommen. Wie sollte er das Gisela erklären? Schon bei dem Gedanken meldete sich wieder sein kranker Magen.
Er knallte den Hörer in die Gabel und schrie: »Scheiße! Scheiße! Scheiße!«
Sie legte ihm sanft zwei Finger auf den Mund, damit er nicht solchen Lärm machen konnte. Mick hätte am liebsten geweint.
Er war zu sehr in Jos Rolle gerutscht. Dafür war sein Fell nicht dick genug. Jo konnte Frauen mitnehmen, vernaschen und dann fallen lassen. Ob sie heulten, mit Selbstmord drohten oder nicht, schmeichelte nur seinem Selbstbe-

wußtsein. Doch er, Mick, war nicht so ein harter Typ. Er hatte es kaum übers Herz gebracht, Brigitte zu verlassen. Was sollte er jetzt tun? Wenn er wenigstens mit ihr hätte reden können! Die Situation kam ihm wahnsinnig vor. Sie hatten sich angelächelt und ein paarmal miteinander geschlafen. Das war doch kein Grund, sein Land zu verlassen und in ein fremdes Land . . . Aber Moment mal – vielleicht war es das! Sie hatte sich gar nicht unsterblich in ihn verguckt. Sie wollte nur raus aus der Türkei. Er war ihre beste Chance. Er würde sie mitnehmen, und in der Bundesrepublik erhoffte sie sich vielleicht all die Dinge, die ihr hier fehlten. Sicherheit, Kaffee, Zigaretten . . . Vielleicht wollte sie gar aus politischen Gründen weg. Aber sie war doch eine Hure oder nicht?

Gut, dachte er sich, was bleibt einem Mädchen schon anderes übrig, wenn es nichts gelernt hat, nichts kann und im Land noch Arbeitslosigkeit herrscht und Vetternwirtschaft . . . Also okay – er konnte sie vielleicht mitnehmen, wenn sie dann versuchen würde, auf eigenen Beinen zu stehen. Er konnte ja wohl schlecht mit ihr zusammen in Giselas Bett bei Ingegaard steigen. Er brauchte erst mal einen Dolmetscher. Schon wieder diesen gottverdammten Barmixer!

Er rief ihn mit dem Telefon rauf, und der Typ kam sofort. Mick wunderte sich darüber, wie sehr alles nach seiner Pfeife tanzte.

Er trug dem Mixer auf, das Mädchen darüber aufzuklären, daß er bereits eine Frau habe.

Die verblüffte Antwort war: »Ulla gerne Zweitfrau.«

»Wenn sie nur aus der Türkei rauswill, dann nehme ich sie mit. Ich muß nach Monte Carlo. Dort müssen wir uns dann aber trennen.«

Der Türke übersetzte, Ulla nickte. Die Sache war perfekt. Er würde sie mitnehmen. Das bedeutete, er mußte noch das Geld für eine zweite Flugkarte aufbringen. Er mußte also den Wagen so schnell wie möglich loswerden. Er erinnerte sich an den kleinen Jungen vor der Moschee, der ihm Teppiche verkaufen wollte und seine eigene Schwester. Der Bursche war mit allen Wassern gewaschen und einem Geschäft bestimmt nicht abgeneigt. Bei ihm würde er den Wagen möglicherweise gleich gegen Haschisch tauschen können. Nicht direkt bei ihm, aber sicherlich kannte der Junge Mittel und Wege, und dem Kind fühlte er sich gewachsen. Er beschloß hinzugehen. Ulla wollte mit, doch er drückte sie ins Bett, zeigte drohend den Zeigefinger und verließ das Hotelzimmer.

Er lief runter in die Bar, sah den Mixer an und sagte: »Jetzt verkaufe ich den Wagen an einen anderen Händler, und dann bin ich weg mit Ulla. Gib mir vorher noch einen Raki.«

Der Mixer geriet außer sich.

»Nicht verkaufen Auto. Zu gefährlich. Erst Ulla nach Monte Carlo bringen. Schnell abreisen. Gefährlich in Türkei. Sehr gefährlich.«

Er schnitt sich selbst mit einem imaginären Messer die Kehle durch und gab dabei gurgelnde Geräusche von sich und verdrehte die Augen. Mick mußte lachen.

»Du bist vielleicht ein Komiker!«

»Du mußt fahren! Gleich. Morgen höchstens bleiben. Sonst schlimm für dich und Ulla.«

»Du bringst es noch und machst mir Angst. Was soll denn passieren?«

»Nicht Auto verkaufen. Fahren. Fahren.«

Mick kippte den Raki und ging von der Hotelbar aus direkt auf die Straße. Er ging an dem Wagen vorbei und begriff plötzlich alles. Man hatte die ganze Zeit über versucht, ihn zu linken. Ulla war der Lockvogel. Die Jungens hatten nie vor, den Wagen zu kaufen. Ganz im Gegenteil. Sie hatten ihn auch nicht zur Prüfung mitgenommen. Sie hatten statt dessen die Zeit genutzt, um etwas im Wagen zu deponieren. Etwas, das Mick für sie über die Grenze bringen sollte. Wenn er gepackt würde, war das sein Risiko. Wenn nicht, dann sollte Ulla es hinter der Grenze an sich nehmen und verduften. Alles paßte zusammen wie Bausteine aus einem Legokasten. Er tippte auf Rauschgift. Deshalb mußte er unbedingt Ulla mitnehmen, deshalb sollte er den Wagen nicht verkaufen, deshalb brachten sie ihm den Schlüssel zurück. Deshalb hatten sie ihm so ein mieses Kaufangebot gemacht, und als er sich für Ulla schlug, da wußten die Knaben schon, daß sie gewonnen hatten, weil er verliebt war, und das gehörte mit zu dem Spiel wie zu einer Therapie in Schweden. Sie hatten ihn nur noch mit der Stahlrute bearbeitet, damit er keinen Verdacht schöpfte, außerdem sollte er die Lust verlieren, noch einmal zu versuchen, den Wagen zu verkaufen.

Clever waren die Ganoven, da gab es nichts.

So selbstverständlich wie möglich ging Mick zu seinem Auto. Er war sich sicher, daß man ihn beobachtete. Er ließ ruhig den Motor an und fuhr ohne besondere Eile los.

Jetzt würde er das Superding landen. Er würde den Wagen untersuchen und dann, wenn seine Theorie richtig war, und er den Stoff fand, dann würde er alles so machen, wie die Schieber es geplant hatten. Er würde den Dummen spielen, Ulla mitnehmen und mit dem Wagen nach Monte Carlo fahren. Nur eins würde anders verlaufen, als die Herren es sich dachten: Er würde direkt hinter der türkischen Grenze ohne Ulla weiterfahren. So käme er mit Auto und Stoff nach Monte Carlo. Wie würde er vor Gisela dastehen! Und wie lange konnten sie davon leben? Er war überzeugt, solchen Aufwand betrieben die Jungens nicht für ein halbes Pfund.

Er sah sich im Auto während der Fahrt um. Der Verkehr lief ohnehin höchstens im Schrittempo. Er war sogar naiv genug, das Handschuhfach zu öffnen. Doch logischerweise lag da nichts. Er konnte überall sein. In den Sitzen, in den Reifen, im Inneren der Tür, unter der Motorhaube. Er hatte keine Chance, es zu finden, ohne den Wagen auseinanderzunehmen. Da er aber bestimmt beobachtet wurde, oder dies zumindest nicht ausschließen konnte, mußte er sich etwas anderes ausdenken.

Er fuhr wieder zum Hotel zurück. Die Sache war denkbar einfach. Er würde das Zeug, das er für die Bande schmuggeln sollte, gar nicht suchen. Sicherlich würde Ulla es hinter der Grenze für ihn finden. Schließlich mußte sie in den Besitz gelangen. Er brauchte es ihr dann nur abzunehmen. Er fand einen Parkplatz vor dem Hotel und schlenderte rein. Er hoffte, daß Ulla ihm nichts anmerken würde. Damit man nicht aus Angst, er könnte den Wagen doch noch verkaufen, den Stoff wieder entfernte, ging er zur Bar rüber, gab dem Mixer einen aus, fragte ihn, ob er eigentlich vierundzwanzig Stunden arbeiten würde und erklärte ihm: »Mir reicht es. Ich fahre morgen nach dem Frühstück. Ich nehme Ulla mit. Aber ich habe nicht genügend Geld für die Hotelrechnung, wenn ich den Wagen hier nicht verkaufe. Kannst du mir einen Tip geben?«

»Rechnung bezahlt. Du mein Gast!« lachte der Mixer erleichtert.

Jetzt wußte Mick, daß er recht hatte. Alles war so, wie er dachte. Welchen Grund hätte der Barmixer sonst gehabt, seine Hotelrechnung zu bezahlen. Daß die Ganoven, die ihn benutzen wollten, jetzt von ihm benutzt wurden, und dafür sogar noch seine Spesen übernahmen, bereitete Mick eine tiefe Befriedigung. Er fühlte sich bestens, als er die Treppen des Divan zu seinem Zimmer heraufschritt. Jetzt würde er sich zu der Frau legen, die ihn austricksen sollte und sich von ihr verwöhnen lassen. Alle waren die Doofen und er der King! Wenn ihn so Jo sehen könnte, der würde glatt neidisch werden, dachte Mick. Voller Freude schlug er mit der Faust in die Luft, als könnte er dabei einen nicht vorhandenen Gegner fällen. Schon lange hatte er nicht mehr so sehr gespürt, daß es ihn gab. Daß er es war, der in seiner Haut steckte. Daß er entscheiden konnte, ob sich der rechte Arm heben sollte oder nicht. Und der Arm gehorchte. Wenn er wollte, konnte er seinem Mund befehlen, den Laut »Ah« zu formen oder nicht. Er konnte hüpfen, wenn er Lust hatte, oder stehenbleiben. Der Körper

gehorchte ihm. Er entschied, ob Sauerstoff die Lungen füllte oder der Rauch einer Zigarette. Gleich würde er mit einem hübschen Mädchen schlafen. Mit einem Mädchen, das ihm jeden Wunsch erfüllen wollte. Er konnte sich kostenlos die besten Speisen und Getränke aufs Zimmer kommen lassen, die dieses Land zu bieten hatte. Er brauchte nichts zu bezahlen. Und er entschied, wann er endlich abfahren würde. Die anderen schwitzten, weil sie fürchten mußten, er könnte es sich anders überlegen, während er ruhig im Bett liegen und schlafen würde. Und für all diese Dinge würde Gisela ihn noch bewundern. Sicherlich fielen ihm noch tausend tolle Ausschmückungen für die Geschichte ein. Er kam als Sieger zurück. Als der eiskalte Held, der den Wagen rettete und trotzdem die Waren mitbrachte. Für ihn waren das doch alles kleine Fische! Er spielte jetzt eine Rolle, die Belmondo gut zu Gesicht gestanden hätte. Nur er fand sich besser, als Belmondo je hätte sein können.
Er war sich seines Körpers so angenehm deutlich bewußt. Essen! Trinken! Ulla! Siegen! Gisela!
Er öffnete die Tür mit einer großen Geste. Wie Zorro stand er im Raum und wußte sofort, daß sie den Telefonhörer erst vor einer Sekunde zurückgelegt hatte. Der Mixer hatte sie natürlich über die frohe Botschaft informiert. Mick war zurück mit dem Auto und würde sie nun doch mitnehmen – und zwar nicht im Flugzeug.
Sie lächelte wie immer. Er ließ sich von ihr aus den Kleidern helfen und duschte dann. Danach ließ er sich von ihr abtrocknen. Er brauchte nur zwei Handbewegungen , um ihr zu zeigen, daß er wieder eingeölt und massiert werden wollte.
Während er dies genüßlich über sich ergehen ließ, überlegte er, was er gleich mit ihr anstellen könnte. Sie würde ohne Zweifel alles mitmachen. Er konnte sie benutzen. Ausnutzen. Vielleicht sollte er sie wieder vor dem Fenster . . . Istanbul bei Nacht. Er hatte noch nie Analverkehr mit einer Frau gehabt. Jo hatte ihm davon erzählt, aber er hatte sich

nie getraut, sein Mädchen zu fragen. Er hatte sich geschämt. Eine Abfuhr befürchtet. Sie würde bestimmt mitmachen und stillhalten.
Er drang fordernd und brutal in sie ein, als wollte er sich rächen, eine lange, offene Rechnung begleichen. Aber sein Magen spielte ihm einen Streich. Das Gefühl, sich übergeben zu müssen. Er löste sich von ihr und rannte zur Toilette. Es schoß aus seinem Mund. Dann würgte er und ihm wurde fast schwindlig davon. Ulla stand hinter ihm, hielt ihm den Kopf fest, reichte ihm ein Tuch, mit dem er sich den Mund abwischen konnte. Sie wußte nicht, daß sie mit ihrer Fürsorge ihn nur noch mehr fertigmachte, weil er sich jetzt erst recht als das Schwein fühlte. Den Unterdrückern zugehörig. Die Frage: »Moskau or New York?« ging wieder durch seinen Kopf. Was er hier spielte, das gehörte in einen Film mit amerikanischem Drehbuch. Das paßte nicht mehr zu ihm. Davon durfte nie einer was erfahren. Das mußte er ungeschehen machen. Er fürchtete sich ja plötzlich vor sich selber. Er wollte viel mehr kotzen, als er gegessen hatte, und irgendwann kam nur noch Galle.
Dann lag er wieder neben Ulla auf dem Bett, streichelte ihre blauschwarzen Haare, wie zur Entschuldigung und versuchte, seine Tränen vor ihr zu verbergen.
Er hatte etwas gelernt. Er war nicht der eiskalte Gangster. Der totale Egoist. Er hatte noch Gefühle, und er konnte sie nicht weglügen. Er wollte nur noch raus aus diesem Land. Am besten gleich losfahren, doch dann fürchtete er sich plötzlich, den Wagen zu benutzen. Er hatte Angst, mit der Schmuggelware gefaßt zu werden. Er wollte in kein Gefängnis. Es wollte lieber den Job bei der Bank annehmen, die Füße wieder unter Mutters Tisch stellen oder mit Gisela ein neues Leben anfangen – auch wenn er nicht wußte, wie das aussehen sollte.
Er hatte eine Idee. Er rief noch einmal in der Bar an. Sagte dem Mixer, er müsse ihn morgen treffen. Am besten beim Frühstück. Er habe kein Geld für die Rückfahrt. Er brauche

genügend Geld für Sprit und Hotels und so weiter. Ob er wüßte, wer ihm das leihen könnte . . .

39

Ja, er hatte sie benutzt in dieser Nacht. Um sich bei ihr auszuheulen. Jetzt saßen sie sich im Frühstücksraum gegenüber und der übernächtigte Barmixer, dessen Namen Mick immer noch nicht kannte, reichte ihm einen Briefumschlag. Darin war Geld. Keine Frage.
Mick zählte nicht nach.
»Reicht es?« fragte er.
Der Mixer nickte.
Mick war kaputt, ausgelaugt und fertig, trotzdem konnte er es sich nicht verkneifen, den Mixer zu fragen: »Warum tust du das für mich?«
»Für Ulla. Sie soll sicher über Grenze.«
Mick nickte.
»Ja, ja, schon gut.«
Sein Magen knurrte, doch er bekam kaum etwas runter. Jetzt hatte er eine schwierige Aufgabe vor sich, dann wäre er frei. Er mußte Ulla abschütteln und unbeobachtet zum Flughafen durchkommen. Aber wie?
Er versuchte den dümmsten aller Tricks. Er ging zur Toilette, fand tatsächlich ein Fenster, das groß genug war, um dadurch in den Innenhof zu gelangen und verschwand. Er nahm ein Taxi zum Flughafen. Er wußte nicht, wieviel Geld er von dem Mixer bekommen hatte. Er traute sich auch nicht, es im Taxi zu zählen. Er hoffte nur, es würde reichen. Den Namen von Giselas Hotel hatte er aufgeschrieben. Er mußte nach Monte Carlo kommen. Irgendwie.
Er hatte unverschämtes Glück. Es gab eine Maschine, die über Rom nach Genua flog. Von dort aus wäre es ein Klacks für ihn. Er ging zum Flugkartenschalter. Sein Herz jagte.

Doch zu seinem Erstaunen reichte das Geld im Briefumschlag. Es war auch noch ein Platz in der Maschine frei. Er mußte nur noch zwei Stunden Wartezeit überbrücken. In der Flughafenhalle gab es ein winziges Lokal. Tapeten aus kleinen Bambusrohren. Geflochtene Stühle. Alles ein bißchen eigenartig afrikanisch. Außer ihm wartete dort niemand. Die anderen Leute liefen rauchend, nervös, ständig zu den Uhren blickend durch die Halle, die er von seinem Platz aus überblicken konnte. Trotzdem kam ein Kellner zu ihm. Ihm fiel nichts anderes ein. Er bestellte einen Raki und starrte gebannt auf die große Halle, in der einige wenige Leute hinter Zeitungen versteckt saßen und lasen. Andere kauften in den zollfreien Läden Bonbons, Zigaretten, Schnaps oder Schmuck.
Es war nicht nur die Hitze, die ihm den Schweiß aus den Poren trieb. Er hatte Angst, das gab er vor sich selbst gerne zu. Wenn die Gangster merken würden, daß sie gelinkt worden waren, dann würden sie ihn zunächst am Flughafen suchen. Er hatte die Karte mit ihrem Geld gekauft, nun, das war nicht zu beweisen, aber sie konnten ihn auch einfach verhaften lassen und behaupten, er sei verschwunden, ohne die Hotelrechnung zu begleichen. Ihm fielen hundert Dinge ein, die man ihm andichten konnte. Er mußte die Polizei ebenso fürchten wie die Kerle, mit denen er Geschäfte machen wollte. Ein Flug wurde aufgerufen. Frankfurt!
Am liebsten wäre er die Treppe runtergelaufen, vorbei an allen Kontrollen, rein ins Flugzeug. Frankfurt! Welch verlockenden Klang hatte der Name plötzlich. Diese Stadt, die eigentlich nur aus Banken, Versicherungen und Lokalen für Messebesucher bestand!
Doch er hatte eine Karte über Rom nach Genua. Bis Frankfurt reichte sein Geld nicht. Er mußte sich in Geduld fassen. Er kippte den Raki herunter und steckte sich noch eine von den schwarzen Zigaretten an. Er erinnerte sich daran, daß seine Mutter manchmal zu ihm gesagt hatte: »Junge, treib

nicht so einen Raubbau mit deinem Körper!« Sie hatte das stets sehr ernst gesagt und dabei die Stirn in Falten gezogen. Die Anlässe für solche Ermahnungen waren – vom jetzigen Standpunkt aus gesehen – lächerlich. Ein Spätkrimi im Fernsehen, wenn er am anderen Tag früh in die Schule mußte. Kein Unterhemd angezogen, obwohl schlechtes Wetter angesagt war. Zu starker Kaffee. Die erste Zigarette am Morgen. Eine durchzechte Nacht mit Jo.
Jetzt hatte er Raubbau mit seinem Körper getrieben. Aber er hatte überlebt. Das war jetzt alles, worauf es ankam. Überleben. Nicht verhaftet werden und nicht umgelegt. Der Gedanke, gescheitert und ohne einen Pfennig in der Tasche vor Gisela zu stehen, den fand er längst nicht so belastend. Fast fühlte er, sie würde sich über ein Scheitern seiner Aktion mehr freuen als über deren Gelingen.
Er hatte viel gelernt. Zum Beispiel, daß er nicht Hendrix war. Nicht Bogart und nicht Bond. Aber viel mehr noch: Er wollte auch nicht mehr einer von diesen Vormachern sein. Denn wer die Vormacher nachmacht, wird doch nicht zum Vormacher, sondern bleibt ein Nachmacher, dachte er, und er fand seine Gedanken mitteilenswert. Wenn er nicht so nervös in die Schalterhalle gestarrt hätte, dann wäre er vielleicht dazu gekommen, sie aufzuschreiben.
Die mit Schnellfeuergewehren bewaffneten Soldaten, die mit kritischen Blicken auf und ab gingen, machten ihn langsam aber sicher fertig. Sein Magen quälte ihn schon wieder. Etwas Saures kam aus seinem Inneren hoch und meldete sich im Hals. Er schluckte es wieder runter und bestellte sich noch einen Raki.
Wenn die Frauen dich nicht schaffen, schafft dich irgendwann der Schnaps, dachte er und kippte noch einen Raki hinterher. Was, wenn alles ganz anders war? Wenn sie sich in ihn verliebt hatte und mit ihm in die Bundesrepublik reisen wollte, obwohl ihr Auftrag nur war, die Zeit bis zum endgültigen Geschäftsabschluß mit ihm zu verbringen? Konnten Huren sich nicht verlieben? Was, wenn die Türken

gar keine Schmuggelware in dem Wagen versteckt hatten, sondern ihn wirklich nur testen wollten? Was, wenn sie ihm den für einen geklauten Wagen üblichen Preis genannt hatten? Was, wenn er den Kleinen zu Unrecht niedergeschlagen hätte? Oder aber – wenn der Kleine die Supersau war, die dieses Mädchen namens Ulla quälte, sie auf den Strich schickte und prügelte? Was, wenn der Barmixer schon seit Jahren verliebt in Ulla, aber völlig abhängig von dem Kleinen war? Was, wenn er deswegen die Hotelrechnung bezahlt hatte und auch mit Spritgeld zur Seite stand, damit sein Mädchen endlich aus den Klauen dieses kleinen Satans befreit wurde?

Wenn alles so wäre, dann hatte er, Mick, jetzt eine ganz jämmerliche Rolle gespielt. Dann wäre er nämlich mit dem Geld des Barmixers, das eigentlich für Ullas Befreiung gedacht war, durchgebrannt. Dann würde Ulla jetzt ihrem Schicksal überlassen und er, Mick, hätte nicht mal ein Auto. Er hätte dann den Wagen ohne jeden Grund zurückgelassen.

Je länger er darüber nachdachte, desto klarer wurde ihm, daß es viele Möglichkeiten gab, diese Geschichte logisch zu Ende zu erzählen. Manchmal stand er dabei als Held da, manchmal als Idiot, aber meistens nur als Greenhorn. Vielleicht hatte er eine ihn liebende Frau und ein Auto (sein einziges Kapital) zurückgelassen, nur weil er ein Feigling war.

Aber konnte das *Liebe* gewesen sein, diese sklavische Unterwerfung? Was wußte er schon von den Sitten, von den Vorstellungen und den Gefühlen in diesem Teil der Erde? Wenn er nicht mal in der Lage war, zwischen Prostitution und Liebe zu unterscheiden, wie konnte er dann dumm genug sein, dieses Risiko einzugehen, in dem vom Bürgerkrieg bedrohten Land Geschäfte zu machen? Illegale Geschäfte zu allem Überfluß.

Ich muß völlig wahnsinnig gewesen sein, als ich losfuhr, dachte er. Völlig wahnsinnig. Manisch. Hielt mich für den

Größten. Aber kommen auf manische Phasen nicht depressive? – Scheiße, jetzt fange ich schon selbst mit dem Psychoblödsinn an. Ich muß hier heil raus, das ist alles. Meine blödsinnige Sucht, den Helden zu spielen, den mit allen Wassern gewaschenen, gestandenen Mann. Unsere Väter taten das im Krieg. Oder im Wiederaufbau. Wir haben nichts. Okay. Ich hab im Dreck gelegen und mir sind die Kugeln um die Ohren geflogen – fast. Jetzt reicht es. Ich war ein bißchen ein Tramp, ein Musiker, ein Casanova, ein Gangster, ein Weltenbummler, jetzt langt es. Danke, das reicht, bitte mischen.
Er trank noch einen Raki, bis endlich seine Maschine ausgerufen wurde. Das Handgepäck wurde kontrolliert. Alles geöffnet. Aber er hatte kein Handgepäck. In einer Kabine mußte er die Arme hinter dem Kopf verschränken, dann wurde er abgetastet. Sie suchten kein Haschisch in den Koffern und den Hosenbeinen. Sie suchten Waffen.
Nachdem festgestellt worden war, daß er sauber war, durfte er weitergehen. Langsam im Schritt mit der Schlange. Ein Zivilist stand an die Wand gelehnt, einen Zigarettenstummel im Mundwinkel, die Maschinenpistole lässig in der Hüfte aufgestützt. Wieder meldete sich Micks Magen. Der Typ sah aus wie die zivilen Bullen, die im Papyrus gewütet hatten. Der Mann blickte jedem Reisenden ins Gesicht. Er blickte ihnen kritisch, vorwurfsvoll in die Augen, musterte sie dann von oben bis unten und hielt sie an, wenn sie zu schnell an ihm vorübergingen.
Was muß das für ein Gefühl sein, dachte Mick, mit einer Maschinenpistole vor Leuten zu stehen, von denen man hundertprozentig weiß, daß sie unbewaffnet sind, weil sie erst Sekunden vorher durchsucht worden sind.
Der Typ war höchstens fünf Jahre älter als Mick und jünger als die meisten Fluggäste, die Angst vor ihm hatten oder auch nur kalte Verachtung. Da stand jemand, der legitimierte sich nicht mal mehr durch eine Uniform. Nur noch durch seine Waffe.

Mick hörte sich selbst schreien: »Mein Gott, muß die Regierung eine Angst vor dem Volk haben!«
Wie konnte er nur so einen Blödsinn machen? Damit war niemandem geholfen. Jetzt hatte er es schon fast geschafft. Wenn der Typ mit der Maschinenpistole Deutsch verstand, dann war Mick jetzt unter Umständen wegen Beleidigung der Regierung dran. Vielleicht würde er ihm auch einfach den Lauf der Waffe ins Gesicht hauen? Mick traute dem alles zu.
Doch der tat so, als hätte er nichts gehört. Er hatte eine andere Order. Schmächtige Jungens, die in die Türkei kamen, um hier mal den Oberlehrer zu spielen, der sich anmaßte, durch ein Land zu reisen und dabei Zensuren zu verteilen, die war man gewöhnt. Nur auf Widerstandskämpfer hatte man es abgesehen. Auf Waffenlieferanten, nicht auf Haschischhändler oder Wagenschieber.
Haschisch konnte der Regierung nicht gefährlich werden. Nach den türkischen Kontrollen dachte Mick – wie wohl die anderen Fahrgäste auch –, der Tanz sei endlich vorbei. Aber weit gefehlt. Sie wurden mit einem Bus quer über die Rollbahn zum Flugzeug gefahren. Aus dem Fenster konnte Mick die gepanzerten Fahrzeuge sehen und wieder jede Menge Soldaten. War dies ein Militärflughafen oder was? Dann führte man die Fluggäste in ein provisorisches Zelt, das die Bordbesatzung der Maschine aufgebaut hatte. Hier kontrollierte die Flugmannschaft noch einmal auf eigene Faust – und, wie sie sagten, zur Sicherheit der Passagiere – alle Taschen und Mäntel, die mit an Bord genommen wurden. Als Mick auf Deutsch abermals protestierte, erklärte ihm ein italienischer Steward: »Lufthansa macht das ebenfalls. Es ist zu Ihrer eigenen Sicherheit.«
Endlich in der Maschine, ging es immer noch nicht los. Ein lautes Gespräch am Eingang zum Cockpit hielt den weiteren Lauf der Sache auf. Alle Passagiere saßen schon brav auf ihren Plätzen. Aber zwei Herren in Zivil bestanden darauf, mit ihren Waffen in die Maschine gelassen zu werden. Die

Mitglieder der Bordbesatzung wehrten sich dagegen. Zwar war ihnen klar, daß es sich bei den Männern um Polizisten handelte, doch sie hatten Anweisung, keine Leute mit Waffen an Bord zu lassen. Außerdem, was sollten zwei Männer mit Maschinenpistolen in einem vollbesetzten Flugzeug? Schließlich ließen sie doch einen Mann durch, nachdem er seine Waffe seinem Kumpel gegeben hatte. Der entwaffnete Polizist ging durch die Reihen und blickte wieder die Leute mißtrauisch an.
Zwei Sitzreihen vor Mick blieb er stehen und sprach einen türkischen Mann an. Sie wechselten schnelle Worte. Dann packte er den Mann am Arm und zog ihn aus dem Sitz. Der Mann protestierte laut, wurde aber abgeführt. Keiner der Fluggäste wagte, dagegen etwas zu unternehmen.
Als dann die Gurte angelegt werden mußten und die Stewardeß in drei Sprachen erklärte und vorführte, wie man eine Schwimmweste anlegt und ein Sauerstoffgerät benutzt, wußte Mick, daß man ihn nicht mehr festhalten konnte. Er war frei.

40

Zum Glück war das Essen im Fahrpreis inbegriffen. Auf den diversen in Plastikbeuteln und Plastikdosen abgepackten Speisen waren kleine rote Aufkleber. Darauf ein durchgestrichenes Schwein. Ein Gläubiger ißt kein Schweinefleisch, das hatte er schon fast vergessen. Ebenso den Satz, daß ein Gläubiger keinem Menschen und keinem Tier ein Leid zufügen darf.
Der Druck auf den Ohren ließ nach. Eine Durchsage erklärte den Fluggästen, alles sei in Ordnung, und man befinde sich jetzt 10000 Meter über dem Meer bei klarer Sicht . . .
Alles in Ordnung . . .
Mick würgte das Essen herunter. Alles. Auch die Plätzchen,

die staubten, wenn man reinbiß. Die Tüte mit pulverisierter Milch, die aussah wie Kokain, steckte er sich als Andenken ins Hemd. Irgendwann würde er über diesen Trip nachdenken und sich fragen, ob er das alles nicht nur geträumt hatte.

Vielleicht gab es die Türkei gar nicht? Vielleicht saß er auch nicht in diesem Flugzeug? Vielleicht hatte er auch nicht so ein flaues Gefühl im Magen? Vielleicht saß er in Wirklichkeit in Jos Wohnung und hatte nur eine schlechte Reise gemacht? Vielleicht war es LSD gewesen, während Jo von seinen Abenteuern erzählte? Vielleicht hatte er dann Jos Erzählung mit seinen Wünschen gemischt und war diese Reise angetreten? Vielleicht würde er jetzt wach werden, weil Brigitte ihn nach Hause gebracht hatte? Vielleicht würde er in seinem Bett mit frisch gewaschener und gebügelter Bettwäsche liegen? Vielleicht stand Brigitte in der Küche und kochte Tee, um ihn wieder auf die Beine zu bringen? Manchmal reichte ja schon ein bißchen frisches Obst, um von einem schlechten Trip runterzukommen.

Die Maschine landete in Rom, und Mick mußte zusehen, wie er den Anschluß nach Genua bekam. Er schaffte es wie schlafwandlerisch. Paß vorzeigen, Arme hoch, abtasten, schon alles?

Diesmal wurde keiner aus dem Flugzeug geholt und auch keine Kontrolle vom Bordpersonal in einem provisorischen Zelt durchgeführt. Nur eine blonde Stewardeß führte wieder die verschiedensten Sicherheitsvorrichtungen vor, die man immer dann benutzen sollte, wenn es schon längst keine Sicherheit mehr gab. Sollte man jemals in die Not geraten, diese Dinge benutzen zu müssen, so waren sie wohl nur als Beschäftigungstherapie im Katastrophenfall gut, damit keine Panik ausbrach, und man etwas zu tun hatte, während man auf den Tod wartete, dachte Mick.

Er schloß die Augen und schluckte zweimal, um den Druck in den Ohren auszugleichen.

Er war schon ein komischer Fluggast, ganz ohne Gepäck

und Geld. Er fragte einen älteren Mann, der in Genua am Flughafen von seiner Frau mit dem Wagen abgeholt wurde, ob er ihn mitnehmen könne. Wohin sei schon fast egal, erst mal weg vom Flughafengelände, in die Innenstadt oder am besten gleich bis Monte Carlo.
Der Mann verstand nur, daß Mick mitgenommen werden wollte und bot ihm einen Platz auf dem Rücksitz des Fiats an. Die ganze Fahrt über redeten Mann und Frau schnell und erregt aufeinander ein, so daß Mick nicht unterscheiden konnte, ob sie sich stritten oder nur aufgeregt waren, weil sie sich so lange nicht gesehen hatten.
In der Straße waren ein paar Lokale. Mick ließ sich dort absetzen. Er hatte Hunger. Die in Plastik verpackten Häppchen im Flugzeug hatten seinen Magen nicht beruhigen können. Er glaubte, wenn er nicht essen würde, müßte er sterben. Nur wenn der Magen voll war, verließen ihn die stechenden Schmerzen für kurze Zeit.
Er wußte von Jo, daß man in Italien keine Pizzen essen konnte, weil die so saumäßig schmeckten wie die Bratwürstchen in Schweden. Doch er probierte es selbst aus. Er mußte zwar schon beim ersten Anblick zugestehen, daß Jo im Recht war, doch er aß trotzdem mit Heißhunger. Dazu trank er einen halben Liter Weißwein. Plötzlich hatte er den Anisgeruch wieder in der Nase. Da trank einer Raki oder Ouzo, oder wie immer das Zeug in Italien heißen mochte. Er bestellte sich »auch so etwas«. Er erfuhr, daß es Sambuka hieß. Es roch wie Ouzo oder Raki, man aß Kaffeebohnen dabei, denn es war ein Likör. Den schönen Anisschnaps so zu verwüsten, fand Mick, war eine kulturelle Schande. Nach dem Essen stand er auf, ging zur Toilette, versteckte das Messer, das schon für die Pizza fast zu stumpf war, in seinem durchgeschwitzten Hemdsärmel.
Die Toilette war leer. Sofort begann Mick, den Präser-Automaten abzuschrauben. Er löste vier Schrauben. Das war problemlos möglich. Dann hing die äußere Schale des Kastens nur noch an einem Schloß. Mick führte das Messer

zwischen Schloß und bereits gelockertem Blech. Er hoffte, daß das Messer halten würde. Mit einem kurzen, kräftigen Ruck brach das Schloß aus. Das Innere des Automaten lag in seiner ganzen Phantasielosigkeit vor ihm. Ihn interessierte nur die Geldröhre. Er führte auch darin die Messerspitze ein und schob dann das silberne Türmchen hoch, bis ihm die einzelnen Münzen in die Hand fielen.
Vielleicht hätte es gereicht, um wieder ins Lokal zu gehen und zu bezahlen, aber dazu hatte er nicht mehr die Nerven. Außerdem brauchte er etwas Geld bis Monte Carlo, und er hatte nicht vor, solche Aktionen öfter als nötig zu machen. Wenn er dabei gepackt wurde, konnte er mit gut sechs Monaten Gefängnis rechnen. Wenn er Pech hatte, mit zwei Jahren. Das war ein etwas zu hohes Risiko für einen vollen Magen in einer schlechten Pizzeria.
Er mußte von dem Sambuka aufstoßen.
Er öffnete ein kleines Fenster zur Straße hin und wollte sich gerade rauszwängen, als ein Gast in den Toilettenraum kam, wohl sofort beim Anblick des aus dem Fenster kletternden Mick und des geöffneten Präser-Automaten die Situation verstand und prompt den Helden spielen wollte. Er war mit drei Schritten bei Mick, packte Micks Hemd und riß Mick aus dem Fensterrahmen zurück in den nach Chlor riechenden Toilettenraum.
Die wilde Entschlossenheit im Gesicht des Mannes ließ Mick keine Wahl. Für den Bruchteil einer Sekunde überlegte Mick, ob er das Messer benutzen sollte, dann rammte er dem Mann die rechte Faust in die Magengrube. Die Luft wich dem Mann aus den Lungen, er klappte zusammen, krümmte sich dann in der Pißrinne und erbrach sich, während Mick durchs Fenster türmte. Mick rannte, rannte bis er an einen Park kam und sich dort auf den Rasen fallen ließ. Er drehte sich auf den Rücken, starrte in den sternklaren Himmel und fiel zwischen dem Großen und dem Kleinen Bären in einen ohnmachtsgleichen Schlaf.

41

Der Tau tropfte nicht nur malerisch von den Grashalmen, sondern die Feuchtigkeit kroch auch durch sein Zeug. Das Hemd war naß. Die Hose kalt und klamm. In den Gelenken machte sich ein taubes Gefühl breit. Als könne er sich nicht mehr bewegen. Das Aufstehen schmerzte in den Knien und in der Hüfte. Wenn ich mich jetzt im Spiegel sehen könnte, würde mir wahrscheinlich schlecht, dachte er. Ich kann doch so nicht in diesen weltberühmten Luxuskurort. Dieses Monaco ist was für die Erfolgreichen. Ich abgerissener Hund habe da nichts zu suchen. Ich komme nicht als reicher, aber neurotischer Spieler in dieses Fürstentum. Ich bin völlig im Arsch.

Er wollte in einem Café etwas Warmes trinken und ein Hörnchen essen, aber die Cafés hatten noch geschlossen. Ob es sinnvoll war, um diese Zeit zu trampen? Oder sollte er einen Zug nehmen? Schwarzfahren? Aber die Strecke war ihm zu lang. Außerdem gab es an der italienisch-französischen Grenze bestimmt eine zusätzliche Kontrolle. So wie er aussah, vermutete man bestimmt sofort, daß er nicht im Besitz einer gültigen Karte war. Er stellte sich also wieder an den Straßenrand. Er stand fast zwei Stunden, dann öffnete das erste Café und er bekam ein kleines Frühstück. Auf der Toilette machte er sich frisch. Wasser aus einem winzigen Becken. Keine Seife und auch kein Handtuch. Er hatte zwar keinen besonders ausgebildeten Bartwuchs, aber jetzt brauchte er langsam mal wieder eine Klinge, weil die Fusseln in seinem Gesicht dreckig aussahen. Die Haare hätte er sich waschen müssen. Er brauchte frische Kleidung. Die Narben, die die Stahlrute in seinem Gesicht hinterlassen hatte, waren schon schlimm genug, aber so fühlte er sich wirklich nicht mehr wohl. Er sah nicht aus, wie er sich einen Tramp vorstellte. Er sah nur aus wie ein ziemlich abgerissener Penner.

Das hatte nichts mehr mit Freiheit und Romantik zu tun.

Das war nur noch jämmerlich. Doch noch einmal hatte er Glück. Ein junger Mann, der nach Nizza wollte, nahm ihn auf dem Rücksitz seines Motorrads mit. Mick hatte keinen Helm, keine Handschuhe, keinen Nierenschutz, nur Kleidung, die dünn war und feucht. Doch er klammerte sich an dem Motorradfahrer fest und ertrug den beißenden Wind, der angeblich so erfrischend sein soll, wenn man bei gutem Wetter in Italien auf einer schnellen Maschine über die Straße fliegt.

Mick war fast alles egal. Auch eine Lungenentzündung hätte er in Kauf genommen. Er wollte nur noch lebendig zu Gisela. Sie würde ihn schon wieder zusammenflicken und aufbauen. Er mußte nur durchhalten. Die Richtung stimmte ja.

Auf dem Weg nach Nizza, an der französischen Riviera kurz hinter der italienisch-französischen Grenze, standen bereits die Reisebusse Schlange. Da kam Mick auf dem Rücksitz des Motorrads besser durch als alle anderen. Trotz der vielen Touristen mußte er feststellen, daß er sich an einem herrlichen Fleckchen Erde befand. Verständlich, daß hier die Taylor wohnte und der Simmel schrieb. Sogar der schwedische Tennisstar Björn Borg hatte hier seinen Eltern ein Sportgeschäft gekauft. Die palastartigen Hotels, eingebettet in üppigste Vegetation, beschützt von hohen Bergen und in gleißendes Sonnenlicht getaucht, luden ein, das Leben als Orgie zu betrachten. Das Meer glitzerte so blau und friedlich, wie Mick es nur von kitschigen Postkarten kannte. Er stand auf der Südseite der Bucht und konnte dem gegenübergelegenen Monte Carlo in die Parks und Promenaden sehen. In einem der Prachtbauten vermutete er das Spielkasino, mit dem man angeblich so viel Geld verdiente, daß kein Monegasse Steuern zahlen mußte.

Was waren die eigenartigen Demokratien, die er in letzter Zeit gesehen hatte, gegen dieses Fürstentum? Ein Traum aus TausendundeinerNacht. Aber nicht gemacht für ihn, den Habenichts, den Taugenichts. Gemacht für die Reichen dieser Welt. Eine Insel des Wohlstandes.

42

Gleich am ersten Tag zog das Spielkasino Gisela und Ingegaard magisch an. Sie wollten nicht spielen, nein, das nicht, aber Monaco, Monte Carlo, da war man nicht, wenn man nicht im Spielkasino war. Eine breite Straße – Gisela hatte mal gelesen, daß dort die Formel-I-Autorennen jährlich ausgetragen wurden – führte zu dem Kasino, das auf einem Felsvorsprung über dem Meer inmitten von gepflegten Parkanlagen und Aussichtsterrassen lag. Es bot die perfekte Kulisse für einen Film über einen reichen Spieler, der alles in einer Nacht verlor und sich dann von diesem malerischen Felsen in das durchaus stilechte Meer stürzte. An einer Seite des Kasinos standen Tische, Stühle, livierte Kellner sorgten für Eis und Drinks.
Sie waren schon ein bißchen aufgeregt, als sie die wuchtigen Marmorstufen hinaufgingen. In der Vorhalle standen nur Geldautomaten. Die Leute hier sahen nicht sehr reich, nicht sehr vornehm und auch nicht sehr glücklich aus. Es waren die Menschen aus den Touristenbussen, die nicht ins eigentliche Herz des Kasinos vordrangen, sondern nur in der Vorhalle ein paar Münzen in Automaten steckten, um später erzählen zu können, sie hätten in Monte Carlo gespielt. Hinter kleinen Holztheken standen Männer und verteilten Karten. Ein Spiel, das Gisela und Ingegaard nicht verstanden und auch nicht sehr interessant fanden.
Dann aber kamen die eigentlichen heiligen Hallen der Spieler. An fast allen Tischen – wie viele es waren, fanden die beiden nie heraus – wurde gleichzeitig gespielt. Die Menschen umstanden diese Tische und starrten sie an, als seien sie die einzigen Wasserstellen in einer menschenleeren

Wüste. Hier war jeder allein. Mit der Kugel und dem Tisch. Gisela und Ingegaard tänzelten von Tisch zu Tisch, sahen den Spielern über die Schultern und ließen sich langsam gefangennehmen von dem Gefühl, etwas gewinnen zu müssen.
»Sollen wir es riskieren?« fragte Gisela.
Ingegaard zuckte mit den Schuchtern. Sie hatte zwar Lust, ein paar Jetons zu riskieren, aber sie wußte, daß sie eine schlechte Verliererin war. Sie wollte ungern im Kasino zu heulen anfangen.
Gisela hatte eine Idee. »Zwanzig. Ich werde auf die Zwanzig setzen.«
»Warum?«
»Weil er zwanzig Jahre jünger ist als ich. So ungefähr wenigstens.«
Gisela wechselte ein paar Francs gegen rote Jetons ein. Sie ging von Tisch zu Tisch, sah sich alles genau an, suchte einen, an dem Platz genug für sie war. Sie wollte das gesamte Feld überblicken und die Kugel rollen sehen. Sie fand einen Tisch, an dem sich gerade eine Dame von ihrem Stuhl erhob und von ihrem Begleiter zur Bar führen ließ. Die Dame war gut sechzig. Ihr Begleiter, der keinen Hehl daraus machte, daß er sich von dieser mit Glitzerzeug behangenen Frau aushalten ließ, war höchstens halb so alt. Gisela war unsicher. Sollte sie, wie es viele Leute taten, sich weit über den Tisch beugen und ihren Einsatz auf das grüne Feld legen, oder lieber die Jetons aufs Spielfeld werfen und einen der Croupiers die Arbeit tun lassen? Die geübten Spieler warfen die Jetons so geschickt, daß der Croupier sie nur noch zurechtrücken mußte. Sie sagten das gewünschte Spielfeld auf französisch an und ließen dann ihren Einsatz nicht mehr aus den Augen. Gisela überlegte, was zwanzig auf französisch heißt. Sie wußte es nicht. Sie beugte sich also über das Spielfeld und ließ drei Jetons mitten in das zwanziger Feld gleiten. Sie stellte sich zurück. Kurze Aufregung am Tisch, weil noch jemand

nachsetzen wollte, aber die Kugel schon rollte und der Croupier einschritt.
Dann die Zahl: »Vingt rouge!«
Gisela sah nicht, wo die Kugel liegengeblieben war. So sehr sie den Hals auch reckte. Doch Ingegaard jauchzte: »Gewonnen! Gewonnen.«
»Wirklich?«
»Ja; Zwanzig ist gekommen. Zwanzig rot.«
Ein wirklicher Berg von Jetons wurde zu Gisela rübergeschoben. Nicht nur die kleinen runden, auch andersfarbige, eckige waren dabei.
»Jetzt aufhören! Nicht weiterspielen!« forderte Ingegaard mit roten Flecken im Gesicht, als hätte sich gerade durch diesen Gewinn ihr ganzes Leben grundlegend verändert.
Mit beiden Händen voller Jetons gingen sie zu der Kasse und tauschten alles gegen Francs ein. Ein paar hundert waren es schon.
Sie vergaßen die Spielhallen sofort, wollten wieder an der Sonne sein, das Meer sehen. Sie schlenderten übermütig zu den Tischen vor der Spielbank. Sie fanden beide, dies sei ein Grund, eine Flasche aufzumachen. Nicht gerade Champagner, aber guter Sekt sollte es schon sein. Sie setzten sich in die Sonne und ließen sich von einem viersprachigen Kellner beraten. Er tat es gerne und brachte dann einen silbernen Kübel voller Eiswürfel und eine gute Flasche mit einer weißen Serviette als Halskrause. Sie tranken aus offenen Schalen und prosteten sich dabei übermütig zu. So mußten sich die großen Spieler fühlen, wenn sie nach einer Glückssträhne reich und gelöst aus dem Kasino wankten und den Sonnenaufgang in sich aufsogen wie den Champagner.

43

Mick kam über die terrassenförmig angelegten Straßen an einem Menschenauflauf vorbei. Dort war gerade irgendein Wachpostenwechsel, der von Amateurfotografen aus vier – vielleicht gar fünf Kontinenten festgehalten wurde. Mick schüttelte den Kopf.
Er wollte ihr Hotel noch nicht suchen. Er beschloß, vorher ein Bad im Meer zu nehmen, seine Sachen in der Sonne bleichen und trocknen zu lassen und dann nach Sonne und Meer duftend Giselas Hotel zu suchen. Außerdem war er sich sicher, daß man ihn so, wie er aussah in keines dieser Hotels reinlassen würde. Im Divan in Istanbul hatte der Türgorilla vor ihm gedienert. Hier würde ihn der Typ an die Luft setzen. So schnell änderte sich das Leben.
Die Felsen, auf denen dieses Paradies erbaut war, fielen steil zum Meer ab. Es kam ihm lächerlich vor, aber er fand den Zugang zum Meer nicht, obwohl Blau die beherrschende Farbe der Landschaft war. Er konnte sich daran erinnern, einmal etwas über die herrliche Monte Carlo Beach gehört zu haben. Er strolchte weiter durch die Stadt, wie ein verstoßener Hund, der ein neues Herrchen sucht und einen Futternapf.
Wo andere Straßen Leitplanken hatten, da standen hier Blumentöpfe, Palmen, Kakteen. Er sah die Pracht des Spielkasinos von außen und belächelte ein wenig die vielen Touristen, die fotografierend daraufzugingen. Ihre Busse parkten zwanzig Meter weiter. Sie kamen gerade von Björn Borgs Sportgeschäft. Einige Kinder trugen schon Björn-Borg-T-Shirts.
Welchen Grund hatte er, sie zu belächeln? Vielleicht beneidete er sie sogar ganz tief drinnen. Weil sie mit fröhlicher Ausgelassenheit diese Insel der Reichen besichtigen durften und sich für kurze Zeit als einer von ihnen fühlen konnten. Was hätte er denn getan, wenn er jetzt die Taschen voller Geld von der Türkentour gehabt hätte?

Er paßte hier nicht hin. Nicht zu den lachenden Gesichtern, nicht zu den hellen Farben der Sommerkleider, nicht zu den großen weißen Hüten, nicht zu dem zur Schau getragenen Schmuck. Dies war nichts für leise Versager. Dies war für die lautstarken, mitten im Leben Stehenden. Damit hatte er so viel zu tun wie mit Landwirtschaft und Viehzucht.
Er erkannte die beiden Damen mit den Champagnergläsern zwischen den Fingern. Lachend. Die Sonne im Gesicht. Die weiße Tischdecke. Das tiefblaue Meer. Ihre Sonnenbrillen. Der silberne Kübel mit Eiswürfeln. Die Flasche mit Halskrause. Giselas übereinandergeschlagene Beine. Kniefrei die Sonne anbetend. Wie sie beim Lachen ihre Zähne zeigte. Wie Ingegaard die Haare zurückwarf. Wie sie sich Parfüm hinters Ohrläppchen tupfte und dann Gisela das Fläschchen reichte.
Sie bemerkten ihn nicht. Dieser dreckige, übermüdete, ausgelaugte Hungerleider, der auf sie zukam, der hatte nichts mit irgendwelchen Leuten gemeinsam, die sie kannten. Doch wie er so dastand, fast vor ihrem Tisch, den Kopf halb gesenkt, und sie von unten herauf ansah, da zog sich Giselas Stirn plötzlich in Falten.
»M . . . Mick!« Sie wußte natürlich sofort, daß alles schiefgelaufen war, sonst stünde er jetzt anders vor ihr. Sie wollte ihn umarmen, doch irgend etwas hielt sie ab.
»Wie siehst du aus? Was ist passiert?« fragte sie.
»Setz dich«, sagte Ingegaard und rückte ihm einen Stuhl zurecht.
Gisela hielt ihm ihr Glas hin. Er nahm es und kippte sich den Rest des Inhalts in den ausgetrockneten Hals. Ingegaard rief den Ober und bestellte ein neues Glas. Gisela goß ihm nach. Er trank wortlos. In seinen Augen lag so etwas wie eine vorwurfsvolle Wut. Etwas, das tief drinnen war und jederzeit ausbrechen konnte. Ein Puma zwischen lauter Plüschtierchen, die alle nett aussahen und kuschelig und zum Spielen einluden, während der Puma hungrig wurde und ungeduldig.

Er war sauer. Sauer, weil sie nicht allein gekommen war, sondern mit Ingegaard. Sauer, weil es ihm so schlecht und ihnen scheinbar so gut ging. Sauer auf sich, weil er als Versager vor ihnen stand. So hatte er sich immer gefühlt, wenn er mit schlechten Noten aus der Schule nach Hause gekommen war und das seinen Eltern gestehen mußte. Daran änderte auch die Umgebung nichts. Im Gegenteil. Sie machte ihm nur noch deutlicher klar daß er eine Null war. Eine Null, die in Monte Carlo vor dem Spielkasino in der Sonne saß, prickelnden Sekt trank und doch schlicht und einfach Hunger hatte. Hunger auf einen Hamburger, eine Currywurst, Pommes frites oder Frikadellen. Auch eine Schmalzstulle wäre ihm jetzt eine Prügelei wert gewesen.
Er hatte Gisela anders in Erinnerung. Ganz anders, als sie jetzt vor ihm saß. Sonne schimmerte durch ihre blonden Haare, ließ ihr Gesicht wie im Heiligenschein erscheinen.
»Wir hatten so schnell nicht mit dir gerechnet. Was ist passiert? – Ich meine, wir freuen uns natürlich, daß du jetzt schon da bist – aber . . .«
»Es ist schiefgegangen. Alles!« zischte er.
Ihre Gesichter waren nicht mal sehr erschrocken. Höchstens enttäuscht. Es nervte ihn, daß Ingegaard anwesend war und Gisela ständig von »wir« sprach.
»Ich will alleine mit dir reden.«
Ingegaard verstand schon und erhob sich mit einer entschuldigenden Handbewegung.
»Wir sehen uns im Hotel.«
Gisela nickte.
Dann schwiegen sie sich an. Mick leerte die Flasche. Das Zeug stieg ihm sofort zu Kopf.
Gisela versuchte einen Scherz. »Wir haben gewonnen. Im Kasino. Ich habe auf uns gesetzt. Weil wir doch zwanzig Jahre auseinanderliegen, darum habe ich auf die Zwanzig gesetzt und ich habe . . .«
»Ich habe verloren. Alles!« blockte er sie.
Sie schob das Kleid zurück über ihre Knie, als dürfe Mick ihr

Fleisch nicht sehen. Dann starrte sie auf ihre Fußspitzen und Mick auf den silbernen Kübel. Um überhaupt etwas zu tun, zündete sie sich eine Zigarette an. Er nahm sich auch eine. Vom Meer her kam ein leichter Wind, der den Zigarettenqualm mit sich nahm, aber sonst alles unverändert ließ. Gisela stand auf.

»Hier zwischen all den Leuten kann ich nicht mit dir reden. Komm, wir gehen.«

Sie gingen nebeneinander her wie zwei Fremde. Ab und zu wurden sie von vorbeiströmenden Touristen angerempelt. Sie sahen beide nichts von der Landschaft oder den Bauten. Die Vegetation in Monte Carlo interessierte sie so wenig wie die Parkuhren in Stockholm.

Dann kamen sie an einen Kakteengarten. Winzige verschnörkelte Wege führten zwischen Felsen und Kakteen lang. Davor das Meer. Hier sah es einsam aus. Gisela bezahlte den Eintritt für beide. Die Kakteen waren zum Teil einige Meter hoch gewachsen und standen so dicht, daß man nicht wußte, ob es sich um eine Landschaft aus Stacheln handelte, oder um künstlich angepflanzte Gärten. Die zerrissene Wildheit – durch die schmale Wege führten, die sie oft zwangen, hintereinander statt nebeneinander zu gehen – machte ein Gespräch plötzlich wieder möglich.

»Was willst du jetzt tun?«

Er zuckte mit den Schultern.

»Wie ist es denn passiert?«

»Willst du eine gute Geschichte – oder die Wahrheit?«

»Die Wahrheit natürlich.«

»Natürlich.«

»Ja.«

»Die Wahrheit ist, daß ich in letzter Minute die Nerven verloren habe. Ich habe *Angst* bekommen. Ich habe alles im Stich gelassen und bin Hals über Kopf abgereist. Mit dem Flugzeug bis Genua und von da aus mit einem Motorrad. Ich habe das Auto dagelassen und alles andere auch. Ich habe das Geld fürs Essen klauen müssen und in einem Park

im Gras gepennt. Ich bin seit zwei Tagen nicht mehr aus den Klamotten gekommen. Vielleicht so gar seit drei. Ich weiß nicht mal mehr, wie lange ich unterwegs bin.«
»Du hast Angst bekommen?« fragte sie ungläubig. Aber so übertrieben ungläubig, daß er daraus hören konnte: »Das habe ich gleich gewußt. Weil du ein Feigling bist, ein Versager. Ich wußte, daß du ohne Haschisch kommst, denkst du, sonst hätte ich zugelassen, daß zu losfährst. Ich fand die Tour zutiefst verachtenswert. Ich habe dir nur meinen Wagen dafür gegeben, damit du dir und mir beweisen kannst, was du für ein Arschloch bist. Um Beamter zu werden zu schlau, und um Gangster zu werden zu feige.« Aber all das hatte sie nicht gesagt. Sie hatte gesagt: »Du hast Angst bekommen?«
»Ja!« zischte er. »Stell dir das vor! Und nun mach schon, laß die große Predigt kommen. Nun los: Auftritt! Sag mir schon, was du von mir denkst. Na los, mach mich fertig!«
»Da gibt es nichts mehr fertigzumachen. Du bist erledigt! Du mußt dir eine andere Rolle suchen. Als Mädchenheld warst du schon schlecht. Als Flippi und Straßenmusikant auch. Aber als Gangsterkönig landest du im Armenhaus oder im Knast. Weil du nichts verstehst davon.«
»Stimmt. Gar nichts! Ich habe es nur für dich getan, um etwas Anerkennung und Bewunderung von dir zu bekommen.«
»Ich dachte, du wolltest den Wagen von Anfang an?«
»Ja, um Anerkennung und Zuneigung von Jo zu bekommen.«
Sie nickte, sah aufs Meer, ging ein paar Schritte, zündete zwei Zigaretten an und gab eine davon ihm. Fast hätte er sich an eine Riesenkaktee gelehnt. Er merkte es in letzter Sekunde und tat jetzt so, als würde er deren Blüten bewundern.
»Ich glaub's dir. Ich habe es gehofft.«
»Was?«
»Daß du das alles nicht fürs Geld gemacht hast, sondern um

geliebt und anerkannt zu werden. Du wolltest aus der Masse rausragen. Keine von den Millionen Ameisen sein.«
Er rauchte und sprach in den Qualm: »Du wußtest, daß ich dir einen Film vorspiele?«
»Ja und nein. Ein bißchen wußte ich es. Ein bißchen wollte ich es so haben.«
»Und jetzt?«
»Du meinst, was werden soll?«
»Hm.«
Sie schwieg rauchend, als ob sie Antwort von ihm erwarten könnte. Er setzte noch einmal an: »Du hast doch gesagt, daß man von irgendwas leben muß. Das Geld Freiheit ist – oder so ähnlich. Nun hab ich nichts. Alles verloren. Willst du zurück zu deinem schlagenden Mann?«
Sie schüttelte den Kopf. »Mein Mann schlägt mich nicht. Er hat mich auch nie geschlagen. Er ist ein Ehemann wie ihn sich vielleicht viele Frauen wünschen. Aber das hat mir nicht gereicht. Ich wollte . . .«
»Er hat dich nicht geschlagen? Nie? – Und deswegen habe ich geheult, Rache geschworen, gehaßt, mich für dich verantwortlich gefühlt?«
»Mach dir doch nichts vor. Was wäre denn an mir dran gewesen, ohne Tobias und einem brutalen Mann? Hättest du die Hausfrau und Mutter von zwei Söhnen etwa interessant gefunden? Die einmal in der Woche ein paar Freundinnen trifft und selbst für ihren Mann zu langweilig geworden ist? Wenn ich mich vor ihm auszog, hat ihn das so viel interessiert wie diese Kakteen da! Sollte ich mit solchen Sätzen für mich werben? Du müßtest das doch verstehn können. Filmevorspielen nanntest du es. Mal jemand anderes sein, sich mal bedauern lassen, weil einen der Ehemann prügelt, ist eben viel einfacher, als sich bedauern lassen, weil der Ehemann zu unsensibel geworden ist. Verstehst du, das erfordert zu viele Erklärungen. Schwarz-Weiß kann einem manchmal guttun. Und was hast du nicht alles erfunden, um vor mir interessant zu

sein? Wie viele Rollen hast du ausprobiert und bist doch immer wieder . . .«
»Du gehst also zu ihm zurück?«
»Nein.«
»Ach, du bleibst bei mir?«
Das war der entscheidende Moment. Sie ließ sich Zeit. Mal sah er ein Nein von ihren Lippen geformt werden, mal ein Ja. Er konnte die Spannung kaum ertragen.
»Wie du vielleicht gemerkt hast, bin ich mit Ingegaard gekommen. Ich sehe da eine wirkliche Perspektive. So kann ich leben und glücklich werden. Ich weiß, ich bin dann nicht frei und nicht vollkommen unabhängig. Aber ich kann etwas Sinnvolles tun. Ich entscheide die meisten Dinge selbst. Kann mit anderen zusammenarbeiten.«
Er bohrte sich völlig unpassend in der Nase: »Du meinst also, ihr wollt diesen Spielzeugladen eröffnen?«
Sie nickte. »Deshalb ist Ingegaard mitgekommen. Nicht nur deshalb. Wir wollten dir vorschlagen, das Geld – wir dachten ja noch, du würdest etwas mitbringen – in den Laden reinzustecken. Immerhin hätte mir ja sowieso ein Anteil daran gehört. Dann hättest du mit uns gemeinsam an dem Projekt arbeiten können und . . .«
Er war außer sich, verlor jede Kontrolle über Ton und Lautstärke. Seine Stimme kippte über.
»Sooo! Ich soll dann Verkäufer werden und mich mit jungen Muttis und alten Tanten über Spielzeug unterhalten? Du spinnst wohl! Ich kann mir das gut vorstellen. Vielleicht setzt ihr mich sogar ins Schaufenster. Ein Opfer der Frauenbewegung, kann stricken, kochen, Kuchen backen, Männchen machen, Danke sagen, Mösen lecken, Spielzeug verkaufen, guckt nicht nach jungen Mädchen, ist mit allem zufrieden, was er bekommt, sozusagen pflegeleicht! Wenn er Ihnen nicht zusagt, weil er raucht, dann nehmen Sie doch einen Plüschbären, wir haben welche im Angebot!«
Sie begann, sich vor ihm zu fürchten. Sein rotes Gesicht mit den Narben der Stahlrute. Die überforderten Adern, die am

Hals anschwollen, während er schrie. Die Augen, die rauszuspringen drohten. Wer konnte ihr garantieren, daß er sie nicht gleich in den Kakteenwald warf? Wer, daß er sie nicht runterstürzte ins Meer? Er konnte jetzt alles tun. Er hatte nichts mehr zu verlieren, spürte sie.
Er fühlte sich so tief erniedrigt, beleidigt, gekränkt. Ein Mord hätte die Sache nur juristisch verschlimmert.
Sie ging zum Angriff über: »Jetzt würdest du mich am liebsten umbringen, was? Du fühlst dich ausgenutzt? Was willst du denn? Daß ich für uns beide arbeiten gehe, damit du in der Zeit deine Heldenträume weiterträumen kannst? Du bist ein Opfer, aber keins der Frauenbewegung!«
»Was meinst du denn, wie lange das dauert, bis dir der Scheiß auf den Zwirn geht? Gruppenabende, Diskussionen über irgendeinen Blödsinn, der gerade aktuell ist. Die Albernheit, die Aufgeblasenheit ihrer Parolen, hinter denen sich doch nichts verbirgt, außer dem Wunsch . . .«
»Ja ja! Nur du bist der Größte! Du hast alle Weisheit in dir . . .«
»Dann werdet doch alle lesbisch!« brüllte er und drehte sich um.
»Halt!« schrie sie. »So schnell nicht! Pascha! Du hast mit mir mein Geld verbraucht! Du hast meinen Wagen verloren! Jetzt willst du einfach so gehen? Wie denkst du dir das?«
»Geh ins Kasino. Vielleicht gewinnst du. Oder zu deinem netten Mann und den netten Söhnen, und dem schicken Haus. Kauf dir schwarze Netzstrümpfe und Strapse! Vielleicht kannst du ihn dann dazu bewegen . . .«
Sie war mit zwei Schritten bei ihm und bellte ihm ins Gesicht: »Ich hab dir alles gegeben! Hier hast du auch den Rest!«
Dann landete ihre Faust mehrmals in seinem regungslosen Gesicht. Er stand starr wie die ihn umgebenden Kakteen. Nach ein paar Schlägen begann sie zu weinen, schämte sich deswegen, kehrte ihm den Rücken zu und rannte weg von ihm, so schnell der gewundene Weg es zuließ.

In ihm war nichts mehr. Nicht mal Wut. Er spürte im Moment auch den Hunger nicht mehr. Er hatte sich an das Rauschen der Wellen gewöhnt und hörte es jetzt nicht mehr. Er war ein Nichts, brauchte nichts, hatte nichts, wurde eins mit der Landschaft. Irgendwann kämen Stacheln aus seiner Nase und aus den Armen, dann würde er grün werden, die Augen könnten zu prächtigen Blüten werden, und sicherlich war so eine menschenähnliche Kaktee eine Besonderheit für Touristen. Bald schon würde er für die Fotofreunde in den Reiseprospekten als lohnendes Objekt angepriesen werden. Für Kameras aus allen Ländern der Welt würde jeder Stachel an ihm interessant sein. Nur im Moment, da kümmerte sich noch keiner um ihn. Und bis Stacheln wuchsen, konnte er auch nicht stehenbleiben. Er sackte zusammen. Nein, kein Selbstmord. Der Kreislauf.

44

Er mußte zurück. Er würde unter diesen fröhlichen Gewinnern einen finden müssen, der ihm die Rückfahrkarte spendierte – oder er müßte wieder . . . Er pickte sich genau den richtigen Typ raus, der mit einem leichten Rausch aus dem Kasino tänzelte, die Arme ausbreitete, daß ganz Monte Carlo darin Platz hatte und gierig die milde Luft einatmete. Mick sprach ihn an. »Verzeihen Sie bitte, ich bin bestohlen worden. Aber ich habe noch meinen Ausweis. Ich könnte zur Botschaft, falls es hier eine gibt, aber Sie wissen bestimmt, wie lange der Behördenkram dauert. Und ich muß nach Hause. Ich muß pünktlich zu meiner Hochzeit kommen.«
Der angetrunkene Spieler kam aus Wanne-Eickel und spielte hier nicht nur zum ersten Mal Roulett, sondern auch zum ersten Mal große Welt. Natürlich half er seinem Landsmann. Er wollte nicht mal seinen Ausweis sehen. Er gab

ihm mehr, als Mick erwartet hatte. Ein Bündel voller Scheine.
»Nimms, Junge, ich habe es auch gewonnen. Aber ich bin schon verheiratet!« Dann begann er völlig unmotiviert zu lachen und wollte Mick noch auf ein Gläschen einladen. Mick willigte ein.
Der Mann hatte sich die Francnoten einfach in die Taschen geknüllt. Sie landeten in einer Art Taverne und Mick ging zur Toilette, um die Scheine zu glätten und zu zählen, die ihm der Fremde vermacht hatte. Es waren dreihundertzwanzig Francs. Genug für eine Fahrkarte bis München – schätzte Mick. Vielleicht sogar bis Köln.
Mick füllte die Leere in sich mit zwei Flaschen Weißwein, die selbstverständlich auch der deutsche Tourist bezahlte, der sich damit das Recht erkaufte, sein Leben zu erzählen. Mick hörte geduldig zu. Nickte, wenn er glaubte, daß Nicken angebracht sei. Staunte, wenn er staunen sollte. Lachte, wenn er eine Pointe kommen spürte, und schlug so noch ein gutes Essen raus.
Der Fremde begleitete Mick bis zum Bahnhof. Sie nahmen ein Taxi und noch im Taxi tranken sie Wein auf Micks Hochzeit. Der deutsche Tourist – hieß er nicht Erich? – hatte die Flasche für alle Fälle aus der Taverne mitgenommen. Es fuhr noch ein Nachtzug bis Köln. Mick zählte die Scheine hin. Es langte nicht. Sein neuer Freund zahlte ohne zu zögern den Rest. Bis zur Ankunft des Zuges standen sie weinselig auf dem Bahnsteig, umarmten sich und erzählten sich, wie schade es sei, daß sie sich nicht schon viel früher begegnet wären, tauschten Adressen aus, wollten sich unbedingt wiedersehen, Freunde bleiben.
Dann stieg Mick in den Zug und sah bei seinem Gönner tatsächlich Tränen in den schon etwas kleingewordenen Augen.
Alle Schlafwagenabteile waren belegt. Und auch die anderen Abteile reserviert. Mick spürte wieder diese blinde Wut in sich aufsteigen. Wie konnte der Kerl am Schalter ihm eine

Fahrkarte für einen Zug verkaufen, in dem für ihn kein Platz war?
Der Kontrolleur erklärte, daß einige Leute schon seit Tagen versuchen würden, aus Monte Carlo wegzukommen, aber das sei in der Saison nur möglich, wenn man ausgesprochenes Glück hätte, oder einer Reisegesellschaft angeschlossen sei, die ganze Züge mietete, oder Abteile anhängen ließ . . .«
Man schmiß Mick nicht raus. Man gab ihm nur keinen Platz. Aber er war müde und betrunken genug, um sich im Gang schlafen zu legen. Das tat zwar seinen lädierten Knochen nicht gerade gut, aber so kam er vorwärts, bis ein Schweizer Schaffner ihm erklärte, daß man auf den Gängen nicht liegen dürfte und ihn rausschmeißen wollte.
»Versuch es nur! Versuch es!« fauchte Mick und ging in Abwehrstellung.
Der Kontrolleur hätte am nächsten Bahnhof die Polizei rufen können, aber er tat es nicht. Vielleicht sah er selbst ein, daß man Mick übel mitgespielt hatte.

45

Am Kölner Hauptbahnhof, am Hauptausgang zum Dom hin, standen die Penner noch immer, tranken wie jeden Tag den billigsten Wein aus dem Aldi und lachten über die gut frisierten und saubergekleideten Mormonen, die auf dem Domvorplatz die Vielweiberei predigten und manchmal von Skateboardfahrern umgefahren wurden. Sie lachten auch über die *Heiligen der letzten Tage,* die tatsächlich noch der Meinung waren, ihr Jesus würde alle Menschen lieben. Sie fühlten sich noch immer den Tauben verpflichtet, die auf dem Dom hockten wie die Geier, die auf ihre Beute warten. Sie hinterließen nichts in dieser Welt als Scheiße. Weiße, ätzende Scheiße, die die Stadt Millionen kostete, weil sie die

Dommauern zerfraß. Ein paar Tauben, die mehr Sachschaden anrichteten als zehn Molotowcocktails.
Mick sah diese Penner und er wußte, daß er zu denen auch nicht gehörte. Die würden ihn vielleicht aufnehmen, wenn er erst ein oder zwei Runden spendiert hätte, aber er fühlte sich denen nicht zugehörig. So weit war er noch nicht.
Er wollte, so wie er aussah, nicht zu seinen Eltern. Und nicht zu Gitti. Er entschloß sich, zu Jo zu fahren. Da könnte er sich waschen, ausschlafen, Klamotten borgen und ein bißchen Geld, und dann käme der schwierigste Part: Reumütiger Sohn und Geliebter kehrt nach langer Irrfahrt zurück. Er würde ihnen eine Chance geben, großzügig zu sein. Vielleicht würden sie nachdenklich geworden sein, gemachte Fehler einsehen . . .
Und mit Gitti war noch immer eine Aussöhnung möglich gewesen . . . Das Schöne an jedem Streit war doch immer die Versöhnung. Mit einer Flasche Wein aus Muttis Kühlschrank eng aneinandergekuschelt im Bett. Jeder sich selbst bezichtigend und dem anderen verzeihend, so Komplimente aus ihm herauslockend. Er freute sich schon richtig darauf. Freute sich auf die Ordnung der kleinen Wohnung, die Umkompliziertheit von Gittis Gedankengängen und die Beine, zwischen denen er so oft gelegen hatte.
Mick wunderte sich, daß er um diese Zeit seinen Freund Jo nicht aus dem Bett klingelte. Sonst stand der doch immer erst gegen zwei oder drei Uhr nachmittags auf. Jetzt stand er in einer sauberen Jeans mit gestopften Ringelsöckchen und einem – er konnte es kaum glauben – gebügelten T-Shirt vor Mick, sah ausgeschlafen aus, sportlich und gesund. Auch die Wohnung war nicht mehr Jos Wohnung. Ein gesaugter Teppich. Ein Tisch, auf dem keine Essensreste standen. Und – nicht zu fassen – geputzte Fensterscheiben, durch die die Sonne in die Wohnung fiel, obwohl irgendein Spaßvogel Gardinen aufgehängt hatte. Eine Tischdecke. Eine weiße Tischdecke!
Mick schwieg und sah sich um.

»Ja, da staunst du, was, alter Junge!«
Kleinigkeiten fielen Mick ins Auge. Eine Blumenvase, die er schon mal woanders gesehen hatte. Ein Teddybär im Sessel. Zwei Paradekissen. Die Kuckucksuhr. Seine Augen registrierten, was sein Verstand nicht verarbeiten wollte. Gittis Sachen.
»Hättest du nicht gedacht was? Aber ich sag dir was: Das andere – früher, das war doch Scheiße. War nur Auflehnung gegen unsere Eltern. Pubertätskram. Jetzt sehe ich das alles anders. Realistischer. Ich versteh nicht, wie du diese Frau verlassen konntest. Mir unbegreiflich. Die ist doch einfach 'ne Wucht. Ein Prachtweib. Sauber, ordentlich, lieb, treu. Ne Kanone im Bett! Mensch, hast du die so angelernt? – Was guckst du denn so, mach mir jetzt bloß kein Theater. Du hast doch wohl nicht gedacht, daß die hier sitzt und Däumchen dreht, während du dich amüsierst? Mick! Was hast du? Mensch, wir sind doch Freunde – alter Junge, mach kein Scheiß!«

Roman

Als Band mit der Bestellnummer 10 575 erschien:

Horst Pillau

EIN MANN MACHT KLAR SCHIFF

Roman zur Fernsehserie des Hessischen Rundfunks
und der BEROLINA FILM TV
mit Hans-Joachim Kulenkampff, Gerlinde Locker,
Werner Kreindl, Hannelore Zeppenfeld u. v. a.

Martin Olden, Anfang Sechzig, überläßt den Kapitänsposten im Verlag seinem ehrgeizigen, aber unerfahrenen Sohn. Er selbst steigt nicht aus, sondern um: auf seine Yacht CHRISTINE II in der Ägäis. Wenn er aber glaubt, keine Pflichten mehr zu haben, irrt er. Er erlebt nicht nur heitere und spannende Ägäisgeschichten, sondern auch noch eine späte Liebe . . .